La Tribu:

I0692701

(R)Evolución

A.J. PENN

CUMULUS PUBLISHING LIMITED

Copyright

Dedicatoria

Dedicado a todos los fans de La Tribu,tanto jóvenes como mayores,
así como a todos aquellos que tienen el valor para soñar…
y la determinación para mantener siempre ese sueño vivo.

PREFACIO

Fue el sonido lo que la despertó. La penetrante llamada de un pájaro que chillaba. Los ojos de Tai San se abrieron de par en par, sobresaltada por lo que estaba oyendo. Al estridente graznido de una gaviota que agitaba las alas se unieron rápidamente el de varias más, creando una cacofonía de sonidos cuya intensidad iba en aumento, curiosas por aquel recién llegado que se encontraba entre ellas.

Tai San saltó rápidamente de la cama, acercándose a la ventana de su camarote para intentar evaluar su entorno. Que las gaviotas estuviesen dando vueltas sobre ellos solo podía significar una cosa: debían estar aproximándose a tierra. A su destino. Fuese cual fuese ese destino.

Tras abrir la ventana, Tai San respiró un bienvenido soplo de aire fresco. La brisa marina le agitaba el cabello al apresurarse hacia el interior del camarote.

Más gaviotas pasaron volando por su ventana, graznando con anticipación mientras se acumulaban en la parte trasera del barco, uniéndose en un festín frenético a medida que los poderosos motores revolvían las aguas espumosas, portando peces hasta la superficie a su paso.

Al ladear la cabeza para poder observar mejor la parte delantera, pudo ver que la proa del barco barría las aguas, arrojando rociadas de espuma. Sin embargo, según percibía por el movimiento del navío, estaban ralentizando gradualmente. El barco quedó inclinado ligeramente al alterar el curso y dirigirse hacia la enorme masa de tierra que tenían delante.

La propia tierra parecía hostil, poco acogedora. Una inhóspita serie de escarpados acantilados se elevaban sobre las aguas, con sus siluetas rocosas ocultas bajo la sombra de nubes lúgubres y siniestras. El sol aún no había comenzado a atravesar el oscuro cielo de la mañana, y la única vida en el exterior eran las gaviotas que se encontraban recibiendo al barco.

Tai San sintió un presentimiento, nerviosa por saber a dónde estaban yendo, por qué estaban yendo allí… y qué significaba todo aquello para ella.

El barco llevaba viajando muchos días y noches, y ella sentía que debía encontrarse más lejos que nunca de la ciudad que una vez había sido su hogar.

Echaba mucho de menos a los Mall Rats. No eran solamente su tribu, sino sus amigos y aliados más cercanos. Desde el fallecimiento de los adultos, ellos se habían convertido en su nueva familia.

Le dolía el corazón. La entristecía estar tan lejos de ellos. Especialmente, de Lex. Era más que su pareja. Era su verdadero amor. Echaba de menos su voz, su mera presencia, la ternura de su tacto. Su espíritu y su personalidad animada, tan llena siempre de sorpresas. La forma en que solía iluminarle el día con su energía. Pensar en Lex y en las muchas veces que este la hizo reír, en los maravillosos momentos que habían compartido, consiguió sacarle una sonrisa. Pero cada remembranza era también una puñalada directa a su corazón, por el dolor de no estar ya junto a él.

Ahora más que nunca, se sentía realmente sola. Como si la tierra desconocida ante ella perteneciese a otro mundo, y la vida que una vez hubo conocido y la gente que le importaba hubiesen existido en otra realidad. Una en la que había sido libre, un espíritu independiente.

Demasiado tiempo llevaba Tai San cautiva. Esta travesía era la última en una serie de viajes que la habían obligado a hacer desde que perdiese su libertad.

Había vivido una vida de esclava, pasada de propietario en propietario, comprada y vendida como un objeto inanimado, tratada como una posesión... su propia humanidad le había sido arrancada. Pero nunca el respeto propio. Se aferraba a ello con cada fibra de su ser, determinada a no olvidar de dónde había venido ni quién era, sin importar las adversidades por las que la hiciesen pasar sus captores. No perdería su sentido de identidad, su dignidad. Si llegaba a suceder, sabía bien adentro que se perdería a sí misma para siempre. Conservando su espíritu, seguiría siendo libre en cierto modo.

Su "amo" actual se hacía llamar el Negociador. Había comprado a Tai San en una subasta de esclavos muchos meses atrás. Antes de aquello, había tenido una existencia ardua realizando labores manuales como esclava en los campos, una rutina agonizante repleta de un trabajo agotador, día tras día, sin ningún descanso.

El Negociador, por contra, situó a Tai San en un estado de comodidad material por algún motivo, antes de embarcarse en su última travesía. Y nunca pudo entender el porqué. Durante muchos meses, había vivido en *Los Jardines del Este*, un otrora lujoso hotel. Le habían dado su propio dormitorio, estaba siempre bien alimentada, pero había pasado la mayoría de sus días sola, en confinamiento. Las únicas veces en que tenía contacto humano era cuando los guardias le traían su comida, una muda limpia de ropa... o cuando la llevaban a ser interrogada (o "entrevistada", como le gustaba llamarlo a él) por el Negociador, el dueño de su esclavitud.

Este le había preguntado muchas veces por sus experiencias en la Montaña del Águila, la misteriosa base científica abandonada en un supuesto observatorio no muy lejos de la ciudad de Tai San. Había ido allí con los Mall Rats no mucho después del virus, y habían descubierto equipos y mensajes crípticos que los adultos habían dispuesto para que la joven generación superviviente los heredase y utilizase tras su extinción.

El Negociador lo había querido saber todo, con mucho detalle, y la había interrogado repetidas veces acerca de lo que había visto, revisando de nuevo los datos, la información, meticuloso en su investigación y sus preguntas.

Sin embargo, fue el interés en las vidas de los miembros de los Mall Rats, así como la propia historia de Tai San, lo que inicialmente la desconcertó, y luego la dejó preocupada.

Había sido reticente a contarle nada. Su vida era privada: lo que había hecho, dónde había estado, sus pensamientos acerca de su tribu. Todo aquello eran valiosos recuerdos, muy preciados, que solo ella sabría. Aunque hubiese optado por cooperar, la Montaña del Águila era de hecho un completo misterio y estaba claro que, fuesen cuales fuesen los motivos de la interrogación, el Negociador estaba tan intrigado por la existencia de la Montaña del Águila como lo habían estado ella y los Mall Rats.

Pero Tai San era lo suficientemente inteligente como para darse cuenta de que su propia supervivencia dependía en gran medida de que el Negociador creyese que ella tenía información que podía resultar útil, así que le siguió la corriente. Era su única esperanza para contraatacar. Ofreciéndole a cuentagotas ciertos detalles que, a veces, eran inventados.

Sentía que no le quedaba otra opción. Permanecer en silencio supondría un precio demasiado alto a pagar.

El Negociador era quien ostentaba el poder, y lo había usado sin piedad, sin descanso, intentando romper sus barreras y su resistencia. Ella le había permitido creer que la había persuadido. Quizás por eso se hacía llamar "el Negociador", se había planteado. Pero, sin él saberlo, el espíritu de Tai San seguía siendo fuerte y alimentaba su estoica determinación, consciente de que, realmente, era ella la que tenía el poder.

Entonces, inesperadamente, el Negociador había sacado a Tai San del hotel y la había subido a bordo de un barco carguero, el *Leviatán*.

No sabía qué ni quién más había a bordo, además de ella misma, el Negociador, y una serie de guardias que pasaban a verla periódicamente, asegurándose de que seguía en su camarote… y, quizás, de que seguía viva.

Ahora, la mente de Tai San iba a cien por hora, debido a la incertidumbre de qué significaba aquel viaje, y qué estaba por venir, a medida que aquella masa de tierra se acercaba más y más.

Los rayos del sol comenzaron a filtrarse entre las nubes, fluyendo a través de la ventana y provocando que Tai San viese su reflejo en el cristal, devolviéndole la mirada.

—No te olvides de quién eres —se instó a sí misma en un susurro. Apretando el puño, convocó a los vestigios de su fuerza interior, prometiendo permanecer fuerte, seguir siendo fiel a su identidad, ahora que todo a su alrededor era tan incierto.

Al contemplar aquella tierra, supo que, le aguardase lo que le aguardase, descubriría la respuesta pronto. Y se prometió que el Negociador nunca aplastaría su espíritu, que estaría lista para cualquier cosa que el futuro le echase encima.

* * *

El *Leviatán* era un barco carguero, el más grande de entre todos en los que Tai San había viajado desde que se convirtiese en esclava y fuese transportada de un sitio a otro. Sin embargo, el barco quedó empequeñecido por el puerto en el que habían atracado.

Antiguamente, debió ser una ruta comercial muy concurrida, juzgó Tai San, imaginando el ajetreo del comercio internacional en su apogeo. Examinó los alrededores con los ojos para intentar reconocer señales o lugares clave, algo que mostrase en qué puerto del mundo podían encontrarse.

A su alrededor se erigía fila tras fila de contenedores de cargamento, apilados hasta arriba en forma de muros desiguales, situados de manera imprecisa como si fuesen los bloques de construcción de un niño, a punto de desmoronarse.

Más arriba se alzaban grúas gigantes, quietas, inamovibles, congeladas en el tiempo. Armatostes inservibles y oxidados, pero también monumentos de unos viejos y lejanos días, de una civilización pasada que ya no existía.

Se encontraban de pie sobre la gran plataforma de cemento de la dársena, como hormigas junto al barco que los había traído hasta allí. La naturaleza parecía comenzar a reclamar la tierra, pues la flora se hacía paso entre las diversas grietas en los cimientos.

Tai San estaba junto al Negociador, ambos rodeados de forma protectora por las fuerzas de este. Los guardias tenían las armas preparadas, listos para la acción, mientras escaneaban la periferia del puerto en estado de alerta.

Pese a todo el tiempo que habían pasado juntos durante tantos meses, nunca había llegado a conocer realmente al Negociador. Mientras que él había intentado averiguarlo todo sobre ella, ella había sido incapaz de descubrir nada sobre él, aparte de la descarada crueldad e implacable eficiencia con la que llevaba a cabo sus acciones.

Sin embargo, para su sorpresa, Tai San podía notarle ahora cierta vulnerabilidad. O, para ser más exactos, miedo. Sus ojos iban de un lado a otro, de manera furtiva, examinando la escena. Perlas de sudor se acumulaban en su frente, y se aclaraba la garganta de vez en cuando para aliviar la tensión que sentía dentro.

Tai San se preguntó qué sería lo que provocaba que él y sus fuerzas estuviesen tan inquietos. Y cómo podía afectarle a ella lo que fuese (o quien fuese) que los estaba afectando tanto.

Quizás fuese el hecho de que el único cargamento que habían llevado a bordo parecieran ser Tai San, el Negociador y sus guardias. Las puertas de carga del *Leviatán* estaban abiertas, y su enorme bodega reveló solamente un vacío cavernoso, provocando el eco del caminar de algunas de las fuerzas del Negociador, que se movían por el interior.

¿Habría ocurrido algún error en aquella entrega? ¿Habría sido todo el viaje en vano? ¿Era este el karma que merecía el Negociador? ¿Había fracasado? ¿Lo había traicionado alguien?

Tai San se sorprendió al escuchar otro sonido algo más alejado, el sonido de una risa distante, una risita infantil.

Los guardias apuntaron sus armas de manera defensiva hacia el origen de aquel sonido.

Un grupo de niños muy jóvenes correteaban en las aguas que rompían en el puerto, buscando entre los restos y desechos flotantes que las olas habían acercado a la orilla. Era como un mar de escombros, los márgenes del puerto inundados en una marea de desperdicios, botellas de plástico, bolsas de basura. Peces podridos se descomponían en la superficie, entre las sucias aguas, llenas hasta arriba de barro y mugre.

Los niños tenían un aspecto asalvajado, vestidos con harapos que apenas eran de su talla, cubiertos de llagas, con moscas zumbando a su alrededor y cortes y moratones visibles.

Tai San quedó impactada y repugnada ante aquella escena. Se dio cuenta rápidamente de que, se encontrase donde se encontrase, también en aquella tierra había vagabundos, como en la suya. Aquellos que no eran miembros ni estaban bajo la protección de ninguna tribu. Era una pena.

De repente, el potente sonido de motores retumbó en el puerto, el peso de los vehículos vibraba y casi hacía temblar el mismo suelo.

—Por fin —exhaló un nervioso Negociador para sí, mientras contemplaba una flota de camiones de transporte de larga distancia acercándose, seguidos de un convoy de otros vehículos que, a Tai San, le resultaban extrañamente futuristas.

Los empobrecidos niños dejaron de jugar y corrieron para ponerse a cubierto, agachándose nerviosos tras los escombros que se acumulaban a su alrededor. Parecían muertos de miedo.

Por el semblante intranquilo del Negociador y sus guardias, Tai San se preguntó qué estaba a punto de suceder. Pero pronto le quedó claro que los recién llegados que habían conducido hasta el puerto no estaban allí para pelear, sino para comerciar.

Pronto cargaron el *Leviatán* con todo tipo de productos. Los camiones de reparto conducían hasta el interior de la bodega para situar dentro los artículos que habían traído. Había electrodomésticos, un coche deportivo con su pulido cromado brillando al sol... Tenía poco valor en un nuevo mundo donde el agua potable era la primera necesidad. Algo que fue evidente cuando cargaron varios contenedores de agua en el interior de la bodega, así como ganado.

Pero había, sobre todo, productos agrícolas: una montaña de grano se acumulaba en su recipiente al tiempo que los trabajadores transportaban cubos llenos hasta arriba, vaciaban el contenido y lo apilaban más y más alto. Un pequeño montón de arroz crecía de tamaño en mitad del barco a medida que lo iban descargando también desde los camiones.

Toda aquella selección de bienes y productos estaban siendo intercambiados por la única cosa que el Negociador había traído a aquella orilla tras un largo viaje de muchos kilómetros.

Era la propia Tai San.

Para su sorpresa, era *ella* con quien estaban comerciando, una vez más. Y no podía creer que estuviesen midiendo su valor en tal cantidad de comida. Podía alimentar a muchísima gente durante mucho tiempo. ¿Qué había hecho ella para convertirse en una mercancía de tal valor? ¿Quiénes eran estas personas...

las que estaban entregando tantas cosas para poder tomar posesión de ella? ¿Qué querían de ella?

Mientras los trabajadores seguían cargando el barco, un grupo avanzado de los vehículos futuristas llegó. Iban vestidos con trajes protectores de descontaminación. Parte del séquito llevaba extrañas máscaras médicas y guantes de plástico, y trataban a Tai San con mucho cuidado, estudiándola con delicadeza, como una posesión preciada, al comenzar a examinarla y analizar distintos aspectos para determinar en qué estado se encontraba. Ninguno de ellos le había pedido permiso, ni había hablado con Tai San para preguntarle qué le parecía aquel procedimiento. Ella se había acostumbrado a ser tratada como un "objeto", en vez de como una persona, tras sus muchas experiencias como esclava. Pero seguía sintiendo una sensación de vergüenza e indignidad por la forma en que la estaban examinando, como a un espécimen de laboratorio que no tenía ni voz ni voto. No obstante, se dio cuenta de que no podía hacer nada para detenerlos, tan solo podía intentar mantener su integridad intacta, tanto como pudiese. No mostrar emoción, ninguna señal de debilidad que sus nuevos "amos" pudiesen aprovechar. No les daría esa satisfacción.

Era una experiencia humillante, inhumana. Invasiva. Le estaban quitando sus derechos. Esa gente, fuese quien fuese, parecía tener control sobre su cuerpo, pero ella nunca les permitiría poseer su espíritu.

Registraron su altura y su peso, le tomaron la temperatura, el pulso, realizaron análisis de sangre y le tomaron las medidas corporales. Comprobaron su higiene bucal, inspeccionaron sus dientes uno a uno y anotaron los datos en una tableta digital. Examinaron su cabello y cuero cabelludo meticulosamente, presumiblemente en busca de piojos o alguna otra infestación, o quizás algún tipo de enfermedad.

Le acercaron a los ojos un aparato que Tai San no sabía que existía, y roció un hilo de neblina cerca de su superficie, haciendo que los ojos se le empañasen mientras la máquina leía sus retinas, registrando cada detalle.

Y, entre aquella niebla, Tai San no pudo evitar reparar en una imagen de ella misma que aparecía en las pantallas de todas las tabletas. Era la misma fotografía que el Negociador tenía en su posesión cuando lo conoció por primera vez, y supuso que aquel debía ser no solo un ejercicio de reconocimiento facial, sino la confirmación oficial de su identidad.

Tai San cerró los ojos, ralentizó su respiración y comenzó una meditación profunda en un esfuerzo por permanecer calmada, imaginando que se encontraba en otro lugar, de vuelta en su hogar, en el centro comercial con su querida tribu. Mientras, la unidad de médicos científicos llevaba a cabo aún más análisis de sangre, inyectándole finalmente agujas de forma dolorosa en los brazos, que algunos de los guardias del Negociador le extendieron a la fuerza. Se preguntó si acaso la estarían inmunizando contra algo. La única pregunta era… ¿qué?

El equipo examinó los monitores de sus máquinas y tabletas digitales, escribieron datos y se marcharon, pasando ante un desconocido que emergió del vehículo situado en la parte delantera del convoy.

Tai San se dio cuenta rápidamente de que, quien fuese aquella persona, era claramente poderoso. Y notaba, por el respeto que le profesaba el Negociador con su comportamiento, que esta nueva figura debía ser de gran autoridad en aquella tierra.

Era aproximadamente de la misma edad que ella, alto, y rezumaba confianza. Rozaba la arrogancia, al firmar un recibo de bienes y afirmar de forma algo cínica:

—Parece que nuestra transacción está completa. Solo espero que el enorme valor que he pagado valga la pena.

Tai San notó que aquello era más que una indirecta sexual, a medida que él le observaba su cuerpo, contemplándola con admiración. Detectó lascivia en su mirada, así como orgullo por haberse hecho con ella.

—¿Quién eres? —preguntó Tai San con cautela.

—La vida. Y la muerte —respondió el extraño, mostrando una encantadora sonrisa—. ¿Tienes sus datos? —le preguntó al Negociador.

El Negociador asintió y le entregó un disco duro.

—Encontrarás toda la información y detalles en este disco, Seleccionador —dijo el Negociador.

Tai San escuchó y contempló con inquietud creciente al tiempo que aquel aparente "Seleccionador" firmaba más documentos y los entregaba de vuelta al Negociador antes de hacer una señal a los guardias paramilitares que lo rodeaban.

—Colocad el cargamento en el vehículo. Debemos ser puntuales —declaró el Seleccionador, con impaciencia.

—¿A dónde me lleváis? —interrumpió Tai San.

—Al futuro. Con el Creador —sonrió por alguna oculta ironía en su propio comentario, y respondió con cierta tono amenazante—. Nos queda un largo camino por delante.

CAPÍTULO UNO

La caravana hizo camino a lo largo de una serie de sinuosas carreteras, atravesando una tierra árida que parecía no tener fin.

Al principio y final del convoy había vehículos militares que llevaban a la milicia que había estado en el puerto. A cada lado del vehículo de Tai San, había otros flanqueándolo.

Su vehículo estaba chapado con blindaje, no tenía conductor, y ella era su única ocupante. Sin forma de escapar. Las puertas estaban cerradas desde fuera y, claramente, era automático, pues ni siquiera tenía volante o pedales, no había asiento del conductor ni salpicadero. Lo controlaba y movía una fuerza invisible.

El terreno yermo parecía casi primitivo, sin señales de vida, como si perteneciese al comienzo de los tiempos. Y, sin embargo, aquel vehículo era futurista, y quien lo estuviese controlando tenía acceso a tecnología avanzada.

Antes de que la oscuridad descendiese, en los tiempos del viejo mundo, la inteligencia artificial se había vuelto más prominente. Pero aquel vehículo parecía ser mucho más avanzado, y Tai San se preguntó si alguien lo controlaba de forma remota desde otro lugar. O quizás desde uno de los otros vehículos en el extenso convoy. O si ya habían trazado y planificado su recorrido, programado por un sistema informático en alguna parte, de algún modo.

Tenía cortes en las manos debido a los esfuerzos que había hecho inicialmente por salir del vehículo. Incapaz de abrir las puertas, había golpeado los puños contra el grueso cristal de las ventanas en un intento por escapar de alguna forma, incluso había dado patadas desde su asiento, esforzándose por abrirlo a la fuerza.

Pero era inútil. La estaban llevando a algún lugar y no podía hacer nada para influir en el asunto.

No se rendiría, eso sí. Si había alguna forma de escapar o de alterar su destino, estaba decidida a encontrarla. O, al menos, a intentarlo.

Al Seleccionador lo transportaba un vehículo de la milicia a la cabeza del convoy y, durante la travesía, Tai San sintió una continua sensación premonitoria, preguntándose por qué se habría tomado tantas molestias por tenerla bajo su custodia. Y, sobre todo, quién o qué era ese "Creador" al que hacía referencia.

Intentó calcular cuántos kilómetros habrían viajado. Pero era difícil de determinar. Aquel terreno tenía siempre el mismo aspecto: desolado, árido. Áspero. Sin vida, aparte del mismo convoy. No había visto vida salvaje de ningún tipo, ni un solitario pájaro desde que abandonasen el puerto, ni tampoco puntos de referencia.

La tierra tenía un color rojizo, lo que la hacía sentir como si se encontrase en un planeta diferente. Ráfagas de viento arrojaban nubes de polvo como nieve roja que cubría los vehículos. Los parabrisas trabajaban de un lado a otro, de manera rítmica, para que la luna delantera permaneciese despejada.

Parte del suelo parecía ennegrecido, quemado en ciertas zonas, con baches en el camino y el pavimento derretido y en mal estado. Y, a juzgar por los descomunales cráteres en los que reparó, debieron tener lugar explosiones en algún momento. Unas explosiones enormes.

Tai San intentó quitarse de la cabeza cualquier idea sobre un suceso postapocalíptico, pero aquel pensamiento seguía presente, especialmente cuando comenzó a encontrarse con kilómetros y kilómetros de grandes huesos de animales, esqueletos de ganado que parecían fósiles de dinosaurios. ¿Había tenido lugar una sequía?, ¿una hambruna?, ¿una guerra?, ¿algún accidente? ¿Habría sido de algún modo provocado por el virus?, ¿o por algo aún más siniestro?

Al proseguir su travesía, Tai San vislumbró de repente señales de advertencia por riesgo biológico en la carretera, que alertaban al lector de no seguir avanzando. Alertaban de un peligro extremo. Y de que toda presencia estaba estrictamente prohibida.

No obstante, el convoy continuó, sin descanso, sin prestar atención a la posible amenaza que había existido alguna vez. O que, quizás, seguía existiendo, contempló ella.

Cerca de un kilómetro más adelante, divisó la primera tumba.

Una tumba sin nombre, la primera de muchas, erigida en medio del vacío, que pronto dio paso a filas y filas de sepulcros que llegaban hasta donde alcanzaba la vista, a ambos lados de la carretera. Largas e infinitas hileras de lápidas que indicaban las muchas vidas que se habían perdido en aquella región.

Era abrumador. Y muy conmovedor. Tai San apenas podía contener la emoción, por lo alterada que estaba ante tal sufrimiento y desperdicio. Aquello le trajo recuerdos de lo ocurrido en su propia tierra, acompañados de un escalofrío al recordar la magnitud misma de la pérdida. Padres, amigos, familia. Junto a la amenaza muy real de que la raza humana pudiese llegar a extinguirse.

Tai San compartía, al menos, una conexión con los ocupantes de aquella extraña y desolada tierra. La experiencia del sufrimiento, la pérdida, los homenajes a toda esa gente que se había marchado. Le enfurecía el poco sentido que tenía todo ello. El virus, o lo que provocase la muerte a aquellas personas, debía ser derrotado, se prometió. La vida debía seguir delante de algún modo. No solo su propia vida, sino también las de los demás. La humanidad debía sobrevivir, no extinguirse. Las tumbas señalaban un triste tributo... y también un duro recordatorio de que el tiempo de todos era limitado, de que había que apreciar la vida. Ella nunca lo olvidaría. No importaba cuán funesta fuese la situación en que se encontrase: seguía viva, y decidida a hacer que su vida valiese la pena. Se honraría a ella misma y a aquellos que perecieron. Trataría el regalo de la vida con justicia, para que este pudiese alcanzar todo su potencial.

Los sentimientos que la impulsaban a luchar contra la propia muerte o contra aquellos que se interponían en el camino de la vida aumentaron cuando las tumbas desaparecieron y, finalmente, hubo señales de vida en lo que había sido, hasta entonces, una tierra muerta.

Apareció hierba por los caminos que se convirtió en campos, que se convirtieron en colinas ondulantes. Estaba teniendo lugar un cambio gradual con cada kilómetro que dejaban atrás. Sí había vida, después de todo. Y esperanza.

Al continuar el viaje, los campos se transformaron en pastizales agrícolas, valles cultivados, algunos labrados por agricultores (probablemente esclavos, razonó Tai San) que araban la tierra sin descanso, cuidando los cultivos. Algunos labraban la tierra, otros sembraban semillas, recolectaban la cosecha o regaban la plantación.

Los trabajadores no echaron siquiera una mirada al convoy que estaba de paso, y parecían casi robotizados. Prestaban más atención a unas imágenes proyectadas sobre unas construcciones anexas que parecían anunciar algún evento venidero: "*El Cubo. Próximamente*".

Tai San se percató de que parte de las tierras de pastoreo por las que pasaba el convoy estaban llenas de ovejas, de ganado, vigilados por unos pastores que, de nuevo, no prestaban atención a los vehículos del convoy, que los dejaba atrás a gran velocidad. Aquello le pareció extraño e inquietante, hecho que alimentaba su incertidumbre sobre qué la estaría esperando más adelante.

Lo que sí quedaba claro era que aquella zona estaba llena de vida: vegetal, animal y humana.

Algo que contrastaba enormemente con lo anterior, el paisaje desolado, las largas hileras de tumbas.

Se encontraba en medio de una sociedad en reconstrucción, en crecimiento. Y, además, organizada. En comparación con la destrucción que debió haber ocurrido anteriormente.

En aquel momento, su vehículo emitió el pitido de una notificación desde el interior que señalaba, sin saberlo ella, que había llegado a su próximo destino. El viaje había terminado. Aunque, a decir verdad, no había hecho más que comenzar.

* * *

Tai San llegó al *Lakeside Resort*, llamado así, precisamente, porque era un complejo turístico alpino con vistas a una gran masa de agua. Era evidente que, en otro tiempo, debió ser muy lujoso, pero ahora estaba en declive y deterioro, reclamado por la naturaleza, con plantas brotando por las paredes, incluso ramas de árbol perforando la infraestructura.

Eso sí, el paisaje era hermoso. Una localización espectacular, con las instalaciones del hotel orientadas de forma que sus ocupantes tuviesen las mejores vistas que les ofrecían las maravillas de la naturaleza.

Las aguas del lago parecían limpias y brillaban al sol, invitando a quien las contemplase a que fuese a darse un baño.

En las proximidades del lago había montañas nevadas, colinas ondeantes cubiertas de todo tipo de árboles, una zona boscosa… Pájaros e insectos volaban por doquier. Estaba claro que el lago era el corazón de un ecosistema, ayudando a una gran cantidad de vida. Quizás incluso a los humanos que viviesen allí, razonó Tai San.

El Seleccionador la escoltó personalmente a la entrada del resort, mientras la informaba de que aquel sería su hogar temporal, que encontraría todo lo que necesitase para sentirse cómoda. Le explicó que, aunque el resort estaba a su disposición para vivir de manera temporal, no podría abandonarlo. Jamás. Le advirtió que era por su propia seguridad. Que salir al exterior no era seguro para ella, en ningún caso. Ni tampoco estar sola. Incluso aunque fuese capaz escapar.

Alrededor del perímetro del resort, Tai San observó lo que parecían cámaras de seguridad, y también guardias establecidos en sus posiciones de vigilancia.

El Seleccionador se marchó rápidamente, tras guiarla hasta el vestíbulo principal. Le dijo que tenía otros asuntos que atender para el Creador. Y esperaba que disfrutase de su estancia, y que pudiesen volver a verse pronto.

Tai San se alejó deambulando del vestíbulo y decidió explorar el resort. Aparte de los guardias en el perímetro exterior, ella parecía ser la única "huésped". Se preguntó si acaso habría más trabajadores allí. ¿Seguridad? ¿Alguien más?

Pero, al caminar por los largos y vacíos pasillos, fue evidente que estaba completamente sola. Era como caminar entre fantasmas del pasado. El resort proporcionaba una conexión espeluznante con los viejos tiempos. Podía imaginar fácilmente el sonido de niños, familias felices pasando allí sus vacaciones, disfrutando de las instalaciones y de todo lo que el complejo del lago podía ofrecerles.

El restaurante estaba vacío. Las mesas, abandonadas, acumulando polvo.

Allí plantada había una zona de juegos para niños, desocupada, con juguetes esparcidos por la habitación, sin ser ya utilizada. Pensó en los pobres niños que había visto en el puerto. ¿Por qué no eran ellos quienes estaban allí? Deberían ser ellos quienes viviesen en un lugar con tales comodidades y recursos, no ella. El mundo estaba decididamente loco, y era igualmente impredecible. Y confuso.

¿Tenía una habitación asignada? ¿Adónde debía ir? ¿Qué se suponía que debía hacer?

No veía indicios de cámaras de seguridad, pero supuso que debían estar escondidas en alguna parte. Y se preguntó si alguien la estaría observando. De ser así, ¿quién? Y ¿por qué?

Al explorar el resort, Tai San se encontró perdida en un laberinto de pasillos, llegando finalmente a una zona de cocinas por accidente, que una vez debió utilizarse para servir a los bares y restaurantes.

Para su sorpresa, podía oler un aroma a comida. Debían haber utilizado la cocina recientemente. Seguro. No había forma de que todavía quedase comida de antes de la pandemia. ¿O tenía los sentidos tan agudizados que su mente alimentaba sus expectativas naturales?

Tras seguir examinando, se dio cuenta de que realmente no había nadie más. Estaba completamente sola.

O eso pensaba.

La expresión de Tai San se nubló en una mezcla de preocupación y confusión al escuchar lo que le parecieron chapoteos cuando pasaba por una parte distinta del resort donde había indicaciones que señalaban hacia una piscina. Sí que había más gente allí. No cabía duda alguna.

Quedó especialmente confirmado cuando Tai San escuchó risas que provenían de la zona de baño.

Tras acercarse con cautela a la entrada, agarró la manilla de la puerta y, respirando profundamente como preparación ante qué podía encontrarse estar ahí fuera, abrió y se adentró.

Tai San reparó rápidamente en una enorme piscina. Pero fue ver a las personas que se hallaban en su interior lo que la dejó perpleja. Creyó estar viendo fantasmas. Rostros que conocía demasiado bien. ¿Era todo esto real? ¿O se trataba de un sueño?

—Mira esto —gritó el hombre joven mientras corría y se zambullía en el agua desde un lateral de la piscina, salpicando con energía.

—No está mal —respondió la joven dama. Estaba recostada en una tumbona, y añadió con una sonrisa pícara:—. Pero yo puedo hacerlo mejor. Hazte a un lado, aficionado.

La joven se levantó, preparándose para saltar de bomba. Y fue entonces cuanto Tai San supo que sí era realmente la persona que ella creía.

—¿Alice? —la llamó a viva voz, con incredulidad—. ¿Eres tú realmente?

Alice se quedó con la boca abierta. Estaba petrificada por la sorpresa, totalmente sobrecogida por ver a Tai San de pie ante ella. Intentó responder, pero le fue imposible.

El joven se giró desde la piscina en la que se había zambullido e intercambió una larga mirada con Tai San, que preguntó con absoluto asombro:

—¡¿Ryan?!

—¿Tai San? ¡Eres tú! —respondió Ryan, igualmente asombrado y encantado, sobrepasado únicamente por Alice, quien intentó de manera eufórica contener la emoción y felicidad al ver a Tai San.

—Pero ¿qué haces *tú* aquí? —gritó una Alice totalmente incrédula.

CAPÍTULO DOS

—A dormir, pequeñajo —susurró Amber, que contemplaba con cariño a su hijo mientras mecía la cuna suavemente adelante y atrás y lo hacía callar. La combinación del movimiento y la calidez reconfortante de su voz hacían caer al bebé en un sueño cada vez más profundo.

Amber seguía sin poder creer que era madre. Sentía que ella misma era muy joven, y las responsabilidades de ser padre eran complejas (incluso abrumadoras en ocasiones, con noches sin dormir, preocupación y estrés). Pero lo más importante era que su hijo le traía una alegría sin comparación, una felicidad completa y, sobre todo, la sensación de un mayor propósito y significado en su vida.

Otra faceta también muy especial era que estaba compartiendo la experiencia y responsabilidad con el padre de su bebé, y su alma gemela, Bray. Él por fin había regresado hasta ella, tras mucho tiempo separados, desde que los Tecnos invadiesen la ciudad. El destino los había reunido hacía unos meses. Ella estaba encantada de tener en su vida a sus dos "hombres" especiales: Bray y su pequeño hijo.

Aunque había habido un tercero. Jay. Cuando Bray y Amber fueron separados poco después de la invasión que puso todo patas arriba, ella tuvo dificultades para aceptar la idea de que, quizás, nunca volvería a verlo. No era solo que pareciese haber desaparecido de la faz de la Tierra. Por desgracia, Amber tuvo que enfrentarse a la posibilidad muy real de que no siguiese con vida.

Con el tiempo, encontró el consuelo (y el amor) de Jay, uno de los comandantes de los Tecnos, que se rebeló contra su líder, Ram, y ayudó a poner fin a aquel régimen autoritario para unirse finalmente a Amber y los Mall Rats.

Jay era amable y desinteresado, tenía principios y un sentido del deber para con los miembros vulnerables de su tribu. Y, tras su porte militar y la debilidad que sentía por la eficiencia y el orden, se escondía un corazón cariñoso y sensible. Y ella lo había amado por todo ello. Ambos disfrutaron de una relación estrecha que evolucionó cuando se convirtieron en pareja.

Al final, Amber se había dado cuenta de que, aunque amaba a Jay, no estaba realmente enamorada de él. A su parecer, era posible amar a varias personas a la vez, incluso llegar a creer que habías encontrado una segunda alma gemela. Pero, a fin de cuentas, alma gemela solo hay una. Y la suya era Bray. Siempre había sido él, desde que el destino los uniera cuando la pandemia provocó el caos por todo el mundo. Las vidas de Bray y Amber estaban entrelazadas.

Fuese o no cuestión de opuestos que se atraen, o si reconocían cualidades y rasgos similares que daban a entender que, quizás, el verdadero amor emana de reconocer aspiraciones similares en el compañero sentimental. Estaban predestinados, hechos prácticamente el uno para el otro.

Bray comprendía a Amber de una forma que nadie más podía. Y a ella le sucedía lo mismo con él. Tenían casi un lenguaje invisible y sabían lo que el otro estaba sintiendo sin necesidad de decir palabra. Ella estaba deseando construir su vida futura juntos, con su hijo.

Sin embargo, tanto Bray como Amber lamentaban que Jay no pudiese acompañarlos en aquel viaje en que la nueva generación intentaría construir un nuevo mundo desde las cenizas del antiguo.

Jay había muerto defendiendo el centro comercial. Pagó el precio definitivo y, al hacerlo, salvó muchas vidas inocentes.

Sus esfuerzos no serían en vano, prometió Amber, agachándose para besar a su hijo, que estaba ya profundamente dormido. Bray y ella habían llamado a su hijo "Jay", en honor al anterior. Un homenaje adecuado para que su nombre siguiera vivo, recordatorio de que la vida progresaría y la esperanza prevalecería.

Estaba decidida a agarrar con firmeza todas las oportunidades que su tribu tenía por delante, y sentía una renovada fuente de energía y propósito.

No sería fácil. Habría muchas dificultades y desafíos a los que enfrentarse y que superar.

Pero estaba preparada.

Tras sonreír cariñosamente a su hijo, que se chupaba el pulgar suavemente en su ensoñación, se marchó de la habitación con cuidado de no molestarlo.

Mientras se dirigía al vestíbulo superior del Centro, le hizo una señal a Sammy, que jugaba al baloncesto con algunos de los otros miembros más pequeños de la tribu.

—Intentad no hacer mucho ruido. Y ¿podrías echarle un ojo al pequeño Jay por mí, Sammy, por favor?

—Pero ¿y si toca cambiarle el pañal, o los pañales, o como se diga? —suspiró Sammy.

—Ah, supongo que tienes mejores cosas que hacer. Como jugar al baloncesto.

—Podría haberme ido con Bray y Lex a investigar la ciudad y los sectores.

—Ya llegará el día en que puedas proteger a Bray y Lex, Sammy.

—¿En serio? —preguntó él, entusiasmado.

—Cuando estén mayores —respondió Amber, que pensó en una forma de motivarlo—. Y, cuando tú seas mayor, quién sabe, quizás puedas entrenar al pequeño Jay para que te proteja a ti también. No es que vayas a necesitarlo. Seguro que te convertirás en un poderoso guerrero.

—¡Genial! —respondió Sammy—. Ah, y no te preocupes por lo de cambiar al bebé. Seguro que encuentro a alguien para que lo haga.

Amber no pudo evitar sonreír.

—Sería útil que tú también lo aprendieses, Sammy. Porque todos dependemos unos de otros, y debemos cuidarnos. De eso trata formar parte de nuestra tribu.

Sammy asintió y se acercó a los otros jugadores, precaviéndoles para que no hiciesen ruido y se alejasen un poco del cuarto de Amber y Bray, porque Jay estaba profundamente dormido y no quería que molestasen al bebé.

Amber pensó que sí había esperanza. Y aquel incidente recalcó que debía intentar encontrarla en cualquier lugar, por insignificante que pareciese.

* * *

El Guardián intercambió miradas con Amber mientras esta se acercaba, con una expresión de odio en el rostro, lleno de rencor, hirviendo de rabia y ansias de venganza.

Lo habían encerrado en aislamiento, en una celda provisional, una zona enjaulada del sótano del Centro, utilizada originalmente para guardar los diferentes suministros y bienes en el cavernoso complejo comercial del viejo mundo.

Los Mall Rats sentían que debían mantenerlo apartado, por el peligro extremo que suponía para los demás, además de para sí mismo. Era impredecible y, en muchas ocasiones, había intentado atacar a quienes lo estuviesen vigilando. Tenía la cara llena de arañazos y cortes. También había conseguido hacerse daño, utilizando cualquier herramienta a la que tuviese acceso en la celda para "castigarse", un extraño método de autoflagelación para apaciguar al "divino maestro", Zoot. Los Mall Rats habían aprendido a no dejar que nadie se acercase demasiado a él, y a no dejar objetos en su posesión que pudiese utilizar para provocar daños.

—¡Bruja traicionera! —siseó el Guardián maliciosamente, sacando los brazos entre las barras, estirándose con ímpetu para intentar agarrar a Amber, que estaba de pie a algunos metros, manteniendo la distancia desde el otro lado de la celda.

—¿Qué tal está? —le preguntó ella a Salene. Todos los miembros de los Mall Rats hacían turnos para vigilar al prisionero, y era el turno de la pelirroja.

—Más o menos igual.

Salene se señaló la ropa, cubierta con manchas recientes de sopa todavía caliente provocadas por un incidente minutos antes de la llegada de Amber, cuando el Guardián arrojó la comida que le había traído y el bol de plástico salió disparado entre las barras y derramó todo su contenido sobre ella.

—Y ¿tú estás bien? —preguntó Amber, con la esperanza de que no estuviese herida, y de que la experiencia de vigilar la celda no le resultase demasiado angustiante.

—Lo estaré —Salene sonrió y puso buena cara—. Nos viene bien haber compartido tantas comidas con Lex. Estoy acostumbrada a gente con malos modales en la mesa.

Amber no pudo evitar sonreír también ligeramente. Así como sentir una enorme pena por el Guardián, compasión. No estaba bien. No estaba en su sano juicio. Razonó que, fuese lo que fuese, claramente tenía dificultades severas, una enfermedad mental, sin acceso a los cuidados y, quizás, incluso medicación, que necesitaba desesperadamente.

El Guardián comenzó a reírse de forma maníaca por el comentario de Salene.

—Lex… Lex, Lex, Lex —susurró repetidamente, cada vez más rápido hasta alcanzar un fervor entusiasmado, llegando a la histeria, repitiendo el nombre una y otra vez, de forma seguida, antes de parar de repente y echar la vista hacia el techo.

»¡L-E-X! —gritó el Guardián una última vez, con los brazos estirados a los cielos en veneración, el rostro de un semblante sereno. Se quedó mirando hacia arriba, con una profunda sensación de reverencia—. ¡Algunos pensaban que debías regresar a las fauces de tu nauseabundo y esclavista amo Lucifer en los infiernos! ¡Pero, de no haber liberado al Todopoderoso Zoot, no habría Dios en los cielos para guiarnos hacia la salvación del Poder y Caos!

Amber y Salene intercambiaron una mirada triste, mientras observaban al Guardián con cautela. Amber quería ayudarlo. Igual que Salene. Hacer algo, cualquier cosa, para aliviar el tormento interior del Guardián, para darle paz a su mente profundamente afligida. Y a su alma.

La tribu no tenía ni idea de qué hacer con él. Ni tampoco con el resto de prisioneros que habían terminado encarcelados como resultado de la reciente batalla.

En una reunión inicial, Lex se había declarado a favor de someter al Guardián a juicio para que se pudiese hacer justicia por los muchos crímenes de guerra y maldades que había cometido. Pero ¿sería aquel un juicio justo? Eso era lo que preocupaba a Amber. ¿Se encontraba el Guardián en un estado mental adecuado para someterse a juicio? ¿O era demasiado tarde, se había perdido para siempre en las garras de la locura?

Lex se mofó de su postura, creyendo que las únicas personas que sufrían algún tipo de locura era la propia tribu, si mostraban compasión por el Guardián.

Por suerte, llegada la hora de votar, otros miembros de la tribu la apoyaron, pues coincidían en que el Guardián estaba frágil, víctima de su propia mente, y necesitaba cuidados. Si querían guardar la esperanza de reconstruir un mundo mejor y crear el tipo de sociedad justa que tanto deseaban, entonces deberían encontrar alguna forma de rehabilitarlo, así como a otros que se enfrentasen a grandes dificultades y necesitasen atención especial. No podían sencillamente aislarlos, o mantenerlos encerrados por toda la eternidad. Ni tampoco dejar que vagasen libres entre los peligros y desafíos que encontrarían en aquel mundo dejado de la mano de Dios, donde todo el mundo se esforzaba no solamente por existir, sino también por sobrevivir.

El Guardián era solamente uno de los muchos problemas con que la tribu debía lidiar. Consideraban a Amber la líder, porque, aunque no la hubiesen elegido recientemente como tal, todos acudían siempre a ella con sus problemas, esperando que tuviese algún consejo que ofrecer o algún modo de ayudar. Y algo que la caracterizaba era su habilidad aparentemente natural para proporcionar consejos sensatos y prácticos, y para liderar de manera justa y equitativa.

Su siguiente tarea era visitar otra zona del centro comercial, donde mantenían a los antiguos aliados del Guardián y demás oponentes de los Mall Rats.

—Buena suerte —le deseó Salene.

—¡La necesitaréis! —gritó el Guardián, amenazante, observando irse a Amber con un brillo maníaco en los ojos, antes de erupcionar en un ataque de risa histérica y vengativa.

Amber no echó la vista atrás, ignorando sus provocaciones.

—¡Ya no falta mucho! —gritó el Guardián mientras ella salía—. ¡Y ni siquiera lo sabéis! ¡Lex pensó que eran los Tecnos de quienes le advertí! ¡Pero aún no habéis visto nada! ¡¡Esperad a conocer a los verdaderos portadores del Poder y Caos!!

Aunque estaba decidida a no interactuar más con él, ni quería saber a qué se refería, las palabras y actitud del Guardián dejaron desconcertada a Amber, y también a Salene.

Aquel comentario del Guardián se repitió en su cabeza mientras llegaba adonde tenían encarcelados a Eloise y los guerreros de la tribu Legión, los miembros del Colectivo.

—¡Amber! Qué detalle por tu parte visitarnos —dijo Eloise con palabras cargadas de sarcasmo. La malicia se leía claramente en su rostro al acercarse Amber a la celda que la alojaba.

»¿Es una visita de cortesía? —continuó—. ¿O has venido a ver cómo está el bebé? Podría ser tuyo si te portas bien y os decidís por adoptar a otro.

Eloise se dio golpecitos suaves sobre el estómago hinchado, señalando al bebé que llevaba en su interior. Estaba embarazada de varios meses y, al principio, había asegurado que Bray era el padre. Acusación que él negó insistentemente, y que Amber nunca creyó cierta. Eloise había estado utilizando a Bray, su prisionero por aquel entonces, como marioneta, intentando manipularlo para poder posicionarse ella como madre de su hijo. Y, por tanto, ocupar un lugar entre sus seguidores, los Zootistas, que formaban parte del Colectivo. Ella era bien consciente del poder y, sobre todo, del estatus elevado que adquiriría al llevar a un niño en quien fluía la "sangre de Zoot", dada la conexión familiar.

Fuese quien fuese el padre del bebé, Amber no quería ni imaginarse cómo sería tener a Eloise de madre. Parecía carente de todo tipo de compasión y sentía inclinación hacia la crueldad. De hecho, parecía disfrutar infligiéndola a los demás, a juzgar por lo que Bray le había contado, cuando reveló todas las indignidades que había presenciado y el dolor que él mismo había sufrido durante su cautiverio bajo Eloise y sus fuerzas Zootistas.

—¿Lista para hablar? —preguntó Amber.

Eloise recostó la cabeza sobre la silla, deleitándose en la sensación de relax, mientras uno de sus guerreros, también encarcelado, le peinaba el largo cabello negro, consintiendo a su líder tan bien como podía. Con los ojos cerrados, parecía que Eloise comenzase a dormirse, ignorando a propósito la presencia de Amber.

Desde la batalla donde los Mall Rats salieron victoriosos, había estado intentando sacarle información a Eloise y a los otros prisioneros que revelase más detalles sobre el Colectivo. Además de contar con los Zootistas, era al parecer una poderosa coalición de otras tribus de una tierra muy lejana, que habían unido fuerzas bajo el líder supremo, conocido como Kami, y se habían expandido, invadiendo otras ciudades, sectores y tierras, creando un imperio creciente para ellos mismos.

Ram fue el primero en alertar a los Mall Rats de la existencia del Colectivo, diciendo que había estado en contacto con Kami *online*, en el pasado, durante los últimos días del viejo mundo. Y que el líder del Colectivo había intentado reclutarlo a él y a sus Tecnos para unirse a ellos.

Supuestamente, Ram se había negado y, en su lugar, invadió la ciudad donde vivían Amber y su tribu. Posteriormente, los Tecnos habían sido derrotados. Y, aunque no formaba parte de los Mall Rats, Ram se había aliado con ellos y estaba cooperando. A veces, Amber lo veía demasiado ansioso por cooperar, sensación compartida por otros miembros de la tribu. Y nadie podía deshacerse de sus sospechas sobre las verdaderas intenciones de Ram, y hasta dónde podían confiar en él.

Según este, el Colectivo suponía una amenaza extrema. Al propio futuro y existencia de la humanidad. Aseguraba que, además de invadir otras tierras, estaban especialmente interesados en la Montaña del Águila, unas instalaciones que albergaban una base militar oculta bajo tierra, abandonada por adultos que parecían haber estado usándola durante el punto álgido de la pandemia, dejando atrás todo tipo de tecnología sofisticada, incluido un superordenador gigante: el sistema *K.A.M.I.*

Se trataba de un sistema casi mitológico y fuente de muchas teorías, desde que formaba parte de una infraestructura destinada a facilitar la evacuación a tierras lejanas (o incluso a otros planetas), hasta que el sistema estaba controlado por una fuerza militar oculta del viejo mundo que había lanzado el virus para comenzar una guerra bacteriológica.

Lo cierto era que nadie, ni siquiera Ram, sabía realmente la respuesta a todos los misterios, y si habría algo de cierto en alguna de esas teorías conspirativas.

Eso sí, no hacía mucho que algunos de los Mall Rats habían visitado el interior del vasto complejo de la Montaña del Águila, y lo que encontraron allí dentro los dejó asombrados. Entre otras cosas, un grupo de adultos, ni vivos ni muertos, sino "congelados" en extrañas cámaras criogénicas de hibernación. Quizás, razonó Amber, esperando el día en que los jóvenes supervivientes del virus fuesen capaces de revivirlos.

* * *

—¡Silencio! —susurró un Sammy cada vez más nervioso—. O nos meteréis en un lío.

Había conseguido convencer a los pequeños para dejar el partido de baloncesto por miedo a despertar al pequeño Jay. Ahora se daba cuenta de que, aunque la sugerencia de jugar a otra cosa parecía buena idea en un principio, se estaba volviendo una pesadilla manejarlos, pues Brady corría descontrolada por el vestíbulo principal del Centro con un chillido emocionado, seguida de Tiffany. Ambas niñas intentaban escapar de Shannon, pues estaban jugando al escondite. Enérgicamente. Cada participante contaba hasta diez, y resistían tan bien como podían las ganas de echar un vistazo entre los dedos para ver dónde escogían esconderse los demás.

—Que sea la última partida —gritó Trudy a los niños—. Tenéis la comida casi lista.

Sammy respiró aliviado al ver que Trudy llamaba a los más pequeños desde la cafetería.

Ella había estado ayudando a May a preparar la comida, con enormes ollas de estofado cociendo a fuego lento sobre los fogones de la zona de restaurantes, y era una delicia ver a Brady tan feliz mientras jugaba. Habían atravesado muchas cosas juntas, Brady había sufrido demasiado drama para su corta vida y Trudy esperaba que ellas, al igual que toda la tribu, tuviesen la oportunidad de comenzar de cero y construir algo nuevo. Un futuro mejor y más seguro para las generaciones venideras.

—La verdad es que está bastante bueno —dijo May, sorprendiéndose a sí misma al probar una cucharada para asegurarse de que la comida estaba lista.

Era lo mejor que podían cocinar Trudy y ella dada la escasez de ingredientes. Habían mezclado varias comidas enlatadas, con la esperanza de que saliese bien, y, sin saber cómo, habían acabado con un apetitoso estofado. Desde luego, los niños parecían estar disfrutándolo.

Repentinamente, todos soltaron un grito ensordecedor, incluidas Trudy y May, al ver a Lex pavoneándose hasta la cafetería con el descomunal cadáver de un jabalí sobre los hombros.

—¿Qué demonios es eso? —preguntó Trudy, intentando poner buena cara para calmar a los consternados niños, mientras Lex arrojaba el cadáver sobre una encimera.

—¿Tú qué crees que es? La cena. Para toda la semana, espero —respondió Lex mientras se lavaba cara y manos, llenas de sangre, en un fregadero cercano—. Estoy reventado. ¿Me ponéis un plato? Eso huele que no veas —añadió, echando un vistazo al guiso del cazo mientras se desplomaba sobre una silla.

—Estoy segura de que eres capaz de servirte tú solito, Lex —dijo Trudy, intercambiando una mirada de indignación con May.

—No somos tus sirvientas, ¿sabes? —añadió esta.

—Y yo no pienso traer el beicon a casa y tener que cocinarlo también. ¡Eso es cosa de mujeres! —se mofó él, con desaire.

—Espero que estés bromeando —dijo Trudy.

—Pues claro. A ver, un poquito —respondió Lex, enigmático.

—Tranquilos, niños —les pidió May—. No os preocupéis por el jabalí que ha traído Lex. Porque, hasta que aprenda qué significa realmente la igualdad, aquí la mayor amenaza es él.

Los niños seguían alterados, mirando con evidente asco el espectáculo del animal muerto sobre la encimera, los ojos observantes, opacos desde el momento de la muerte, con una expresión que reflejaba el miedo que sentían ellos mismos.

—Encantadora —se burló Lex.

—Va en serio, Lex —continuó May, con desprecio—. Tú eres el mayor cerdo que conozco. Un cerdo machista.

Sonrió orgullosa de su propio ingenio, y Trudy no pudo evitar sonreír también.

—Toma. Te voy a dar la comida, pero no te acostumbres —dijo Trudy al tiempo que servía un bol de estofado y se lo pasaba a Lex, que lo levantó y comenzó a sorber el contenido sin necesidad de cuchara.

—¿Cómo lo mataste, Lex? —indagó Sammy, con una mezcla de intriga y emoción.

—Seguramente se desmayó al ver a otro cerdo —siguió burlándose May—. Es normal, vio que era un macho alfa increíblemente fuerte.

—Ya vale, May. No estoy de humor —saltó Lex, antes de encogerse de hombros ante Sammy, modesto—. No fue gran cosa. Lo hice caer con un par de pedruscos y luego lo atravesé con una rama.

—¿Me enseñarás a cazar algún día? —le pidió Sammy.

—Si me traes otro bol de la cosa esta, igual me lo pienso —respondió Lex, deslizando el bol hasta Sammy, quien se acercó a los fogones y le sirvió otra ración.

—Eres de lo que no hay, Lex. De verdad —suspiró May.

—Gracias —respondió él, que volvió a encogerse de hombros con modestia.

—No creo que fuese ningún cumplido —añadió Trudy.

—Pues debería serlo —respondió él—. Sobre todo después de lo que he tenido que pasar esta mañana para mantener a esta tribu segura y alimentada.

Pocos podrían haber predicho, y mucho menos Lex, la ironía del comentario. Y cómo las vidas de los Mall Rats estaban destinadas a cambiar para siempre.

CAPÍTULO TRES

Durante los últimos días, Lex y Bray habían salido a inspeccionar la ciudad y los alrededores, para confirmar que la región estaba completamente desierta, como creían que era el caso. Todos acordaron que lo más inteligente era explorar todos los sectores, para asegurarse.

Bray y Lex planificaron sus rutas en un mapa: ambos inspeccionarían varias secciones de la ciudad y de los barrios residenciales de la periferia.

La única señal de vida que Lex había encontrado, era el jabalí. Y, durante la exploración de Bray, este tampoco encontró indicios de que hubiese nadie. La ciudad y sus proximidades parecían estar completa y absolutamente desiertas.

Más tarde esa noche, al regresar Bray, comparó sus hallazgos con los de Lex, algo que dejó algo más tranquilos a todos los Mall Rats, pues se dieron cuenta de que no había más peligros de los que tener que ocuparse. Al menos, de momento.

Todos llegaron a la conclusión de que los antiguos habitantes de la ciudad y de las afueras debieron haber evacuado también cuando lo hicieron los Mall Rats (antes de su regreso), para escapar de la funesta amenaza que presentaba el supuesto nuevo virus liberado por el comandante renegado de los Tecnos, Mega, que esperaba usar esta arma química para tener controlada a la población. No obstante, quizás Ram tenía razón realmente y no había sido más que un farol, una estratagema. O quizás otras fuerzas, incluso puede que el Colectivo, hubiesen conseguido sabotear los planes que había para el virus (que, al liberarse, resultó no ser más que una oscura nube de humo). Fuese cual fuese la realidad, había resultado suficiente para que todos los habitantes, incluidos ellos, huyesen aquel día.

La únicas personas que permanecían en la región, según parecía ahora, eran los Mall Rats y sus prisioneros del centro comercial, así como el resto de antiguos cautivos que una vez estuvieron bajo el yugo de Eloise.

Esta había traído consigo a un grupo de futuras madres en distintas etapas del embarazo. Todas ellas adolescentes, madres primerizas, asustadas, preocupadas por sus futuros y por los de los bebés que llevaban en su interior. Todo aquello formaba parte de un programa de repoblación en la isla donde vivían ella y la tribu de los Zootistas.

Pronto habría muchas más bocas que alimentar. Sobre todo cuando la unidad de maternidad diese a luz, ampliando aún más el grupo de pequeños que ya habían nacido. El centro comercial resonaba ya con los llantos de bebés que sollozaban, hambrientos, exigiendo la atención de sus madres para alimentarlos.

Para alivio de Lex y de otros miembros de la tribu, la unidad de maternidad se alojaba en la planta baja, habitando varias zonas de tiendas comerciales en desuso al ala norte del Centro.

A Lex le gustó la idea de Amber de estar separados, viéndolo como señal de empatía, dados los molestos ruidos que hacían los bebés a todas horas. En realidad, ella no había tenido esto en cuenta. Se debía más al hecho de que Lex, así como otros de los miembros varones que vivían en el centro comercial abandonado, podían acabar distrayéndose demasiado al ver a tantas mujeres dando el pecho, y quería darles a estas la dignidad de hacerlo en privado.

Al ser madres ellas mismas, Trudy y Amber también habían asumido una gran responsabilidad añadida: guiar a las nuevas madres sobre qué podían esperar en el camino a la maternidad. El grupo de Eloise lo conformaban madres solteras, como lo era Trudy, y Amber estaba especialmente agradecida por tener el lujo de contar con el padre de su bebé, Bray, a su lado. Todos en la tribu, incluido Lex, estaban decididos a darles todo el apoyo que necesitasen a las madres en la medida que pudiesen, y la mayoría de ellos se habían convertido en improvisados parteros y cuidadores, ofreciendo consejo y asistencia práctica. Aunque Sammy y algunos de los más pequeños no respondían de forma favorable a tener que hacer de canguros.

Además de una rota para vigilar a los prisioneros, los Mall Rats habían organizado los descansos para comer en horas distintas y escalonadas. La delegación de maternidad solía reunirse en la cafetería para comer juntos, mientras que el resto de la tribu comía en diferentes momentos.

Ebony se unió al grupo que había estado anteriormente bajo el control de Eloise y el Guardián. Todos eran antiguos Zootistas, jóvenes vulnerables que habían sido manipulados, a quienes les habían lavado el cerebro para creer en el culto a Zoot. Previamente, habían dedicado sus vidas a la causa con fanatismo, en servicio de sus anteriores líderes, el Guardián y Eloise.

Los Mall Rats y Ebony habían pasado tiempo desradicalizando al grupo, contándoles la verdad sobre lo que sucedió realmente en la ciudad durante los oscuros, primeros días de la leyenda de Zoot. Este no era ningún Dios, al contrario de lo que les habían contado, sino una joven alma atormentada que había perdido por completo su camino.

Ebony había estado allí en los primeros días, a su lado, como su amante y reina de su tribu, los Locos. Había sido fundamental a la hora de reconvertir a los Zootistas y cortar los lazos que los ataban al Guardián y, a través de este, a Eloise. Debido a su historia con Zoot, la contemplaban con una mezcla de admiración y respeto. Pero esos días habían quedado atrás hacía mucho. Ella ya no era de los Locos.

La vida había seguido adelante para Ebony. Para todos. Pero Amber, en especial, se daba cuenta de que la chica seguía conservando cierta lealtad por parte de los Zootistas, quienes la consideraban prácticamente su reina.

Así que Ebony estuvo de acuerdo en pasar más tiempo con ellos, para estrechar lazos. Pese a que Sammy y algunos de los pequeños pensaban que, sencillamente, lo hacía porque así le daban dos comidas. Una con los Zootistas a los que supuestamente controlaba. Y otra con los miembros mayores de los Mall Rats. Aunque, ciertamente, las comidas eran también un foro de debate y planificación.

Incluyendo la mejor manera de desradicalizar a los antiguos Zootistas que caminaban libremente entre ellos, y cómo podían ayudarlos a dar significado y propósito a sus vidas.

La mejor forma de hacerlo, según creía Ebony, era usar la fuerza física que proporcionaban los antiguos Zootistas para formar una nueva milicia bajo la influencia de los Mall Rats, y de ella en particular. Todo antiguo Zootista sería libre de unirse, pero podría negarse si así lo prefería. Y finalmente podrían quizás hasta dejarlos libres en la ciudad y alrededores, para que viviesen con independencia y siguiesen sus propias aspiraciones como tribu.

Lex y Bray no estaban nada de acuerdo con esta idea. No era solo cuestión de poder confiar en los Zootistas, sino también en Ebony, quien no había demostrado precisamente ser del todo leal en el pasado, y cuya característica principal parecía ser situar sus propias aspiraciones por delante de las de los demás, algo que solía coincidir con sus ansias de poder.

Tras mantener reuniones secretas, Amber y el resto de Mall Rats comprendieron perfectamente la preocupación de Lex y Bray y, de hecho, la compartían con respecto a Ebony. Pero, desde un punto de vista práctico, Amber creía que valía la pena lo que esta sugería para los Zootistas, quienes, una vez desradicalizados, quizás desearían vivir juntos en su propia base en paz y armonía.

Desde luego, añadirían peso a una potencial milicia, que los Mall Rats necesitarían para aumentar sus capacidades de defensa a medida que construían su futuro y crecía su población.

Todos habían resuelto, sin embargo, ver cómo se sucedían los acontecimientos y evaluar los resultados. Y, especialmente, echarle un ojo vigilante a Ebony.

No a todos los Zootistas se les asignó entrenar para su posible trabajo en la milicia. Algunos del grupo prefirieron integrarse en otras áreas de ocupación. Trabajando con Amber, Trudy y Salene en la unidad de maternidad. Otros, evaluando con May la posibilidad de desarrollarse como médicos, no solo para cuidar de quienes cayesen enfermos, sino también para tratar temas de nutrición. Hasta de desarrollar un posible sistema educativo para los más pequeños. Cualquier idea sobre promover la educación era recibida con total desagrado por parte de Lex, quien veía a profesores y colegios con cinismo y menosprecio debido a sus experiencias en el viejo mundo.

Ahora, por el contrario, se encontraba como pez en el agua, trabajando a menudo con Bray y también con Ebony, poniendo a prueba a la posible milicia, haciéndoles practicar ejercicio físico, ensayando "tácticas de guerra" en las calles desiertas que bordeaban el centro comercial.

Ebony también parecía deleitada con el desafío, pero era consciente de que había cierta desconfianza en todo el proceso.

Sentía que nunca había terminado de encajar. Nunca sería realmente uno de los Mall Rats, sin importar cuánto se esforzase. Siempre existía cierta tensión y desacuerdo, especialmente entre

Amber, Bray y Ebony. Debido, en parte, a la larga y complicada historia que se remontaba a los días en que Zoot era todavía líder de los Locos y controlaba las calles de la ciudad.

La visión que Amber tenía del futuro había chocado muchas veces con la de Ebony, y con los métodos de esta para sobrevivir en el mundo que les habían legado.

Es más, había existido un conflicto de intereses románticos entre Amber y Ebony en el pasado. En lo que ahora le parecía otra vida, o incluso otro mundo, Ebony una vez albergó esperanzas de poder construir una relación con Bray. Durante sus días de instituto. Pero él había rechazado rotundamente todos sus acercamientos.

Durante un tiempo, encontró la felicidad con Jay, antes de que él también la dejase tirada, prefiriendo estar con Amber. Ebony nunca la había perdonado por conseguir dos veces lo que ella, pese a su espíritu independiente, tanto deseaba. Amber tenía una relación sentimental estable con Bray. Ebony solo se tenía a sí misma.

Con una milicia que parecía serle tan leal, ciertamente parecía tener todo lo que necesitaba para situarse en una posición fuerte de ahora en adelante. Y era lo bastante astuta como para manejar distintas opciones. Podía seguir cooperando con Amber y los Mall Rats para salvaguardar el centro comercial y proporcionar una fuerza defensiva en caso de que apareciese otro enemigo o si algún día llegaban más fuerzas del Colectivo. O podía marcharse por completo del Centro y comenzar de nuevo, quizás regresar a su antigua base en el Hotel Horton Bailey, con la milicia como su tribu particular.

Quizás podía incluso volver a cambiar de bando y usar a la milicia para liberar al Guardián, Eloise y sus guerreros de su cautiverio. Se preguntó si Eloise era de las que aceptan un trato basado en una jugosa recompensa por parte del Colectivo si le permitía marcharse y regresar con ellos. Sin embargo, no estaba segura de poder confiar en ella, ni de si cumpliría cualquier acuerdo al que llegasen. Tenían muchas cosas en común, y Ebony reconocía a una maestra en manipulación cuando la veía.

Mantenía sus opciones abiertas y, al hacerlo, confirmaba y validaba la preocupación de los Mall Rats: que no descartaba cambiar de bando y hacer lo que mejor se le daba, sobrevivir.

En el juego siempre cambiante de la vida, Ebony se halló de nuevo en una posición de influencia, un "poder en la sombra" en potencia, y se prometió que esta vez sería ella quien terminase al mando. No como una reina a la sombra, claro está. Sino a plena luz. Y no como la reina de un líder como Zoot, sino como una poderosa líder por derecho propio. Tomase las decisiones que tomase en el futuro, se aseguraría de situarse en el lado ganador. Incluso si eso significaba colaborar con los Mall Rats, una opción ciertamente posible si estos terminaban convirtiéndose en una fuerza más poderosa. Fuese como fuese, resolvió que necesitaba tener también poder ella misma, para situarse en una fuerte posición de negociación.

* * *

El frenético sonido de dedos golpeando teclas de ordenador recibió a Amber y Bray al visitar a Jack, Ellie y Ram para ver cómo le iba al trío.

Habían estado trabajando hasta bien entrada la noche, y a casi todas horas, y Amber y Bray tenían ganas de comprobar si habían logrado hacer progresos o no.

Durante su última visita a la Montaña del Águila, los Mall Rats habían tomado posesión de un pequeño disco duro dorado que se encontraba en una de las cámaras criogénicas pertenecientes a uno de los adultos que descansaban en animación suspendida dentro del complejo militar.

Por mucho que Ram, Jack y Ellie lo intentasen, eran incapaces de leer los datos que pudiesen encontrarse en el disco duro.

—El problema sigue estando en el área binomial, que debería enlazarse con un posible sistema de *hardware*, con su propio *software* e incorporando posiblemente antípodas de trinomio —reflexionó Ram.

—Estoy de acuerdo —dijo Jack, mientras lo repasaba en su cabeza.

—¿Podéis decirlo en un idioma que entendamos, por favor? —dijo Amber al tiempo que Bray y ella intercambiaban una ligera sonrisa.

—¿Qué pasa, creéis que nos estamos haciendo los frikis? —añadió Jack, ligeramente ofendido.

—Bueno, es una forma de decirlo —confirmó Bray.

Era cierto que Jack amaba los ordenadores (algo que rivalizaba o superaba sus sentimientos hacia Ellie, como ella bromeaba a menudo) y era experto en todo tipo de sistemas y programas. La propia Ellie también entendía bastante de ordenadores, al haberlos estudiado en el instituto.

Ram, por el contrario, estaba a un nivel completamente distinto. Estaba en otro planeta. Excéntrico y talentoso, poseía habilidades increíbles que había utilizado muy a menudo en el pasado para lograr propósitos malintencionados, cuando intentaba establecer una sociedad impulsada por la tecnología mientras lideraba la tribu de los Tecnos, la tribu que invadió la ciudad de los Mall Rats.

Sin embargo, de eso hacía mucho. Y, de un tiempo a esta parte, Ram aseguraba estar del lado de los Mall Rats. No era uno de ellos, pero ya no era su enemigo. Se había unido a su bando para derrocar al régimen autoritario que tuvo lugar después de que le usurpasen su puesto. Ram fue también importante para derrotar más tarde a las fuerzas del Colectivo lideradas por Eloise.

La mayoría de los Mall Rats, incluida Amber, pese a que se reservaba el derecho a tener dudas, creían que había cambiado realmente y que podían confiar en que prestase su considerable talento y habilidades a un propósito más noble para reconstruir un nuevo y mejor mundo. Y no había nadie mejor para entretejer los elementos tecnológicos que, sin duda, serían necesarios para ello, y que parecían ocupar cada fibra de su cuerpo (y también de su brillante mente).

No parecía importarle nada más.

—Si lo queréis con palabras que podáis entender, pues voy al grano: soy un genio y sigo teniendo problemas para comprender los códigos de este *software*, que parece seguir encriptado —dijo Ram.

—También eres bastante modesto —dijo Bray, sarcástico.

—No sabría decir si es modesto, pero es muy bueno —añadió Jack.

—Tú también lo eres, Jack —añadió Ellie con orgullo.

—A ti tampoco se te da mal —respondió él, encogiéndose de hombros con humildad.

—Si disculpáis nuestra intrusión en vuestra sociedad de admiración mutua y nos contáis qué habéis planeado, os lo agradeceríamos —añadió Amber.

—Lo cierto es que aún nos quedan varias ecuaciones por probar —declaró Ram.

—Así que, en resumen: ¿seguís sin poder acceder a lo que sea que haya en el disco duro? —indagó Amber.

—En pocas palabras: sí —respondió—. Quien escribiese este *software* y lo implementase, ciertamente quería plantearle un buen desafío a quien se propusiese acceder a él, por no decir otra cosa —informó.

—Eso seguro —añadió Jack—. No querían que nadie encontrase la información que hay aquí dentro. De querer que se supiese, lo habrían puesto mil veces más fácil.

Amber y Bray creían del todo a Jack, por supuesto. Y Amber deseaba y esperaba poder creer a Ram. Pero las dudas la perseguían, le hacían preguntarse si estaría siendo del todo sincero.

La mayor preocupación era qué otros "secretos" podían haber dejado atrás los adultos. Qué significaba todo aquello. ¿Existían otras bases como la de la Montaña del Águila, esperando a ser descubiertas? ¿Albergaba el complejo algún otro secreto que revelar? Y ¿qué pasaba con Ram?, ¿sabía más de lo que daba a entender?

¿Acaso sería solo un juego para él? ¿Suponía el Colectivo la gran amenaza de la que Ram los había advertido?

—Bueno, si nosotros no hemos dejado de intentar usar este disco duro, ¿creéis que dejarán de intentarlo otros, como el Colectivo? —preguntó Amber.

—Una vez sepamos qué datos contiene, quizás pueda contestar a esa pregunta —respondió Ram—. Pero una cosa está clara: si esto contiene información valiosa… alguien, en algún lugar, en algún momento, se tomó todas las molestias para protegerlo y mantenerlo escondido en la Montaña del Águila, por algún motivo. De ser así, sí. Definitivamente, Kami no es el tipo de persona que se olvidaría de algo así.

Ram dijo que nunca había hablado directamente con "Kami", y que en realidad no sabía quién, qué, o quiénes eran exactamente. Si es que se trataba de más de una persona. Quizás, ni siquiera fuese una persona. Kami era simplemente el "nick" que aparecía *online*, con el que Ram se había comunicado durante un tiempo en el entorno de los *gamers*, cuando era el número uno en todos los *rankings*. Poco después, el mundo entero pareció llegar a su fin, y una nueva generación quedó a su suerte, para intentar sobrevivir y asegurar que la raza humana no se extinguiese.

Quien fuese o lo que fuese aquel "Kami", Ram sabía que el poder que se ocultaba tras sus megasistemas informáticos sería incansable, pues estos eran muy eficientes, y los únicos que habían supuesto un desafío para él. Kami, tomase la forma que tomase, era un genio. Un cumplido muy valioso viniendo de alguien como Ram. De hecho, este no podía negar que Kami estaba aún en un nivel más alto que él. Tanto que había preferido huir, retirar toda asociación de sus poderosos Tecnos con el Colectivo, a ser controlado por ellos y por su desconocido líder. Hecho que motivó la invasión a la ciudad en la que vivían los Mall Rats.

Jack sugirió que, quizás, habían estado enfocándolo de la manera equivocada. Quizás el motivo de no haber podido llegar aún a nada era que habían estado tan concentrados en intentar descubrir qué había en el disco duro, que se habían olvidado de algo muy obvio e importante:

—Necesitamos otro tipo de ordenador. Uno con la capacidad, la potencia y el aplomo para soportar la complejidad de un programa así —recomendó.

Y solo había un lugar que albergase un ordenador como nunca nadie había visto: la Montaña del Águila.

Pese a la inquietud que podían sentir ante la idea de volver, se dieron cuenta de que, muy a su pesar, no había más opción que regresar de nuevo a la Montaña del Águila y examinar todo lo que guardaban aquellas siniestras y misteriosas instalaciones.

CAPÍTULO CUATRO

A Tai San le parecía estar soñando. Allí, sentada frente a ella, tenía a Alice y Ryan, que le devolvían la mirada igual de sorprendidos y encantados de que hubiese reaparecido en sus vidas, como salida de la nada.

Ryan se había dejado una barba corta desde la última vez que lo había visto, y le quedaba bien. Parecía estar en buen estado, y seguir siendo el mismo Ryan de siempre: amable, gentil, sosegado, en buena forma física... Aunque, por su semblante y espíritu, Tai San notaba que había atravesado muchas cosas desde que lo separasen de los Mall Rats. Como todos. De algún modo, se manifestaba en una sensación de agotamiento y, de manera extraña, determinación.

—Sigo sin poder creerlo —dijo Ryan.

—Yo también —coincidió Tai San, casi sin palabras, abrumada de alegría y emoción por la reunión.

Alice se aproximó a la barra del bar y comenzó a servirse un vaso de whisky, intercambiando miradas y sonrisas con Tai San mientras se lo llenaba, entusiasmada de estar en compañía de su amiga una vez más. Siempre había tenido un estrecho lazo con Tai San y, durante un tiempo, fue incluso su guardaespaldas personal, en una vida distinta que parecía haber sucedido hace mucho.

Ryan estaba particularmente interesado en tener noticias de Salene. Alice, ansiosa por saber cualquier cosa sobre su hermana pequeña, Ellie.

Tai San les contó todo lo que ella sabía. La última vez que creía haber visto a Ellie y Salene, así como al resto de los Mall Rats, aunque de manera breve, fue en el hotel, cuando ayudó a Mega a derrocar a Ram. Sin embargo, Mega tenía sus propios planes y la había traicionado, utilizándola (como había hecho con Ram, irónicamente). Se la había jugado, y se arrepentía de lo confiada que había sido, cayendo ante las asustas maquinaciones de Mega en su cruzada por destituir a Ram y convertirse en el nuevo líder de los Tecnos, para posteriormente enviarla a ella a otras tierras.

Comenzó su largo periodo de esclavitud de un propietario a otro, siendo transportada de aquí para allá antes de acabar en posesión del Negociador, y finalmente del Seleccionador.

La noticia les dio a Alice y Ryan esperanzas renovadas de que, en alguna parte, por algún lugar del mundo, el resto de Mall Rats siguiesen con vida. Ambos mantenían la esperanza de que sus caminos volviesen a cruzarse algún día, como había sucedido con Tai San.

Estaban sentados en el salón principal del *Lakeside Resort*. Alice y Ryan le habían preparado algo de comer a Tai San en la bien abastecida cocina. Había quedado hambrienta tras su largo viaje y, ahora, el plato vacío de Tai San descansaba junto a ella sobre el enorme sofá en el que estaba sentada.

La identidad de sus captores seguía siendo un gran misterio, pero Tai San se dio cuenta rápidamente de que, fuese quien fuese el Seleccionador, y trabajase para quien trabajase... parecían estar en sintonía con el mundo natural a cierto nivel, dados los productos orgánicos que abastecían la cocina, junto con varias hierbas y especias.

Ese tipo de dieta siempre le había llamado la atención, pues prefería un enfoque basado principalmente en las plantas, en armonía con la Madre Naturaleza y el entorno. Por su parte, a Ryan y Alice los productos disponibles no les parecían tan apetecibles.

—Soy chica de carne y dos patatas —había comentado Alice mientras preparaba la comida—. Pero igual esto me ayuda a perder algunos kilos.

—¿Cómo? —preguntó Ryan.

Desde luego, era un gigante noble, pensó Tai San afectuosamente, y a menudo se había preguntado si Ryan tendría algún tipo de necesidad especial. Solía ser un poco más lento intelectualmente que el resto de la tribu, pero su simplicidad siempre parecía albergar una sabiduría interior, incluso paz, como si en realidad conociese todos los secretos de la vida.

Tai San les habló de aquellos alimentos y de como una dieta basada en plantas había comenzado a volverse más importante incluso en el viejo mundo, pues la gente se preocupaba cada vez más por el calentamiento global y el cambio climático.

Una ironía trágica, considerando lo que tuvo lugar realmente, con la pandemia provocando la amenaza tan real de una posible extinción humana.

—Al menos tendríamos posibilidades de escapar si los guardias son veganos —sonrió Alice socarrona, durante la comida—. La mayoría de los que he visto por aquí parecen un puñado de flojuchos, Ryan y yo podríamos con ellos fácilmente.

Tai San era consciente de que tanto Alice como Ryan eran dignos adversarios y podían cuidarse solos, así como de otros que estuvieran bajo su protección. Escapar podría ser una opción. En el momento justo.

—¿Te apetece uno? —ofreció Alice, sujetando un vaso vacío y agitándolo frente a Tai San, tras haberse acabado el trago de whiskey.

—Ahora mismo no, pero gracias.

—¿Y algo de todo esto? —continuó Alice al tiempo que examinaba los estantes y botellas que contenían una gama de bebidas sin alcohol y zumos, y abundante agua embotellada.

»Eh, que hasta tienen té verde. Era de lo que más te gustaba —explicó Alice tras encontrar una gama de tés expuestos en una vitrina.

—Quizás más tarde —respondió Tai San.

—Entonces nos toca a Ryan a mí bebernos lo más fuerte solitos —dijo Alice, sirviéndole un vaso a él.

—¡Tenemos mucho que celebrar! —sonrió Ryan—. El viejo equipo. O, al menos, tres de nosotros. Unidos de nuevo.

—Bueno, disfrutemos del momento mientras podamos —sugirió Alice, levantando el vaso para brindar—. Por Tai San, por Ryan y por mí. Y por el resto de los Mall Rats, estén donde estén.

Conforme avanzaba la noche, la sorpresa inicial de su inesperado reencuentro (que, aunque lo pareciese, no era ningún sueño y estaba sucediendo realmente), fue reemplazada por la realidad de aceptar su situación.

Alice y Ryan le explicaron a Tai San que los dos llevaban viviendo en el resort lo que parecía una eternidad, pero que solo habían pasado realmente un par de días desde que también los llevase a cada uno allí el Seleccionador, quien les había informado de que eran invitados de honor del Creador.

Ryan había llegado primero, antes de que Alice se uniese a él. Naturalmente, se sorprendió y entusiasmó por verla, pero también por tener compañía. Y por la confirmación de esta de que los comentarios del Seleccionador sobre el Creador no significaban que él o ella fuese ningún Dios. Tai San coincidió con ellos en que, pese a que el resort era lujoso comparado con lo que habían experimentado los tres recientemente, no se encontraban para nada en el cielo.

Ryan le contó a Tai San, como le había contado a Alice tras reencontrarse con ella, todo lo que le sucedió cuando fue enviado lejos por los Elegidos, quienes habían invadido la ciudad y hogar de los Mall Rats.

Al principio, recibió un severo castigo. Fue sometido a una brutal paliza por parte de los Elegidos, como venganza por atreverse a atacar a su líder y por ser un "no creyente" en su Dios, Zoot. Le negaron comida y agua y lo mantuvieron en condiciones sucias y miserables. Pensaba que ese sería su final, que sus días estaban contados.

Y en cierto modo lo estaban, puesto que desde entonces había existido más que vivido, había pasado de unas manos a otras y había terminado en las minas de tierras lejanas, realizando duros trabajos manuales. Por desolador que fuese, era mucho mejor que el destino que pensó que tendría.

Poco después, volvieron a venderlo. Sus captores viajaron a la costa para continuar su viaje por barco, hacia otro destino. Ryan había conseguido liberarse de sus esposas y huir, escapando por fin hacia una zona boscosa, donde pasó varios días solo, perdido, sobreviviendo de frutos del bosque y todo lo que pudiese comer.

Se cruzó con una tribu de nómadas que le dieron cobijo temporal. Sin embargo, aquella tribu ambulante no resultó ser su aliada, y volvieron a venderlo. Se encontró finalmente en otra tierra diferente, donde acabó siendo una especie de gladiador, obligado a tomar parte en distintos espectáculos de combate para entretener a espectadores ávidos de acción, sedientos de sangre. Era horroroso, según recordó, y le costaba incluso hablar de aquellos horribles recuerdos.

—Nos trataban como a animales —le dijo a Tai San, que escuchaba atenta su relato, igual que Alice, tan fascinada al oírlo por segunda vez como lo estuvo cuando Ryan le reveló los detalles a ella.

Tuvo que luchar por su vida, literalmente. Pero siempre se negaba a matar a sus oponentes, para decepción de las masas. En vez de eso, utilizaba su fuerza y destreza para volveros inofensivos, dejándolos inconscientes como mucho. Puede que no tuviese más opción que pelear, pero sentía que podía elegir cómo enfrentarse a aquellos contra los que peleaba.

No había participantes voluntarios. Eran todos esclavos, como él.

Había una cosa por la que luchaba Ryan, además de por mantenerse con vida y por la esperanza de que su destino cambiase. Una razón, sobre todas las demás, que lo hacía seguir adelante durante sus momentos más oscuros, cuando todo le resultaba insoportable y hubiese sido más fácil rendirse. Era el sueño de reencontrarse algún día con Salene.

Él la amaba mucho, profundamente, con todo su corazón. Su relación siempre había sido complicada, algo agitada en ocasiones. Salene había tenido sus momentos difíciles, con muchos problemas personales, ansiedades... Pero Ryan le dio el apoyo que necesitaba, la respetaba y le mostraba su cariño. Dignidad. Y, sobre todo, comprensión. Sentía que, tras sus momentos turbulentos, ella guardaba siempre un fondo tierno, cariñoso, con una compasión muy similar a la suya.

Alice ya le había contado la triste noticia de que, por desgracia, Salene había perdido al bebé que esperaban. Ella misma estuvo presente cuando sucedió, y se culpaba a sí misma por el accidente que lo provocó. Ryan quedó devastado al oír la verdad, al saber que además de perder su libertad y a Salene, había perdido al hijo o hija que habían estado esperando, así como el sueño que tuvo entonces de convertirse en padre.

Tai San quedó aliviada por no ser ella quien debía darle la noticia a Ryan y, mientras seguía escuchando lo que le había sucedido, le dedicó una oración interior con la esperanza de que su espíritu encontrase paz y pudiese llegar a aceptar aquella pérdida.

Ryan, el "gladiador involuntario", como lo habían apodado las masas, acabó en venta en una gran subasta de esclavos, y fue así como acabó en manos de las fuerzas que trabajaban para el Seleccionador, quienes lo habían traído al *Lakeside Resort*.

Tras las revelaciones de Ryan, Alice le contó a Tai San qué le había sucedido a ella desde que estuvieron juntas por última vez en la ciudad.

El fatídico día en que los Tecnos invadieron, cambiando sus vidas para siempre, Alice había estado llorando la muerte de Ned, su pareja.

Ellie proporcionó una gran fuente de confort a su hermana mayor al comenzar su período de luto. Pero, ese día, necesitada de espacio, Alice salió a dar un paseo y tomar el aire. Fue la última vez que vería a su hermana. Así como al resto de miembros de su tribu, los Mall Rats.

Al escuchar el avión y las explosiones que sacudían la ciudad, Alice había intentado regresar al centro comercial, pero pronto quedó subyugada por una avanzadilla de guerreros Tecnos que se la llevaron a rastras, entre voces y patadas. La subieron a un vehículo con otros prisioneros recientemente capturados y la llevaron al aeropuerto.

Los aviones de tipo militar que habían usado para transportar a las fuerzas conquistadoras de los Tecnos esperaban como gigantescas aves de presa mecánicas, con las puertas de la bodega abiertas, como si fuesen a devorar a Alice y el resto de cautivos, a quienes hicieron pasar al interior en contra de su voluntad.

En los tiempos anteriores al virus, el aeropuerto había sido un lugar de alegría donde Alice, junto a Ellie y su familia, se había embarcado en muchas aventuras memorables durante su infancia, volando a varios destinos lejanos de vacaciones. Sin embargo, esta vez, creía estar de camino a la perdición. Cuando el avión de los Tecnos estuvo lleno de prisioneros, las puertas de la bodega ocultaron de su vista la ciudad que había llamado hogar.

El vuelo duró unas dos o tres horas. Al llegar, descargaron el cargamento de humanos sobre el asfalto. Los habían dividido en grupos, separados por edad y género. Intercambiaron al grupo de chicas mayores entre las que se encontraba Alice por todo tipo de bienes: equipamiento informático, medicinas, alimentos... habían sido descargados y entregados a sus nuevos poseedores.

Pronto pusieron a trabajar al grupo de esclavas de Alice, según le contó a Tai San, y era un trabajo arduo. Semejante a lo que Tai San había experimentado. Una rutina terrible, día tras día.

Estaban encadenadas unas a otras, principalmente sembrando trigo y maíz, que después se vendía a compradores de algún otro lugar, según creía. Desde luego, los esclavos que hacían todo el trabajo duro para cultivar los campos no recibían el grueso de las recompensas que sus cosechas producían, y estaban mal alimentados, malnutridos. Muchos de los esclavos enfermaban debido a las condiciones extremas y no sobrevivían.

Al haberse criado en la granja de sus padres, Alice entendía de agricultura y se le daba muy bien. Sabía cómo vivir de la tierra, cuidar y mantener la vida que crecía bajo ella. Lo cierto es que de pequeña odiaba el trabajo de la granja y había soñado con aventuras muy lejanas en tierras exóticas. No obstante, aquello era justo lo contrario a cualquier cosa que pudiese haber imaginado. Estaba lejos de casa, pero vivía un infierno. Irónicamente, estar de nuevo tan cerca de la tierra, en el campo, era lo único que la ayudaba a seguir adelante. Para ella, suponía un enlace con el pasado.

Al contrario que muchos de los trabajadores esclavos a su alrededor, ella estaba conectada a la tierra y, aunque detestaba su situación de esclava, sentir el aire fresco y el suelo a sus pies la mantenían anclada, la ayudaban a absorber el tumulto y dolor emocional no solo por ser una esclava, sino también por la larga distancia que la separaba de sus seres queridos. Los Mall Rats y su hermana, Ellie.

Tras haber experimentado lo cerca que había estado la extinción de la raza humana, Alice pensó que su umbral para soportar dolor y angustia estaba bastante alto. Todos los jóvenes supervivientes que heredaron el mundo tras el paso del virus, habían atravesado muchas cosas, habían visto y sentido cosas que nadie debería sufrir nunca. Mucho menos adolescentes, niños.

Pero estar separada de su hermana pequeña había dejado un agujero en su corazón.

Desde el nacimiento de Ellie, un día que recordaba de manera vívida, uno de los más felices de su vida, había asumido el papel de "hermana mayor". Era una posición que disfrutaba y apreciaba, ser quien cuidaba de Ellie mientras ella misma crecía. Jugaron juntas, fueron a la misma escuela, disfrutaron de muchos momentos felices en la granja. Alice siempre había estado disponible para ella, lista para ofrecerle consejo de hermana, para ayudarla en lo que hiciese falta, compartir unas risas o simplemente disfrutar del estrecho vínculo que habían desarrollado a lo largo de los años.

Tras el fallecimiento de sus padres, Alice fue aún más consciente de su responsabilidad para con Ellie, e hizo todo lo que estaba en su poder para asegurarse de que ambas sobrevivían a la llegada de ese nuevo mundo. La propia Ellie era bastante capaz, por supuesto, habilidosa e independiente, pero Alice siempre estaría ahí para cuidarla, siempre sería su hermana mayor. Incluso le había salvado la vida cuando Ellie cayó enferma, hecho que provocó la llegada de los Mall Rats a sus vidas, cuando ella fue hasta la ciudad en busca de medicinas.

Tiempo después de abandonar la ciudad, Alice fue vendida en un mercado de esclavos, comprada por una tribu marítima que vivía en una zona más al norte de la costa, las Orcas.

Habitaban unas recónditas instalaciones pesqueras y vivían a base del marisco que recolectaban de las aguas, que también usaban para comerciar con otras tribus de la región.

Estaba a años luz de las privaciones que Alice había sufrido anteriormente como esclava, trabajando en el campo. Especialmente cuando quedó claro que el motivo por el que habían traído a Alice hasta aquellas costas era el interés amoroso que sentía hacia ella el líder de las Orcas, que se llamaba a sí mismo el Capitán y pretendía enamorar a Alice y convertirla en su esposa.

Al principio, le resultó desconcertante y gracioso que "el Capitán" quisiera casarse con ella. No porque no se considerase merecedora de amor, sino porque el Capitán era un completo desconocido y no la conocía en absoluto.

Pero el Capitán reveló que le iban las mujeres de gran envergadura. Algo que no la sorprendió, pues él mismo tenía una gran altura y sobrepeso. Y no pudo evitar sentirse un poco halagada por la atención recibida, y por el hecho de haber experimentado algo que hasta entonces le era desconocido: ser percibida como un "objeto sexual".

Tras rechazar las insinuaciones del Capitán, Alice pronto dejó de ser bien recibida entre las Orcas y fue llevada a la "Isla del Trabajo", un lugar donde las tribus de la región se reunían para comerciar unas con otras, semejante a las reuniones tribales en la tierra natal de los Mall Rats. Fue allí donde se encontró fugazmente con KC, y con un desquiciado Guardián.

Por algún motivo, captó la atención de la misteriosa unidad de una milicia que no parecía pertenecer a la región y no sentían ningún interés por el resto de productos disponibles.

Estos la tomaron y la llevaron a un barco de espera y, tras un largo viaje, quedó en custodia del Seleccionador.

Tras llegar al *Lakeside Resort*, lugar de su reencuentro con Ryan, creció en ella la esperanza de que el destino diese un giro hacia mejor, de que su esclavitud hubiese llegado finalmente a su fin. Sin embargo, pronto descubrió que, en cierto modo, solo acababa de comenzar… y había llegado a dimensiones que nunca había experimentado.

Como le sucediese a Ryan, sus captores parecían más hospitalarios y, como también a Tai San, la informaron de que podía quedarse en el hotel como invitada del Creador, bajo la "supervisión y protección" del Seleccionador, como decía él.

Había muchas cosas que Alice y Ryan seguían desconociendo sobre los responsables de su situación y qué querían exactamente de ellos. Así que no podían arrojar demasiada luz sobre las preguntas de Tai San, y estaban tan confundidos por todo como ella misma.

Lo que sí sabían, no obstante, era que el Seleccionador conocía muchas cosas acerca de Alice y Ryan. Más de las que ellos conocían sobre él. Los había visitado en los últimos días para hacerles preguntas, que parecían sacadas de un interrogatorio, como le explicó Alice a Tai San. El Seleccionador, siempre presente supuestamente a petición del Creador, era meticuloso en su investigación, ponía atención en los detalles y poseía una mente aplicada, aunque a Alice le resultaba más bien calculadora. Con un apetito insaciable por saber todo pormenor, era extremadamente minucioso, decidido a acumular toda la información posible sobre su vida hasta la fecha, y sobre la de Ryan.

Era algo similar a las técnicas que el Negociador había usado con la propia Tai San durante el tiempo que pasó bajo el control de este: constantes sondeos y preguntas en busca de detalles, de cualquier detalle, no solo de Tai San sino también de los demás Mall Rats.

Ni Alice ni Ryan se habían encontrado jamás con ese tal Negociador que había mantenido prisionera a Tai San, ni habían escuchado hablar de él.

Enclaustrados en el resort, tampoco se habían reunido nunca con el Creador, fuese quien fuese y estuviese donde estuviese. Y, al no tener más datos sobre este aparte de los comentarios del Seleccionador acerca de que obedecía sus órdenes, se preguntaban si el Creador era siquiera una persona real. Alice había pensado que, quizás, el Seleccionador se había inventado la supuesta existencia del Creador como otra forma de ejercer influencia sobre ellos, pues había prometido que su superior recompensaría a todos aquellos que se uniesen al nuevo mundo que estaban "creando". Alice supuso que se trataba de algún incentivo, de una especie de soborno que les ofrecía para motivarlos y animarlos a cooperar con él y poder extraer información, detalles.

Les había asegurado que el Creador era real y que, cuando este lo considerase necesario, Alice y Ryan descubrirían el verdadero propósito y destino reservados para ellos, parte de los planes generales del Creador.

Los interrogatorios habían girado a menudo en torno a la Montaña del Águila.

Ryan había estado allí antes, junto a Tai San, durante la fatídica visita de los Mall Rats hacía mucho tiempo. La tribu había descubierto solamente el nivel superior de la base militar-científica secreta. Alice todavía no formaba parte de los Mall Rats en aquel entonces, pero sabía todo por lo que habían pasado y relató lo que sabía al Seleccionador.

Los propios Mall Rats eran siempre el principal tema de la gran investigación del Seleccionador. Les había pedido a Ryan y Alice que le dijesen todo lo que sabían sobre la tribu. Sus vidas antes del virus, sus esperanzas, sueños, personalidades, conexiones románticas, sus amigos y enemigos, los desafíos a que se habían enfrentado, el tipo de sociedad que habían intentado construir. Lo que comían. Su nivel de destreza tecnológica. Su fuente de alimento y agua. Sus tratos con otras tribus de la ciudad. Qué opinaban de los Elegidos, Zoot y los Locos. Incluso de Ebony. Cómo fue la invasión de los Tecnos, qué pensaban de Ram, cómo había sido la vida bajo el reinado de los Tecnos, las estrategias que usaron para derrotar primero a Ram y luego a su sucesor, Mega. Sus opiniones sobre la tecnología de Ram, sus experiencias de primera mano con la realidad virtual que este implementó en el pasado.

El Seleccionador también sentía curiosidad sobre cómo se llevaban los miembros de los Mall Rats entre sí: quién era más cercano a quién, la química personal entre cada uno de ellos, cada aspecto de sus vidas privadas.

A Tai San le pareció extraño, pero no una coincidencia, que ella misma se hubiese enfrentado a tantas preguntas durante su tiempo como prisionera del Negociador, quien también le había preguntado sobre la Montaña del Águila y los Mall Rats.

Ahora que ella había llegado allí, Alice y Ryan especularon que quizás seguirían interrogándola. Y los tres se preguntaron qué les depararía el futuro. ¿Estarían a salvo? ¿Seguirían quedándose en el resort? ¿Los liberarían para que cumpliesen con el supuesto propósito que ese tal Creador tenía para ellos?

Puede que el Seleccionador no fuese más que un poderoso comerciante, razonó Alice, acumulando conocimiento e información incluso de otros individuos que pudiesen tener cierto valor para él, de un modo parecido al que había utilizado el Negociador cuando le vendió a Tai San. Ella y Ryan coincidían en que era posible que, tras algún tiempo retenidos en el resort, el Seleccionador los vendiese de nuevo a otro comprador en una subasta, cobrándose un buen pellizco en el proceso. Puede que el Creador fuese hasta un cliente del Seleccionador, sugirió Tai San. Ninguno de ellos lo sabía a ciencia cierta.

—Una cosa sí que sé —le dijo Alice a Tai San—. El Seleccionador me da mucho mal rollo. Es rarito. Y pensaba que lo había visto todo con el Guardián.

Describió que, a veces, la actitud del Seleccionador era muy amistosa… demasiado amistosa. Estaba segura de que era una careta, una máscara zalamera de buenos modales, que escondía una personalidad deshonesta con motivaciones ocultas que ni

Ryan ni Alice podían desentrañar. Otras veces, parecía frío, antipático, incluso hostil. Alternaba arrebatos sutiles y pasivo-agresivos con las amenazas más directas que les profería cuando veía que no se estaba saliendo con la suya. Cuando mencionaba al Creador, hablaba con veneración, profundo respeto y adoración. Era como si por el resort apareciesen versiones distintas del Seleccionador, algo que volvía loca a Alice, al no saber cómo se comportaría de un día para otro.

Había una cosa más, enfatizó Ryan. Era difícil de explicar, pero el Seleccionador parecía estar siempre "poniéndolos a prueba" de algún modo. Analizaba constantemente cómo reaccionaban ellos a su comportamiento, a las cosas que decía, a las respuestas que le daban durante sus charlas. Y parecía disfrutar la incomodidad que ellos mostraban al desconocer el motivo de su continuada cautividad. En ocasiones, no decía nada en absoluto, según contó Alice. Había largos momentos de silencio en sus visitas, durante los cuales simplemente se quedaba mirándolos, evaluando sus reacciones, comprobando si le devolvían la mirada o la apartaban.

Otras veces, era él quien evitaba mirarlos a los ojos y, en su lugar, mantenía la cabeza agachada, ocupado con lo que escribía en el portátil que traía consigo a los interrogatorios. El Seleccionador era un enigma y, ya fuesen sus inconsistencias a propósito, para lograr un efecto, o sencillamente el resultado de ser un alma complicada, ambos sentían que los estaba examinando continuamente cuando interactuaban con él.

Resultaba un misterio qué era lo que "seleccionaba" exactamente.

Eso sí, Tai San estaba decidida a no quedarse para averiguarlo. Acordó con Ryan y Alice que, cuando llegase el momento oportuno, intentarían llevar a cabo un plan de escape.

* * *

A varios kilómetros de allí, en su morada, tomando un trago de su infusión de manzanilla, los ojos del Seleccionador permanecían quedos sobre la imagen de Tai San frente a él, absorta en su conversación con Alice y Ryan.

El Seleccionador estaba sentado ante un banco de monitores, parpadeantes en una estancia de otro modo completamente oscura. El brillo de la pantalla más cercana le relumbraba sobre el rostro, a pocos centímetros de distancia. El resto de pantallas mostraban diferentes perspectivas de zonas en el interior y alrededor del resort, a través de las cámaras que habían instalado y fijado hacía mucho. Mostraban varios ángulos hasta de los guardias que vigilaban el perímetro.

Tras inclinarse en la silla para observarla más de cerca, el Seleccionador concentró su intensa mirada en Tai San, estudiando sus gestos y todos sus movimientos.

En uno de los monitores aparecían ondas de sonido que medían el nivel de las voces de Tai San, Alice y Ryan, cada una de sus entonaciones. Una tecnología similar, aunque más avanzada, a los detectores de mentiras del viejo mundo.

El Seleccionador había oído cada palabra de la conversación que Tai San había estado manteniendo con sus dos amigos Mall Rats y sonrió, satisfecho por el progreso que había logrado. La reunión de Tai San con Ryan y Alice no solo fue informativa, sino que también le resultó entretenida. Las opiniones y especulaciones que tenían sobre él le habían resultado especialmente intrigantes.

Era muy bueno tenerlos a los tres allí juntos, reflexionó. Todo estaba yendo según lo planeado.

CAPÍTULO CINCO

Bray se había levantado justo antes del amanecer, dándoles un beso de despedida a Amber y a su pequeño dormido. Y, tras un desayuno rápido, se dispuso a comenzar su tarea de explorar la zona para asegurarse de que realmente no había más habitantes en la ciudad y los alrededores.

La noche anterior, los Mall Rats habían decidido que una segunda expedición saliese más tarde esa mañana: Ram, Jack y algunos de los demás se dirigirían rumbo a una misión para investigar la Montaña del Águila.

Inicialmente, Bray iba a acompañarlos, pero decidió que resultaría de mayor utilidad quedándose para trabajar con Amber en todo lo que tenían por hacer. Pero, en el fondo, era más porque no le gustaba la idea de dejar a Amber y los Mall Rats solos, así como a su pequeño, dado que Lex se uniría a la expedición de la Montaña del Águila.

Quizás lograsen comprender mejor qué habían estado haciendo los adultos en las misteriosas instalaciones subterráneas, pensó al tiempo que salía del centro comercial. En su última visita, los Mall Rats quedaron perplejos al descubrir el tamaño del complejo, dividido en varios niveles, la avanzada tecnología

59

allí abandonada... e incluso adultos, al parecer importantes, que se habían metido en cámaras criogénicas de hibernación en un esfuerzo por escapar del virus que estaba asolando la Tierra.

El destino de los Mall Rats parecía estar unido a la Montaña del Águila, consideró Bray mientras recordaba la primera visita que realizaron hacía mucho tiempo, en la que Zandra, la pareja de Lex por aquel entonces, murió en una explosión que sacudió la planta superior del observatorio. Amber estuvo a punto de perder también la vida por culpa de la detonación.

Esperaba que, aquella vez, los Mall Rats no tuviesen que atravesar una tragedia igual. Pero, para él, la principal tarea del día era explorar el bosque que rodeaba la ciudad y establecer si la tribu de los Ecos había regresado a su campamento.

Amber vivió un tiempo entre ellos, y los Ecos, liderados por Hawk, eran más que aliados para los Mall Rats. Eran amigos cercanos que compartían su búsqueda de una vida en paz y armonía. La única diferencia era que los Ecos preferían vivir más cerca del campo y de la Madre Naturaleza.

No obstante, a su llegada al lugar donde solían vivir, Bray encontró el campamento abandonado, sin señales de los Ecos. Los Mall Rats creían que debieron huir de los alrededores de la ciudad, junto al resto de la población, para escapar de lo que entonces se temía era un nuevo virus liberado por Mega y sus Tecnos. Era una suposición, claro, y nadie estaba del todo seguro, pero les deparase el destino que les deparase a los Ecos, su lugar ciertamente no se encontraba allí.

Tras examinar el campamento abandonado, exploró la parte más al norte de la ciudad. Era espeluznante caminar por las calles desiertas completamente solo, pensó. El sonido de sus botas era el único ruido que escuchaba con cada paso, sin contar con su propia respiración, a medida que avanzaba por una calle comercial, cuyas tiendas habían saqueado hacía mucho. En ese momento, a Bray le pareció ser la única persona que quedaba en el mundo.

Las calles estaban pavimentadas con recuerdos, le hacían rememorar su vida antes y después del virus. Los muchos sucesos que habían vivido él y el resto de los Mall Rats. Había recordatorios en casi todas las esquinas. Una de las tiendas vacías y cubiertas de grafitis por las que pasó fue antaño la juguetería favorita de su hermano pequeño, Martin, y solían visitarla cuando eran niños. Las ventanas hechas pedazos, el edificio una sombra quemada y ruinosa de lo que una vez había sido.

Le resultó similar al destino acaecido al propio Martin, pues había observado cómo el mundo de su hermano se derrumbaba, cómo este terminó reinventándose en Zoot, antes de que su vida terminase trágicamente pronto tras convertirse en el líder de los Locos. Su reputación era la de un tirano. Y, aunque Bray no podía negar que la ideología de los Locos del "Poder y Caos" y la anarquía fuese totalmente opuesta a todo lo que él defendía y a la ideología de los Mall Rats… nunca llegó a asimilar del todo la transformación de su hermano pequeño.

Martin había sido rebelde desde el día en que nació, pero le revolvía las entrañas pensar que sus difuntos padres hubiesen llegado a saber lo que había ocurrido con su segundo hijo. Y él mismo seguía destrozado tras haber atravesado aquel conflicto.

Estaba deseando volver cuanto antes al centro comercial. No había pasado demasiado tiempo con Amber últimamente, solo de noche, pues ambos estaban muy ocupados con todas sus responsabilidades diarias. Había muchos problemas que solucionar. Qué hacer con el Guardián, Eloise y los peligrosos guerreros que tenían encerrados en el Centro. El grupo de jóvenes madres a su cuidado. El misterio de la Montaña del Águila, el Colectivo, y la amenaza que pudiesen suponer.

Bray había sugerido que Amber y él se reservasen una pequeña parte de la tarde para ellos, aunque fuesen una o dos horas, para poder disfrutar de algún tiempo de calidad juntos. Había pasado demasiado tiempo desde la última vez que estuviesen ambos solos, y anhelaba un preciado y pasajero momento con ella durante el que pudiesen, hasta cierto punto, poner de lado sus preocupaciones y responsabilidades, y sencillamente disfrutar de la compañía del otro.

Avanzando desde el norte de la ciudad, llegó a los sectores 8 y 9, que una vez estuvieron bajo el control de los Locos y de su difunto hermano.

Ver sus grafitis en las deterioradas calles supuso un amargo recordatorio de todo lo ocurrido, particularmente el hecho de que Ebony estuvo involucrada como novia de Zoot y reina de su tribu.

Pese a que parecía haber cambiado, Bray nunca podía terminar de confiar del todo en ella, y resolvió que debían vigilarla muy de cerca. Especialmente, cuando se encontraba con los prisioneros Zootistas que podían influir en ella... o, aún peor, sobre los que ella podía quizás influir para instigar un levantamiento.

La opinión de Bray no había terminado de asentarse y, para ser justo con Ebony, decidió mantener la mente abierta, puesto que esta parecía tomarse en serio la amenaza de una posible presencia de las fuerzas del Colectivo. Bray reconocía que era importante asegurarse de que los Mall Rats estuviesen tan preparados como pudiesen, en caso de que se convirtiesen en el blanco de un ataque del Colectivo o de alguna otra fuerza invisible.

Dado que eran tan pocos, estaba claro que la tribu necesitaría aliados, y Ebony parecía la mejor candidata para ayudar a establecer sus esfuerzos defensivos. Después de todo, los antiguos Zootistas eran una milicia bien formada y ella misma, una comandante muy competente, dura y curtida en las calles. Tenía mucha experiencia en combate y pensaba de manera muy estratégica.

Y eso era, precisamente, lo que más le preocupaba a Bray. La conocía muy bien. Y la conocía desde hacía mucho. Era demasiado inteligente. Astuta. Pese a que aseguraba desearles lo mejor a los Mall Rats, él recordaba las muchas veces que Ebony había puestos sus intereses personales por encima de los de los demás. Se preguntaba si tendría motivaciones ocultas. Si guardaba alguna carta bajo la manga... o toda una baraja. Algún otro plan que pretendiese llevar a cabo y que resultase en otra traición hacia los Mall Rats.

* * *

Parecían tan tranquilos, pensó Amber desde la entrada, mientras miraba hacia el interior de lo que una vez fue una tienda de muebles en el centro comercial.

Sentada sobre una de las camas de dentro estaba Emma, una adolescente que le estaba contando un cuento para dormir a la hija de Trudy, Brady, a quien estaba cuidando, así como a sus hermanos pequeños, Shannon y Tiffany. Los tres pequeños estaban hechos un ovillo, acurrucados junto a Emma. Y cada uno de ellos comenzaba a caer en un sueño ligero a medida que ella terminaba de contar una historia que se estaba inventando, sobre un perro mágico que podía hablar con los humanos.

Con su bebé dormido a sus brazos, Amber no pudo evitar sonreír al apreciar no solo la historia de Emma y sus habilidades para cuidar de los niños (que tres niños, a menudo hiperactivos, durmiesen su siesta diaria no era un logro fácil de conseguir), sino también sus muchas cualidades inspiradoras. Ella no podía ver la calidez en el rostro de Amber, porque lo cierto es que Emma era ciega. Pese a ello, continuaba viviendo su vida tan bien como podía, con valentía, perseverancia y una gran amabilidad para con los demás, especialmente los más jóvenes y vulnerables. Ignorando casi por completo el hecho de que ella misma también era vulnerable, dada su discapacidad. Si todo el mundo fuese como ella, caviló Amber, el mundo sería un lugar mucho mejor.

Tras pasarse a ver cómo estaban Emma y los pequeños, Amber prosiguió su camino hasta la cafetería, ya que quería preparar una sorpresa especial para la "noche de cita" que había planeado tener más tarde con Bray, cuando este regresara. El resto de Mall Rats habían apoyado la idea por completo, pues reconocían que la pareja hacía muchas cosas por todos, y era justo que intentasen hacer algo por ellos dos.

Trudy, enfrentándose a los fantasmas de su pasado, había insistido en ser ella quien hiciese el turno de Amber para vigilar al Guardián en su celda, para que esta no necesitase terminar su parte de la rota ese día. De igual forma, Ebony se había ofrecido voluntaria para echarle un ojo a Eloise y los guerreros de Legión bajo su mando, asistida por el turno de vigilancia de la milicia Zootista.

Lia, el nuevo interés romántico de Lex, se mantendría a su vez cerca de Ebony. En teoría, para ayudarla a vigilar a los prisioneros, pero, como Amber bien sabía, lo que quería realmente era asegurarse de que Ebony no se propusiese llevar a cabo ninguna treta ni artimaña con sus antiguos aliados entre rejas, tras haber estado anteriormente en su bando. Lex le había pedido a Lia pegarse a ella como una lapa y estar atenta a cada uno de sus movimientos.

Ram, Jack y Ellie ya no estaban en el centro comercial, tras emprender su camino hacia la Montaña del Águila con Lex, que los acompañaba para ofrecerles protección en caso de que encontrasen algún peligro inesperado. Pero también para asegurarse de que Jack y Ellie no estuviesen en riesgo si Ram tenía motivos ocultos.

Era una precaución sensata, había resuelto Amber.

Había mucho por explorar en el vasto complejo subterráneo de la Montaña del Águila, y Amber, al igual que Bray, deseaba en parte poder haber ido con los demás para ayudar, o que pudiesen haber enviado una partida más grande. Pero no era posible. Había muy pocos miembros en los Mall Rats, y la pareja necesitaba tanta ayuda como fuese posible mientras Lex, Ram, Jack y Ellie estaban fuera.

Con cada hora que pasaba, Amber esperaba que siguiesen a salvo, y estaba deseando que regresasen, así como saber qué noticias traían a su vuelta.

Mientras tanto, la vida seguía adelante en el Centro. La historia de Emma fue interrumpida de repente con la llegada de Sammy.

—¡Amber! ¡Ven rápido! —gritó.

—¿Qué pasa? —respondió ella, preocupada.

—¡Son Salene y May! ¡No veas cómo lloran!

Tras apresurarse al dormitorio de estas, Amber encontró a Salene y May sentadas una junto a la otra sobre la cama, abrazadas, tranquilizándose mutuamente. May se había emocionado, le brotaban lágrimas de los ojos. Salene también estaba alterada, sus hombros se agitaban al tiempo que ella también lloraba.

—¿Va todo bien? —preguntó Amber, acercándose para sentarse con ellas y ofrecerles su apoyo—. Pero ¿qué os pasa?

—Es Salene… —explicó May entre lágrimas.

Parecía querer decir más, pero le estaba resultando difícil que saliese palabra alguna de su boca.

—Podéis contármelo, sea lo que sea —las animó—. Os sentiréis mejor si habláis de ello. Un problema compartido no solo se reduce: se soluciona.

—No es nada malo, Amber… —habló Salene, intentando recobrar la compostura y respirando profundamente—. Es May… Ha dicho…

—¿Ha dicho qué? —se preguntó Amber.

—¡Ha dicho que sí! —explicó Salene con una repentina sonrisa, y comenzó a reírse, y luego a llorar al mismo tiempo, totalmente abrumada por los sentimientos, como le sucedía a su chica.

Fue entonces cuando Amber reparó en que la emoción de Salene y May se debía a lágrimas de felicidad.

—May y yo… ¡vamos a casarnos! —soltó Salene, eufórica.

—¡Eso es maravilloso! ¡Enhorabuena! —exclamó Amber, rodeándolas con los brazos para darles un gran abrazo.

* * *

El vehículo se detuvo en seco, arrojando una lluvia de gravilla, mientras sus ocupantes estudiaban el edificio del observatorio frente a ellos, en la cima de la Montaña del Águila.

—Pues ya hemos llegado —dijo Lex, apagando el motor y saltando desde el lado del conductor. Le preocupaba que no hubiese suficiente gasolina en el depósito, especialmente porque no había tribus con las que comerciar en la desierta ciudad y en sus alrededores.

Jack y Ellie salieron de los asientos traseros y se quedaron mirando hacia delante, intranquilos.

—No tiene pinta de que haya nadie más por aquí —sopesó Jack.

—Esperemos —dijo Ellie, cada vez más ansiosa ante la idea de lo que podrían encontrar en el interior.

—Si hay gente, seguro que los has asustado con tu manera de conducir —suspiró Ram, que salió trepando lentamente del asiento del copiloto. Tenía pinta de estar a punto de vomitar, y sentía que Lex había conducido demasiado rápida y erráticamente para su gusto—. ¡Recuérdame que nunca te contrate como chófer!

El camino desde el centro comercial hasta la Montaña del Águila era largo y, durante este, no se cruzaron con nadie. Toda la región estaba desierta, aparte de algunos perros vagabundos, probablemente antiguas mascotas que se habían vuelto salvajes. Y todos habían comentado que esperaban no encontrarse con ninguno de los animales salvajes que vivían antiguamente en el zoológico de la ciudad.

Ahora, era como si se encontrasen en la cima del mundo, el aire fresco y gélido debido a la altitud, fuertes vientos por todas partes que daban velocidad a las nubes más arriba, tan cercanas que daba la sensación de que podían estirar la mano y tocarlas.

—No sé qué es más hermoso —gritó Jack en medio de una ráfaga de viento—: las vistas desde aquí, o verte a ti.

Le hablaba a Ellie. Estaban cogidos de la mano mientras hacían camino hacia la entrada del observatorio. Desde luego, la vista de las colinas ondulantes hacia más abajo eran imponente, panorámica. Como lo era Ellie para Jack, con el pelo contoneándose por el viento.

—Menudo galán —dijo ella con falsa modestia—. Quizás use un poco de este viento para hacerte llegar un beso.

—¿Solo uno?

—Vale, un montón. Puede que uno incluso sea un beso de verdad.

Jack sonrió ante la idea. Pero Ram y Lex parecían directamente enfermos.

—¿Vosotros dos pensáis parar? No me entusiasma todo este romanticismo —suspiró Ram—. ¿Tú qué dices, pequeño Lexy?

—Por si no te habías dado cuenta, Ram, a mí me gusta mucho el amor, así como la guerra —Lex le guiñó un ojo en un intento de camaradería varonil.

Ellie ignoró sus comentarios de burla y le regaló una cariñosa sonrisa a Jack, que ayudó a calmarlo y a rebajar la ansiedad que sentía revolverse en su interior. La idea de volver a entrar a la Montaña del Águila lo hacía sentir agitado. Era un lugar enorme e intimidante.

—Vuelvo enseguida —dijo Lex de repente. Los demás se dieron cuenta de qué significaba cuando lo vieron acercarse a la tumba de Zandra, que él mismo había cavado en el momento de su muerte. Le vinieron recuerdos dolorosos de su fallecimiento en aquel lugar. En la explosión que se llevó por delante la vida de Zandra, también se perdió al bebé del que había quedado embarazada poco antes. Lex no estaba solo presentando sus respetos a su amor perdido, sino también al hijo o hija que pudieron haber tenido. Como tributo, situó unas cuantas flores silvestres que había tomado de la ladera junto a la tumba, colocando algunas piedras encima para asegurarse de que el viento no las movía.

Ram observó a Lex junto a la tumba… y supo que pronto habrá más tumbas que cavar. Después de todo, no podían dejar a los adultos sepultados en la Montaña del Águila por siempre.

Los habían descubierto en las profundidades del complejo durante su última visita, "congelados" como en un profundo sueño, en sus cámaras criogénicas de hibernación. Había sido una visión increíble y extraña. A Jack, Amber y los demás les resultó alucinante estar de nuevo en presencia de adultos, algo que no creyeron volver a experimentar jamás.

Al principio, Jack tuvo la esperanza de que fuese posible resucitarlos de algún modo, sacarlos de las cámaras. Y, de ser así, tendrían muchas preguntas que hacerles. Pero Eloise, en un ataque de furia, había desconectado las unidades de su fuente de energía.

Ram tenía ciertos conocimientos sobre las unidades criogénicas. Él había estado ya muchas veces en la Montaña del Águila, durante su reinado en la ciudad, cuando era el líder de los Tecnos.

Tras descubrir a los adultos hibernando, había estudiado sus cámaras por ingeniería inversa para poder comprender cómo funcionaban, esperando poder usar una de las unidades él mismo para escapar del mundo real y vivir para siempre, en un estado de perpetuo sueño, dentro de su propio paraíso creado con realidad virtual. En sus sueños. Para, a poder ser, despertar en algún momento del futuro. Quizás incluso miles de años más tarde, cuando el mundo estuviese repleto del tipo de tecnología que ni siquiera alguien como Ram, obsesionado con ella, pudiese llegar a concebir, y mucho menos entender.

Sin la energía, según le había contado a Amber, creía que los adultos permanecerían "congelados", preservados de algún modo, durante un par de meses. Pese a que ya no tuviesen conectado un sistema de soporte vital debido a las acciones de Eloise, sus cámaras estaban selladas herméticamente, e intactas. La Montaña del Águila, lugar donde esperaron poder sobrevivir al virus, se convertiría por el contrario en su tumba, según informó, quedando inalterados en sus cámaras. Aún tenían un poco de tiempo, especuló Ram, de lo contrario deberían deshacerse de los cuerpos. Amber y los Mall Rats sentían que lo correcto era ofrecer sus respetos, darles a aquellas personas, fuesen quienes fuesen, la dignidad de un enterramiento en condiciones y una despedida, en caso de no poder revivirlos.

—¿Estáis listos? —preguntó Lex, volviendo junto a Jack, Ellie y Ram, en la entrada del observatorio.

—Tan listos como podemos estarlo —dijo Ram.

Debido a sus muchas visitas en el pasado, Ram hizo de guía, pues conocía bien el interior del recinto. Era bueno que lo tuviesen para orientar al grupo porque, sin él, Lex imaginó que podrían haberse perdido fácilmente dentro de los túneles laberínticos del extenso complejo.

Ram había traído consigo unas cuantas linternas, y ciertamente las necesitaban. El rayo de luz despejaba el camino entre la oscuridad, iluminando las paredes.

Durante su última visita a la Montaña del Águila, entonces como prisioneros de Eloise y sus fuerzas del Colectivo, Ram había instruido al ordenador *K.A.M.I.* que apagase todos los sistemas, sumiendo a las instalaciones en la oscuridad. Aquella jugada improvisada había permitido a los Mall Rats escapar de los guerreros de Legión y reducir a la propia Eloise, su comandante.

El enorme recinto había quedado a oscuras, y él dijo que había pensado intentar arrancar los sistemas principales, para encender de nuevo las luces, cuando bajasen al Nivel 3, la zona donde se situaba el ordenador *K.A.M.I.*, el cual esperaba poder reiniciar.

K.A.M.I., que significaba *Conocimiento Artificial mediante Máquina de Inteligencia*, era un coloso sofisticado de última generación que poseía su propia inteligencia y voz, que había utilizado para comunicarse con Ram y los demás en su anterior visita. Y parecía que le habían encargado y programado dirigir todos los sistemas del interior del complejo, incluida la monitorización de las unidades criogénicas en cuyo interior se encontraban ellos.

—¿Cuánto queda, Ram? —preguntó Jack, cuya voz resonaba a lo largo del prolongado pasillo.

—Ya falta poco —respondió—. Al menos, eso espero.

—¿Seguro que te sabes el camino? —indagó Jack, que echó la vista atrás, hacia la oscuridad. Su mente comenzaba a jugarle malas pasadas, y sintió que estaba explorando una especie de castillo encantado y horripilante, imaginando fantasmas detrás de cada esquina.

—No nos pasará nada —dijo Ellie, dándole un apretón reconfortante en la mano. Pero sonaba más convencida de lo que parecía. Claramente, ella también estaba de los nervios.

Incluso Lex se preparaba para lo peor, listo para entrar en acción.

El aire se estaba volviendo más estancado cuanto más descendían en la cavernosa estructura. La atmósfera, más claustrofóbica. Y Jack no quería ni pensar en todas las capas de montaña que tenían sobre sus cabezas.

Ram intentó tranquilizarlos a todos, incluido a él mismo, diciendo que no tardarían en llegar al ordenador *K.A.M.I.* y en ordenarle que reiniciase el aire acondicionado, para traer una corriente de aire fresco que poder respirar, así como la iluminación apropiada, de vuelta al complejo.

Entonces, intentarían conectar el disco duro que Jack había estado llevando en su mochila al ordenador *K.A.M.I.*, en un esfuerzo por lograr algún tipo de progreso descifrando su contenido.

Unos minutos más tarde, alcanzaron finalmente su destino: el gigantesco superordenador que se cernía sobre ellos. Fue entonces cuando Ram se preocupó por lo que estaban viendo, y escuchando.

—*Alerta de intrusos. Alerta de intrusos. Alerta de intrusos* —repetía el sistema *K.A.M.I.* una y otra vez con su voz monótona, que reverberaba y hacía eco en la cámara y más allá de ella.

El área estaba bañada en una palpitante luz artificial, la multitud de luces provenientes del ordenador *K.A.M.I.* no dejaban de parpadear, mientras los flashes de luz roja de las alarmas situadas en el techo iluminaban los rostros del grupo al tiempo que emitían un lamento insoportable.

—¿Qué coño pasa? —preguntó Lex, entrando en pánico.

—Algo no va bien —respondió Ram.

De repente, un par de idénticos rayos de luz láser verdes salieron disparados desde un sensor en el sistema *K.A.M.I.*, barriendo los contornos del rostro de Ram, escaneando sus rasgos. Tras reconocerlo, pasó a examinar a Lex, que se quedó petrificado, sin saber qué hacer.

—*Bienvenido de nuevo, Ram* —lo saludó la máquina.

Había pasado mucho tiempo allí abajo en el pasado, examinando la sofisticada tecnología que habían dejado atrás, y la máquina lo reconoció a su regreso.

—Me alegro de verte, viejo amigo —respondió él.

El rayo de luz se alejó de su rostro, y *K.A.M.I.* situó su atención sobre Ellie, Jack y Lex, que se quedaron quietos, asustados.

—*Y ¿estas cosas?*

—Estos son Jack, Ellie y Lex —informó.

—*¿Humanos o robots?* —preguntó *K.A.M.I.*

—Humanos —respondió Ram.

—*¿Nos habíamos visto antes, Lex, Ellie y Jack?* —preguntó *K.A.M.I.*, con cierta desconfianza en su tono.

—No creo que hayamos… eh… tenido el placer —dijo Jack educadamente, intentando caerle en gracia.

—*¡Falso!* —explotó *K.A.M.I.* con repentino desprecio—. *Sí que habéis visitado este lugar con anterioridad, según los archivos de mi banco de datos.*

Los tres retrocedieron, cada vez más asustados, mientras Ram intentaba calmar a la colosal máquina.

—La pregunta no era si te habían visitado, *K.A.M.I.*.

—*Eres demasiado literal, Ram* —contestó este, ahora más amistoso.

—Tú también lo eres, amigo mío —dijo él para reconfortarlo—. Ahora, ¿qué tal si reinicias todos tus sistemas? —le instruyó al ordenador—. Y apaga esas alarmas.

Las alarmas dejaron de parpadear, los avisos de "alarma de intrusos" dejaron de sonar, y pudieron escuchar el sonido de los equipos, de la maquinaria zumbando y reactivándose, de la Montaña del Águila cobrando vida de nuevo. El resto de luces del recinto se encendieron todas en un instante, al mismo tiempo. Los cuatro respiraron profundamente aquella bienvenida ráfaga de aire que fluía desde los potentes ventiladores del techo.

—Qué bien sienta —dijo Ellie, dando bocanadas de ese aire fresco.

Ahora que las luces habían vuelto al complejo, Jack pudo verlo claramente por primera vez: la zona donde habían estado los adultos, dentro de sus cámaras criogénicas de hibernación, estaba ahora completamente vacía. Todas las hileras de unidades que Jack recordaba de manera vívida haber visto, cuya imagen tenía grabada en la mente, habían desaparecido sin dejar rastro.

—¿Dónde… dónde están? —gritó Jack, sorprendido por su ausencia.

—No pueden haberse ido andando —dijo Lex—. ¿No tendrás algo que ver en esto, Ram?

—¡Nada, nada en absoluto! —protestó él, pasándose los dedos por el cabello, desconcertado y estresado por aquel acontecimiento—. Por una vez, sé exactamente lo mismo que tú, pequeño Lexy.

—Pero estaban aquí —dijo Ellie, que prácticamente se negaba a creer lo que sus ojos le estaban diciendo—. Estaban justo aquí —dijo de nuevo, señalando el lugar donde habían estado las unidades de hibernación. En su lugar, solo quedaban una serie de complejos enchufes y cables que salían del suelo, desconectados de las unidades que una vez estuvieron allí.

—*K.A.M.I.*, ¿y la gente que había aquí? —preguntó Ram, levantando la vista hacia el ordenador central que se alzaba ante él.

—*Desconocido. Las unidades de la 1 a la 38 han sido extraídas por intrusos. Los sistemas de defensa fallaron. Control manual. Violación no autorizada del programa 1, subsecciones de la 3 a la 35.*

—¿Intrusos? —dijo Lex, asimilándolo.

—¿Qué "intrusos"? ¿Quiénes son los intrusos? —preguntó Ram de nuevo al ordenador.

—*Desconocido. Reconocimiento de identidad fallido.*

—Y ¿ahora qué hacemos? —se preguntó Jack. Tocó la mochila para asegurarse de que el disco duro seguía a salvo allí, pero su contenido le parecía ahora el menor de sus preocupaciones.

—¿Qué significa todo esto? —dijo Ellie.

—Significa que tenemos que volver al Centro y decírselo a los demás —sugirió Lex, con cierta urgencia.

—En eso llevas razón —coincidió Ram—. Una cosa está clara: alguien ha estado en la Montaña del Águila. Recientemente. La pregunta es… ¡¿quién?!

CAPÍTULO SEIS

Tai San se encontraba en medio de un sueño profundo. Estaba en la playa, caminando del brazo de Lex. Era un día hermoso, el sol brillaba sobre un cielo azul cristalino. Deambulaban por la orilla, con las olas lamiéndoles suavemente los pies. Habían estado nadando justo antes, y Lex estaba haciendo reír a Tai San, dibujando dos caras raras en la arena húmeda con el dedo gordo del pie. Una era una figura de palo de Tai San, la otra un autorretrato de él mismo. La marea que iba y venía hacía desaparecer los esbozos sobre la arena con el llegar de cada ola, algo que a Tai San le hacía gracia.

—Despierta, Tai San —dijo una voz.

—¿Lex? —dijo ella con voz seductora, besando la mano sobre su hombro—. Bésame. Te deseo.

A medida que el sueño se desvanecía, Tai San comenzó a recuperar la consciencia, despertando de repente… y notó la mano de alguien sobre su hombro, agitándola ligeramente para sacarla de su ensoñación. Y, definitivamente, no se trataba de Lex.

Se había quedado sentada en el salón del *Lakeside Resort* hasta bien entrada la noche, recordando los viejos tiempos con

Alice y Ryan, así como especulando sobre su situación actual y qué podría significar para el futuro.

Cuando ya no pudieron permanecer despiertos más tiempo, con las mentes llenas y tras haber pasado por toda clase de emociones a raíz de su reencuentro, Tai San se había marchado a la habitación que había elegido en aquel hotel vacío, exhausta. Estaba al lado de la de Alice, que a su vez estaba junto a la de Ryan.

Ser los únicos allí, en el gran y lujoso resort, le resultaba una experiencia extraña y surreal, como lo hacía la incertidumbre de no conocer las intenciones de sus "anfitriones", el Seleccionador y el "Creador" al que este hacía referencia. Abrumada, Tai San pronto se quedó dormida en cuanto se hubo metido bajo las sábanas de su cómoda cama, y había estado durmiendo profundamente… hasta ese momento.

—¡No me toques! —gritó, retrocediendo y observando desde la cama a la persona que la había despertado, y cuya mano acababa de tener sobre el hombro.

Era el Seleccionador.

—Buenos días, Tai San —la saludó él de manera amistosa, como si no acabase de hacer algo inapropiado y fuera de lo común—. ¿Has dormido bien?

Ella se dio cuenta de que la puerta de su dormitorio estaba abierta de par en par. La había cerrado con pestillo la noche anterior, desde dentro. El Seleccionador debía tener una llave maestra con la que había podido entrar.

—¿Por qué estás tan agitada, Tai San? —le preguntó.

—¡¿A ti qué te parece?! —saltó ella.

—Me parece que quizás tengas algo que ocultar. Háblame de ese tal Lex.

—No sé a qué te refieres —mintió, reticente a dar información alguna.

El Seleccionador estaba de pie en la habitación, solo, y se quedó simplemente mirándola durante un momento, como si estudiase a Tai San y sus reacciones. Recordó la observación de Alice y Ryan de que, a menudo, el Seleccionador parecía estar poniéndolos a prueba de algún modo.

Tai San también podía detectar un ligero cambio en su mirada: se la estaba comiendo con los ojos, de manera sutil pero provocativa. Rápidamente, ella tiró de las sábanas para cubrirse.

—¿Te sientes… avergonzada, Tai San? De ser así, no tienes porqué. Porque lo entiendo perfectamente —dijo él.

—¿Que entiendes qué, exactamente?

—Que te estás transformando en una joven mujer muy hermosa. La naturaleza ha sido gentil al darte unas cualidades físicas que mucha gente desearía tener. Debes tener un ADN excelente y venir de un buen linaje. ¿Qué hay de tu familia? ¿Puedes hablarme de tus padres?

—Eso no es asunto tuyo —protestó ella, confundida por sus preguntas. Su intuición estaba disparada, se sentía cada vez más amenazada por su presencia.

—Todo lo relacionado contigo es asunto mío, Tai San. Incluida hasta tu genealogía. En la que estoy seguro el Creador tendrá mucho interés. Ahora, te sugiero que te des una ducha y me reuniré contigo en el vestíbulo dentro de treinta minutos exactamente.

Tai San no se movió.

—Interesante —comentó el Seleccionador—. Claramente, necesitas aprender a seguir instrucciones. Por tu propio bien —dijo con más que una pizca de amenaza, al tiempo que cogía un melocotón maduro del bol que reposaba sobre una mesita. Comenzó a dar bocados, con el jugo cayéndole por la barbilla.

—Están verdaderamente deliciosos. Deberías probarlos. Millones de años de cambios nos han otorgado esto —señaló el melocotón—. Uno de los regalos de la naturaleza. Como lo eres tú.

Dejó el melocotón y se dio la vuelta, dejando a Tai San contemplando cómo salía de la habitación sin decir palabra y cerraba la puerta tras él. Ella pudo escuchar que la estaba cerrando con llave desde fuera.

Sola de nuevo, intentó ordenar sus pensamientos. No llegaba a entender al Seleccionador, ni la extraña experiencia en que se había visto envuelta. Era como estar en otro sueño surrealista, en una pesadilla.

Hubo un golpe repentino, un "toc, toc", desde fuera del cuarto.

—¿Alice? ¿Eres tú? —preguntó con cautela.

—No, soy yo —respondió el Seleccionador del otro lado de la puerta—. Alice y Ryan se reunirán contigo en el vestíbulo en veintisiete minutos exactamente. Pierdes el tiempo, Tai San. Y eso no es sabio por tu parte. Así que ponte lista.

—¿Lista, para qué?

No hubo respuesta.

Tai San estaba totalmente perpleja ante lo que estaba sucediendo.

Más aún cuando pasaron unos segundos y, luego, unos cuantos minutos, y el Seleccionador seguía sin darle una respuesta. O sin decir nada más. Solo había silencio.

Saltó de la cama, se acercó a la puerta, le quitó el pestillo y la abrió, sacando con cuidado la vista afuera... donde vio al Seleccionador, que suspiró impaciente mientras echaba un vistazo a un dispositivo digital que llevaba en la muñeca.

—Ahora ya solo te quedan diecisiete minutos. ¡Y no te interesa sufrir la sanción por llegar tarde!

La fulminó con la mirada y se marchó por el pasillo.

Pensó que sería sensato seguirle la corriente por el momento. Se dio una ducha rápida y se vistió, mientras se preguntaba qué se proponía el Seleccionador, por qué la estaba sometiendo a todos esos juegos mentales.

Nunca había pasado por nada de ese estilo. Ni siquiera con el Negociador. Y esperaba obtener pronto una respuesta acerca de qué planes tenían el Seleccionador y el Creador para ella. Así como para Alice y Ryan.

Tai San llegó al vestíbulo principal, donde vio a Alice y Ryan esperándola. Estaban sentados en butacas, pero rodeados de guardias, así como del mismo grupo de científicos médicos que había encontrado en el muelle. Todos llevaban puestos trajes de descontaminación, con máscaras quirúrgicas cubriendo sus rostros.

—Ah, has llegado a tiempo, Tai San —dijo el Seleccionador con una sonrisa benevolente—. Y te han sobrado dieciocho segundos. Por favor, siéntate. Debemos seguir según los tiempos acordados.

Echó un vistazo al dispositivo digital de su muñeca y señaló otra silla. Ella se sentó, y entonces la ataron allí, como ataron a Ryan y Alice en sus propias sillas, para que los médicos o científicos o quienes fueran llevasen a cabo sus pruebas.

—¡Quitadme las manos de encima! —bramó Ryan, luchando por liberarse.

Como él, Alice también gritaba en su asiento mientras los guardias seguían atándola, sujetándole los brazos a los de la silla.

—Relajaos todos. No tenéis nada que temer —dijo el Seleccionador para reconfortarlos—. Debemos llevar a cabo más pruebas por vuestra propia seguridad, y luego seréis libres de disfrutar el resto del día.

Tan pronto como hubieron sujetado a Tai San, el equipo médico enmascarado comenzó a trabajar de manera frenética en los tres Mall Rats, realizando lecturas de sus señales vitales.

—¿Por qué hacéis esto? —exigió saber Tai San, encogiéndose cuando uno de los médicos le extrajo sangre del brazo expuesto.

—Todo acabará pronto —la tranquilizó el Seleccionador, acercándose a su silla—. Shhh... Tranquila. Todo saldrá bien

—dijo mientras le acariciaba el cabello con los dedos, como si quisiera relajarla. Pero lo único que hizo fue ponérselo peor a Tai San, pues detestaba que estuviesen violando su libertad, incluso su cuerpo, al tiempo que los médicos llevaban a cabo más pruebas con la eficiencia de una máquina, tomando muestras de su saliva. Había un elemento muy inhumano en todo aquello.

El Seleccionador chasqueó los dedos, indicando a un guardia que rellenase tres vasos con zumo de tomate, que tres guardias les acercaron a Tai San, Alice y Ryan a la boca.

—Bebed. Está recién exprimido. Os encantará.

Los tres contemplaron los vasos de zumo frente a ellos con prudencia, y el Seleccionador sonrió.

—No es veneno. Si es eso lo que os preocupa. Venga, os lo demostraré —se acercó a la encimera, se sirvió un vaso y le dio un trago, saboreándolo—. Delicioso. Ahora, bebed. ¡Todos!

Tai San, Alice y Ryan dieron un sorbo a los vasos que les estaban sujetando cerca de la boca y, al tragar, todos comenzaron a sentir arcadas, como si estuviesen a punto de vomitar.

—¡Esto no es zumo de tomate! —voceó Ryan—. ¡Es sangre!

—¿Por qué te resulta tan desagradable, Ryan? Cuéntame —le instó a que revelase el Seleccionador.

—¡Estás loco! —dijo Alice con la voz entrecortada, intentando recuperar la compostura y enjuagarse la boca con su propia saliva para eliminar aquel sabor.

—¿Qué te hace pensar eso, Alice? —preguntó el Seleccionador, intrigado—. ¿Y si la bebida hubiese sido realmente zumo de tomate? ¿Nos llamaríais locos por ofrecéroslo? Además, la sangre es de vital importancia. Después de todo, estaríais desesperados por obtener un poco si tuvieseis un accidente y necesitaseis una transfusión.

—Pero eso es diferente —dijo Tai San—. Lo que estás haciendo es absolutamente asqueroso. Inhumano. ¿No tienes piedad ni compasión?

—Puedes estar segura de que tengo compasión en abundancia, Tai San. Y sangre, también. Como la que acabáis de beber. Así que, ahora, estamos interconectados. Vosotros tres, conmigo.

Tai San, Alice y Ryan observaron incrédulos al tiempo que él comenzaba a deambular, reordenando sus ideas, en una profunda contemplación, mientras los médicos comenzaban a sacar más equipamiento de las cajas que habían traído con ellos.

—El Creador me informa de que, además de tener nuestras necesidades espirituales, somos una especie hecha para fabricar herramientas —habló de repente, dirigiéndose a los Mall Rats ante él —. Desde que nuestros ancestros aprendiesen a hacer fuego, a cazar, a cocinar, a cooperar unos con otros... Es nuestra habilidad para fabricar herramientas la que ha propulsado cada uno de los saltos evolutivos que han avanzado nuestra sociedad, nuestra humanidad. Nos hemos expandido hasta cada rincón de este planeta. Hemos aprendido a volar, hemos conquistado los mares. Pronto exploraremos los cielos, nos dirigiremos a las estrellas. Hemos intentado controlar la propia naturaleza. Nos hemos vuelto tan diestros creando cosas, que hemos alterado el equilibrio y puesto en peligro el mismo mundo del que dependemos.

—¿Esto qué es, una clase de historia? —soltó Alice con sarcasmo, interrumpiendo al Seleccionador, que sí tenía toda la pinta de profesor distraído impartiendo una clase de manera apasionada. Y, definitivamente, poseía habilidades de orador.

—Es un recordatorio de nuestra proveniencia, de quiénes somos —continuó él—. Pese a todos nuestros grandes logros y fracasos, y las muchas cosas increíbles y maravillosas que la humanidad ha traído consigo... bajo todo ello, tú y yo, todos nosotros, no somos más que criaturas orgánicas, como ha revelado el Creador. Hechos de carne y hueso. También de sangre. Nuestro tiempo en la Tierra es corto, y cada uno de nosotros no es más que una vela entre la oscuridad, esperando a que un día se apague nuestra llama.

—Pero ¿de qué hablas? —preguntó Ryan, totalmente confundido, luchando por liberarse de sus ataduras.

—Pensamos y actuamos como si fuésemos inmortales, pero es justo al contrario. Tan solo hace falta un patógeno. Un accidente. Quizás un acto retorcido cometido por alguien de nuestra misma especie. Un desastre natural. Quizás una enfermedad, ocasionada por nuestras propias elecciones en la vida. Incluso un virus. Los adultos lo aprendieron por las malas... Al final, debemos hacer todo lo que esté en nuestra mano para cuidar de nuestra carne y nuestros huesos. De nuestra sangre. De cada fibra que nos mantiene saludables. Todos nuestros logros futuros, todos nuestros sueños, tras millones de años de vida, aún dependen de las funciones de nuestras partes orgánicas. Sin embargo, a nivel espiritual, uno no puede vivir sin amor. Pero no puede haber vida, sin sangre.

—Poético —se mofó Alice—. ¿Te has inspirado en Drácula y en los vampiros?

—No exactamente. Sospecho que los murciélagos tuvieron algo que ver en ese tipo de relatos. Una especie interesante, el murciélago. Los hemos estado estudiando en algunos de nuestros programas reproductivos. Estudiamos todo tipo de especies, criaturas increíbles. Es absolutamente fascinante, si uno tiene en cuenta las propiedades del sonido y cómo ha evolucionado el radar, heraldo de la más extraordinaria tecnología.

El Seleccionador reflexionó sobre sus comentarios de manera introspectiva.

Si Tai San, Alice y Ryan tenían dudas respecto a su cordura, estas se evaporaron rápidamente. Se dieron cuenta de que, o bien estaba completamente loco, o era poseedor de una convicción fanática hacia todo aquello a lo que hacía referencia en su apasionado sermón.

Tras hablar con los Mall Rats, se acercó a la encimera, se sirvió un vaso de su sangre y se lo bebió, mientras los médicos desembalaban unas extrañas cápsulas de sus bolsas protectoras, que luego insertaban en enormes agujas hipodérmicas.

—Los Mall Rats creéis entender la santidad de la vida —continuó, dirigiéndose a sus prisioneros—. Pero me pregunto si la respetáis realmente, si la apreciáis. Como lo hace el Creador. La vida es muy preciada, debe valorarse. Es el fundamento de nuestra sociedad, de nuestra propia existencia. Y, por supuesto, del futuro. Y por eso es que estamos hoy aquí.

—Todo listo, Seleccionador —dijo uno de los médicos, seguro de haber preparado correctamente la aguja hipodérmica que estaba manipulando.

—Como la recién llegada, Tai San —le informó el Seleccionador —, tendrás el honor de ser la primera en recibir uno de los últimos avances tecnológicos que llevaron a cabo los adultos. Avance que, gracias a la infraestructura instaurada por el Creador, hemos podido refinar y adaptar.

El médico que sujetaba la enorme aguja se plantó junto a Tai San y se la colocó cuidadosamente sobre el brazo, escogiendo el lugar adecuado.

—¡No! —gritó Tai San, aterrorizada por lo que estaba sucediendo. Se revolvió en su asiento, intentando liberar su brazo, pero fue inútil. Los guardias la sujetaron, ejerciendo presión, manteniendo el brazo atado a la silla, y la punta de la gran aguja se acercó cada vez más, a tan solo unos milímetros de su mano derecha.

—¡Le estáis haciendo daño! —bramó Ryan, enfurecido por cómo la estaban tratando.

—A veces, aquello que nos causa mayor dolor, puede traernos también el mayor placer. Y acabar siendo lo mejor que nos ha pasado nunca —dijo el Seleccionador, observando el desarrollo de los acontecimientos con una fascinación macabra.

Tai San sabía que la aguja le dolería, y mucho. Era ancha, la aguja más larga que había visto nunca, y no quería ni pensar en qué era lo que pretendían inyectarle.

—¡No os he dado permiso para que me hagáis esto! —gritó con rabia.

—El permiso se lo he dado yo —insistió el Seleccionador—. Tranquila, es seguro. Vamos a inyectaros a cada uno de vosotros un nanochip avanzado en vuestro tejido corporal. Al principio dolerá, pero es por vuestro propio bien. Y después desearéis que este día hubiese llegado antes.

—¡Te aseguro que no! —rugió Alice.

Comenzaron a caer lágrimas de los ojos de Tai San, debido al intenso dolor que estaba sintiendo a medida que insertaban la aguja, entrando más y más profundamente en su mano, provocándole calambres en su brazo.

Quería reprimir el dolor, para no mostrar debilidad ni vulnerabilidad, resistirse al Seleccionador hasta su último aliento. Pero el dolor era demasiado grande y terminó soltando un grito, en agonía, incapaz de comprender aquella crueldad insensible, ni el dolor por el que la estaban haciendo pasar.

El Seleccionador siguió observando sádicamente, estudiando a Tai San mientras esta se revolvía en su asiento. Con el meñique, le retiró de la mejilla lo que quedaba de una lágrima, que luego se llevó a la boca, chupándose el dedo. Después, de manera estrambótica, comenzó a copiar sus expresiones faciales, a hacer gestos de dolor simulado, como si estuviese pasando por lo mismo, inmerso en un procedimiento fantasma.

Y, entonces, acabó. Le extrajeron la aguja lentamente de la mano, dejándole una roncha bermeja sobre la piel, en el lugar por donde había entrado.

Se sentía furiosa, humillada, la mano le palpitaba, y parecía poder desmayarse de un momento a otro.

Lloró desconsoladamente, las lágrimas le recorrían el rostro.

—Es por tu bien, Tai San —le aseguró el Seleccionador, retirándole otra lágrima de la mejilla con los dedos.

Acercando su mano a la luz, se quedó observando la pequeña gota, que irradiaba bajo el resplandor.

—¿Qué nos convierte en lo que somos? —meditó para sí mismo, estudiando la lágrima.

—¡Desátame de esta silla y te lo enseñaré! —lo amenazó Alice.

—Oh, te desataremos, Alice. Igual que a Ryan. Después de que recibáis vuestras inyecciones.

Los médicos inyectaron los biochips a Alice y Ryan, que apretaron los dientes y gritaron con tanto dolor como Tai San había experimentado. El Seleccionador contempló todo el proceso con entusiasmo.

—No olvidéis recolectar todas las lágrimas que podáis para analizarlas —instruyó a sus médicos, quienes cumplieron sus órdenes, comenzando a recoger las lágrimas que Tai San acababa de derramar, situándolas en recipientes, así como algunas lágrimas de Alice. Pero, hasta el momento, Ryan no había vertido ninguna, aunque su rostro se retorcía en agonía.

Un médico examinaba varias pantallas.

—Comenzamos a recibir las primeras lecturas, Seleccionador. Los biochips parecen funcionar bien. Todos están operativos. Ya están en el sistema. Estamos enviando datos a la base. Aunque tienen la adrenalina y el ritmo cardíaco un poco altos —informó el médico.

—Como debería ser —aseguró él—. La respuesta de "lucha o huida". No puedes escapar de millones de años de evolución. Al final, seguimos siendo animales.

—Unos más que otros —saltó Ryan, furioso.

—Así es —respondió él con calma mientras se acercaba a Tai San y agarraba un pequeño vial de una de las bandejas de los médicos—. Abre bien —le indicó—. No temas, solo necesito otra muestra —la tranquilizó.

Tomó la muestra y, seguidamente, se acercó hasta la entrada.

—Iré a informar personalmente al Creador de que las preparaciones están en marcha. Y realizaré yo mismo algunos análisis genéticos —afirmó.

Al marcharse, se le veía ligeramente absorto en el dispositivo que llevaba alrededor de la muñeca. No era únicamente un reloj digital, sino que mostraba una pantalla que miraba fijamente.

Mientras caminaba, insertó la muestra que había tomado de Tai San y examinó las lecturas del ADN en su monitor de muñeca.

El calvario de los Mall Rats le había resultado de lo más interesante. Y un poco melodramático. Incluso ingenuo. Ellos no lo sabían, pero también a él le habían inyectado un biochip similar al comienzo de todo, cuando conoció al Creador. Conocía el dolor que estaban atravesando. Pero era necesario para conectarlos no solo con él mismo, sino también con el Creador, de formas que Tai San, Alice y Ryan aún desconocían. Pero pronto lo sabrían.

Tras llegar afuera, se abrieron las puertas de una cápsula futurista, un vehículo. El Seleccionador tomó asiento, las puertas se cerraron, y el vehículo automático se alejó velozmente.

CAPÍTULO SIETE

En las calles de un barrio residencial, Bray se ocultó tras los restos chamuscados y abandonados de vehículos, asegurándose de pasar desapercibido mientras observaba precavidamente a un grupo de antiguos Zootistas que estaban recogiendo productos agrícolas en un huerto.

Los Mall Rats habían plantado patatas, y Amber y Bray pensaron que sería un ejercicio interesante para que los antiguos Zootistas fuesen útiles realizando trabajos manuales. También les daría una oportunidad de comprobar si podían fiarse de ellos estando a solas. Bray coincidió con Amber en que sería sensato vigilarlos de manera discreta antes de finalizar su misión de exploración. Había comprobado más o menos que toda la ciudad y alrededores estaban realmente desiertos.

Carentes de todo contacto con Ebony, que se había quedado en el centro comercial, los Zootistas parecían estar llevando a cabo sus tareas de manera diligente, recolectando las patatas y situándolas sobre un montón de carros de la compra oxidados.

Le resultó reconfortante y pensó que quizás, después de todo, la milicia Zootista podía terminar siendo un recurso valioso para los Mall Rats, en vez de representar una amenaza, puesto que no habían hecho nada más allá de aquello que les habían pedido.

Quizás la propia Ebony había cambiado, como seguía insistiéndoles a Bray y Amber en las últimas semanas, y consideró que seguramente hubiese sido demasiado desconfiado con ella, y que debería otorgarle el beneficio de la duda.

Su optimismo duró poco, no obstante, cuando escuchó a uno de los Zootistas sugerir que el grupo fuese a visitar el Sector 6 antes de regresar al centro comercial. Reiterando, sin embargo, que ninguno de ellos debía contarle a Ebony su desvío secreto.

Aquello le dio a Bray otra dimensión de la que preocuparse. Estaba claro que no habían sido desradicalizados por completo, puesto que el Sector 6 era una zona legendaria de los barrios residenciales donde Zoot había ido a clase, y se había convertido en un lugar no solo mitológico, sino también venerado y sagrado para aquellos que compartían la ideología original de los Locos, sobre todo los Zootistas derivados de estos.

Daba igual lo disciplinada y bien entrenada que estuviese la milicia, y el progreso que los Mall Rats creyesen estar logrando durante el proceso de desradicalización: este grupo en particular que Bray estaba siguiendo de forma furtiva, tenía un claro espíritu independiente.

Ahora, no pudo evitar sentir angustia mientras se mantenía oculto y observaba a los Zootistas llegar al antiguo instituto donde él mismo había estudiado. Ebony también había ido allí, igual que Trudy. Bray las conoció a ambas en los primeros días del virus. Su hermano pequeño, Martin, había estudiado allí. Era en ese mismo instituto donde se rebeló sin pudores contra profesores y demás fuentes de autoridad, contra todo lo que representaban... reinventándose a sí mismo como Zoot, el líder de los Locos. El instituto era el lugar donde había comenzado la leyenda.

En estos momentos se encontraba en deterioro, en ruinas, con todas las ventanas rotas, las paredes cubiertas de grafitis, incluidas muchas pintadas donde se leía "Los Locos" por todo el despellejado exterior. El instituto volvía ahora a tener visitantes.

Bray quedó horrorizado, estupefacto, al ver a los Zootistas arrodillarse y hacer una reverencia delante del edificio, cerca de las verjas de la entrada.

—¡Viva Zoot! ¡Viva Zoot! —comenzaron a corear, con las voces reverberantes a lo largo y ancho del barrio residencial desierto a medida que repetían aquel cántico. Cada mención al alter ego de su hermano no le traía más que dolor emocional ante el recuerdo de lo que fue, y ansiedad ante la idea de lo que podía llegar a ser.

En shock por el aparente "peregrinaje" que estaban llevando a cabo los Zootistas, Bray se dio cuenta de que debería volver rápidamente al centro comercial para comunicarles su descubrimiento a Amber y los demás. Esperaba que Ebony se sorprendiese al enterarse de que aquellos a los que consideraban ex-Zootistas seguían siendo esclavos de las fervorosas creencias que les habían inculcado el Guardián y Eloise recientemente.

De repente, un sonido muy agudo chirrió en las alturas, mientras la sombra de un objeto sobrevolaba el instituto a gran velocidad.

Bray estaba tan perdido en su preocupación por lo que había descubierto acerca de los Zootistas que, al principio, casi ni se percató de ello… y pensó que debía haber imaginado lo que acababa de ver y escuchar, aquel borrón inesperado en su visión periférica.

Al mirar hacia arriba, se sorprendió al ver un dron realizando rápidos movimientos en zigzag sobre las calles de aquel sector.

—¿Qué demonios es eso? —se preguntó a sí mismo, anonadado.

Otro dron le pasó volando por encima y, luego, otro. El aire silbaba con el sonido sibilante de sus motores. Era como si una plaga de máquinas hubiese salido en bandada hacia los cielos. Algunos drones realizaban movimientos rápidos, alterando su curso y dirección mientras pasaban velozmente. Otros planeaban durante unos segundos en mitad del aire, antes de seguir su camino.

Bray tuvo la idea pasajera de que pudiesen ser ovnis, de que lo que estaba viendo viniese en realidad de otro planeta, de otro mundo. Los Zootistas llegaron a pensar lo mismo.

—¡Poder y Caos! —gritaron en reverencia, alzando la vista hacia los drones que planeaban directamente sobre la escuela.

Un Zootista dio un grito de pura alegría, arrojando sus brazos al aire.

—Oh, Todopoderoso Zoot, ¡gracias por conectar con nosotros y enviar estas señales desde los cielos!

Súbitamente, el Zootista gritó de dolor al ser alcanzado por una luz láser que le estaba disparando desde uno de los drones. Y se desplomó sobre el suelo, revolviéndose en agonía.

Llevados por el pánico, los demás Zootistas salieron disparados, dispersándose en todas direcciones, aterrorizados por las desconocidas máquinas que volaban sobre ellos, y por lo que serían estas capaces de hacer.

Bray estaba igualmente preocupado, al no tener ni idea del origen de los drones ni de quién los estaba controlando. Sabía, no obstante, que debía regresar inmediatamente al Centro para advertir a Amber y los demás del extremo peligro en que se encontraban todos.

Con el miedo y la adrenalina corriendo por sus venas, comenzó a correr tan rápido como podía a través de los barrios residenciales, intentando mantenerse oculto, en un esfuerzo por que los drones no lo llegasen a ver.

* * *

Lex conducía el vehículo a velocidades extremas, saliéndose de la carretera durante unos segundos. Las ruedas del vehículo rechinaron sobre la hierba embarrada, derrapando, antes de que pudiese girar el volante y recuperar el control. De vuelta en la carretera, pisó el acelerador a fondo, alcanzando todavía más velocidad.

—¡¿Te importaría ir más despacio?! —gritó Ram, agarrado al asiento del copiloto, al salpicadero, a cualquier cosa de la que pudiese sujetarse.

—¡A callar! —replicó Lex mientras mantenía los ojos en la carretera—. ¡Sé lo que me hago!

—Eso espero. ¡Por el bien de todos! —voceó Ram, en pánico, cerrando los ojos con fuerza para no tener que ver nada. Pero, más que temer por la conducción de Lex y lo que opinaba de ella, eran sus sospechas sobre qué podrían encontrar cuando llegasen a la ciudad (si es que llegaban) lo que lo llenaban de pavor.

Jack y Ellie, en la parte trasera del vehículo, salían literalmente despedidos de sus asientos durante el viaje, quedando suspendidos en el aire, con los cinturones de seguridad anclándolos de nuevo a medida que el vehículo salvaba los obstáculos de la serpenteante carretera. Asustada, Ellie soltó un chillido nervioso (y Jack, otro) mientras el vehículo derrapaba de manera inestable.

En aquellos momentos, la sensación de urgencia no tenía nada que ver con los drones que Bray había avistado. Su temor provenía por querer advertir a los demás de su descubrimiento de que otras personas habían estado en la Montaña del Águila y de que, al parecer, los adultos que albergaban las cámaras criogénicas de hibernación habían desaparecido.

Lex estaba haciendo lo posible por llevarlos de vuelta al Centro tan rápido como pudiese. Y lo estaba logrando, pues las vistas panorámicas de la ciudad aparecieron en la distancia al girar otra esquina de la carretera que descendía desde el observatorio.

Entonces, pisó los frenos de repente, y el vehículo se detuvo en seco. Estaba asombrado por lo que veía. Todos lo estaban.

A lo lejos, se podía ver una flota de barcos.

—¿Es lo que creo que es? —murmuró Jack sorprendido, incrédulo.

No se refería solo a los barcos presentes en mar abierto, en dirección al puerto, sino que estaba observando cómo descendía un avión de estilo militar, que pronto aterrizaría en la localización del aeropuerto, a muchos kilómetros de allí.

—¡Imposible! —se dijo Ram a sí mismo. Parecía estar mirando profundamente hacia el abismo, sus peores pesadillas—. Por fin han llegado…

—¡¿Quiénes?! —exigió saber Ellie, cuyo pánico iba en aumento.

—¡¿Tú qué crees?! ¡¿El conejo de Pascua?? —gritó él—. ¡Yo me largo de aquí!

Empezó a desabrocharse el cinturón y abrió la puerta del copiloto, antes de ser devuelto al interior del vehículo por el fuerte agarrón de Lex.

—Tú no te vas a ninguna parte. ¡Siéntate! —rugió este, inclinándose para cerrar la puerta de Ram—. ¡¿Qué sabes de todo esto?!

Ram se llevó las manos a ambos lados de la cara, intentando calmar su creciente tensión y miedo, impedir la llegada de un ataque de pánico.

—¡¿Quiénes son, Ram?! —preguntó Lex.

—¡¿Quién?! ¡¿Acaso no lo pilláis?! ¡Pues el Colectivo! ¡¿Quién si no?!

—¿El Colectivo? —se preguntó Jack, considerando la sugerencia de Ram.

—¡Habrán venido por mí! ¡Y por vosotros! Por la Montaña del Águila… ¡toda la ciudad! Dale la vuelta a esta cosa, Lex.

¡Debemos alejarnos tanto como podamos! ¡Estamos todos en peligro!

—Puede que no —dijo Ellie, intentando convencerse tanto a sí misma como a los demás—. Quizás no se trate del Colectivo. Puede que sean amistosos.

—No sé por qué, pero lo dudo mucho —dijo Jack con delicadeza.

—Bueno, sean quienes sean… ¡no podemos irnos sin más! —insistió ella—. Debemos volver al Centro y advertir a los demás.

—¡Exacto! —bramó Lex, dando un pisotón al acelerador. Una vez más, el vehículo se puso en movimiento a gran velocidad, en dirección a la ciudad. Mientras echaba un vistazo a través del parabrisas, reparó en los drones que volaban en la distancia.

—¿Qué son esas cosas? —saltó Ellie.

—¡Tienen pinta de drones! —dijo Ram, totalmente llevado por el pánico, mientras intentaba abrir de nuevo la puerta del copiloto. Sin embargo, Lex había cerrado todas las puertas desde el control principal del asiento del conductor.

* * *

Los Mall Rats estaban reunidos en la cafetería, de pie, apiñados unos junto a otros. En aquellos momentos, eran prisioneros de los invasores, tras haber rendido el centro comercial momentos antes. No sin haberse enfrentado a ellos valientemente.

Amber era incapaz de creer todo por lo que habían pasado. Todo terminó en cuestión de minutos. Desde el momento en que estalló la primera granada aturdidora, la onda expansiva de luz cegadora y humo había desorientado a todos. Y, con otras tantas granadas aturdidoras explotando a su alrededor… nunca tuvieron oportunidad.

La tribu había sido rápida y totalmente subyugada en una demostración de fuerza llevada a cabo de manera precisa, eficiente y devastadoramente eficaz. Intentaron contraatacar tan bien como pudieron. Trudy se sumió en un arrebato de cólera cuando comenzó el ataque. Su amor y su instinto maternal la empujaban a defender a su hija, que había estado durmiendo al cuidado de Emma mientras Trudy vigilaba al Guardián. Fue capaz de contener a los guerreros durante unos pocos segundos antes de que Brady y ella misma fuesen capturadas.

Todo aquello pilló a Amber en la zona de la cafetería con Salene y May, donde había estado intentando preparar una tarta de boda. Aquellos planes se habían ido al traste, sus vidas habían quedado patas arriba desde el momento en que los invasores se apresuraron hacia el interior del Centro en un asalto que, claramente, estaba bien coordinado.

Salene y May habían resistido, arrojando cazuelas y sartenes a los intrusos, como había hecho Amber antes de recurrir a usar sus propias manos. Estaba completamente desesperada por llegar hasta su bebé, entonces al cuidado de Lottie y Sammy, por mantener el ataque a raya. Todos sus esfuerzos fueron en vano. Pese a todas sus habilidades en combate mano a mano, ninguno de los Mall Rats eran adversario para las disciplinadas unidades de combate que habían aparecido inesperadamente entre ellos.

Ahora, Amber estaba arrodillada junto a Bray, que se encontraba agazapado en el suelo, sosteniéndose las costillas.

Había llegado corriendo hasta el Centro poco después de que comenzases el ataque y había luchado bien, venciendo a algunos de los invasores, dejándolos inconscientes antes de que otro invasor lo derribase con una pistola aturdidora, similar al tipo de armas utilizadas por los Tecnos cuando ellos mismos invadieron la ciudad en el pasado.

Pero ahora estaban haciendo uso de armamento avanzado, al parecer con tecnología láser, como los drones que habían desplegado en el instituto, cuando los Zootistas fueron atacados.

—¿Te encuentras bien? —le preguntó Amber, ayudándolo a ponerse de pie con cuidado, a lo que este asintió tranquilizadoramente.

—Se pondrá bien —afirmó la imponente figura ante ellos—. ¡Como tú y todos los demás, si cooperáis con nosotros y seguís nuestras instrucciones!

Era alto, fornido y presentaba un aura temible. Hecho nada sorprendente dado que, pese a que sus subordinados se referían a él como comandante o incluso "señor", su nombre era Snake. Había dirigido personalmente el asalto al Centro, así como a toda la ciudad, por lo que llegaba a entender Amber (pues otras unidades se habían puesto en contacto con él a través de su auricular de seguridad para mantenerlo al tanto de sus progresos).

Un nombre que significaba "serpiente" parecía el adecuado para él. Con su físico intimidante y destreza en combate había aplastado a todos en el Centro, y todo el que se encontraba con él no podía evitar sentirse ligeramente asqueado por los antiestéticos tatuajes de escamas de reptil a un lado de su rostro, que le bajaban por la cabeza afeitada. Era como una extraña combinación entre hombre y reptil.

—*Hemos asegurado todas las áreas, comandante* —pudo escuchar Amber a una voz que se comunicaba por el auricular de Snake—. *No hemos encontrado oposición.*

—Que todas las unidades vuelvan a explorar toda la región y me informen tan pronto como sea posible, si encontráis señales de que haya habitantes —ordenó Snake a quien fuese que le hablara.

Elevándose ante ella, Snake miró desde arriba a Amber, consciente de que había estado escuchando sus comunicaciones, mientras otros a sus órdenes comprobaban datos en sus tabletas digitales y escaneaban los varios rostros de los prisioneros para intentar identificar quienes eran todos aquellos bajo su control.

—¿Alguna señal de Ram? —preguntó Snake a un miembro de su milicia.

—De momento no, señor —respondió el subordinado, mientras repasaba varias imágenes de los prisioneros en su tableta—. Y parece que faltan tres de los Mall Rats: Lex, Jack y Ellie —añadió.

—¿Dónde están? —exigió saber Snake mientras se acercaba a Amber y Bray.

—No tenemos ni idea de qué estás hablando —mintió Bray —. E, incluso si lo supiésemos, ninguno de nosotros te lo diría nunca.

—Mi equipo tiene formas de haceros hablar, "ratas". Y, créeme, ellos disfrutarían hacer lo que les ordenase, ¡pero vosotros no!

—Lex, Jack y Ellie ya no son miembros de los Mall Rats —mintió Amber, intentando sonar tan convincente como pudiese, enfrentando con desafío la acerada y amenazante mirada de Snake.

—¿Estás segura de ello? Porque yo, no. Estén donde estén Ram y el resto de vuestra tribu… no pueden esconderse por siempre. ¡Los encontraremos!

Snake dio media vuelta y salió dando zancadas rápidas y abruptas de la zona de la cafetería y hacia el vestíbulo inferior, donde se encontraba el grupo de Legión que había estado bajo vigilancia de los Mall Rats hasta que las fuerzas de Snake los había liberado, así como a Eloise y al Guardián, quienes ahora eran libres, de pie junto a los miembros de Legión y los Zootistas.

—Oh, Poderoso Zoot… ¡nos has bendecido con una victoria divina en el día de hoy! —gritó el Guardián, alzando los brazos en señal de triunfo, alabando a los cielos—. ¡Este centro comercial, esta ciudad, todo este mundo… será tuyo, de ahora en adelante! Y nosotros seremos portadores de venganza, ¡pero también de salvación para todos aquellos que nos sigan!

Snake ignoró las divagaciones del Guardián y se acercó a Eloise.

—Tus órdenes, comandante Eloise —informó Snake al tiempo que le entregaba una tableta digital con una serie de instrucciones que esta comenzó a leer atentamente —. El Guardián y los seguidores Zootistas seguirán bajo tu control.

—Lo entiendo y, por supuesto, obedeceré —respondió ella.

—Sensata —indicó Snake con una ligera sonrisa.

Snake ordenó a sus fuerzas separar a todos los prisioneros en varios grupos. Los Mall Rats quedaron aislados en el café.

Las futuras madres, en varias etapas de embarazo, fueron congregadas en el vestíbulo inferior. Todas estaban aterrorizadas de Snake y sus espantosos guerreros, que llevaban a cabo sus tareas con una eficiencia implacable, reuniendo a las chicas en rebaño, como si fueran animales.

La zona de la cafetería se había delimitado para retener a los principales miembros de los Mall Rats: Amber, con el pequeño Jay en brazos, junto a Bray, Trudy, Brady, Salene, May, Lottie y Sammy.

Lia, quien había estado con ellos al comienzo, fue llevada a otra zona con Emma, que era incapaz de ver pero lo estaba oyendo todo. Estaba muy alterada, pero hacía lo posible por controlar sus emociones y contener sus lágrimas con valentía, para no alterar más aún a sus hermanos pequeños, Shannon y Tiffany, que se acurrucaban tan cerca de su hermana mayor como podían.

Bray y Amber, junto a algunos de los demás, advirtieron de las consecuencias si algún miembro de los Mall Rats o de aquellos bajo su supervisión resultaban heridos, y les imploraron ser tratados con decencia y respeto. Pero las advertencias resultaron inútiles, obviamente, y Bray en especial se dio cuenta de que poco podían hacer en aquellos momentos por ayudar. Pero resolvió que se le ocurriría un plan para intentarlo, al menos.

Ebony estaba con un grupo de cautivos, retenidos en otra área del vestíbulo inferior, con los pocos miembros que seguían siendo leales a la milicia ex-Zootista. Ironía que no se le escapaba a Ebony, quien no podía creer que la situación se hubiese dado la vuelta de nuevo: ella era prisionera, y sus antiguos prisioneros parecían ahora andar libres. Decidió que debería jugar sus cartas con cuidado esta vez, insegura de si su supervivencia estaría condicionada por su supuesta lealtad hacia los Zootistas, o hacia los Mall Rats.

—¡¿Nombre?! —preguntó Snake a su llegada, al percatarse de que Ebony estaba plantada lejos de los otros Zootistas.

—Ebony —respondió ella con prudencia.

—¿Eres una Mall Rat? —indagó Snake.

—Puede que sí —respondió ella, intentando evaluar su reacción—. Por otro lado, una vez fui reina de los Locos y amante de su líder, Zoot. Y ese grupo de Zootistas a los que estáis liberando, sencillamente me adoran. Si está bien que yo lo diga. Como lo adoraban a él. Y con motivo. Era un amante increíble. Pero nada comparado conmigo. Oh, cuánto lo echo de menos. Es una pena no poder encontrar a un buen hombre que esté interesado en todo lo que yo ofrezco —dijo de forma seductora, pasándose la lengua sobre los labios sugerentemente.

—Interesante —respondió Snake, mirándola de arriba abajo antes de comprobar datos e imágenes en su tableta digital, una de las cuáles era una imagen de Ebony junto a unas líneas de texto. Ella se fijó en la fotografía, pero fue incapaz de leer el texto.

—Estarás de acuerdo conmigo en que esa fotografía que tienes no es la que más me favorece. Espero resultar un poco más atractiva en persona. Tengo mucha experiencia en todas las áreas de combate, y podría resultar muy útil si estás buscando reclutas.

—Lo sé todo sobre ti —contestó Snake—. No eres una Mall Rat. Nunca lo has sido.

—¿Es eso bueno, o malo?

—¡Oh, lo descubrirás muy pronto!

—¿Descubrir qué? —respondió desanimada, consciente de que sus estrategias de supervivencia parecían no estar surtiendo efecto.

—¡Preparadla! —ordenó Snake a voces—. ¡Y a los demás! ¡Debemos irnos ya para cumplir con el plan!

Ebony comenzó a echarse hacia atrás al tiempo que una unidad de la milicia de Snake descendía sobre ella. Los guerreros pronto la sobrepasaron, sujetándole los brazos a la espalda, atándole las piernas, dejándola completamente inmóvil, incapaz siquiera de pronunciar ni una palabra por mucho que lo intentase.

—¡Poder y Caos! ¡Poder y Caos! —gritó el Guardián con creciente intensidad.

Mientras se esforzaba por liberarse, Ebony vio a Eloise, que había caminado hacia Bray y el resto de los Mall Rats, ahora encadenados. Les estaban ordenando bajar por las escaleras desde el vestíbulo superior, para llegar la planta baja.

Amber observó atentamente, al igual que el resto de Mall Rats, cómo Eloise le daba un beso a Bray en la mejilla.

Él se echó atrás, asqueado. Eloise le clavó las largas uñas en sus mejillas, le apretó el rostro y siseó maliciosamente:

—Nunca serás capaz de olvidarme, Bray.

Presionó sus labios sobre los de él, forzando un beso, disfrutando de que estuviese impedido y de sus gritos, a medida que le hundía las uñas con mayor profundidad y le raspaba ambas mejillas.

Pero disfrutaba todavía más con la expresión horrorizada de Amber, echándose atrás y sonriendo con dulzura a esta y al resto de Mall Rats.

—Espero que os divirtáis todos —dijo con desdén, mientras contemplaba cómo los dirigían a la salida del centro comercial.

Ebony también los observó marchar, al tiempo que a ella la arrastraban hasta la parte central de la planta baja.

Estaba totalmente incapacitada, humillada y, ahora, tremendamente aterrada. No tenía ni idea de qué les depararía a los Mall Rats, y mucho menos a ella misma.

Lo último que sintió fue la punzada aguda de una aguja que le insertaron en el brazo, provocando que se desmayase, que cayese en un estado de inconsciencia, recobrando la libertad únicamente en sus sueños.

CAPÍTULO OCHO

Lex tenía la horrible sensación de estar yendo directamente hacia una trampa. Pero, dada la situación en que se encontraban, sentía que no había más opción que seguir adelante. No había vuelta atrás.

Sigilosa y cuidadosamente, caminaba por la segunda planta del ruinoso parking de varios pisos, en dirección a una de las entradas del centro comercial. Estaba atento por si oía sonidos de gente, escaneando con la mirada hilera tras hilera de vehículos abandonados, vandalizados y saqueados hacía mucho, mientras avanzaba lentamente, atento a cualquier señal de movimiento.

Hasta el momento, no había nada que indicase la presencia de invasores misteriosos.

Se giró para darle el visto bueno con el pulgar y hacerle un rápido gesto de saludo a Ellie, que le devolvió el gesto desde el asiento del conductor de su vehículo.

Habían conducido hasta el parking con la esperanza de que el edificio les ofreciese algún tipo de protección para mantenerse ocultos de las fuerzas de ocupación, pues Ram estaba convencido de que debía tratarse del Colectivo... algo que le preocupaba mucho.

Ellie estaba encogida tras el volante, con la cabeza gacha por si alguien se daba cuenta de que aquel vehículo sí tenía ocupantes. Había dejado las llaves en el contacto y permanecía en estado de alerta, vigilando atentamente el aparcamiento, lista para arrancar el motor y alejarse tan rápido como pudiese en caso de que necesitasen escapar.

Jack estaba atrás, echándole un ojo a Ram, en el asiento del copiloto, quien seguía en un estado de pánico absoluto. El antiguo líder de los Tecnos aseguraba que era un hombre buscado.

Durante el viaje de vuelta a la ciudad, la mayoría de drones que habían visto de lejos al inicio de la invasión, ya no volaban por el cielo. Solo permanecían unos cuantos, sobrevolando en un circuito, como si se tratase de patrullas aéreas realizando un patrón rutinario sobre los diferentes sectores. Ram especuló que el grueso de los drones debía estar ocupado asistiendo a los conquistadores en algún otro lugar. Quizás, descargando o transportando cargamento desde los barcos de los invasores en el muelle o llevando a cabo un reconocimiento en los barrios residenciales, pues ya habían explorado y asegurado el centro de la ciudad.

Lex detectó un olor extraño en el ambiente, sin darse cuenta de que había emanado de las granadas aturdidoras que habían empleado en el ataque al centro comercial.

Hasta donde él sabía, no había invasores por ninguna parte.

Ram también era consciente de ello, y esperaba que siguiera siendo así. Cabía la posibilidad, pensó, de que las principales fuerzas de ataque se encontrasen en el puerto, posiblemente descargando equipamiento y otros vehículos de los barcos. O cargando los navíos con lo que el Colectivo (o quienes fuesen los responsables) se hubiese llevado de la ciudad. Con la perturbadora idea de que esto pudiese incluir "cargamento" humano, compuesto por aquellos que hubiesen estado en la ciudad en el momento de la invasión, entre ellos los Mall Rats.

—¿No es tan divertido ser tú el invadido, eh? —dijo bajito Ellie en el vehículo, recordando el día que el propio Ram y sus Tecnos conquistaron la ciudad.

—Eso deberías habérselo avisado a Lex —dijo él con desdén.

—Pues creo que Lex es muy valiente —continuó Ellie.

—Tan solo necesitamos sentarnos a esperar, y lo más probable es que acabemos siendo capturados —respondió un desanimado Ram.

—Lex se está jugando el cuello —añadió Jack.

—Por todos nosotros —coincidió ella—. Incluido tú, Ram. Así que esperemos que el Colectivo o quienes sean no hayan llegado todavía al Centro.

Jack echó una mirada desde su posición agachada, observando por la ventana cómo, en la distancia, Lex abría lentamente la puerta que llevaba al interior del Centro.

Este se movía con cautela, furtivamente, al acceder al piso superior del vestíbulo, que estaba hecho un completo desastre. Habían roto algunas de las ventanas de las tiendas, con los artículos quedando desparramados por todas partes, provocando que pisase los escombros. El centro comercial tenía aspecto de haber sido totalmente desvalijado.

Permaneció alerta, asegurándose de que no había nadie a la vista, esperando para tenderle una emboscada, y notó como la rabia crecía en su interior, furioso ante la idea de lo que obviamente había sucedido.

Al llegar a la zona de la cafetería, donde solían hacer vida, la encontró totalmente abandonada. Podía oler que todavía había aroma a comida en el aire, de una comida que claramente habían interrumpido, y seguía habiendo restos del humo de las granadas aturdidoras que se habían desplegado.

Las mesas estaban bocarriba, las sillas tiradas de lado, entorpeciendo el paso.

Tuvo que ser un buen altercado, según podía ver. Estaba seguro de que los Mall Rats no se habrían rendido sin luchar, defendiéndose a ellos mismos y a aquellos bajo su cuidado. Desearía haber podido estar allí. Para ponerles las manos encima a los atacantes, para hacer que pagasen por lo que habían hecho.

De repente, escuchó voces acercándose y se acuclilló para esconderse tras una de las mesas tiradas en el comedor, antes de alzar la vista cuidadosamente para ver quién se aproximaba.

Dos invasores avanzaban por el Centro, cargando suministros, y se estaban acercando, sin ellos saberlo, a la zona del comedor donde estaba escondido Lex. Se preguntó si aún quedarían otros miembros de aquella fuerza de ataque.

Tras evaluar sus opciones, sintió que no le quedaba mucho tiempo antes de que los invasores lo descubriesen, así que solo podía hacer una cosa.

Emergiendo a toda prisa desde detrás de la mesa, cargó hacia los guerreros, tomándolos completamente por sorpresa y chocando contra uno de ellos, provocando que saliese volando y se desplomase sobre un montón de desechos.

El otro guerrero pulsó un botón del auricular que llevaba puesto y ladró la noticia.

—¡Hemos encontrado a Lex! Repito: el Mall Rat Lex ha sido encontra…

No pudo terminar la frase, sin embargo, pues Lex le propinó un golpe directo a la mandíbula, y el guerrero quedó inconsciente incluso antes de tocar el suelo.

Le quitó el auricular y lo sostuvo cerca de su oído, intentando ver qué podía escuchar mientras corría, tan rápido como le era posible, por donde había venido.

—*Transportad a Lex al aeropuerto de inmediato, para evacuarlo junto a los demás. ¿Me recibes?*

Lex se detuvo y permaneció congelado durante un instante, antes de que la voz hablase de nuevo.

—*Confirma las instrucciones. ¿Me recibes?*

—Entendido —respondió finalmente por el micrófono, esperando que su voz disimulada hubiese sonado convincente. Pero su mayor preocupación era salir de allí rápido, para advertir a Jack, Ellie y Ram.

* * *

El vehículo traspasó un seto a toda velocidad, dejándole un agujero desigual, enviando ramas y hojas por todas partes, que quedaron esparcidas por todo el parabrisas al tiempo que Ellie conducía a través del campo, ajustando el volante ligeramente para corregir las ruedas traseras, que comenzaron a derrapar al adentrarse en el pantanoso terreno.

—¡Maldita sea! ¡Y pensaba que Lex conducía mal! —gruñó Ram, tambaleándose por el movimiento en el asiento de atrás.

—¡Pues aún no has visto nada! —prometió Ellie, hundiendo el acelerador tan a fondo como podía.

Ellie había crecido en la granja de sus padres y había conducido coches alrededor de la finca, también tractores, y sabía utilizar otras maquinarias.

Era algo completamente ilegal en aquel entonces, pues ella no tenía edad suficiente para tener el carnet. Pero a sus padres no les importaba, animaban el espíritu independiente que tenía su hija pequeña y les parecía buena idea que aprendiese habilidades prácticas del "mundo real" que pudiesen resultarle útiles en el futuro. Especialmente una vez sus padres cayeron enfermos por el virus. Ellie y su hermana Alice cada vez pasaban cada vez más tiempo solas, y había conducido el viejo coche familiar por lugares nunca destinados a ello, para saber moverse rápidamente por la propiedad. Al aire libre, se sentía como pez en el agua, y sabía leer los contornos y disposición del terreno.

Incluso Lex estaba ahora sujetándose, ayudándose de un brazo para mantener la estabilidad en su asiento mientras Ellie aceleraba por la campiña. Jack estaba en el asiento del copiloto, agarrado con fuerza al salpicadero mientras avanzaban a toda velocidad.

—Necesitarían un avión de combate para alcanzarnos —dijo Jack, satisfecho con lo rápido que iba Ellie y lo mucho que se habían alejado de la ciudad en tan poco tiempo. Seguía dándose la vuelta de vez en cuando para asegurarse de que no los seguía nadie.

Tras regresar Lex al vehículo después de su enfrentamiento con los invasores, instó a Ellie a que condujese tan rápido como le fuese posible mientras saltaba a la parte de atrás. Ram se había unido a él, cambiándole el asiento del copiloto a Jack. Ella lo había hecho bien, superando incluso las expectativas de Lex respecto a la velocidad que podía llegar a alcanzar el vehículo.

Ellie había sugerido evitar las carreteras principales de entrada y salida a la ciudad, en caso de que los drones estuviesen patrullando en las alturas y los avistasen. Sería mejor incluso, pensó, que evitasen cualquier tipo de carretera.

Había conducido el vehículo, literalmente, por en medio del campo, viajando en paralelo a la autopista principal, a un kilómetro más al sur, y atravesaba rápidamente un campo descuidado tras otro, con la consiguiente paliza para el vehículo, cuyas ruedas seguramente estaban dañadas. Se acababa el tiempo, el indicador de combustible señalaba que pronto se pondrían en reserva.

Iban en dirección al aeropuerto, donde al parecer habían llevado a los Mall Rats, según las comunicaciones que Lex había escuchado a escondidas.

En los viejos tiempos, antes del virus, claro está, todos habían ido allí en muchas ocasiones, para irse de vacaciones familiares o recibir a los visitantes que llegaban, pero Ellie nunca pensó que llegaría a visitar el aeropuerto por el motivo que lo iba a visitar ahora.

Incluso Ram había aterrizado sus aviones de los Tecnos allí, cuando llevó a cabo su propia invasión, y razonó que, seguramente, encontrarían importantes fuerzas desplegadas.

Su plan, tan desesperado y loco como les parecía a los cuatro ocupantes del vehículo, era alejarse tanto de la ciudad como pudieran… y acercarse tanto a los Mall Rats como les fuese posible, quizás incluso rescatarlos de sus secuestradores, de algún modo. No parecía haber más opciones disponibles. Al menos, para Ellie, Jack y Lex. Como era de esperar, Ram pensó que era una idea ridícula, y había sugerido, en vano, marcharse de la ciudad por completo, incluido el aeropuerto. Alejarse tanto como pudiesen del peligro y la fatalidad inminentes que sabía les aguardaba. Los otros tres se negaron a tomar siquiera en cuenta su sugerencia, pues no podían dejar que los Mall Rats se enfrentasen solos al destino que les esperase en el aeropuerto.

—Puede que necesitéis pensar en otra opción, chicos —se lamentó Ram con preocupación, al reparar en un dron que se les acercaba desde la ventanilla trasera.

Lex se giró para echar un mejor vistazo él mismo, y soltó un suspiro.

—Lo que nos faltaba.

—¡¿Qué hago?! —gritó Ellie, cada vez más tensa.

—Sigue adelante —respondió Lex—. Intentemos perderlo.

—Creo que estás siendo un poquito optimista —afirmó Jack, enervado por el desarrollo de los acontecimientos, mientras estiraba la cabeza y apretaba la cara contra la ventanilla para alzar la vista y poder ver mejor el dron, que ahora volaba justo sobre ellos y seguía su trayectoria.

—Intenta volver a la autopista, Ellie —gritó Lex, entrando en pánico—. ¡Tengo una idea para despistarlo!

—Me alegra que tengas una idea—respondió Ram—. Porque yo no. Y no compartimos precisamente el mismo intelecto. Si yo soy un genio y no se me ocurre nada, ¿cómo mierdas se te va a ocurrir a ti?

—¡Tenemos que intentar algo! —replicó Lex, desesperado.

El vehículo deambuló velozmente a través de más campos y, luego, de calles residenciales. El dron lo seguía en todo momento, acelerando desde arriba.

Poco después, Ellie accedió rápidamente a una salida que llevaba a la autopista.

—Buena chica —dijo Lex de modo alentador.

—Sí... buena chica —repitió Jack, ligeramente celoso, incluso en aquel momento de peligro, de que Lex la estuviese tratando de manera muy personal y demasiado amistosa.

—Ahora, cuando alcancemos uno de esos pasos elevados que hay delante, quiero que te detengas —instruyó Lex.

El vehículo chirrió y se paró en seco al cruzar bajo el paso elevado, pero el dron siguió avanzando, antes de detenerse y comenzar a volar en zigzag, como si los estuviera buscando.

En el interior del vehículo, Ellie y Jack se chocaron la mano, e incluso Ram estaba eufórico.

—Buena idea, Lex. ¡Me gusta! Pero no sé cuánto tiempo tenemos antes de que ese dron nos encuentre.

Ellie comenzó a gritar de forma histérica al ver aparecer al dron de repente por la ventana del conductor, planeando a bajo nivel, como si observase a los ocupantes en el interior.

—¡Pisa a fondo! —exclamó Lex.

Tras poner el motor en marcha, Ellie aceleró, seguida del dron, y todos se dieron cuenta de que no había esperanza de perder de vista a su perseguidor tecnológico.

Llegaron al perímetro del aeropuerto poco después. Ellie urgió al vehículo a ir más rápido, embistiendo a toda prisa contra la valla con alambre de espino que rodeaba el terreno del aeropuerto. Aquel golpe echó la valla abajo fácilmente, y ella casi pierde el control en el proceso, provocando la aparición de una enorme abolladura en la parte delantera del vehículo por la colisión. El motor también parecía estar dañado tras la paliza que había recibido, y comenzaba a rezumar humo negro desde el interior.

Aun así, el dron seguía planeando sobre ellos, ralentizando el paso a medida que el vehículo hacía lo propio, a punto de detenerse.

—Bueno, estoy seguro de que pronto nos darán una fiesta de bienvenida —soltó Lex.

—¡Genial! —gritó Ram, dando puñetazos al lateral del vehículo debido a la frustración—. ¡Estamos perdidos! ¡Y eso significa que me van a matar! ¡Muchas gracias a todos! ¡Tendríais que haberme escuchado!

—¡Calla! —bramó Lex—. ¡Aún no nos han pillado!

Lex tuvo otra idea al ver que el vehículo se encontraba cada vez más cerca de las asoladas ruinas de un avión comercial que habían abandonado a su suerte en medio de la pista de aterrizaje. El vehículo rozó la parte exterior de la nave al detenerse por fin.

Y, aún, el dron los seguía y planeaba sobre ellos.

—¡Salid! —instruyó Lex.

—¿Estás loco, Lex? —respondió Ram.

—Quizás sí. ¡Lo que significa que esto podría funcionar! ¡Nadie en su sano juicio intentaría hacer algo así!

—¡¿Hacer qué?! —preguntó Jack.

—Daros una oportunidad a los tres. Si yo actúo como cebo. Puede que incluso yo tenga oportunidad, ¡si voy solo y no tengo que preocuparme de todos vosotros!

Sin encontrar otra opción más que aceptar su idea, Ellie, Jack y Ram salieron rápidamente de detrás de las puertas del vehículo y, tras cerrarlas, los tres cruzaron furtivamente y se agacharon por debajo del avión, descendiendo hasta el asfalto y arrastrándose bajo las sombras del fuselaje, cubriéndose tras sus enormes ruedas.

El plan de Lex parecía haber funcionado. Él había saltado al asiento delantero y comenzado a conducir, seguido por el dron. Jack y Ellie lo querían por haber hecho eso, pues se daban cuenta de que él tenía escasas posibilidades, pero al menos les había dado una oportunidad a ambos. Incluso Ram quedó aliviado por tener un respiro, aunque fuese durante un instante, del inminente peligro.

Lex se alejó a toda velocidad de donde había dejado a los demás, y pudo ver enormes aviones militares grises de cargamento más adelante, con insignias de las Naciones Unidas visibles a los lados, pertenecientes a esta organización... pero utilizados ahora, claramente, por los invasores. Drones de aspecto extraño y distintos tamaños, algunos tan grandes como autobuses, estaban también situados junto a los aviones.

El vehículo pasó por delante de la terminal tan rápido como pudo, pero le salía humo del motor dañado y sobrecalentado.

Pudo echar un vistazo rápido a otros vehículos aparcados alrededor de la aeronave, y vio que algunos se le acercaban con presteza.

La suerte de Lex no tardó mucho en acabarse. Su propio vehículo comenzó a bajar mucho la velocidad, antes de detenerse por completo. El motor se había rendido finalmente con un soplo de grueso humo negro.

Se apresuró a salir, saltando del lado del conductor, y comenzó a correr hacia la terminal principal. Sin embargo, no era rival para los vehículos de los invasores, que pronto lo alcanzaron, cortándole el paso como los depredadores bien entrenados que eran. Entre ellos, estaba su líder, Snake. Lex pronto fue sobrepasado: los guerreros lo agarraron de las extremidades, arrastrándolo, sin poder remediarlo, hacia la parte trasera de uno de sus vehículos militares.

—¡Qué alegría que te unas a nosotros, Lex! —se burló Snake, mientras la puerta del vehículo daba un portazo tras él.

En el perímetro del aeropuerto, Ellie, Jack y Ram asomaron las cabezas y observaron desde detrás de las ruedas de la parte inferior del avión bajo el que se estaban refugiando, avistando a Lex en la distancia, siendo conducido hacia los aviones militares de cargamento.

Los vehículos se detuvieron. Lex continuó resistiéndose mientras lo dirigían a uno de los aviones.

—Eres muy peleón, eso lo reconozco —dijo Snake mientras él mismo lo sujetaba, llevándolo de los brazos al tiempo que otros dos guerreros le levantaban las piernas del otro lado.

—¡Pues yo te dejaré irreconocible, hombre lagarto! —le gritó a Snake al reparar en sus reptilianos tatuajes. Y comenzó a patear, agitando las piernas en un esfuerzo por liberarse, pero los guerreros los mantuvieron bien agarrado.

Estaban trepando por la puerta abierta de la bodega de carga, que descansaba en ángulo desde el avión hasta el suelo, recibiendo a Lex en sus fauces.

—¡Lex! —oyó que lo llamaba Trudy al verlo.

Cuando lo introdujeron en la bodega, pudo ver a Trudy, con Brady a su lado, Amber y Bray, con su bebé en brazos de ella, Salene y May, así como a Lottie y Sammy, rodeados por más miembros de las fuerzas invasoras.

Ebony también estaba allí, aunque la mantenían separada, sentada en el lado opuesto a los Mall Rats. Era la única que tenía una mordaza en la boca, según pudo ver. Por su parte, los Mall Rats estaban atados, y Amber era la única que tenía las manos libres, para poder acunar a su hijo.

Tras soltarlo sobre el suelo metálico del avión, con Snake alzándose ante él, ataron a Lex como al resto de prisioneros.

—¡¿Dónde está Ram?! —le exigió saber Snake.

—¿Y yo qué mierda voy a saber? —mintió él—. ¿Crees que soy su madre?

Snake le regaló una sonrisa retorcida, respetando su bravuconería.

—Acabarás hablando, Mall Rat. Todos acabaréis hablando. Ya lo veréis. Venga, ¡hagamos volar a este pájaro! —ladró

Snake al auricular de comunicaciones que llevaba a la oreja—. Tenemos todo el cargamento, ¡listos para salir!

La puerta de la bodega comenzó a cerrarse, dejando el interior completamente a oscuras a medida que la luz retrocedía, sellando a los Mall Rats en su interior.

Los motores del avión comenzaron a cobrar vida entre rugidos, mientras el avión militar se preparaba para despegar.

—Debiste quedarte lejos cuando tuviste la oportunidad —dijo Bray, compadeciéndose de que Lex se hubiese unido a ellos como prisionero—. ¿Por qué volviste a la ciudad?

—Para advertiros de que había más gente por ahí.

Bray asintió agradecido, y Lex y él intercambiaron miradas, comunicándose algo que no dijeron con palabras, conscientes de que tenían un deber que iba más allá de la protección del resto de miembros de la tribu. Ambos se dieron cuenta de ello cuando Bray vio que Lex saludaba ligeramente al pequeño Jay con la mano, así como a la pequeña Brady, que se aferró a su madre y le devolvió el saludo vergonzosamente.

—¿Qué sucede? —preguntó Trudy—. Me pregunto a dónde nos llevan.

—No lo sé. Pero, si conseguimos no perder la calma, estoy segura de que todo saldrá bien —dijo Amber, aunque su expresión revelaba su preocupación manifiesta. Los nervios y el miedo eran evidentes en sus ojos, y reflejaban el desasosiego de todos al no saber qué les esperaba.

El avión recorrió la pista a toda velocidad, con los motores rugiendo. El estruendo parecía agitar el propio suelo, a medida que la nave dejaba atrás, entre aullidos, al avión en ruinas bajo el que se escondían Jack, Ellie y Ram.

Estos observaron, agachando las cabezas instintivamente para cubrirse del sonido ensordecedor, cómo el avión militar les pasaba por encima y menguaba en la distancia, desapareciendo finalmente de vista en el oscurecido cielo del crepúsculo.

CAPÍTULO NUEVE

—¡Se acabó! —murmuró Alice, abriendo el grifo del baño tanto como se podía—. ¡No aguanto más en este sitio!

Había acudido al cuarto de Tai San en el *Lakeside Resort*, acompañada por Ryan, donde la encontraron en estado de ansiedad. Tanto que, cuando Alice y Ryan llamaron a la puerta por primera vez, ella se negó a contestar durante varios minutos, temiendo que pudiese tratarse de otra inoportuna visita del Seleccionador.

La alegría inicial por la reunión con Alice y Ryan había dado paso a una sensación de desamparo. Tai San siempre había creído que era una persona de voluntad férrea, que pocas cosas podían terminar doblegándola.

Su espiritualidad y habilidad para estar en sintonía con lo que percibía que el destino le tenía reservado le había otorgado no solo su fuerza interior, sino una gran paz al momento de fallecer los adultos, cuando la pandemia cayó sobre ellos.

Pero el calvario que estaba experimentando ahora y ese extraño mundo del Seleccionador donde se había visto metida la estaban agitando en lo más profundo de su ser. El

Seleccionador era impredecible. Y no conseguía "leerlo" de manera instintiva.

Además, la inyección del biochip en contra de su voluntad parecía una violación hacia su propia esencia y energía vital. Siempre había sentido una conexión con todos los seres vivos y la Madre Naturaleza que la rodeaba. La naturaleza era lo que sustentaba a Tai San. El biochip que se encontraba ahora en su cuerpo era algo a lo que se oponía a muchos niveles. Estaba contaminando su ser, aquello que la hacía ser como era. La forma en que se lo habían inyectado era inhumana, iba en contra de sus derechos fundamentales. Mientras siguiese dentro de su cuerpo, sentía que no sería la misma persona que había sido siempre, de manera natural. Tenía los chakras realmente desalineados.

Alice y Ryan la reconfortaron desde el momento en que les había dejado entrar en su habitación. Ambos compartían sentimientos similares, y notaron que pasar por aquel apuro juntos les daba cierta sensación de alivio.

—Ya está. Con esto debería bastar —dijo Alice, mientras los grifos chorreaban agua a todo volumen en el lavabo del baño *en suite* de Tai San.

Los tres se habían metido allí para celebrar otra reunión privada e improvisada. Alice sugirió que no podían arriesgarse. Hasta donde ellos sabían, el resort podía tener micros ocultos o estar monitorizado de algún modo. Y no querían que nadie escuchase la conversación que planeaban tener con Tai San a continuación, por lo que esperaban que el sonido del agua ahogase las palabras susurradas de su diálogo. Centrado, principalmente, en trazar un plan de escape.

* * *

Lo cierto es que las vistas eran hermosas, pensó Tai San mientras apreciaba la visión del lago frente a ellos, flanqueado por colinas ondeantes a su alrededor, cubiertas de árboles. Era como estar mirando un cuadro que hubiese cobrado vida, con el reflejo de los árboles y colinas brillante sobre el agua gracias al sol vespertino. Con razón habían construido el *Lakeside Resort* en una ubicación tan perfecta.

Tai San, caminando lado a lado con Alice y Ryan, avanzaba a ritmo suave sobre el césped de la parte trasera del resort, hacia la orilla del lago. Unos cuantos patos volaron hacia ellos, graznando quizás por la anticipación de recibir algunas migas, pues Ryan estaba comiendo pan recién horneado y les echó unos trozos en el agua para que los patos los compartiesen.

Alice se giró para supervisar discretamente cómo estaba la situación detrás de ellos. Varios de los guardias perimetrales estaban en posición, en diversos puntos alrededor del resort. Observaban atentamente a los tres prisioneros plantados junto al lago, mientras Ryan continuaba troceando casualmente pequeños bocados de pan para los patos.

—¿Todos listos? —les susurró Alice.

—Sí —dijo Ryan, sacudiendo sus manos para echarles las últimas migas a los patos.

—Vamos allá —coincidió Tai San.

Repentinamente, los tres salieron disparados en direcciones distintas, tomando a los guardias por sorpresa cuando estos se dieron cuenta.

Ryan se apresuró por el césped en la parte izquierda del resort, corriendo por el borde del agua, donde una pequeña caseta de barcos lo aguardaba más adelante, con el bosque visible al otro lado.

Tai San salió tan velozmente como pudo hacia la parte derecha del resort, corriendo hacia los altísimos árboles que bordeaban el lago como si su vida dependiera de ello. Y, obviamente, así era.

Alice, consciente de que nunca había sido la velocista más rápida, se dispuso a llegar tan rápido como le fuese posible al parking del complejo, situado al girar la esquina del edificio principal, donde pensó que quizás podría hacerse con un vehículo.

Tras el asombro inicial por aquellos inesperados movimientos, los guardias pronto fueron tras sus prisioneros, separándose en tres grupos diferentes.

No pasó mucho antes de que los guardias redujesen la distancia con Alice, y ella supo que no sería capaz de dejarlos atrás corriendo. Sin embargo, se sentía capaz de poder deshacerse de uno o posiblemente dos de los guardias que se acercaban, gracias a sus habilidades de combate, así como la fuerza que le otorgaba su tamaño. Y su estrategia fue correcta. Dejó a uno en el suelo de un solo puñetazo. El otro necesitó dos.

Alice no había contado con enfrentarse a más guardias, ahora cada vez más cerca de ella mientras corría por el parking.

Echó un vistazo a los vehículos de alrededor y se metió en uno. Pero no había motor al que hacerle un puente, ni volante. Solo una voz llegada del salpicadero.

—*Confirme destino.*

Alice no tenía ni idea de cómo responder, pero debía probar algo, pues tenía a los guardias prácticamente encima.

—¡A casa! —dijo, incapaz de pensar en otra cosa.

Sonó un silbido metálico al tiempo que la voz anunciaba:

—*Reconocimiento facial implementado. Ha llegado a su destino.*

Alice hundió un puño sobre el panel de control por pura frustración, lo que pareció activar el sistema en algún lugar, y el vehículo automático aceleró a toda velocidad, con Alice sujetándose al asiento y echando un vistazo atrás, a los guardias que la perseguían.

Con su portento físico y destreza deportiva, Ryan también progresaba bien, corriendo a toda máquina y dejando atrás a varios guardias que lo seguían. Y, como Alice, fue capaz de provocar una distracción que pudiese ayudar a Tai San en su empeño por escapar. Esta era más que capaz de defenderse sola, habiendo entrenado en artes marciales mixtas. Pero sus capacidades de combate palidecían en comparación con el puro músculo y fuerza de Ryan y Alice.

Hasta el momento, los guardias perimetrales habían centrado su atención en perseguir a los otros dos, lo que permitió a Tai San llegar hasta el bosque sin problemas. Esperaba que los tres pudiesen reunirse como habían planeado, encontrarse en una intersección que todos avistaron durante su viaje al *Lakeside Resort*, que llevaba a una región boscosa.

* * *

Tai San estaba exhausta, pero se obligó a seguir adelante, esforzándose hasta su más absoluto límite físico.

Se encontraba ya a cierta distancia del *Lakeside Resort*, y se había adentrado en una frondosa zona de árboles, en las profundidades del bosque que bordeaba el lago, que ahora se encontraba completamente fuera de vista.

Continuaba corriendo a un ritmo ligero. Era un movimiento constante, y hacía un tiempo que ignoraba las sensaciones en su cuerpo que le pedían detenerse para descansar unos instantes.

Los altísimos árboles del antiguo bosque la rodeaban por todas partes, alzándose imponentes sobre ella, con el grueso dosel de ramas y hojas arrojando sombra a la zona del bosque, y una agradable sensación de aire ligeramente más fresco sobre el rostro de Tai San mientras corría, llena de sudor. La naturaleza alrededor casi parecía otorgarle una fuerza más allá del vigor natural de su cuerpo.

Al saltar sobre un enredado nudo de raíces en el suelo, tropezó con el pie y casi se cae, manteniendo a duras penas el equilibrio. Soltó un chillido de dolor al doblarse el tobillo. Y, pese a su deseo de seguir avanzando, se quedó quieta, sin más opción que ralentizar el paso.

Jadeando entrecortadamente, Tai San se dobló de dolor, agachándose para recuperar el aliento. Echó un vistazo a su tobillo y se lo frotó. El lateral de su pierna le quemaba, los músculos de su cuerpo le dolían, como protesta por lo que les había hecho pasar. Sintió el comienzo de una rampa en la pierna, y la movió arriba y abajo lentamente, trazando cuidadosos círculos con el pie, intentando estirar los músculos de la pierna y luchando contra el creciente dolor que comenzaba a extenderse desde su tobillo.

Se detuvo un momento para examinar su entorno, ahora que había parado de huir, y determinó que estaba bien lejos del *Lakeside Resort*. Había corrido en dirección diagonal desde el resort, y estimaba que debía estar ya a varios kilómetros de distancia. Los únicos seres vivos de la zona, además de los árboles y de ella misma, eran los insectos que zumbaban en el aire, y los aleteos y llamadas de los pájaros, subidos a las ramas de los árboles.

En otro momento, Tai San se habría deleitado con todo ello. Pero, ahora, comenzaba a sentirse mareada, su cabeza le daba vueltas. Estaba muy cansada, y, con el malestar extremo del tobillo torcido, no le quedaba más por dar, no podía seguir adelante.

Se desplomó sobre el suelo del bosque y se tumbó sobre su espalda, estirando las piernas frente a ella en un intento de aliviar los calambres y la presión a la que había sometido a su tobillo mientras estuvo de pie.

Aunque cada parte de su cuerpo estaba dolorida, especialmente su tobillo, apoyó la cabeza contra las hojas caídas sobre el suelo, comenzó a contemplar el cielo, apenas visible entre las ramas de más arriba... y exhaló un suspiro de agradecimiento, sonriendo con alivio por lo que había conseguido, gracias a la ayuda de Alice y Ryan.

Pese a tenerlo todo en contra, había conseguido escapar.

* * *

La sensación de una suave brisa sobre su mejilla despertó a Tai San de la ensoñación en la que había estado inmersa involuntariamente. Había perdido la consciencia, abrumada por todo lo que había pasado. Su cuerpo había cedido. Y se quedó perpleja, despertando del sobresalto, al percatarse de que no se trataba de un viento cualquiera: la brisa venía directamente de boca del Seleccionador, que la contemplaba desde arriba, soplando sobre su rostro para despertarla.

Alrededor de este había algunos guardias. De algún modo, para espanto de Tai San, la habían encontrado.

Comenzó a distanciarse de ellos, inmediata e instintivamente. Pero su tobillo le profirió un mordisco de dolor en cuanto se movió, y apretó los dientes, intentando soportar la sensación punzante en la pierna, desesperada por alejarse del Seleccionador.

—¿Adónde creías que ibas? —le preguntó con calma, caminando hacia ella, observando intrigado cómo la chica se arrastraba lejos de él sobre las manos y las rodillas, luchando contra el evidente malestar que estaba sufriendo—. ¿Acaso no sabes que, en esa dirección, no hay más que cientos de kilómetros de bosque?

—¡No te acerques a mí! —gritó Tai San.

—Vamos, no te pongas tan alterada —la reprendió él mientras daba otro paso—. Te ofrecí una cálida bienvenida. Y ¿así es como me lo pagas?, ¡¿huyendo de todo lo que puedo ofrecerte?!

Ahora, el Seleccionador parecía irritado, cada vez más furioso, según podía ver Tai San en su expresión. Y presentaba un aspecto intimidante, con los guardias siguiéndolo a medida que se acercaba lentamente a ella. Tai San seguía en el suelo y era incapaz de ponerse en pie, retrocediendo y esforzándose por crear cierta distancia entre ellos.

De repente, el Seleccionador se abalanzó sobre Tai San, y ella levantó los brazos para protegerse, pensando que podría incluso golpearla, al estar en una posición tan vulnerable.

Pero quedó estupefacta cuando, en cambio, le plantó un suave beso en la mejilla antes de dar unos pasos atrás y ofrecerle una sonrisa cálida y manifiestamente cariñosa.

—¡¿Qué crees que estás haciendo?! —dijo Tai San casi sin palabras, indignada, pasándose la mano por la mejilla para eliminar cualquier rastro del beso que le acababa de dar.

—Es que me alegro de verte —contestó suavemente, disipando toda tensión que hubiese mostrado previamente—. Todo saldrá bien —insistió con una actitud muy cuidadosa, y demasiado amistosa—. Levantadla. Pero con cuidado —instruyó a los guardias.

Estos pasaron a la acción como les había ordenado, levantando gentilmente a Tai San por los brazos hasta que quedó de pie, pero asegurándose de que no tuviese que poner peso sobre las piernas.

—Haremos que te vean esa pierna tuya de inmediato. Mis médicos le echarán un vistazo y se asegurarán de que tengas todo lo que necesitas.

—Dudo que tengáis suficiente manzanilla, ajo, jengibre y cúrcuma —dijo ella con ironía, casi para sí misma.

—Y hielo, no lo olvides. Queda muy bien con todo eso que has nombrado. Pero habrá que estar atentos a este rasguño y asegurarnos de que no se te infecta. En cuyo caso, quizás necesites un poco de vara de oro. De eso tenemos a raudales —dijo el Seleccionador.

Era obvio que estaba empleando juegos mentales con Tai San, pero también que tenía conocimientos sobre medicina alternativa.

Señaló el rasguño al que hacía referencia: unos arañazos sobre la pierna de Tai San, que sangraba ligeramente por la caída. Tocó levemente un pequeño hilo de sangre con el meñique, y se lo llevó a la boca.

—Parece que aún eres B negativo, Tai San. Y que falta un poco de hierro en tu dieta —aconsejó el Seleccionador.

Por cómo le miraba el tobillo y la pierna, ella sintió que estaba interesado en mucho más que su salud, y que estaba aprovechando para echar un lascivo vistazo a su figura.

—¡Déjame en paz! —exigió, enfurecida y asustada por volver a estar en compañía del Seleccionador, así como repugnada por su falsa preocupación y su inquietante atracción física hacia ella.

Tai San no quería ni pensar en tener que volver al *Lakeside Resort*, y esperaba que Ryan y Alice hubiesen logrado escapar.

—Alice y Ryan te esperan en sus habitaciones, Tai San. Así que, ¡te sugiero que nos pongamos en camino, para que puedas unirte a ellos! —saltó el Seleccionador, impaciente. Durante un instante, y de manera irracional, Tai San se preguntó si acaso tendría la habilidad de leerle la mente. Ya fuese gracias a fuerzas naturales o, más bien, al biochip que le habían insertado en el cuerpo. Pero lo descartó rápidamente, dándose cuenta de que el Seleccionador se inclinaba más hacia otras áreas, no solo de conocimiento, sino de fe, al ver cómo este contemplaba el bosque con admiración.

—El Creador está siempre a nuestro alrededor, Tai San. Dentro de cada árbol, de cada pájaro… y de cada uno de nosotros. Gracias a la visión del Creador, tendré constancia a partir de ahora de cada lugar que visites, cada cosa que hagas, cada cosa que pienses, cada cosa que sientas… cada latido de tu corazón.

Su furia había vuelto a apaciguar, y le ofreció a Tai San una cálida sonrisa. Esta vez, ella sintió que no era fingida, sino auténtica.

—Con cada paso que damos, la visión del Creador está más cerca de cumplirse, Tai San —dijo mientras avanzaban por el bosque de vuelta al resort, con los guardias ayudándola a mantenerse en pie por su cojera—. Es imprescindible que te dejemos descansar para que tu tobillo mejore. Alice y Ryan tendrán ganas de conocer las aventuras que has corrido hoy en el bosque. Y no sabes cómo me siento al saber que estamos juntos de nuevo. Estoy absolutamente encantado.

—No te durará. Un día, me marcharé de aquí. Eso te lo prometo —contestó Tai San.

—En eso te equivocas. ¡Según el Creador, tú y yo, y tus amigos Mall Rats, vamos a pasar el resto de nuestras vidas juntos!

CAPÍTULO DIEZ

Con su bebé en brazos, Bray avanzó lentamente entre una oscuridad casi absoluta por delante de los guardias y del resto de prisioneros, sentados sobre el suelo de la cavernosa bodega de carga del avión.

Todos los Mall Rats estaban sentados en silencio, perdidos en sus ensoñaciones privadas, inducidas por un viaje que ya estaba durando mucho y por las especulaciones sobre cuál sería su destino.

Lottie y Sammy estaban dormidos. Al igual que May, que reposaba su cabeza sobre el hombro de Salene. A lo largo del trayecto, Lex estuvo analizando cuidadosamente a los guardias, por si le servía más adelante. Eran guerreros disciplinados y capaces, eso le quedaba claro. La atención de Ebony recaía más sobre Snake, pues le interesaba evaluar posibles debilidades que pudiese explotar. No solamente un punto débil en sus destrezas físicas, sino en su personalidad.

Bray sujetaba a su hijo con fuerza mientras luchaba contra los cambios en la gravedad, cambiando de postura e intentando mantener el equilibrio a medida que el avión se inclinaba durante un instante para alterar su curso.

—No intentes nada —instó Snake, echándole una mirada. Estaba de pie junto a la entrada que llevaba de la bodega de carga al resto de cámaras interiores del avión, bloqueándola con su enorme constitución, con los brazos cruzados, como una barrera infranqueable.

—Ni que fuese a meterme en la cabina y aterrizar el avión —se mofó Bray—. Solo intento calmar a mi hijo —añadió. Y así era: el pequeño Jay lloraba incesantemente.

Snake asintió con la cabeza, mirando al bebé. Hecho del que se percató Ebony y le hizo preguntarse si quizás él también tendría hijos, dada su compasión. Una grieta en su armadura, tal vez. Se dio cuenta de que no estaba totalmente desprovisto de sentimientos.

Además de calmar al bebé dando un paseo y ofrecer así a Amber la posibilidad de dormir, la intención de Bray era ir hasta la parte vedada del avión, pues ella le había susurrado que había visto ventanas durante su caminata previa. Él esperaba poder echar otro vistazo por las ventanas, en un intento de comprender un poco mejor hacia dónde los estaban llevando.

Snake le había dado permiso a Amber para estirar las piernas hacía un rato. Así como a Trudy, para que esta pudiese a su vez reconfortar a su hija, Brady, que se había alterado en varias ocasiones, aterrorizada por verse en cautividad… y por Snake en particular, quien, con sus espeluznantes tatuajes, parecía algo salido de una de sus pesadillas.

Amber había caminado por un pasillo metálico hasta llegar al final, meciendo suavemente a su pequeño para que dejase de llorar.

A través de una pequeña ventana de cristal ahumada en la puerta que llevaba a otro compartimento, pudo ver ventanas en las paredes exteriores del lateral del avión, así como otros compartimos, cámaras o cabinas de algún tipo, con las puertas cerradas. Se preguntó qué habría dentro (o quién), pero no había manera de averiguarlo. Si intentaba girar el picaporte al final del pasillo, Snake acudiría de un salto y habría represalias. Desde luego, no se escuchaban sonidos al otro lado, nada que Amber pudiese oír sobre el zumbido de los motores.

El avión le recordaba a los aviones militares que los Tecnos habían usado cuando llegaron a la ciudad, liderados por Ram. Parecía que había pasado una eternidad de aquello. Este le contó que había descubierto *hardware* en grandes cantidades, equipos diversos, tecnología y vehículos que habían abandonado en bases militares de la tierra de los Tecnos, y que lo habían adaptado para usarlo ellos mismos.

Amber se preguntó si quizás él tendría algo que ver con el último aprieto en el que se habían visto metidos los Mall Rats, o si sus captores estarían relacionados, de hecho, con el Colectivo, quienes parecían mantener a Ram en continuo estado de alarma.

Él le había explicado que era consciente de que el Colectivo había descubierto varios complejos militares ocultos, similares al de la Montaña del Águila, dentro de los cuales los adultos habrían intentado sobrevivir a la pandemia. Liderados por el enigmático "Kami", cuya verdadera identidad Ram afirmaba desconocer, el Colectivo se habría ayudado de los recursos extraídos de estas instalaciones para erigir y expandir un imperio propio tras el virus.

Mientras que los Tecnos, en su momento de máximo esplendor, contaban solo unos cuantos aviones y vehículos, el Colectivo tenía su propia flota, así como varios barcos en su posesión y una tecnología mucho más avanzada. Entretanto, el resto del mundo descendía hacia una forma de vida anárquica, casi primitiva. Una nueva Edad Oscura.

Todo indicaba que Ram sí había contado la verdad al respecto, reflexionó Amber al recordar los barcos que había visto en el puerto durante el trayecto del centro comercial al aeropuerto. Ello, a su vez, le trajo recuerdos del enorme barco carguero, el *Jzhao Li*, con el que los propios Mall Rats se tropezaron en su momento.

Los aviones de cargamento militar de los invasores, con sus insignias de las Naciones Unidas, guardaban mucho parecido no solo con el *Jzhao Li* (barco que, al parecer, también formaba parte de una flota de la ONU), sino también con otros aviones que los Mall Rats pudieron ver en la Base Aérea Arthurs. Lugar en que debieron estar presentes las Naciones Unidas, teniendo en cuenta todo lo que habían dejado atrás.

Incluidas cámaras criogénicas de hibernación, como las que más tarde descubrieron en la Montaña del Águila.

Pero el significado de todo ello seguía siendo un misterio. Estaba claro que quien fuese responsable de aquello en el viejo mundo tenía sus planes durante el tiempo de la pandemia, algo que alimentó muchas teorías conspirativas. Algunos pensaron que algo más siniestro era responsable de la muerte de la población adulta y la evacuación de tantos niños y adolescentes.

En su primer paseo con el bebé, Amber había echado un breve vistazo por la ventana y había visto que, en aquel momento, se encontraban sobrevolando agua, cruzando un vasto océano.

Luego quedó sorprendida, durante el siguiente paseo, al ver que estaban sobrevolando tierra. El terreno era extraño, sin vida, desolado: un mundo árido.

El avión voló por encima de un gran montículo que le llamó la atención, aparentemente situado en medio de la nada. Solo alcanzó a verlo durante unos segundos, pero la imagen quedó grabada en su mente.

Aquel montículo no parecía ser una formación natural, como una colina o la cresta de una montaña. Le recordó a los túmulos funerarios del neolítico que había visto en los documentales de historia, un lugar donde generaciones primitivas enterraban a sus muertos. El gigantesco montículo de tierra la llenó de inquietud, y se preguntó si quizás sería una fosa común, llena tal vez de miles de fallecidos. De ser así, se preguntaba si en su interior habría enterradas víctimas del virus… o si quienes yacían allí serían tal vez víctimas de algo aún desconocido. Aquella idea hizo que un escalofrío le recorriese la espalda.

Sus pensamientos viraron después hacia dónde se estarían dirigiendo. Y con qué propósito mantenían los invasores cautivos a los Mall Rats. Se le escapaba el porqué, pues ni Snake ni sus guerreros habían otorgado respuesta alguna a las preguntas que ella y los demás les habían hecho.

Sin embargo, Amber sabía que los invasores no habían capturado a todos los Mall Rats. Después de que Lex acabase inesperadamente atrapado en medio de todo aquello, estuvo agradecida de saber que Jack, Ellie y Ram no estaban entre ellos. Estuviesen donde estuviesen ahora, les deseaba lo mejor y esperaba que estuvieran a salvo. Una vez pudiese hablar con él alejados del oído de los guardias, le pediría a Lex que la actualizase y le explicase qué les había pasado a él y a los demás en la Montaña del Águila aquel día.

Ahora era el turno de Bray de mecer suavemente a su hijo en brazos, mientras se acercaba a la ventana de cristal ahumado en la puerta del pasillo, para mirar furtivamente por las ventanas exteriores en la pared de la aeronave. Fue entonces consciente de que la oscuridad había caído. Conjeturó que debían haber estado volando durante unas cinco horas.

Reparó en algunas luces que brillaban en la distancia, parpadeantes en el horizonte… señales de que había vida ahí fuera, a través de la oscuridad del cielo nocturno.

—Será mejor que te sientes —lo llamó Snake, antes de dirigirse a los demás—. Aterrizaremos en unos minutos.

* * *

Una vez la nave aterrizó y contactó con la torre de control, y tras detenerse finalmente cerca de un hangar colindante, las puertas del compartimento de carga se abrieron. Snake y sus guardias escoltaron a Ebony y los Mall Rats, quienes no iban atados, guiándolos por el asfalto, con el vapor de su respiración visible debido al aire frío de la noche.

Habían llegado a lo que parecía ser una pista de aterrizaje apartada. No era un aeropuerto principal como tal, como del que habían despegado en la ciudad natal de los Mall Rats. No había grandes terminales, estructuras o antiguos restaurantes, ni tampoco edificios de aparcamiento.

Alrededor de la torre de control había una serie de hangares y pequeñas unidades prefabricadas, como si se tratase de construcciones temporales. Unas cuantas excavadoras reposaban inmóviles junto a un par de grúas. Había una valla metálica que recorría todo un lateral de la pista de aterrizaje. Más allá, se podía ver un grueso bosque de árboles elevados que se extendía por colinas ondulantes hasta llegar a la silueta de una cordillera en la distancia.

El aire era tan fresco que Amber comenzó a temblar, consciente al observar su entorno de que parecían encontrarse a una gran altura. Había pequeños focos artificiales separados a distancia equitativa por la pista, creando pequeños círculos de luz sobre el suelo que iluminaban la oscura noche. El resultado era siniestro, y la luz proyectaba sombras largas y distorsionadas sobre el pavimento.

Aunque aquella no era la fuente de la conmoción. Al desembarcar los pasajeros del avión, Ebony y los Mall Rats quedaron estupefactos al descubrir a un pequeño grupo de espectadores situados a ambos lados de unas barreras que habían dispuesto, precisamente, para que no pasasen.

Entonces, la multitud comenzó a aplaudir a ambos lados, estallando en un aplauso entusiasmado, vitoreando a Snake y a sus guardias y dándoles la bienvenida. Pero, sobre todo, gritando de pura euforia y celebración por la procesión que avanzaba ante ellos, exclamando con reverencia y reconocimiento los nombres de los propios Mall Rats.

Algunos de los espectadores sostenían antorchas llameantes que evocaban tiempos primitivos, algo enfatizado por la forma en que vestían. La mayor parte de la multitud llevaba tatuajes y tenía piercings a la vista. Especialmente los hombres, que parecían todos como recién salidos del gimnasio, con los cuerpos desnudos y musculados visibles bajo ropajes de piel y pelo. Algunos tenían incluso elementos decorativos hechos con plantas de lino que adornaban sus ropajes de piel. Particularmente las mujeres, que llevaban faldas de lino y extensiones de pelo adornadas con plumas y plantas.

La mayor parte de aquel gentío debía tener la misma edad que los Mall Rats y, sin excepción alguna, estos repararon en que los espectadores tenían todos un tremendo atractivo físico, todos habían sido bendecidos con un buen aspecto. Y parecían ejemplificar la personificación de una excelente salud. Los dientes eran blancos, las complexiones sin defecto alguno. Todos bien bronceados.

—¡Amber! —gritó uno de los chicos al tiempo que ella avanzaba ante él. Era increíblemente atractivo, con el cuerpo pulido, los músculos y el rostro esculpidos, en una condición física claramente magnífica, el espécimen humano perfecto—. ¡Amber! —volvió a llamarla, intentando alcanzarla desde la barrera, estirando los brazos de manera desesperada y esforzándose por hacer contacto de algún modo, por tocarle los hombros con sus dedos aunque fuese un momento, un solo instante.

—¡Aléjate de ella! —dijo Bray, luchando por liberarse del agarre de los guardias que lo flanqueaban para poder proteger a Amber y a su bebé de los enloquecidos espectadores que los rodeaban.

—¡Bray! —gritó otra voz—. ¡En persona estás genial! ¡Mucho mejor que en fotos!

Lottie y Sammy estaban igual de confusos que el resto de Mall Rats, y se aferraban a May y Salene, quienes se encontraban desconcertadas ante aquella cacofonía de voces que se solapaban y gritaban con emoción.

—¡Eh! ¡Sammy, Lottie! ¡Lanzadnos un saludo! —pidieron desesperados unos niños entre el público. Mientras, la atención de otros recaía en May y Salene, al pasar ante ellos:

—¡Sois la pareja perfecta! —dijo entusiasmada una espectadora, apartándose una lágrima del ojo—. ¡Me alegro mucho de que os hayáis encontrado la una a la otra y tengáis a alguien a quien amar! —continuó.

—¡Aléjate! —amenazó Snake a otro chico, al intentar este estirarse para tocarle el brazo a Amber, quien presidía la procesión.

—Pero ¿de *dónde* ha salido esta gente? —preguntó ella, incapaz de comprender un recibimiento tan efusivo. Y, sobre todo, cómo era posible que supiesen su nombre.

—Forman parte de los Privilegiados —explicó Snake sin más—. Para ellos, es una recompensa veros los primeros.

—¿Ese es... Lex? —clamó una de las espectadoras, absolutamente anonadada, mientras él pasaba por delante —¿Fuiste tú? ¡¿De verdad mataste tú a Zoot?! —la escuchó preguntar Lex en un tono de voz apasionado, histérico... incluso inestable.

—No —gritó él de vuelta en dirección a donde debía estar la chica entre aquel mar de rostros. Evitaba el contacto directo, apartando la mirada de la multitud para intentar pasar desapercibido—. Debes haberme confundido con otra persona.

Debido a sus múltiples experiencias con los Zootistas, siempre le había preocupado qué podrían hacerle algunos de los seguidores más fieles si llegaban a ponerle las manos encima. Después de todo, sí era el responsable de la muerte de Zoot.

No había sido intencionado por su parte. Solo quiso defender a los Mall Rats, aquella fatídica noche en la que Zoot se presentó en el Centro para reunirse con su hermano, Bray. Ajenos a ello el resto de la tribu, este había animado a Zoot a reunirse con Trudy y su recién nacida, Brady. Tras un altercado con Lex, Zoot había caído accidentalmente desde la primera planta del Centro y había encontrado su muerte. Desde entonces, Lex se había preguntado si los Zootistas irían tras él como represalia, para vengarse del que había matado a su Dios.

Más atrás en la fila de prisioneros, Brady comenzó a llorar y agarrarse bien a su madre, abrumada por el ruido de la multitud y los rostros iluminados por las antorchas llameantes, que adoptaban un aspecto casi macabro.

—No pasa nada, Brady. Tranquila —dijo Trudy, esforzándose por calmar a su hija tanto como pudiese, pero ambas estaban agitadas por aquel recibimiento de parte de unos desconocidos. Trudy mantenía cerca a Brady mientras dos guardias las asistían, asegurándose de que los espectadores no se aproximaban demasiado.

Uno de los chicos más jóvenes entre el gentío comenzó de pronto a correr, pasando entre los guardias y sobre la barandilla de metal, hacia Trudy y Brady… y se postró ante Trudy, quien reculó y le apartó la mano a la fuerza mientras él intentaba desesperado agarrar a Brady, en un estado de asombro al estar tan cerca como para tocar a la hija de Zoot en persona, y a su madre.

—¡Llevadme con vosotras, por favor! —les suplicó—. ¿Podríais bendecirme? ¡Mostradme un milagro, Madre Suprema!

Un guardia alzó al chico con sus fornidos brazos y lo arrojó de vuelta sobre la barrera, con el resto de espectadores.

En la parte trasera de la procesión, Ebony pudo oír la conmoción que tenía lugar más adelante: los gritos y vítores extasiados, la acogida entusiasta que estaban recibiendo los Mall Rats. Y estaba igual de confundida que ellos.

Sin embargo, a medida que los guardias escoltaban a los nuevos visitantes a través de la multitud, el humor de los espectadores cambió rápidamente. La euforia fue remplazada por un odio en aumento que se esparcía entre el público al tiempo que la propia Ebony marchaba ante ellos.

Se preguntó cómo sabría aquel grupo (fuesen quienes fuesen) quiénes eran ella y los Mall Rats, estando en una tierra tan lejana a la suya. Pero, de algún modo, parecían conocerla, y estaba claro que ostentaba cierta reputación y estatus entre ellos. Un estatus que le preocupaba, pues la multitud comenzó a abuchearla y proferir toda clase de insultos desagradables. Pese a toda la veneración que sentían por Zoot, claramente no parecían ser Zootistas al uso.

—¡Traidora! —gritó alguien. Otros parecían más decididos a encontrar alguna forma de vengarse. Y comenzaron a corear al unísono:

—¡Apedreadla! ¡Apedreadla! ¡Apedreadla!

Más adelante, los Mall Rats habían llegado a un convoy de vehículos que los aguardaban. Camiones militares, rodeados de vehículos futuristas estilo cápsula, sin conductor, similares a los utilizados para transportar a Tai San desde el puerto en su momento. A medida que entraban dentro de las cápsulas, todos los Mall Rats, sin excepción, no pudieron evitar sentir cierta compasión por Ebony, víctima de tantos insultos por parte del gentío vociferante.

Con la tribu ya dentro de los vehículos sin conductor, los guardias se metieron en los camiones militares y el convoy comenzó su marcha.

Los abucheos e insultos de los espectadores continuaron, mientras estos observaban con desprecio cómo situaban a Ebony en otra cápsula sin conductor, acompañada por camiones militares a ambos lados. Los espectadores comenzaron a chillar y a corear una entonación rítmica al alejarse ambos convoyes que transportaban a los Mall Rats y a Ebony por separado, desapareciendo en la distancia a medida que ascendían por una carretera montañosa.

CAPÍTULO ONCE

Llevaban varias horas escondidos bajo el vientre del ruinoso avión, y Jack estaba sorprendido, así como aliviado, de que todavía no los hubiesen descubierto. Aunque no podía asegurar cuánto tiempo aguantarían.

Era bien entrada la noche, la oscuridad lo abarcaba todo y, con la bajada de la temperatura, hacía bastante frío.

A Ram le rechinaban los dientes y tenía los brazos cruzados sobre el pecho, mientras se acuclillaba tras la rueda bajo el fuselaje en un esfuerzo por retener todo el calor corporal que le fuese posible.

Jack y Ellie estaban acurrucados, con los brazos alrededor del otro para intentar mantener el calor, ocultándose tras otra de las ruedas de la aeronave.

Estaban todos cansados, sedientos y hambrientos. Hacía mucho que se habían terminado la poca comida que tenían, unas verduras crudas que Jack había llevado consigo en su travesía original a la Montaña del Águila junto a Lex el día anterior. Seguía llevando su mochila, pero ahora, desprovista de suministros, lo único que contenía era el disco duro que habían transportado a la Montaña del Águila con el objetivo

133

de descifrar su contenido. Jack bromeó con que deseaba poder comérselo para intentar relajar el ambiente, así como para acallar el hambre.

Pero su principal preocupación en aquel momento, como lo llevaba siendo ya muchas horas, era mantenerse ocultos a la amenazante presencia que permanecía en el aeropuerto y, de hecho, por toda la ciudad, tras la conquista de los invasores. Ram seguía convencido de que se trataba del infame Colectivo.

Aún había guardias en la proximidad, a cientos de metros, cerca de las terminales principales. Conducían con frecuencia los vehículos por el aeropuerto, como en una especie de patrulla, según sospechaba Ram, con los faros de los vehículos cortando la oscuridad de la noche con sus rayos.

Cada vez que uno de los vehículos invasores pasaba por la pista cerca de su localización, Ellie, Jack y Ram se quedaban literalmente congelados, sin hacer un solo sonido, sin atreverse a respirar siquiera, por si aquello pudiese dar alguna indicación de que estaban allí, bajo el avión oxidado.

Hubo un incidente en el que estuvieron particularmente cerca de ser descubiertos un par de horas antes, cuando una de las patrullas se había detenido en el asfalto junto al avión abandonado y uno de los guerreros había salido. Jack, Ellie y Ram estaban seguros de que se les saldría el corazón del pecho, de tan nerviosos y llenos de adrenalina como estaban en ese momento.

Jack incluso se había preparado para salir corriendo desde detrás de la rueda donde estaba escondido, junto a Ellie, para enfrentarse al guerrero alto y fornido que había salido de la furgoneta. Para sorpresa de Jack, y también con cierto asco, se dio cuenta de porqué se había detenido el vehículo: el guardia simplemente decidió descargar, casualmente, frente a la rueda del avión, que no debió considerar más que un gran trozo de chatarra.

A Ellie le había parecido especialmente asqueroso, y respiró aliviada, igual que Ram y Jack, en cuanto el guerrero terminó de hacer sus necesidades y continuó patrullando.

Al menos, aquello demostró que sí estaban bien escondidos. Pero todos temían que fuese solo cuestión de tiempo antes de tener otro encuentro cercano con los invasores.

Las potenciales fuentes de peligro no venían solo de las fuerzas invasoras en el terreno, pues parecían estar trabajando de manera constante para transportar suministros y equipamiento en helicópteros militares, que sospechaban debieron ser desplegados desde los barcos atracados en el puerto de la ciudad, mucho más allá. Se preguntaron qué tipo de equipamiento llevarían colgado de las largas cinchas bajo el vientre de cada helicóptero. Desde luego, era equipamiento pesado, y lo estaban cargando en uno de los aviones militares de carga. Supusieron que del barco debieron desembarcar fuerzas aún más numerosas, y se preguntaron por qué querrían ocupar la ciudad y sus alrededores. Estaba claro que los invasores no eran solo un grupo de avanzadilla en busca de los Mall Rats y, especialmente, de Ram, como él estaba convencido.

—Qué raro. Cuando estaba allí, quería estar aquí. Ahora que estoy aquí, quiero estar allí —suspiró Ram, reflexivo.

Jack y Ellie intercambiaron una mirada de confusión y contemplaron a Ram, perdido en sus pensamientos.

—¿De qué estás hablando? —preguntó Jack.

—Un plan —respondió—. Os daré más detalles cuando lo haya desarrollado.

Algunos de los drones siguieron operando durante la noche, despegando y luego volviendo al aeropuerto, con las luces brillando y el zumbido de los motores bien audible. Había drones de aspecto futurista, de distintos tamaños, con un aspecto que nunca antes habían visto.

Ciertamente, muchos eran solo de reconocimiento, según creía Ram. Probablemente usaban algún tipo de visión nocturna y cámara de infrarrojos para explorar distintas áreas de la ciudad y más allá, buscando quizás señales de calor por si hubiese otros habitantes. Quizás los drones fuesen "cazadores", yendo de aquí para allá por el aire para intentar encontrar al trío... y el disco duro que tenían en su posesión. Ram pensó que, seguramente, los invasores pensarían que ellos tres seguían en la ciudad, seguro de que el cabezón de Lex no habría confesado nada a sus secuestradores que pudiese revelar su paradero real. No obstante, todos eran conscientes de que no podían permanecer escondidos para siempre.

Fue un golpe de buena suerte, por no decir un milagro, que ninguno de los drones espía hubiese volado justo por donde estaban escondidos Jack, Ellie y Ram. O, según creía este último, habrían percibido su patrón de calor. Era posible, según había sugerido o esperaba Jack que fuese el caso, que el armazón metálico del avión bajo el que se encontraban los estuviese escudando de las entrometidas cámaras de los drones, o causando algún tipo de interferencia que les hubiese permitido pasar desapercibidos hasta ahora.

Los drones más grandes que vieron llegar al aeropuerto y salir de él parecían tan grandes como una aeronave ligera. Seguramente los utilizaban, al igual que los helicópteros, para llevar más cargamento, asumió Ram, transportando equipamiento de los barcos del puerto a varios puntos clave por toda la ciudad, además de para enviar suministros desde el aeropuerto, que quizás habían traído en los grandes aviones militares de carga durante la primera fase de la invasión. Puede que los drones grandes llevasen incluso cargamento humano (los guerreros de las fuerzas invasoras) a distintos sectores de la ciudad.

Ram manifestó a la pareja sus celos por no haber poseído nunca él mismo drones de tecnología tan avanzada durante sus días al mando de los Tecnos. Los invasores debieron saquear los drones de las bases militares que habían descubierto, según especuló. Él era consciente de la existencia de ese tipo de tecnología. Sin embargo, los pocos complejos ocultos bajo tierra que habían visitado los Tecnos, entre ellos el de la Montaña del Águila, no contenían ninguno de esos drones.

Una vez más, aseguró estar convencido de que los invasores eran del Colectivo, dado que conocía su forma de operar. Tenían la capacidad de examinar muchos más complejos, según recordaba por sus conversaciones *online* con su líder, Kami. Desde luego, tenían muchos más "juguetitos" y recursos de los que jamás tuvieron los Tecnos, observó, incluyendo los avanzados drones que habían visto volando por allí.

Ellie, Jack y Ram observaron el último de los vehículos que patrullaba por el final de la pista de aterrizaje, con los faros trazando un arco y arrojando luz al avanzar por el aeropuerto.

—No sé vosotros, pero no tengo ganas de pasarme el resto de mi vida escondido bajo esta cosa con vosotros dos —dijo Ram en un susurro, manteniendo la voz baja para no llamar la atención de drones ni de humanos.

—Bueno, en eso podemos estar de acuerdo —susurró Ellie.

—He estado pensando… —observó Ram.

—¿Y…? —inquirió Jack.

—Conozco un sitio al que podemos ir.

—Y ¿qué sitio es ese? —preguntó Ellie.

—Uno que está muy lejos de aquí —dijo con una sonrisa pícara, causándose gracia a sí mismo por lo que estaba a punto de sugerir.

Ellie le regaló una mirada desdeñosa. Jamás estaba segura de si Ram los estaba vacilando, riéndose de ellos. Y no estaba de humor para una de sus payasadas.

—Y ¿cómo vamos a llegar allí exactamente? —preguntó Jack.

—Tengo una idea. Pero seguramente no os gustará oírla.

Ram explicó su plan mientras Ellie y Jack escuchaban atentos. Tenía razón, no les gustó nada lo que estaba proponiendo.

—Tú estás loco —comentó Ellie al terminar Ram.

—No lo descarto. Pero es mi mente la que me ha mantenido vivo hasta ahora —dijo él, señalándose la frente con un dedo —. Así que ¿qué os parece?

Jack y Ellie intercambiaron miradas perplejas… y pudieron averiguar qué pensaba el otro. Daba igual las dudas o reticencias que tuviesen: dada su nefasta situación, no parecían tener ninguna otra alternativa. La idea de Ram parecía la mejor opción que tenían, por no decir la única, para alterar su destino.

* * *

Ram debía ser bien un genio o un loco (o quizás, ambas cosas), pensaron tanto Jack como Ellie mientras lo seguían, alejándose del avión bajo el que habían estado escondidos hacia la oscuridad de la noche, por un lateral de la pista. Avanzaban furtivamente por el margen cubierto de hierba más allá del asfalto, creyendo que allí podrían ocultar cualquier sonido que hiciesen al moverse lenta y sigilosamente hacia los edificios de la terminal principal.

No era solo Ram. Jack sentía que debían estar los tres muy mal de la cabeza para asumir tal riesgo, pero determinó que no tenían realmente ninguna otra opción.

Solo esperaba que aquella jugada diese sus frutos, al tiempo que la terminal del aeropuerto quedaba más y más cerca con cada paso que daban. Seguían observando detenidamente en todas direcciones, mirando tras ellos, nerviosos por si la última patrulla que habían visto pudiese estar volviendo ya, o por si un dron pudiese sobrevolarlos de pasada y localizarlos. Estaban en campo abierto, expuestos, y se sentían muy vulnerables.

La mente de Ram funcionaba como el mecanismo de un reloj. Antes de emerger desde la aeronave, había cronometrado mentalmente la duración de las patrullas y cuánto tardaba cada una en completar su circuito.

Parecían comenzar aproximadamente cada hora. Y las patrullas duraban unos veinte minutos.

La expresión de Ram era la viva imagen de la concentración, pese a que Jack y Ellie no pudiesen verla tan bien de noche. Pero sí que podían oírlo, casi en un susurro, contando en voz baja los segundos para sí mismo, mientras avanzaban por el lateral de la pista. Debía controlar y recordar muchas cosas distintas, los tiempos coincidían y necesitaban de matemáticas complejas, cuyos cálculos Ram realizaba constantemente en su cabeza.

—Hay que ir más rápido —los urgió en voz baja, y aceleró el paso en dirección a la terminal del aeropuerto, con Jack y Ellie tras él.

La ventana de oportunidad era muy estrecha, según había explicado antes de iniciar el plan. Había calculado que tendrían unos diez minutos durante los cuales no habría patrullas en tierra ni drones volando por el aire. Asumiendo, claro, que no sucediese nada impredecible.

Y habían usado cada segundo a su disposición para llegar a la terminal principal a tiempo, para tener una mínima oportunidad de que su plan tuviese éxito. Ya estaban muy cerca, les faltaba solo un poco: los edificios del aeropuerto se elevaban ante ellos. Jack y Ellie estaban cada vez más nerviosos, con la adrenalina en aumento, sintiendo que caminaban directos hacia la boca del lobo y que podrían descubrirlos en cualquier momento.

Habían llegado a la terminal del aeropuerto. Agachándose, para poder mantenerse fuera de vista tras la protección parcial de algunos contenedores de carga, podían ver varios drones sobre el asfalto, ante ellos. Parecían estar cargándose, sospechó Ram, pues el aire vibraba por la electricidad y estaban conectados a grandes generadores.

Varias cajas con suministros eran también visibles en las sombras, bien apiladas unas sobre otras. Era difícil saber cuáles serían sus contenidos en la oscuridad, pero Jack pudo ver que algunas de las cajas parecían contener algún tipo de grano, y otras estaban llenas de arroz. Quedaba claro que los invasores planeaban alimentar a un gran número de personas, por la cantidad de comida que habían transportado, y se preguntó cuántos de ellos estarían ahora en la ciudad... o si las provisiones estarían esperando a más fuerzas invasoras que aún no habían llegado.

Los drones en proceso de recarga parecían una bandada de criaturas voladoras metálicas, como en estado de reposo, con varias envergaduras y formas: algunos eran más pequeños, como los de vigilancia; otros, los drones más grandes designados para transportar cargamento. En estos mismos era en los que estaba concentrado Ram.

—Ahí. Ese es —susurró, señalando el último dron a la vista. Era tan largo como un autobús, tres veces más ancho, y lo atravesaban los gruesos cables de los generadores de energía.

—¿Estás seguro? —susurró Ellie en respuesta. Pero ella no obtuvo una.

Ram, con los ojos fijos en el enorme dron, avanzó hacia él a grandes pasos. Y, sin dudarlo, comenzó a desconectar los cables de los generadores, mientras miraba a su alrededor de forma agitada para asegurarse de que nadie lo había localizado.

Jack y Ellie corrieron hasta él, tan silenciosamente como pudieron, y lo ayudaron a retirar los cables restantes... antes de seguirlo al interior por la puerta lateral del dron.

Dentro estaba oscuro y, el compartimento de carga, vacío. Aparte de ellos tres, cuyos pies hacían crujir algo de grano que debió derramarse por el suelo durante un transporte anterior por parte del dron.

El rostro de Ram tenía una mirada emocionada mientras estudiaba la cabina de mando, admirando la tecnología que tenía delante. Su excitación y entusiasmo venían también por la audacia que estaban intentando llevar a cabo.

—¿Seguro que sabes pilotar esta cosa? —preguntó un Jack cada vez más asustado.

—No —dijo Ram, algo preocupado al estudiar la consola que tenía delante.

—¡Ah, genial! ¡Y nos lo dices ahora! —replicó Ellie.

—*Relax*. No tengo que ser yo quien pilote. Gracias al sistema informático, esta cosa debería estar casi automatizada —contestó él al tiempo que pasaba los dedos sobre varios controles electrónicos, para intentar entender los diferentes botones, esperando averiguar cuál sería su función.

»El ordenador de a bordo hace todo el trabajo. Solo hay que darle al interruptor principal —continuó Ram, que tenía dificultades para encontrarlo—. Debería estar aquí, por alguna parte.

—Creo que lo he encontrado —contestó Ellie, estirándose de repente para pulsar un pequeño botón rojo que había visto.

De inmediato, las luces se encendieron, iluminando ligeramente el entorno de la cabina con un brillo verde y rojo, reflejado por el monitor táctil que apareció en el centro del panel principal. El dron se estaba despertando. Sus sistemas, arrancando.

—Esa es mi chica —sonrió Jack con orgullo.

—No es solo una cara bonita —soltó Ram, impresionado por sus habilidades técnicas, y le guiñó sutilmente un ojo a Jack que indicaba la aprobación de Ellie como su pareja.

Ram comenzó a introducir datos en la pantalla táctil, que mostraba su localización actual parpadeando sobre un mapa. Con un dedo, comenzó a mover una flecha por el mapa, introduciendo las coordenadas de destino en el sistema de navegación del dron.

—Y, ahora, el momento de la verdad —dijo, esperando que su plan funcionase. Según sus cálculos, solo contaban con un par de minutos antes de que la patrulla de los invasores regresase a la terminal del aeropuerto.

A pesar de su intelecto y de su memoria fotográfica, había fallado en sus cálculos y la patrulla había regresado a la zona de la terminal un poco antes. Ram, Ellie y Jack tragaron saliva nerviosos al reparar en un vehículo acercándose cada vez más rápido.

—¡Fantástico! —gritó Ellie, en pánico—. ¡¿Ahora qué hacemos?!

—¿*Comenzar trayecto?* —respondió una voz. Pero no era la de Jack ni la de Ram, ni tampoco la de Ellie. Era el ordenador solicitando instrucciones, pidiendo la confirmación de las coordenadas.

Ram escaneó rápidamente el panel del monitor y pulsó botones en la pantalla para confirmar las coordenadas, mientras el vehículo patrullero se acercaba a ellos con más y más velocidad.

Los motores del dron cobraron vida repentinamente, rugiendo con una intensidad en aumento; las aspas comenzaron a girar a una velocidad increíble, preparándose para volar.

Segundos después, el dron se levantó del suelo, alzándose de forma vertical hacia el cielo oscuro, justo por encima del vehículo patrullero más abajo. Podían ver a los guardias alzando la vista hacia el dron, preocupados.

Las aspas del dron tomaron un ligero ángulo, mientras este se elevaba más y más en el aire, para luego situarse de forma horizontal, alejándose a toda velocidad.

Ram, Jack y Ellie pudieron respirar aliviados.

—¿Qué os había dicho? —sonrió Ram, encantado de haberlo logrado—. Espero que disfruten de su vuelo con Genius Airways.

—Espera a que nos alejemos primero —dijo Jack mirando por la ventana, sintiéndose eufórico al ver cómo el aeropuerto desaparecía en la distancia, iluminado por varios vehículos que parecieron cobrar vida al percatarse de que uno de los drones de los invasores había comenzado un despegue no programado.

—Tranqui, Jack. No hay forma de que puedan seguirnos —le contestó Ram, mirando también por la ventana. El dron aumentó su velocidad y los motores eléctricos emitieron un zumbido agudo al atravesar algunas nubes nocturnas, haciendo que el terreno de más abajo se volviera cada vez más pequeño.

—¿Qué te hace estar tan seguro? —quiso saber Ellie.

—Exacto —coincidió Jack—. Es decir, este no es su único dron. Podrían perseguirnos docenas.

—No supone ningún problema —respondió con seguridad—. Dudo que tuviesen éxito de intentar darnos caza. Y, aunque pudiesen, no olvidéis que esto está automatizado. Y yo soy el único que conoce nuestras coordenadas de destino.

Jack y Ellie quedaron más aliviados, reconfortados por la confirmación reiterada de Ram.

—Desde luego, eres único en tu especie, Ram —dijo Jack con admiración.

Pese a que Ellie estaba igual de aliviada, esperaba que Jack y ella pudiesen confiar plenamente en él, y preguntó con cuidado:

—Hablaste de usar uno de estos drones para escapar, pero no nos dijiste nada acerca del destino —inquirió—. Esas coordenadas que has programado en la navegación... ¿te importaría compartir con nosotros adónde nos dirigimos exactamente?

—A casa —respondió Ram, que soltó un grito de júbilo.

CAPÍTULO DOCE

Tai San escuchó el sonido familiar de la puerta de su cuarto en el *Lakeside Resort* al abrirse desde el otro lado. Y, conforme se despertaba, se preparó para otro encuentro con el Seleccionador.

No lo había visto desde que este la visitase junto al equipo médico que trató el esguince en su tobillo con hielo, para reducir la hinchazón, antes de enrollarlo con un vendaje de compresión.

Los médicos eran de los mejores que el Seleccionador podía ofrecerle, como le había comentado bien orgulloso, y afirmó que haría todo lo que estuviese en su poder para asegurar que obtenía los mejores cuidados. Ellos, al igual que el Seleccionador, eran expertos en todo tipo de medicina, incluida la homeopatía, la medicina de hierbas, así como enfoques más convencionales. Ciertamente, parecían saber lo que se hacían. Tenía el tobillo menos hinchado que en el momento de la lesión, aunque seguía dolorida e incómoda.

Su mayor preocupación seguía siendo el propio Seleccionador. Él observó todos los procedimientos, y parecía más fascinado por el estado emocional de Tai San y la reacción de esta ante su presencia, que por los procedimientos médicos a los que la estaban sometiendo.

Tai San se había retorcido de dolor en un par de ocasiones, cuando los médicos le examinaron el tobillo directamente. Llegaron a sospechar que se lo había roto, pero, por suerte, solo era un esguince grave.

Sí que notaba, no obstante, que el Seleccionador obtenía cierto placer sádico al verla en ese estado. Y parecía incluso excitado, observando con atención cómo los médicos aplicaban hielo sobre su tobillo expuesto antes de coger él mismo un poco de hielo de la bolsa y chupar el cubito con fervor, saboreándolo a medida que se le derretía en la boca.

Aquel comportamiento tan extraño y su aparente interés amoroso hacia ella la perturbaban enormemente.

Tumbada en la cama, con las piernas levantadas sobre un montón de cojines, Tai San se puso tensa al abrirse la puerta. El equipo médico entró una vez más. No había señales del Seleccionador, para su alivio.

—Hace una mañana espléndida —dijo la médica principal, una joven de la misma edad que Tai San—. Qué día para estar vivos.

—¿Tú crees?

Contempló a la doctora con sospecha. Aunque había tratado su tobillo a su llegada al resort tras el intento de fuga y la había visitado con regularidad para monitorizar su progreso, se trataba de la misma doctora que le había inyectado el biochip en la mano justo el día anterior.

—Y *él*, ¿dónde está? —preguntó con cautela.

—El Seleccionador ha preparado algo especial —señaló la doctora mientras ella y su equipo comenzaban su meticuloso trabajo sobre el tobillo de Tai San, desenvolviéndole el vendaje con cuidado—. Al menos, parece que la hinchazón se ha reducido. Pero sigue habiendo algo de líquido sinovial alrededor del golpe. Tendrás que llevar el vendaje un par de días más. Ahora vamos a tener que ponerte en pie. El Seleccionador ha traído una visita importante.

—¿Quién? ¿El Creador? —inquirió Tai San, prudente.

—No soy quién para responder —declaró la doctora.

Mientras los médicos principales le volvían a enrollar el tobillo con vendas nuevas, otros miembros del equipo comenzaron a ponerle maquillaje, sujetándole la cara para que no pudiese moverla ni girarla: le añadieron colorete a las mejillas, le pintaron los labios, le peinaron el cabello y lo estilizaron, le echaron con suavidad un dulce perfume.

—¡¿Qué estáis haciendo?! —clamó Tai San, perpleja.

—El Seleccionador quiere que te pongas lo más guapa posible —dijo la doctora principal antes de detenerse a admirar la obra de sus compañeros. Con aquel maquillaje tan exagerado, Tai San parecía casi una muñeca—. Ahora sí, ya estás mucho mejor. Qué imagen tan bonita. Estás… perfecta.

Tai San pudo verse en el espejo y no estuvo de acuerdo. Más bien se espantó ante el colorete exagerado y, especialmente, el maquillaje de ojos. Los médicos la pusieron de pie y comenzaron a vestirla, dejándola completamente confundida y humillada por sus acciones. Y, sobre todo, preocupada por qué se traería el Seleccionador entre manos.

Había solo una explicación posible para todo el jaleo que estaban armando solo por ella y por cómo iban a presentarla, pensó. Aquel "invitado importante" con quien iba a reunirse debía ser la persona a la que el Seleccionador siempre se refería de manera respetuosa y reverencial. Pensó que ahora sí había llegado el momento de conocer al Creador.

Los doctores la escoltaron por los pasillos del *Lakeside Resort* mientras avanzaba con muletas.

Eran unos pasillos muy largos y su paso, muy lento.

Finalmente dobló la esquina que llevaba al vestíbulo principal… y por poco se desploma, dejando caer las muletas, de tan sorprendida como se quedó al ver al grupo que tenía ante ella. No podía creer lo que estaba viendo. O, más bien, a quienes.

—¡Tai San! —gritó Amber, que corrió a abrazarla.

Amber estaba acompañada de Bray, con su bebé en brazos, Trudy, con Brady a su lado, Salene y May. Todos se apresuraron también para estrecharla en brazos, emocionados por aquella reunión.

Con ellos había una chica y un chico más jóvenes que Tai San no reconocía. Eran Lottie y Sammy, que se quedaron observando la efusiva alegría de sus compañeros Mall Rats al abrazar a Tai San.

Pero, sobre todo, la mirada de Tai San recayó sobre Lex, quien se quedó momentáneamente petrificado en su sitio, aturdido, como si estuviese viendo una alucinación, un fantasma del pasado.

—¿Tai San? —preguntó, absolutamente abrumado por tenerla allí, llegándose a cuestionar todo lo que tenía ante sus ojos.

Aunque lo intentó, no pudo pronunciar más palabras. Los ojos se le llenaron de lágrimas y se apresuró hacia ella, envolviéndola con sus brazos firmemente, aferrándose a ella como si, de soltarla, fuese a desaparecer otra vez de su vida.

Tai San respondió, abrazándolo con todas sus fuerzas.

Necesitarían hablar, reconectar, descubrir qué había pasado desde la última vez que estuvieron uno junto al otro. Tenían muchas cosas que decirse. Por ahora, estaban disfrutando de la sensación de estar en brazos del otro, fascinados por haberse reunido.

—¡No puedo creerlo! —exclamó Trudy, feliz de ver a Lex y Tai San tan contentos—. Nunca pensé que volveríamos a verte, Tai San.

—¿Quién podía haberlo imaginado? —coincidió Amber.

Parecía todo un extraño sueño. Pero, teniendo en cuenta la pesadilla que había descendido sobre sus vidas tras la invasión, su reunión con Tai San era lo único positivo entre todo aquel caos e incertidumbre.

Durante su viaje en los vehículos sin conductor, ninguno de los Mall Rats había conseguido dormir demasiado. Amber había mantenido una conversación con Bray acerca de sus circunstancias en el vehículo en que viajaban ellos. Era difícil aceptar todo lo que les había pasado: la invasión de la ciudad, su cautiverio, el posterior transporte por aire a tierras lejanas y, especialmente, el extraño recibimiento en la pista de aterrizaje por parte de aquella tribu que parecía saberlo todo sobre los Mall Rats recién llegados.

May, Salene y Trudy, en otra cápsula, también lo habían comentado, y estaban igual de confundidas y preocupadas por la bienvenida que habían regalado a los Mall Rats aquella multitud a la espera, quienes Snake había dicho formaban parte de los Privilegiados.

Todo el fervor y la atención sobre Brady y Trudy en particular, les recordaba al fanatismo del Guardián y sus Elegidos.

Las tres chicas también estaban inquietas y preocupadas por el posible destino de Ebony, tras haber visto cómo la habían tratado y segregado, y se preguntaron adónde la habrían llevado.

Su convoy había conducido durante toda la noche, pasando por varias instalaciones de tipo industrial y militar, en dirección a una zona boscosa y montañosa, llegando finalmente al *Lakeside Resort* al romper el alba.

El comandante Snake les había explicado que eran libres de deambular por el resort, pero que habría graves repercusiones si intentaban escapar. Algo que resultaría inútil, pues terminarían encontrándolos a todos.

Bray y Amber, junto al resto de miembros de los Mall Rats, insistieron en conocer más detalles, preguntando qué estaba pasando, por qué los tenían retenidos. Pero Snake no aportó nada más, señalando que el Seleccionador los informaría de todo llegado el momento. Y que las instrucciones de Snake y sus guardias eran, simplemente, llevar a los prisioneros hasta el resort.

Amber exigió que les contara qué había sucedido con Ebony. Nunca habían sido íntimas, todo lo contrario, pero no le deseaba ningún mal.

Snake explicó que Ebony estaría a salvo, siempre que cooperase en sus tareas, pero no proporcionó ningún atisbo acerca de cuáles serían esas tareas, ni ningún otro tipo de detalles. Excepto que el resort se convertiría en la residencia de los Mall Rats de momento y que a Ebony, al no ser considerada una Mall Rat, al parecer la mantenían en otro lugar.

La tribu también estaba preocupada por qué destino le habría aguardado a Emma y a sus hermanos pequeños, así como a Lia y al grupo de jóvenes embarazadas que vieron por última vez en custodia del Guardián, Eloise y sus guerreros.

Pero Snake no proporcionó datos más allá de que todos estaban en su propio viaje, tomando los siguientes pasos de sus vidas, que los llevarían hacia su siguiente propósito. Era todo demasiado vago, y la negación de Snake a dar más detalles parecía indicar que tampoco conocía mucho más.

Bray y Lex pronto se dieron cuenta de que, por mucho que los Mall Rats tuviesen la supuesta libertad para vivir temporalmente en el resort, había guardias perimetrales patrullando, y ambos se sintieron un poco más optimistas al comprobar que quizás sí hubiese alguna opción de escapar más adelante.

La reunión prosiguió cuando Alice y Ryan, escoltados por guardias, llegaron al vestíbulo. Ambos se quedaron igual de asombrados de ver al resto de Mall Rats reunidos alrededor de Tai San.

—¡Madre de Dios! —rugió Alice, que corrió hacia ellos con los brazos abiertos, envolviendo a Trudy, Brady y Lex en un enorme abrazo.

—¿Salene? —dijo Ryan, exaltado. Parecía estar a punto de desmayarse, sin poder creer estar viendo a tantos de sus viejos amigos, de los que había estado separado durante tanto tiempo... pero, especialmente, a Salene. Había soñado con aquel momento, y pudo comprender rápidamente que ella *sí* se encontraba allí, a unos pocos metros, tras haber estado alejados desde hacía tanto.

—Ryan... eres tú de verdad, ¿no es así? —se preguntó Salene, sintiéndose también desconcertada, estupefacta. Pronto obtuvo su respuesta, cuando él atravesó el vestíbulo a grandes y emocionadas zancadas, directo hacia ella.

—¡Claro que soy yo! —dijo Ryan al tiempo que le daba a Salene un abrazo que había estado guardándole y reproduciendo en su mente durante muchos meses, emocionado de estar de nuevo a su lado, tanto que la levantó del suelo en sus brazos.

—¡Sigues vivo! —gritó ella, abrumada al verlo de nuevo, sintiéndose ahora más protegida de todos los problemas que atravesaban gracias al cariñoso y firme abrazo de Ryan, durante el cual intercambió una mirada de indecisión con May, que los observaba allí cerca. La joven estaba igual de contenta de ver a Ryan vivo y aparentemente en buen estado, pero le era difícil ver a la antigua pareja abrazándose así.

—¡Tengo un montón de cosas que contarte! —comentó Ryan mientras la apretaba afectuosamente.

—Yo también, Ryan. Yo también —le contestó ella, que volvió a mirar a May, deseando casi que esta le diese indicaciones de qué hacer. En vez de eso, May se encogió de hombros y sonrió. Lo cierto es que estaba realmente contenta, pero sabía, sin embargo, que Salene tendría que hacerle saber a Ryan que, pese a haber estado casados en el pasado, ella había pasado página... y que ahora formaba pareja con la propia May. A juzgar por la alegría de Ryan al ver a Salene, él no parecía haberse olvidado de ella.

—¡Esto es increíble! —sonrió Alice, abrazando de uno en uno a todos los Mall Rats—. ¡Tenéis que contarme todo, *todo* lo que sepáis sobre Ellie! —les pidió, desesperada por tener noticias de su hermana pequeña.

—Ayer mismo estábamos con ella —reveló Bray, algo que alivió y alegró a Alice. Pero negó ligeramente con la cabeza, indicando con un discreto gesto de la mano que era mejor no revelar más información.

—Venga, pues me lo tendréis que contar todo. Más tarde. En privado —añadió.

Lex y Ryan, mejores amigos desde que asistieran juntos a un campo de entrenamiento para evacuados, se dieron un gran abrazo de oso, dejando a un lado toda actitud de "machito" y mostrando el afecto que se profesaban.

Lottie y Sammy también dieron abrazos a todos los allí reunidos. Tai San, Alice y Ryan estuvieron encantados de poder abrazar a Brady. Estaba creciendo muy deprisa. Y les emocionó conocer al pequeño Jay.

Alice, en la más baja de las voces, mencionó a los Mall Rats recién llegados que debían tener cuidado con lo que decían pues Ryan, Tai San y ella temían que el resort estaba lleno de micrófonos ocultos. Todos lo comprendieron, hablando de manera superficial y sin dar muchos detalles, reticentes a proporcionar información más detallada que pudiese ser usada en su contra, y resolvieron que deberían comprobar si había cámaras ocultas o dispositivos de vigilancia que pudiesen registrar sus voces.

* * *

El Seleccionador contemplaba con atención los diversos monitores que mostraban varios ángulos de la reunión y, de hecho, había escuchado la mayor parte de todo lo que se había dicho.

Aunque su principal atención recayó en el abrazo de Lex a Tai San. Le resultó evidente que eran íntimos, que tenían una fuerte conexión y química, así como historia personal, sobre la cual estaba deseando casi de forma obsesiva obtener más detalles.

Notó oleadas de celos por la atención que Tai San le estaba prestando a Lex. Tenía muchos asuntos que atender, especialmente ahora que los Mall Rats y Ebony estaban en sus dominios, y debía visitar al Creador ese mismo día para darle una actualización sobre el éxito de esta fase de su plan.

Pero, aparte de pensar en trabajar diligentemente para conseguir las metas del Creador, ver cómo Tai San le regalaba a Lex una cálida sonrisa y un beso muy prolongado le estaba dando ideas sobre cómo ocuparse de este… para poder seguir con sus propios planes, en los que Tai San cumplía una función central. Pues ella era el objetivo que estaba desesperado por obtener.

CAPÍTULO TRECE

Ebony fue incapaz de echar ojo en todo lo que duró el largo viaje. Le dio vueltas a la cabeza toda la noche, especulando en sus pensamientos más profundos qué le sucedería exactamente, si sus captores la mantendrían con vida. Llegó a la conclusión de que, si la intención hubiese sido matarla, seguramente ya lo habrían hecho.

Aunque eso no la dejaba mucho más tranquila. No tenía ni idea de qué la aguardaba. No sabía nada y estaba literalmente a oscuras, contemplando cómo cambiaba el paisaje por las ventanas del vehículo futurista tipo cápsula. Ver algo estaba complicado, puesto que era de noche, pero era consciente de que formaba parte de una caravana de vehículos, con camiones militares que la acompañaban durante el trayecto.

Estaba alterada, confundida y, sobre todo, furiosa por cómo la habían tratado sus captores. Y tenía una cosa clara: si algún día tenía la oportunidad de vengarse, lo haría con mucho gusto.

Se preguntó qué les habría pasado a los demás Mall Rats. A su llegada, habían encontrado un recibimiento eufórico. Mientras, ella no había recibido más que desprecio, resentimiento y sospechas por parte de todos esos fisgones con los que se había cruzado brevemente.

Desconocía sus razones, pero tenía claro que su reputación no debía ser muy buena... y llegó a preguntarse incluso si, quizás, le habrían puesto precio a su cabeza.

Por fin consiguió quedarse un rato dormida, y se despertó con el amanecer. Con la salida del sol, el horizonte incandescente le permitió ver el paisaje con mayor claridad.

Se encontraban atravesando campos y lo que parecían granjeros labrando la tierra. Se preguntó si su destino sería unirse a ellos, pues, sin duda, se trataba de esclavos, dado lo pronto que habían comenzado el día.

El rostro se le nubló con una mezcla de confusión y preocupación creciente al reparar en unas imágenes dispuestas sobre el exterior de unas construcciones agrícolas, y que parecían dar algún tipo de información. Específicamente, anunciaban un evento. Entonces se quedó boquiabierta al ver una fotografía ampliada de ella misma sobre el lateral del edificio, con un texto que leía: *"Ebony. Concursante de 'El Cubo'. Muy pronto"*.

Ebony decidió que debía intentar vivir en el momento, de lo contrario no podría soportar su situación, entre tanta especulación. Iría paso a paso, y se adaptaría según lo que se fuese encontrando.

Tras tanto tiempo viviendo en la jungla de asfalto de la ciudad, no podía más que agradecer las impresionantes vistas que podía admirar por la ventana, el espectáculo puro de la naturaleza, sin grafitis ni escombros a la vista.

El convoy comenzaba a ascender por una carretera serpenteante y, de pronto, apareció un gran y hermoso lago, bordeado por un bosque, con montañas nevadas más allá.

Poco después, el convoy llegó a su destino: una cabaña rústica con vistas a las aguas.

Los guardias de los vehículos militares la escoltaron hacia el interior y se marcharon, dejándola sola para admirar el opulento esplendor de la decoración y lujoso mobiliario de la cabaña. Resultaba evidente que pertenecía a alguien importante. Era un refugio de paz y tranquilidad que debió servir como cabaña de pescadores o cazadores, pensó.

Había distintos tipos de pescados exhibidos en las paredes. Animales disecados de varias clases, desde pequeños pájaros a grandes jabalíes, preservados con taxidermia en poses congeladas, inmóviles en el pasillo de la cabaña.

Tal vez su suerte estuviese a punto de cambiar, sopesó. No la habían atado, y habían dejado que anduviera libremente por la cabaña, preguntándose a quién iba a conocer (seguro que alguien de un muy alto estatus).

Ebony estaba decidida a causar una buena primera impresión. Comenzó a pasarse los dedos por el pelo, estilizándolo de forma espontánea, y se intentó limpiar, quitándose toda la suciedad que podía ver en la ropa tras el cautiverio, ajustando su apariencia para estar lo más presentable posible dentro de su actual estado.

Deambuló hasta una amplia oficina, rebosante de libros sobre sus muchas filas de estanterías. Las ventanas daban al lago. Sobre las paredes había vitrinas de cristal y marcos de exhibición llenos de una multitud de especies de insectos allí preservadas.

Se quedó pasmada al ver, en una esquina de la estancia, una cámara criogénica de hibernación, similar a la que Ram utilizó en la ciudad, mucho tiempo atrás, cuando intentó escapar a su paraíso de realidad virtual.

Le recordó a las unidades que Amber y los Mall Rats habían dicho ver en la Montaña del Águila, y se preguntó qué estaría haciendo allí... perturbada por la idea de que pudiese haber alguien dentro de la cámara, cuya superficie de vidrio oscurecido ocultaba su contenido (y a quien fuese, o lo que fuese, que allí acechase).

Pero, finalmente, toda su atención fue captada por la figura de aspecto inusual que se encontraba sentada tras un vasto escritorio de madera. La estaba observando intensamente, dando golpecitos rítmicos con los dedos, como en un ritual obsesivo, en profunda contemplación.

—Hola —dijo Ebony con una sonrisa educada, para romper el insoportable silencio.

—Hola —respondió el anfitrión, con una sonrisa tan fría como el hielo.

—¿Tú no serás Kami, por casualidad? —se aventuró a preguntar, consciente de que, si sus secuestradores formaban parte del Colectivo, entonces su anfitrión quizás fuese el enigmático líder del que Ram tanto había hablado.

—Puedes llamarme Seleccionador —contestó el anfitrión.

—Gracias. Es un placer conocerte —dijo Ebony, intentando caer en gracia.

—¿Lo es?

Ella sonrió de nuevo, pero el tono distante del Seleccionador la ponía muy incómoda.

—Bueno, para mí sí es todo un placer. Y esperaba que fueses el tipo de hombre que también disfruta del placer —añadió con un tono ligeramente seductor.

Él no ofreció respuesta alguna, y se quedó mirándola, estudiando sus reacciones, su comportamiento. Ella se sentía expuesta, como uno de los animales disecados que había visto. Aquella intensa observación y comportamiento extraño le estaban poniendo los pelos de punta.

Se quedó en silencio, con el corazón bombeando casi al ritmo del tictac rítmico de un viejo reloj de pie allí cerca, y no pudo evitar quedarse mirando su péndulo como si estuviese hipnotizada. Hecho del que se percató el Seleccionador.

—¿Estás nerviosa, Ebony? —quiso saber—. En ese caso, puedes seguir mirando el péndulo. Quizás te ayuda a relajarte. Así que inhala profundamente y tranquilízate. Respira lentamente.

Su voz era suave y reconfortante. A Ebony le resultaba difícil apartar la mirada del péndulo en movimiento dentro del reloj de pie. Pero, finalmente, se obligó a apartar la vista y miró de nuevo al Seleccionador, que se encontraba inhalando él mismo por la nariz y exhalando lentamente, como para intentar calmarse.

—Este mundo nos presiona demasiado, Ebony. Uno tiene que tomarse su tiempo y ralentizar sus biorritmos.

—Toda la razón —respondió ella, algo más tranquila debido al comportamiento amistoso del Seleccionador. Imitó la respiración de él, inhalando lentamente por la nariz y exhalando por la boca, agitando ligeramente los brazos y retorciendo el cuello, como para desestresarse.

—¿Mejor ahora? —preguntó el Seleccionador.

—Desde luego.

—¿Qué tipo de animal dirías que eres, Ebony?

—¿Qué clase de pregunta es esa?

—Una que necesita de una respuesta.

—Ni idea —dijo Ebony—. Un unicornio, tal vez. Algo especial.

—Un unicornio, no sé. Pero creo que sé exactamente lo que eres. Eres una zorra.

—¿Le dices eso a todas las damas?

El Seleccionador sonrió, aquel comentario le había hecho gracia.

—Eres astuta, Ebony. Tienes recursos. Posees un gran instinto de supervivencia, por lo que sé. Sabes adaptarte. Pero también eres peligrosa. Pones tus propias necesidades e intereses por delante de las de los demás. Tu historial demuestra que no se puede confiar en ti. Con tus artimañas y astucia, eres tan espabilada y capaz como un zorro.

—Me lo tomaré como un cumplido. El tema es, ¿eres tú el tipo de hombre que puede apreciar todo lo que un zorro puede hacer por ti si lo tuvieras de tu parte? Verás, soy mucho más que un zorro. Soy también una mujer, con grandes deseos.

—Interesante —respondió el Seleccionador.

—Si no te importa que te lo pregunte: ¿qué tipo de animal eres tú? —indagó Ebony con cautela.

—Un camaleón, diría. Aunque, obviamente, no soy ningún animal. Soy de la especie humana. Eso sí, podemos aprender muchas cosas de nuestro espíritu animal.

—Lo único que he aprendido yo, Seleccionador, es a sobrevivir —dijo ella.

—¿Supongo que no habrás aprendido eso del zorro? Por desgracia, puede que esa especie se extinga muy pronto. Haremos todo lo posible para ayudar con nuestros programas de reproducción, eso sí.

—¿Entrarías tú en un programa de reproducción? —indagó ella—. ¿Para ti mismo?

—Claro —respondió el Seleccionador—. Si así lo desea el Creador.

Ebony se preguntó quién sería ese Creador, quién era el Seleccionador, y cómo encajaban en la estructura del Colectivo. Si es que eran ellos los que la tenían prisionera.

Sentía que la estaba juzgando, como si se estuviese sometiendo a una entrevista y él debiese decidir qué hacer con ella. No quería volver a terminar encarcelada, ni pasar el resto de sus días como esclava (o algo peor, viendo la hostilidad con que la habían tratado en la pista de aterrizaje). Notaba que debía aprovechar esa oportunidad para impresionar al Seleccionador y tratar de establecer cierta influencia sobre él, por su bien.

Así que decidió cambiar de táctica.

—Yo fui la chica de Zoot —dijo orgullosa—. Entiendo que has oído hablar de él.

—Así es. Y abandonaste su legado para llevar a cabo tus propios planes.

—No sé de dónde habrás sacado esa información. Pero, créeme: es falsa.

—¡Cómo te atreves a cuestionar mis fuentes y a insultar al Creador! —el Seleccionador entró en erupción, golpeando el puño sobre el escritorio.

Aquel arrebato repentino tomó por sorpresa a Ebony, que tragó saliva nerviosa.

—Lo lamento… No pretendía ofender.

El Seleccionador se quedó mirándola, para luego sonreír.

—Disculpas aceptadas.

Enervada por lo impredecible que era el Seleccionador, pensó que necesitaba cambiar rápido de táctica una vez más e intentar cualquier cosa, lo que fuera, con tal de alterar el curso de la reunión. Comenzó a desabrocharse el corsé, revelando un poco su escote a propósito.

—¿Qué estás haciendo? —preguntó el Seleccionador, retirando la mirada rápidamente, como avergonzado. Esto animó a Ebony, pues le pareció que el equilibrio de poder había cambiado ligeramente.

—Pensé que quizás te parecería interesante saber que me siento muy atraída hacia hombres en posiciones de poder. Y tú, desde luego, pareces un hombre muy poderoso —expresó en un tono ardiente.

—Y ¿por qué iba a parecerme interesante eso?

Ella era consciente de que había sido el objeto de deseo de muchos hombres en el pasado, y había utilizado su sexualidad para beneficio propio. Pese a poseer unas características tan extrañas, pensó que el Seleccionador debía ser como cualquier otro hombre. No tenía nada que perder y muchísimo que ganar, aunque eso significase compartir cama con él durante un tiempo. Era un pequeño precio a pagar si con ello lograba cierta ventaja.

—¿Quieres que te siga mostrando lo zorra que puedo llegar a ser? —propuso Ebony, arrastrando las palabras, desabrochándose más el top.

—No, por favor —le pidió el Seleccionador, al parecer perturbado por lo que le estaba sugiriendo, mientras ella se le acercaba al escritorio, segura de que había conseguido atraparlo y de que su belleza y sexualidad la habían rescatado una vez más.

—¿Qué tal si hago un par de cosas que jamás habrías imaginado?

—¿Te pones a la pata coja? —preguntó él de repente, intrigado.

—Claro. Lo que a ti te ponga —respondió. E hizo lo que le pedían: se quedó plantada solo con la pierna derecha, pensando que era una petición muy extraña.

—¿Podrías… bailar un poco para mí? —le pidió él. No estaba flirteando en absoluto, se lo preguntaba con toda seriedad.

—¿Un baile? Claro, bailaré para ti. Aunque podríamos hacer más cosas aparte de bailar.

Aquellas preguntas la estaban desconcertando, como poco. Pensó que debía tener algún fetiche raro. No le extrañaría en absoluto, parecía ese tipo de persona. No obstante, era evidente que estaba en una posición de poder y ella estaba decidida a estrechar lazos, a aprovechar cualquier oportunidad para mejorar su posición.

Daba igual lo tonta que se sintiera al no tener música, Ebony comenzó a bailar de forma rítmica, asegurándose de que lo hacía de manera seductora, que todas sus curvas quedaban bien expuestas ante aquel extraño hombre.

—¿Te unes a mí? —le preguntó.

—No. Ya puedes parar.

Dejó de bailar y le entregó una mirada de incertidumbre y recelo, confundida por aquel comportamiento cada vez más impredecible.

—Saca la lengua.

Ella lo hizo, lentamente, antes de volverla a meter.

—¿Sabes para qué podríamos usar las lenguas? —volvió a intentarlo, provocativamente.

—Chupa la cubierta de la cámara.

—¡¿Cómo dices?!—saltó Ebony, que había tenido suficiente, negándose a hacerlo. En parte, pensó que el Seleccionador solo estaba jugando con ella, pero le inquietaba que hubiese algo viviendo en el interior de la tapa de vidrio ahumado.

—Vaya, hasta tú tienes tus límites —observó.

—A ver qué dices ahora —contestó ella, decidida a causar impresión. Se paseó hasta la unidad criogénica y comenzó a chupar la cubierta de cristal. Quizás era eso lo que le ponía al Seleccionador, pensó al principio, aunque aquella sensación se desvaneció al ver cómo este observaba atenta pero distraídamente, para luego comenzar a escribir datos en la consola de su ordenador.

—Delicioso —comentó Ebony—. Deberías probarlo —estaba aliviada al no encontrar nada aguardando al otro lado. Al menos, hasta donde podía ver.

—Ahora ya conozco tu perfil, Ebony —informó el Seleccionador, poniéndose de pie—. Está claro que harás todo lo que tengas que hacer para asegurarte de sobrevivir. Tienes rasgos muy fuertes. Es admirable. Más que un zorro, quizás seas un lobo.

—Y ¿eso qué significa para mí?

—¡Guardias! —gritó él.

Dos guardias irrumpieron en la habitación, ignorando la desnudez de Ebony y centrando su atención en el Seleccionador.

—Quiero que llevéis a Ebony inmediatamente a El Cubo para su iniciación.

—¿"El Cubo"? —se preguntó, abrochándose el corsé, recordando las extrañas imágenes que había vislumbrado durante su viaje esa misma mañana.

—Si te va bien y demuestras tener las cualidades y características adecuadas, tendrás oportunidad de redimirte y cumplir un propósito más noble en la vida, al servicio del Creador.

—Y ¿cómo sé qué tengo que hacer para que me "vaya bien"? —preguntó ella, forcejeando con los guardias al tiempo que estos la llevaban hacia la puerta.

—Es una de las cosas que deberás averiguar. Estoy seguro de que el público te va a adorar —informó el Seleccionador.

—¿Público? ¿De qué hablas? ¡¿A dónde me llevan?! —gritó a medida que los guardias la arrastraban.

El Seleccionador fue tras ellos, emocionado.

—Es hora de meter al zorro con las gallinas, ¡y descubrir si ese zorro es en realidad un lobo! —dijo antes de cerrar la puerta de golpe mientras Ebony y los guardias se marchaban.

Le dio la espalda a la puerta y respiró profundamente por la nariz, exhalando por la boca, intentando permanecer en calma y no dejarse llevar por la emoción, consciente de que la chica sería una incorporación muy digna para El Cubo.

CAPÍTULO CATORCE

—¡Inútil… pedazo… de basura! —gritó Ram mientras le daba patadas al dron con desprecio, acto que le valió hacerse daño en el pie y acabar saltando sobre una pierna mientras gruñía de frustración.

Volvían a estar en tierra firme, tras un aterrizaje forzoso del dron en una zona boscosa.

—Conque "Genius Airways"… —suspiró un desanimado Jack mientras Ellie y él observan a Ram echarse al suelo y masajearse el pie.

Jack y Ellie también estaban incómodos, el intenso sol vespertino los estaba sofocando. Estaban todos hambrientos, y Ellie se las había ingeniado para encontrar algunas frambuesas en uno de los arbustos con las que matar el apetito, pero pronto necesitarían comer algo en condiciones.

Hasta la hierba y las hojas de los árboles comenzaban a parecerle apetitosas, pensó Jack, que intercambió una mirada con Ellie. Ambos se preguntaban cuánto tiempo seguiría Ram intentando averiguar qué le pasaba al dron, y se asombraban ante su mal temperamento y lenguaje soez que parecían no tener fin.

Este había vuelto a la cabina de mando para comprobar una de las consolas, y ya había utilizado todo su considerable conocimiento tecnológico para intentar diagnosticar qué problema tenía el dron. Recibió ayuda de Jack e incluso de Ellie, que añadieron la experiencia que tenían para comprobar si se trataba de un problema de ingeniería o de mecánica, un fallo técnico del *software* o un *bug* en el ordenador de navegación.

Hasta ahora, no habían tenido suerte. Ellie y Jack aceptaron que aquello quedaba fuera de su ámbito. Pero Ram se negó a reconocerlo, y lo habían visto probar con todo tipo de soluciones para descubrir qué estaba importunando a la máquina. Se había obsesionado con la misión de averiguar qué había causado sus dificultades.

—¡¿Es que no sabes quién soy?! —profirió con tono acusador al panel de control—. No podrás conmigo —continuó, mientras le daba manotazos a la consola, como si fuera un castigo.

—No creo que eso sea de mucha ayuda, Ram —dijo Jack —. Como mucho, acabarás con la mano igual de dolorida que el pie.

—A ver, igual ese es el menor de nuestros problemas —comentó Ellie mientras miraba a su alrededor, inquieta—. ¿No creéis que quizás deberíamos irnos de aquí?

—¿Adónde? —saltó Ram.

—El "genio" eres tú —se mofó Ellie.

—Calmaos, chicos —interrumpió Jack—. Discutir no nos ayudará. Puede que Ellie tenga razón, igual deberíamos intentar confiar en la orientación humana, en vez de en las coordenadas que programaste en el ordenador.

Ram lo ignoró y continuó introduciendo datos en la consola. No obstante, por su actitud frustrada, se intuía que estaba perdiendo la fe. Un contraste muy irónico tras lo eufórico que lo había hecho sentir su idea de robar el dron y usarlo para conseguir escapar (que él mismo admitió era ingeniosa hasta para él). Durante la mayor parte del trayecto, aquella idea parecía estar funcionando. Sin embargo, a medida que pasaban más tiempo en el dron, se hizo evidente que algo iba mal con él.

Comenzó a comportarse como si estuviera poseído, como Ram había descrito, alterando su curso en pleno vuelo. A él, al igual que Ellie y Jack, le había preocupado que el dron pudiese llegar a estrellarse, de tan erráticos que habían sido a veces sus cambios de dirección. Ram había corregido su comportamiento mientras volaban, introduciendo de nuevo las coordenadas del destino que pretendía alcanzar. Pero el dron no paraba de desviarse del camino marcado, hasta que acabó por rozar la copa de un árbol para luego descender, llevando a cabo un aterrizaje de emergencia.

Ahora, tras tantos esfuerzos por hacer un diagnóstico de la avería y entender qué le pasaba al dron, Ram decidió salir de la cabina de mando e informó a la pareja de que comenzaba a sospechar más y más que aquel contratiempo no era ningún accidente. Creía que habían hackeado el dron, que alguien había estado interfiriendo desde fuera, contrarrestando sus muchos intentos de tomar el control del dron durante el vuelo. Era la única explicación posible que diese sentido a lo sucedido: alguien debió tomar control del dron y lo hizo aterrizar allí.

—¿Como quién? —se preguntó Jack.

—¿Creéis que podría ser el Colectivo? —especuló Ellie.

—No estoy seguro —respondió Ram—. Pero será mejor no quedarnos a averiguarlo.

Así que echaron a andar. Ram los guio por una zona boscosa hasta llegar a unos descuidados jardines botánicos cubiertos de vegetación. Aquel lugar le ofreció cierto consuelo, pues el plan casi había funcionado. Estaban cerca de la ciudad donde se había criado.

La casa en la que una vez vivió debía estar a unos treinta kilómetros, según sus estimaciones, en los alrededores de la ciudad.

Al robar el dron, su plan original era viajar hasta su antigua ciudad y permanecer en la casa en que creció. Era el lugar más seguro que se le había ocurrido en el momento. Esperaba que la pudiesen usar como refugio y, desde ahí, reorganizarse y pensar en un modo de seguir adelante.

Si les parecía seguro hacerlo, el siguiente paso (tras un tiempo prudencial) sería volver al lugar que una vez sirviera como base principal de los Tecnos.

Les explicó a Ellie y Jack que, tras fundar su tribu, los Tecnos estuvieron localizados en una fábrica abandonada a las afueras de la ciudad, en un polígono industrial. Tenía su propia fuente de alimentación, una infraestructura excelente, y la velocidad de internet era todo lo que se podía pedir.

Después de que se reubicasen de manera permanente para poder apoderarse de la ciudad de los Mall Rats (y para que Ram pudiese reclamar la Montaña del Águila para él), habían trasladado a todo su personal y la mayoría de sus equipos. Llegaron hasta el punto de sabotear la base que iban a abandonar, haciendo explotar partes de ella, destripándola, asegurándose de no dejar ni rastro.

Ram no creía que el Colectivo estuviese presente en aquella zona. Su antigua base sería el último lugar del planeta en el que los buscarían, pues allí ya no había nada. Ni él, ni los Tecnos, ni nada de valor. Aunque las fuerzas del Colectivo hubiesen acudido en el pasado, no habrían tenido motivos para permanecer allí.

—O eso quería hacerle creer a Kami —dijo con una malévola sonrisa de deleite en el rostro—. Digamos que no me lo llevé todo cuando nos mudamos. Como contingencia, en caso de que quisiera regresar algún día. Tan solo espero que el *hardware* y los juguetitos que escondí sigan estando allí.

Jack y Ellie sabían que Ram había tomado asilo en la comunidad de Liberty, a las afueras de su ciudad natal, creyendo que le habían puesto precio a su cabeza y viviendo en total paranoia por si el misterioso Kami intentaba dar con él, por haber usurpado los supuestos planes del Colectivo de invadir la ciudad, haciéndolo él mismo. Como siempre, Ram no enseñaba todas las cartas, y era difícil saber cuál era la situación exacta.

—¿Y si esa trampa no consiguió engañar al Colectivo? —se preguntó Ellie—. Si Kami es tan inteligente como tú dices, igual averiguó que tu antigua base podría seguir siéndoles útil. Por lo que sabemos, quizás están allí ahora mismo.

—En cuyo caso, habríamos ido de Guatemala a Guatepeor —observó Ram, aterrado por la idea—. Pero no creo que el Colectivo esté por aquí. A no ser que lo sepas, no hay razón para pensar que allí hay algo. O que estoy yo. No llegarían a planteárselo, digo yo.

—Entonces, ¿quién crees que hizo aterrizar el dron? —preguntó Jack.

—Seguramente intentaron controlarlo desde la ciudad —supuso él.

Al avanzar de manera furtiva por los jardines botánicos, Ram recordó haberlos visitado con sus padres de pequeño. Estaba volviendo sobre los pasos de recuerdos del pasado, y no los recordaba todos con cariño. Sus padres fueron duros con él. Su padre, en particular, imponía una dura disciplina. Aunque le habían ofrecido una educación excelente, al reconocer los dones e intelecto precoz de su único hijo, la de Ram fue una casa y una infancia a menudo llenas de rabia y temor, más que de amor. Al menos, así era como lo recordaba. No hubo incidentes de violencia doméstica. Pero sus padres estaban lejos de tener tacto o ser atentos.

Siempre sintió que, de algún modo, estaban decepcionados con él, que nunca podría cumplir sus más altas expectativas, incluso consiguiendo siempre las notas más altas en el colegio.

Su padre había estado en el ejército, y esperaba que el cuarto de Ram estuviese ordenado y que él nunca llegase tarde ni una sola vez cuando lo llamaban a la mesa. Todo debía ser preciso. También deportista, a su padre siempre le desilusionó que Ram no pareciese tener interés, aptitudes o habilidad alguna en ningún tipo de deporte, y que prefiriese obtener todo el conocimiento posible sobre cualquier tema (algo que sí impresionaba a su madre).

Ella era profesora suplente, y aprobaba su obsesión por los estudios. Hasta que comenzó a centrarse en los ordenadores y en la tecnología. Aquello le proporcionaba cierto alivio, y terminó escapando del mundo real y entrando en el mundo de fantasía digital que ofrecía la computación. Sus compañeros habían sido el *software* y el *hardware*, los únicos amigos que tuvo de niño.

Ahora, su antigua población parecía desprovista de vida. No había rastro de nadie. Estaban solo ellos tres, caminando libremente por la calle que bordeaba los jardines botánicos, algo que les dio cierta esperanza de que estuviesen realmente solos.

Pararon un momento a rebuscar por un supermercado deteriorado y saqueado, cuyos productos estaban desparramados por el suelo. No quedaban muchas cosas de valor, pero todos se alegraron cuando Jack encontró una vieja caja con barritas de cereales bajo un montón de basura, cuya fecha de caducidad había pasado hacía mucho. Estaban rancias y sosas, pero seguían en sus envoltorios de aluminio, y era la única opción de comida que tenían para intentar saciar su voraz apetito.

Una vez volvieron a estar en la calle, Ram calculó que les quedaba otra hora de camino.

Ellie y Jack echaban de menos al resto de Mall Rats, y estaban preocupados por qué les habría pasado y adónde los habrían llevado los aviones militares de cargamento que vieron marcharse del aeropuerto en su ciudad natal. Ambos lo presionaron para que les diese más información y confirmase si los invasores eran realmente del Colectivo.

Él no estaba seguro de dónde estaba situado el Colectivo exactamente. Así que, en cuanto a eso, podía decir más bien poco. En el pasado, todas sus comunicaciones con Kami habían sido *online*. No tenía ni idea de quién era, ni de si su supuesto "amigo" de internet era un chico o una chica. A veces, se preguntaba si quizás Kami podía ser incluso un adulto, a juzgar por la madurez y el conocimiento demostrados siempre que habían entablado conversación en la red.

Hasta llegó a pensar que podía ser un ordenador, una forma de inteligencia artificial que seguía conectada a la red, especulando si existiría alguna relación con el superordenador llamado *Conocimiento Artificial mediante Máquina de Inteligencia*, en la Montaña del Águila. O si habría otros como ese. El acrónimo de la máquina era *K.A.M.I.*, y sospechaba que no podía ser pura coincidencia.

Ram dijo que deseaba poder arrojar más luz sobre el asunto, pero realmente no sabía nada más. Incluido adónde se habrían llevado a los Mall Rats.

En aquellos momentos, quizás la ciudad natal de estos, así como la Montaña del Águila, se encontrasen ocupadas y controladas por el Colectivo, especularon los tres.

—El clásico paradigma de la conquista —reflexionó Ram mientras transitaban por la calle—. El vencedor se queda con el botín. Que incluye unos equipos bastante asombrosos que los invasores parecen estar retirando de las instalaciones militares de la Montaña del Águila.

—¡Shhh! ¡Abajo! —urgió Jack mientras se agachaba de repente para esconderse al otro lado de un contenedor de basura volcado, con Ellie imitándolo rápidamente.

Ram quedó aterrorizado al reparar en aquello que había captado la atención de los otros dos.

Podía escuchar el sonido de motores, vehículos que se acercaban a gran velocidad.

Se apresuró de un salto al otro lado del contenedor de basura, para ocultarse junto a ellos.

Justo a tiempo, pues pudo esfumarse antes de que el vehículo apareciese por una esquina y pasase ante ellos a gran velocidad.

—¡Dijiste que no habría nadie aquí! —susurró Ellie en voz baja pero apremiante.

—¡No debería! —se encogió de hombros él, ansioso, nervioso por quién podría ser y por si volvería.

El vehículo frenó en seco al final de la calle y dio un giro de 180 grados, acelerando de vuelta hasta el contenedor.

Jack, Ellie y Ram permanecieron inmóviles, intentando no respirar siquiera, por miedo a emitir cualquier sonido.

A través de una pequeña grieta en el contenedor, Jack pudo ver cómo se abrían las puertas del vehículo, que se había parado totalmente. Pudo ver también cuatro pares de piernas bajándose. No había pistas que revelasen sus identidades, salvo por una voz impaciente.

—¡Ya podéis salir! ¡Sabemos que estáis aquí!

Ram se quedó paralizado. No podía creérselo. Jack y Ellie también intercambiaron miradas de incredulidad. Ellos también habían reconocido aquella voz. Pero… era imposible, ¿no?

—Encontramos vuestro dron y os seguimos el rastro. No volveré a pedíroslo. ¡Salid ahora mismo si sabéis lo que os conviene!

Lentamente, el pequeño grupo se puso de pie y emergió de detrás del contenedor de basura, quedando estupefactos cuando vieron a quién tenían ante ellos.

—Vaya, vaya… *esto* sí que no me lo esperaba —dijo Ved.

Él también estaba sorprendido de volver a ver al antiguo líder y señor de los Tecnos, Ram, así como a los dos Mall Rats.

Ved estaba acompañado de tres guardias, todos de la misma edad que él. Uno llevaba un dispositivo que emitía pitidos. Ram se preguntó para qué serviría exactamente, pero estaba seguro de que debían haberlo usado para rastrearlos de algún modo.

—¿Ved? —preguntó Ellie, sorprendida de verlo. Pero más bien recelosa sobre si actualmente sería un amigo… o enemigo.

Ved había sido el talentoso y devoto aprendiz de Ram en los Tecnos. Un prodigio de los ordenadores que lo había ayudado con su visión de un mundo de realidad virtual perfecto. En ocasiones temperamental y rebelde, había desaparecido durante los últimos días del régimen de Ram. Y se rumoreaba que este había tenido que ver con su destitución de los Tecnos. Nadie sabía qué le había pasado. Todos creían que se había ido para siempre, "eliminado" por Mega, quien fuera sucesor de Ram como líder de los Tecnos.

—¡Estás vivo! ¡Pensábamos que habías muerto! —dijo Jack, incapaz de asumir que tenía a Ved delante de sus ojos.

—Lo mismo pensé yo, durante un tiempo —afirmó el chico.

Luego, fulminó a Ram con una mirada llena de furia.

—Ya veo que vuelves a usar los pies.

La última vez que lo había visto, Ram era incapaz de caminar y estaba limitado a usar una silla de ruedas debido a un serio accidente que había sufrido en el pasado.

—Muchas cosas han cambiado desde la última vez que nos vimos —recalcó Ram—. Me alegro que estés sano y salvo.

—¿Sí? Bueno, ¡yo no puedo decir lo mismo! No quería volver a verte la jeta en la vida. ¡¿Qué haces tú por aquí, Ram?!

—Yo pensaba hacerte la misma pregunta —respondió mientras echaba un preocupado vistazo al aturdidor que Ved apuntaba ahora en su dirección.

—Te daré una pista —dijo él. Jack y Ellie dejaron escapar un grito instintivo cuando disparó el aturdidor, alcanzando a Ram en el vientre y haciendo que se desplomase sobre el suelo.

CAPÍTULO QUINCE

Tras la sorpresa y alegría inicial al reunirse con Tai San, Alice y Ryan, los Mall Rats habían pasado varias horas con ellos afuera, en los terrenos del *Lakeside Resort*, poniéndose al día sobre todo lo que había sucedido en sus vidas desde la última vez que se habían visto. Creyeron que estando allí fuera podrían hablar con mayor libertad, por si el interior del resort escondía micrófonos (pues no querían revelar información alguna). Aunque todos eran conscientes de que, quien fuese que los mantenía allí, ya parecía saberlo todo sobre la tribu.

Alice quedó encantada al enterarse de que Ellie se encontraba muy bien. O, al menos, así era durante el tiempo que los Mall Rats estuvieron con ella en el centro comercial antes de la invasión. Fue una gran noticia saber que Ellie había encontrado la felicidad al continuar su relación con Jack, y Amber le comentó que parecían estar hechos el uno para el otro y que eran felices juntos.

El hecho de que Jack, Ellie y Ram no hubiesen aparecido aún por el resort, llenaba a los Mall Rats con la esperanza de que todavía siguiesen a salvo de las fuerzas invasoras. Lex intentó dar cierta ambigüedad a la información que tenía al respecto, diciéndole a Alice que la última vez que los vio estaban "por ahí", y que pensaba que debían seguir en el corazón de la ciudad.

Alice sospechó que Lex estaba midiendo muy bien sus palabras, sin explicar realmente todo lo que sabía... por mucho que lo negase.

Tenían que ponerse al corriente de muchas cosas. Bray les explicó lo que le había sucedido tras la invasión de los Tecnos. Amber describió el régimen de Ram en los Tecnos y la caída de su poder, hecho que llevó posteriormente a que trabajasen con él para derrotar a Mega (quien, a su vez, había terminado gobernando la ciudad).

Trudy les habló de su reencuentro con el Guardián, y todos los problemas que habían supuesto Eloise y sus fuerzas. Lex les informó de su nueva visita a la Montaña del Águila, donde habían descubierto más secretos y pistas sorprendentes acerca de las acciones de los adultos antes de extinguirse por culpa del virus... y su encuentro sorpresa con los propios adultos, encerrados en un estado de sueño eterno dentro de las cámaras criogénicas de hibernación.

Alice y Ryan les relataron todo lo que habían soportado durante sus largos períodos como prisioneros. Así como el detallado interrogatorio al que el Seleccionador los había sometido, con preguntas sobre la Montaña del Águila y, lo más preocupante, sobre los mismos Mall Rats.

Amber se enfureció al enterarse de que les habían inyectado unos biochips a la fuerza, y temía pensar si los harían pasar por la misma experiencia a ella y al resto de integrantes de la tribu.

Tras el reciente intento por parte de Tai San, Alice y Ryan, escapar no parecía una opción. Especialmente, dada la presencia de seguridad por todo el resort, y la posibilidad de que pudiesen rastrear los biochips.

Los tres supieron del extraño y eufórico recibimiento ofrecido a sus compañeros Mall Rats en la pista de aterrizaje, y quedaron perturbados por el alcance e influencia que parecían tener por aquellas tierras la mitología de Zoot y aquellos que guardaron más relación con él. Toda angustiada, Trudy se acordó del chico que se había postrado ante Brady y ella tras el aterrizaje, pidiéndoles una bendición, un milagro.

Ellos tres describieron al Seleccionador, a quien el resto del grupo aún no había conocido. Todos especularon acerca del motivo de haberlos reunido y sobre por qué los mantendrían cautivos de aquella manera.

El Seleccionador había mencionado, según informaron, que todo lo que les estaba acaeciendo se debía, al parecer, a la visión y plan del "Creador". Aunque ninguno de ellos sabía qué implicaba eso. Ni siquiera sabían quién se suponía que era, ni si existía realmente. ¿Era el Creador la misma persona que Kami? ¿O había sustituido a Kami y lideraba él ahora a este grupo? ¿O sería quizás el alter ego del Seleccionador?

Había muchas preguntas, demasiadas cosas que no entendían. Por ejemplo, si el grupo que los retenía era de hecho el Colectivo, o si se trataba de un régimen distinto.

Después de todo lo que habían atravesado, estaban abrumados, exhaustos, y necesitaban descansar y recuperarse. Los recién llegados pudieron escoger entre las habitaciones vacías y se desperdigaron. Trudy y Brady se quedaron en un cuarto; Amber, Bray y el pequeño Jay, en otro. Lottie y Sammy se quedarían con Alice, pues los pequeños tenían miedo de qué podría pasarles, y la indiscutible destreza de Alice como guerrera y guardaespaldas los reconfortaba.

May señaló que esperaría un rato para elegir su cuarto. Lo compartiría con Salene, pero sabía que esta debía hablar con Ryan en privado primero, para explicarle la situación.

* * *

Ryan le ofreció a Salene su propio tour guiado por el *Lakeside Resort*, mostrándole los pintorescos terrenos alrededor del lago, la piscina y el gimnasio donde pasaba la mayor parte de su tiempo libre, manteniéndose en forma. No obstante, Salene notaba que el chico quería sencillamente pasar tiempo con ella, el tour no era más que una excusa para pasar tiempo juntos, a solas. Algo que a ella también le venía bien.

En su interior, Salene era consciente de que debería hacerle saber a Ryan la verdad sobre su relación con May. Debía ser honesta con él, se lo debía. Era un chico especial, sin complicaciones, a veces algo lento, pero con un corazón de oro puro.

Ella se sentía sucia. En el pasado, le había dado falsas esperanzas. Avergonzada, había conseguido admitírselo a sí misma. Él le gustaba y, durante un tiempo, llegó a pensar que sí estaba enamorada de él. Pero, pese a su historia y a todo lo que habían atravesado juntos, lo cierto es que Salene tenía claro que, en el fondo, nunca había sentido por Ryan lo mismo que él tan abiertamente había sentido por ella. Lo mismo podía decirse de cualquier otro chico con el que Salene había estado, a excepción de Pride.

Ryan era más como un mejor amigo. No el alma gemela que él tanto deseaba ser. Desde luego, no era la de Salene. Ella esperaba que pudiese encontrar el amor en otro lugar. Se lo merecía, y quería que tuviese una vida llena de felicidad. Pero no podría ser con ella: el amor de su vida era May.

Salene tenía miedo de contarle todo aquello, sentía que era una verdad demasiado grande. Pero lo intentaría. Él se merecía y debía saberlo.

—Ryan, tenemos que hablar —comenzó con suavidad, guiándolo hasta un banco con vistas al hermoso lago.

—Si estamos hablando —respondió él, ligeramente confundido.

—No es eso, Ryan. Es que debo contarte algunas cosas. Y espero que puedas aceptar todo lo que te voy a decir.

Ryan conocía a Salene lo suficiente como para saber que algo muy importante la tenía preocupada, y la animó a abrirse y decirle qué era lo que la afligía.

Ella comenzó a explicarle que, después de que el Guardián y los Elegidos lo mandasen lejos, pensó inicialmente que lo habían matado. O que, quizás, no volvería a verlo jamás.

Recordó cómo se había enamorado poco a poco de Pride (o eso pensó en su momento), comenzando una relación con él tras la invasión de Ram y los Tecnos. Ryan apreció su transparencia, y ella se quedó sorprendida al enterarse de que él ya sabía todo eso. Tai San le había dado detalles sobre los Ecos poco después de llegar al resort, y confesó creer que Salene tenía algún tipo de relación con Pride. Aunque desconocía hasta dónde llegaba o lo seria que era, pues el último encuentro que tuvo con los Mall Rats en la ciudad había sido muy breve.

Ryan colocó su mano sobre la de Salene con gentileza.

—Quizás, lo tuyo con Pride no estaba destinado a funcionar. Como lo que sucedió con nuestro bebé. No era el momento adecuado. Por mucho que los dos lo quisiéramos.

Salene comenzó a llorar, rememorando la trágica pérdida de su bebé nonato poco después de ver a Ryan por última vez, cuando los Elegidos lo obligaron a trabajar en las minas. Los últimos días que pasaron juntos en pareja estuvieron marcados por mucho dolor y tragedia. Eran recuerdos dolorosos.

—Puede que tú y yo nos hayamos reencontrado por un motivo —sugirió Ryan, confirmando las sospechas de Salene sobre hacia dónde esperaba él que fuese encaminada la conversación—. A lo mejor no es demasiado tarde para retroceder en el tiempo. Tú y yo…

—Ryan, ahora es distinto. Lo que tuvimos fue hace mucho tiempo.

—Lo que teníamos era especial, Sal. ¿Por qué no probamos de nuevo? Sé que podemos hacer que funcione. Incluso podríamos intentar tener otro bebé.

—No me estás escuchando —dijo ella, esforzándose por encontrar las palabras—. Ahora es distinto.

—¿Cómo? ¿A qué te refieres?

—No eres tú, Ryan. Soy yo.

—Ya sé que eres tú. Y tú eres todo lo que quiero. Siempre has sido tú.

—No… Hay otra persona —admitió ella, con dolor.

—¿Quién? —preguntó él, confundido, sintiendo que todo su mundo comenzaba a desmoronarse— ¿Lo conozco?

—No "lo" conoces. "La" —dijo Salene, dándose cuenta de que la conversación se estaba volviendo mucho más incómoda de lo que podría haber imaginado.

—¿Qué estás diciendo?

—Que "la" conoces. La otra persona… es una chica.

Ryan dejó pasar un momento para tratar de asimilarlo.

—¿Me estás diciendo… que eres lesbiana?

Salene asintió.

—¿No me estarás gastando una coña? ¿Ha sido cosa de Lex?

—No es coña, Ryan… Te lo digo completamente en serio —insistió. Comenzaba a sentirse sobrepasada. Parte de ella quería huir, volverse invisible, desaparecer. No porque se avergonzase de sus sentimientos hacia May, en absoluto. Sino por la reacción de Ryan. No quería hacerle daño. Le importaba tanto como para querer hacer lo mejor para él, y le preocupaba cómo le sentaría conocer la verdad. Pero no podía vivir una mentira y fingir que su vida era otra. No era bueno ni para ella, ni para Ryan.

—Bueno, ¿entonces quién es? —indagó él—. Esa persona de la que se supone que estás tan enamorada.

—Prométeme que no harás nada.

—¡¿Quién te crees que soy?! ¿Qué crees que voy a hacer?

—Prométemelo, Ryan: cuando te lo diga, no le harás nada a ella, ni a ti mismo. Eres una de las personas más importantes de mi vida, y me importas mucho. Quiero que estés bien. Quiero que seamos amigos para toda la vida.

—Pues, como "amigo" tuyo que soy, ¿puedes decirme quién es? —insistió él, tratando de contener sus emociones.

—Es May —reveló Salene—. Estoy enamorada de May, y estamos juntas.

Se quedó sentado en silencio, intentando asimilarlo todo, antes de tomarle la mano a Salene y darle un apretón suave.

—Siempre que tú seas feliz, yo también lo seré, Sal. Es todo lo que siempre he buscado: tu felicidad.

—No digas eso, Ryan. Me lo estás poniendo difícil —ella alzó la mano de Ryan, aún agarrada a la suya, y le dio un beso—. Eres muy especial, ¿lo sabías?

—Si no te importa, Sal, me gustaría pasar un rato solo. Tengo que lavarme la ropa. Así que ya nos veremos más tarde.

Él se alejó, caminando hacia la entrada del resort, y Salene supo que simplemente había puesto una excusa.

Tenía el corazón partido, se sentía culpable. Comprendió que Ryan necesitaría tiempo para aceptarlo. Pues su historia era cosa del pasado. Su vida futura la quería pasar con May. Superar juntas lo que fuese que les deparase su situación actual.

* * *

El Seleccionador observaba desdeñosamente la imagen de Tai San en su dormitorio a través del monitor. Estaba recostada en la cama, apoyada contra mullidos almohadones y con el tobillo sobre unos cojines, en la otra punta. No podía dejar de sonreír. Ni quería. Estaba emocionada de haberse reunido con Lex, quien se encontraba sentado junto a ella, igual de embelesado por volver a estar a su lado. Entonces, la imagen de Lex desapareció de la pantalla por la que los estaba mirando el Seleccionador y se vio remplazada por la nieve electrónica de las interferencias.

Dentro del cuarto de Tai San, en el *Lakeside Resort*, Lex había encontrado un pequeño dispositivo en una de las esquinas del techo, y lo había desactivado. Era pequeño, y se aplastó fácilmente al dejarlo caer al suelo y hacerlo añicos con la bota.

—Me pregunto si esa cosa solo captaba el sonido.

—Espero que no tuviese imagen —dijo Tai San. Un escalofrío le recorrió la espalda ante la idea de ser observada. Especialmente, si quien la observaba era el inquietante Seleccionador.

—Ni idea —respondió él—. Pero ya te digo yo que ha dejado de funcionar. ¿Cómo va ese tobillo?

—Mucho mejor. Ahora que estás tú aquí.

Entonces, Tai San procedió a contarle a Lex un resumen de lo que le había pasado desde la última vez que se vieran, hacía tanto. Él quedó conmocionado al escuchar sus experiencias como esclava, al saber de su cautiverio en manos del Negociador y, últimamente, el calvario que había sufrido junto a Ryan y Alice como "invitados" del Seleccionador.

Había evitado contarle la situación al completo, eso sí, preocupada por si mencionar el comportamiento inquietante del Seleccionador y su atracción física hacia ella provocase una reacción violenta en Lex y este hiciese algo impulsivo en un esfuerzo por protegerla, como atacar al Seleccionador a la primera de cambio. Sentía que solo conseguiría ponerse en peligro a él mismo, y que acabaría siendo severamente castigado por el Seleccionador y sus guerreros.

Este último tenía tendencias crueles y sadistas, como bien sabía Tai San a aquellas alturas, y debía evitar que Lex se convirtiese en su blanco. Le contaría todo lo que le había pasado cuando sintiera que era el momento adecuado, pero no permitiría que se pusiera en peligro por ella. Acababa de volver a su vida de manera inesperada, y no quería perderlo igual de rápido.

Lex se había preguntado por qué Tai San, durante su tiempo como espía en los Tecnos, cuando estuvo compinchada con Mega para derrocar a Ram, no había intentado volver con él. Ella explicó que así lo había querido (y estaba desesperada por hacerlo), pero todo se había descontrolado demasiado rápido y ella se había metido hasta el cuello. Estaba intentando salvar la ciudad, salvar muchas vidas inocentes (incluida la de Lex), y terminó entre las filas de los Tecnos, viviendo una vida ficticia como una de ellos. Aquello le hizo imposible volver con él, a la vida que una vez compartieron.

Su meta siempre fue volver una vez derrotasen a los Tecnos. Sin embargo, Tai San fue enviada lejos de la ciudad y acabó en tierras muy lejanas, esclavizada y sin poder volver con Lex nunca más, o eso pensó.

Le preguntó a él qué había sucedido en su vida desde su separación. Él le contó lo devastado que quedó la primera vez que desapareció, tras la invasión de los Tecnos. Y había hecho todo lo posible por dar con ella. Con el paso del tiempo, llegó a creer que, trágicamente, había sido asesinada. O "eliminada", como decían los Tecnos. Lex reveló que había estado con otras chicas después de ella. Incluida la hermana de Ebony, Siva, así como un breve coqueteo con Gel. Tai San era consciente de la relación de Lex con Siva, quien también había sido una Tecno importante.

—Tengo que confesarte una cosa más —admitió Lex.

—¿Solo una?

Describió haber comenzado un rollo con Lia recientemente. Ella no era una Mall Rat, claro, sino una chica que conoció en la isla donde el grupo se enfrentó por primera vez a las fuerzas del Colectivo, a través del comandante Blake. Lia era guapa y disfrutaba de su compañía. Pero aún no la conocía demasiado bien, no era nada demasiado serio. No eran una pareja de verdad.

Él esperaba que Lia estuviese a salvo, igual que todos los demás apresados por los invasores. Lex y Tai San especularon sobre qué les podría haber pasado. Pero ninguno de los dos tenía una idea clara, aparte del hecho de que, por algún motivo, habían segregado a los Mall Rats del resto de prisioneros.

Tai San apreció la sinceridad y franqueza de Lex sobre su vida amorosa y le hizo saber que, desde que estuviese con él, no había encontrado a otra persona especial.

—Entonces... ¿dónde nos deja eso? —se preguntó él, acercándose lentamente sobre la cama, más cerca de la chica.

—No sé a qué te refieres —dijo Tai San, con falsa modestia.

—A lo mejor puedo recordarte a qué me refiero exactamente —añadió—. En esta cama caben dos personas.

—Mmm. Seguramente tengas razón —coqueteó ella—. Pero ¿quién podría hacerme compañía por las noches?

—¿Qué tal yo? —propuso Lex.

—Anda, me parece buena idea —contestó.

—Pero, primero, iré a contarles a los demás lo del dispositivo de vigilancia que he encontrado en la esquina.

Lex se encontró con Bray en el pasillo, al salir del dormitorio de Tai San, y lo acompañó al cuarto de Amber y suyo, donde descubrieron otro dispositivo en la misma zona. Lex lo arrancó de la esquina y lo lanzó al suelo. Después, Bray lo rompió en mil pedazos con la bota.

—Sigo pensando que es mejor tener cuidado con lo que decimos —advirtió Bray—. Ese dispositivo parece estar desactivado, pero mejor no arriesgarse.

—Totalmente —respondió Lex, ansioso por volver con Tai San. Se marchó tan pronto como había llegado, saludando con la mano a Amber, que estaba sentada en la cama con el pequeño Jay, acunándolo para que se durmiera mientras le cantaba una nana.

Bray había salido a pillarle un chocolate caliente a Amber de la máquina expendedora de la cocina, y se quedó mirando como ella dejaba reposar al bebé, ya dormido, sobre la otra cama del cuarto.

—¿Todo bien? —preguntó Bray, pasándole a Amber la taza de chocolate caliente. Ella asintió, pero estaba claramente alterada por los últimos acontecimientos y explicó que haberse reunido con otros miembros de la tribu hizo que todo le viniera de golpe. Había sentido todo el peso de su responsabilidad, y lo mucho que las personas de su entorno significaban para ella. Se habían convertido en más que una familia. Le importaban todos muchísimo, los quería con locura y siempre había intentado hacer lo posible por cuidar de sus intereses.

Pero no estaba solamente inquieta por qué tendrían pensado hacer con ellos, sino asustada. E intentaba ocultarles ese temor a los demás, deseando no alimentar el de ellos. Además de sentirse preocupada por qué futuro podría tener su pequeño en un mundo tan impredecible.

—Todo saldrá bien —la consoló Bray, rodeándola con los brazos en un reconfortante abrazo—. Te lo prometo. Sea como sea, estaremos todos bien. Y no te olvides de que no estás sola, ¿sabes? Puedes compartir la carga en estos hombros tan fuertes. Bueno, al menos lo estaban la última vez que lo comprobé —Bray sonrió.

Aquello la hizo sonreír a ella también. Le regaló un prolongado y cariñoso beso. Amber se aferró a él, sujetándolo tan firmemente como nunca lo había hecho. Lo necesitaba a su lado, necesitaba sentir su fuerza y su apoyo incondicional para enfrentarse a lo que el futuro presentase ante ellos. No solo por ellos y por su hijo, sino por toda su tribu.

CAPÍTULO DIECISÉIS

Después de su encuentro con el Seleccionador en su cabaña junto al lago, llevaron a Ebony en un trayecto por barco. Snake y sus guerreros la estaban transportando por el agua hacia El Cubo. Él se negó a responder a las preguntas de Ebony sobre qué le pasaría a su llegada a El Cubo. Ni siquiera le dijo qué era o dónde estaba exactamente.

Al principio, se preguntó si quizás pretendían castigarla, si El Cubo sería como un centro de detención. O peor: un lugar donde ser torturada y, quizás, acabar con ella para siempre. Recordó la atmósfera fría y resentida de su recibimiento tras llegar a la pista de aterrizaje, en comparación con la adulación que Amber y los Mall Rats habían recibido antes. También recordó que el Seleccionador mencionó la existencia de "público".

El barco llegó a una gran isla situada en el interior del lago, en una zona remota. Parecían estar en mitad de la nada, con el lago rodeado de nada más que bosque y montañas por todas partes.

La propia isla estaba a unos cuantos kilómetros en todas direcciones de la lejana costa, supuso al observar la disposición del terreno mientras el barco se aproximaba a un viejo pontón en descomposición. El agua parecía fría e inhospitalaria, y creyó que debía ser bastante profunda, al estar tan lejos de tierra firme. La isla estaba bien custodiada, con guerreros alrededor del perímetro que hicieron un saludo a Snake como reconocimiento al llegar el barco. La isla estaba completamente recluida, como si se tratase de su propio mundo.

El arcaico pontón fue la primera prueba de que sí hubo allí ciertos desarrollos y presencia humana en el pasado, y de que la isla no era una tierra salvaje e intacta.

Hicieron marchar a Ebony a pie por unos senderos estrechos en el bosque, que parecían antiguos caminos de bici o senderismo. Los árboles comenzaban a engullir los antiguos pasajes. A lo largo del camino había unos cuantos bancos, la mayoría rotos o en mal estado.

Pasaron ante algunos carteles plantados por el sendero. La información estaba desdibujada, pero podía discernir que el texto describía la flora y fauna de la región. Debió ser una reserva natural en su día. Ciertamente, era un lugar muy frecuentado, quizás hasta un destino turístico.

Había algunos edificios abandonados, que la naturaleza comenzaba a reclamar poco a poco. Las ventanas tenían los cristales agrietados o rotos; las plantas y los árboles crecían de manera incontrolable, cubriendo lentamente todo rastro humano. Una de las ruinas era una antigua caseta de barcos. También había restos de una vieja capilla para bodas, con las cicatrices carbonizadas que había dejado un incendio.

Por fin llegaron a El Cubo. El nombre era todo un acierto, pues se trataba de una construcción perfectamente cuadrada. Al contrario que el resto de edificios que había visto de camino, El Cubo estaba en buenas condiciones. Habían cortado de forma rutinaria los árboles de alrededor, manteniendo el bosque a raya. Tenía todas las ventanas intactas, y era un edificio grande y rústico, hecho de madera, localizado en un claro y con una zona de barbacoa en el parte delantera.

Snake le pidió a Ebony que esperase en la entrada. Unos minutos después, las puertas se abrieron y un grupo emergió de dentro, escoltados por otros guardias. Parecían ser prisioneros, de la misma edad que ella. Iban unos tras otros en fila, saliendo de El Cubo, siguiendo obedientes a otro chico que, por su comportamiento, tenía cierta autoridad.

Ebony tuvo que mirar dos veces. Reconocía a uno de los chicos que habían guiado afuera.

—¿Hawk?

Sí que era él.

—¿Ebony? —respondió Hawk, sorprendido de verla allí.

Hawk era el líder de los Ecos, que antes vivían en el bosque a las afueras de la ciudad que había sido el hogar de Ebony y los Mall Rats. Era un aliado y un buen amigo de estos. En el pasado, Amber encontró refugio en el campamento de los Ecos. También Ebony, en contadas ocasiones. Pero ella no consideraba a Hawk un amigo, y estaba segura de que él opinaba igual de ella. Sin embargo, era un rostro familiar, alguien a quien conocía y respetaba como superviviente y líder de su tribu. Hawk era bienintencionado. Era sincero en sus creencias y en su deseo de vivir en paz con la naturaleza y, gracias a ello, hacer del mundo un lugar mejor. Ebony, que se sentía sola, amenazada e insegura sobre su destino, se alegró mucho al verlo.

—¿Qué estás haciendo tú aquí? —le preguntó a voces.

—La pregunta es: ¿qué haces *tú* aquí? —respondió una voz. No pertenecía a Hawk, sino al chico que los guiaba a él y al resto de prisioneros.

Anunció que se le conocía como el Maestro de Juegos, a cargo de El Cubo y de todo lo que tenía lugar en la isla.

Mencionó que habían recolectado a otros concursantes de los lugares más recónditos, como a Ebony, que había recorrido un largo camino desde su hogar hasta donde ahora se encontraban. En caso de que alguno de los presentes desconociese su identidad, el Maestro de Juegos reveló que Ebony había sido escogida por el propio Seleccionador para participar en El Cubo.

En su ciudad, su reputación hablaba por sí sola. No solo fue líder tribal en su día, sino que llegó a ser la líder de toda la ciudad. Y, como alguno de ellos había escuchado, era totalmente verídico que guardó incluso relación con el legendario Dios Zoot y sus Locos durante un tiempo, antes de decidir seguir su propio camino.

El resto de concursantes deberían tener cuidado con ella, les advirtió el Maestro de Juegos. Era astuta, despiadada, manipuladora, retorcida, deshonesta, poco digna de confianza, egoísta y peligrosa.

Ebony escuchó horrorizada la imagen que el Maestro de Juegos estaba presentando de ella, imagen que había hundido por completo.

—Eso no es todo —añadió ella—. Se te ha olvidado mencionar que soy muy buena tía una vez me conoces.

—Ya decidiréis por vosotros mismos qué opinión os merece Ebony —insistió al resto de prisioneros. Luego señaló a los guardias—. Hay que inyectarle el chip y prepararla para la siguiente prueba.

Un médico que había salido de El Cubo le inyectó a Ebony un biochip, para poder rastrearla y monitorizar su salud. La inyección fue dolorosa, y se habría resistido de no haber estado bien sujeta por Snake y los guardias del Maestro de Juegos.

Luego, le colocaron un arnés de pecho, igual que al resto de prisioneros, incluido Hawk. Cada arnés venía con cámaras en miniatura apuntando hacia afuera, aparentemente para grabar el punto de vista y actividad de cada uno de los competidores.

—Recordad las reglas de El Cubo —se dirigió el Maestro de Juegos a los concursantes allí reunidos—. Si os quitáis la cámara o el arnés, quedaréis descalificados. Si intentáis salir de la isla y escapar, quedaréis descalificados. Si dañáis El Cubo o cualquier material, quedaréis descalificados. Si me desobedecéis a mí o a mi personal, quedaréis fuera del juego. Y si os quitáis el biochip o lo intentáis siquiera, perderéis inmediatamente vuestra posición en el juego.

—¿Qué pasa si... nos descalifican? —preguntó Ebony con cuidado. Tal vez fuese algo que le interesase lograr a propósito, consideró, si significaba poder salir de la isla y de donde fuese que se había metido.

Hawk y el resto de concursantes estaban claramente exhaustos, tenían cortes y moratones en los rostros y, sin lugar a dudas, habían pasado por experiencias difíciles. Quizás, perder en El Cubo no sería tan malo como seguir en él.

—La descalificación significa el último puesto de la ronda. Y quien queda en último lugar, resulta Descartado inmediatamente —contestó el Maestro de Juegos.

—¿Descartado? ¿Qué significa? —indagó ella, confundida.

—Significa que te haríamos a un lado y tu vida como la conoces habría terminado. Ser un Descartado significa ser rechazado permanentemente. Pero, si resultas no ser digna del Creador, este sería un destino bien merecido. Serías expulsada, extraditada, exiliada... Quedar descalificado es extremadamente desafortunado.

—¿Qué pasa si gano? —inquirió Ebony.

El Maestro de Juegos informó de que le darían un punto y podría seguir como concursante. Hasta que recibiese diez puntos, en cuyo caso comenzaría una fase de iniciación, siendo llevada finalmente ante el Creador para una evaluación más exhaustiva.

—Y ¿si pierdo? —continuó.

—Entonces, tal vez sigas como concursante durante el resto de tu vida —el Maestro de Juegos le regaló una sonrisa fría como el hielo.

Ebony echó un vistazo a sus compañeros, los prisioneros. Y, por su estado, sospecho que llevaban participando ya bastante tiempo.

—¿Quieres decir que tenemos que quedarnos en este sitio… para siempre?

—Hasta el fin, sí —respondió el Maestro de Juegos, que señaló una zona cercana llena de cruces, que sin duda albergaban a antiguos concursantes.

Ebony se preguntó en qué se basarían aquellas "pruebas" y cómo competiría contra Hawk y el resto de participantes. La idea de terminar la última y acabar siendo una Descartada no le hacía ninguna gracia. Debía comprender qué estaba sucediendo, encontrar alguna manera de no ser Descartada. Y de no permanecer en el juego para siempre.

Le gustaba lo de conseguir diez puntos y ser llevada ante el Creador. Aquella parecía la única opción real de sobrevivir, y decidió enfrentarse a lo que pudiese suponer cuando llegase el momento.

El Maestro de Juegos reveló más reglas. Estaban tomando parte en las "pruebas de vida" que el Creador había ayudado a diseñar. En la isla, aquellos que habitaban El Cubo, simulaban la vida, tomando parte en un experimento social. Todos habían sido escogidos por el Seleccionador porque poseían rasgos y características especiales.

El Cubo era un microcosmos de la sociedad, de la vida. Un estudio de las interacciones de la gente, un examen de la especie humana. Los participantes se verían expuestos a una serie de desafíos, serían llevados al límite. Cada hazaña sacaría lo mejor, y lo peor, de la naturaleza humana. Y la interacción de la humanidad con la propia naturaleza. Aquellos que observaban, aprenderían sobre adaptabilidad, ingenio, habilidad para improvisar, inventiva…

Los participantes se enfrentarían a retos no solo físicos, sino también mentales, morales, espirituales. Todo ello inspiraría al público que los observara. Al menos, para tener por seguro que no se convertían en participantes, conjeturó Ebony.

Y tenía razón en parte. El Cubo también era una forma de entretenimiento. Al ponerse el sol a lo largo del territorio, los granjeros y esclavos que araban la multitud de campos contemplaban imágenes retransmitidas en los edificios agrícolas y escuchaban la voz del Maestro de Juegos por los altavoces que resonaban por toda la región como si viniese de los cielos.

—¡Bienvenidos, amigos, a otra entrega de El Cubo! Ofrecido por cortesía del Creador. Esta tarde recibimos a una nueva concursante. ¿Vivirá… o morirá? ¿Permanecerá en El Cubo para siempre? ¿O será llevada ante el Creador? Solo el tiempo lo dirá. No os perdáis un solo programa. Y no olvidéis que los protectores y amos de vuestras regiones os pueden hacer preguntas al respecto. Así que os interesa prestar atención a toda la acción que estáis a punto de presenciar.

Por todo el territorio, la abundante multitud se sentaba contemplando de manera casi hipnótica las diversas imágenes transmitidas sobre los edificios, como si les hubiesen lavado el cerebro hacía mucho y estuviesen casi robotizados. Sin duda, todos estaban atrapados por las imágenes que estaban viendo, y por la retórica del Maestro de Juegos, que retumbaba por los altavoces.

—¿Somos capaces de cambiar nuestra identidad? ¿Somos capaces de adaptarnos? ¿Qué significa para nuestra vida individual? Y ¿qué significa para nuestra sociedad, para nuestra especie?

El Maestro de Juegos añadió que, a menudo, el Creador observaba y monitorizaba todo lo que pasaba en El Cubo. Por tanto, los concursantes debían sentirse honrados de haber sido seleccionados y, a través de sus acciones, entenderían con mayor profundidad qué significaba ser humano.

—Todos los que nos veis desde vuestros sectores conocéis bien a los nueve concursantes que habéis estado viendo durante todas estas semanas. Pero, por desgracia, Kala ya no podrá seguir estando con nosotros. Permanecerá en la isla durante toda la eternidad. ¿Por qué no os unís a mí para dar la bienvenida a la sustituta de Kala, nuestra nueva concursante? ¡La única, la inigualable… Ebony!

El público de toda la región no estalló en aplausos, sino que siguieron observando, absortos ante las imágenes que la mostraban regalando una sonrisa falsa a las cámaras.

De vuelta en la isla, Ebony se preparó para lo que vendría al ver a un guardia portando diez cuchillos desde el interior de El Cubo, y colocándolos sobre una encimera en la vieja zona de barbacoa del exterior.

En la planta superior del edificio, un técnico gritó desde las ventanas que todas las zonas perimetrales estaban listas y esperando la retransmisión en directo de las cámaras.

—¡Que comience la prueba! —gritó el Maestro de Juegos por el micrófono de sus auriculares, mirando de vez en cuando a la cámara, que lo seguía mientras paseaba por delante de los concursantes.

Les pidió que tomasen cada uno un cuchillo de la encimera, acto que procedieron a llevar a cabo.

Por un momento, Ebony sintió el instinto de clavarle el cuchillo al Maestro de Juegos en el cuello, para darle al público cierta emoción inesperada. Pero se dio cuenta de que, al menos por ahora, su supervivencia dependía en gran medida de que les siguiese el juego.

Agarró con firmeza el mango del cuchillo, llena de adrenalina. Estaba en ascuas, y se preguntaba si los obligarían a luchar unos con otros, a formar parte de un concurso macabro ante las cámaras.

Comenzó a prepararse para la inminente batalla, analizando a los otros participantes, intentando medir qué tipo de persona eran por su lenguaje corporal y actitud, atenta a posibles debilidades o vulnerabilidades. Se le ocurrió sugerirle a Hawk hacer equipo contra los demás.

—Cada uno de nosotros, cada ser vivo, no tiene más que una sola vida —comenzó el Maestro de Juegos, comentando a través del micrófono—. Podemos usar nuestra vida una única vez. Y, cuando esta acaba, lo hace para siempre. No hay segundas oportunidades. No hay red de seguridad. El recurso más importante de todo ser o especie es el hecho de que está vivo.

Ebony dejó escapar un bufido nervioso, poniéndose en marcha, decidida a que conservaría la vida durante al menos un día más, sin importar cuál fuera el coste. Eso conllevaba recibir uno de los diez puntos que el Maestro de Juegos había mencionado antes.

—Nuestra nueva concursante, Ebony, rechazó conscientemente al Dios Zoot y sus enseñanzas. ¿Lo rechazará él a ella también, ahora? En la prueba de hoy, nuestros concursantes deben decidir cómo usar el regalo de la vida, y escoger qué hacer con el tiempo limitado que esta ofrece. Hemos situado una fuente de alimento por la isla. El ganador será quien la encuentre y determine cómo hacer un buen uso de ella. El último, será Descartado y no merecerá seguir en El Cubo. Tenéis una hora. Comenzando desde… ¡ya!

Una atronadora bocina emitió un ruido ensordecedor que reverberó por la oscuridad.

Ebony vaciló, preguntándose si el Maestro de Juegos les daría más instrucciones, mientras que Hawk y el resto de participantes se echaron a la carrera desde la zona principal de El Cubo, dispersándose en busca de la fuente de alimentos que les habían encomendado encontrar.

—¿Ya está? —preguntó Ebony al Maestro de Juegos—. ¿Cómo sabemos qué nos "va bien" en la prueba?

—¿No sucede lo mismo en la vida? —respondió él—. ¿Cómo sabemos quién es el ganador? Nuestra vida diaria no viene con unas reglas establecidas… Pero siempre hay claros ganadores. Y perdedores. Estoy seguro de que nuestro público coincidirá en que estás desperdiciando un tiempo muy valioso, Ebony. Te sugiero que corras a reunirte con el resto de concursantes.

Señaló con la mano y ella salió despedida en la dirección que habían tomado Hawk y los demás. Si alguien sabía cómo sobrevivir en la naturaleza, aparte de ella, ese era él. Y, como llevaba más tiempo en El Cubo, quizás sabría con más exactitud qué se les pedía en la prueba.

Los diez concursantes se esparcieron, corriendo por la boscosa isla en busca del objetivo de la prueba.

Ebony pronto dio con Hawk, que había corrido hasta la orilla del lago.

—¿Adónde vas? —lo llamó a voces, sin aliento, esforzándose por seguirle el paso.

—Al único lugar donde yo escondería algo si fuera ellos —le gritó Hawk de vuelta.

—¿Ellos? ¿Quiénes? —indagó Ebony.

—Sígueme y lo verás —dijo él, guiándola al borde del lago donde se encontraba la caseta para barcos abandonada. Por un momento, se vio tentada a intentar escapar sumergiéndose en el agua. Estaba segura de que tenía posibilidades de alcanzar el otro lado del lago. No obstante, la presencia de los guardias de El Cubo alrededor del lago, así como del equipo de retransmisión que apuntaba con sus cámaras desde los puntos con mejores vistas, la disuadieron de hacer el esfuerzo.

En su lugar, siguió a Hawk hacia el interior de la caseta para barcos. Estaba registrando las canoas que había en el interior, mirando por debajo de las lonas que las cubrían.

—¡Ya hablaremos después! —dijo con urgencia, concentrado en la tarea que los ocupaba—. ¡Primero, tenemos que superar esta prueba!

Tras unos cuantos minutos, tuvieron claro que no había comida en la caseta para barcos, y se les acababa el tiempo. Les preocupaba que uno de los otros concursantes ya la hubiese encontrado y hubiese ganado la carrera.

De repente, Ebony tuvo una idea:

—Si lo que buscamos es una fuente de alimentos… ¿qué hay del lago? Es decir, a menos que los peces tuviesen tantas ganas de irse de aquí como yo.

—No, eso sería demasiado obvio —dijo él—. Esta gente no piensa así. Creo que deberíamos volver a la zona de barbacoa.

Hawk echó a correr, seguido de Ebony, avanzando tan rápido como podían hacia la zona de la barbacoa. Comprendió cuál era su idea cuando oyó el sonido de cacareos cercanos dentro de un pequeño gallinero hecho de madera y unido con cables. En su interior, un gallo cacareaba con intensidad para intentar defender a las dos gallinas que había con él.

Con eso, el Maestro de Juegos apareció, gritando por el micrófono y sonriendo ocasionalmente ante la cámara que sostenía un miembro del equipo de El Cubo que lo seguía.

—¡Estáis cada vez más cerca! ¡Emocionante! Pero ¡más vale que os deis prisa! Como en la vida, otra gente siempre anhela lo que vosotros poseéis. La pregunta es, ¡¿se harán con ello?!

Se estaba refiriendo a otros concursantes que habían llegado allí, jadeantes por el recorrido y acercándose más al gallinero. Pero Ebony les hizo un gesto con el cuchillo, gritando para que se alejasen.

—¡Son mías! —gritó un concursante, esforzándose por alcanzarlas antes que Hawk y Ebony.

—¡Nosotros llegamos primero! —gritó ella, abalanzándose con su cuchillo y provocándole un corte en el rostro—. ¡Estas gallinas son nuestras!

—¡Uh, menuda fiera! —gritó el Maestro de Juegos por los auriculares, regalando un guiño a las cámaras—. ¡Seguro que a nuestro público les ha encantado!

Hawk le sugirió a Ebony agarrar una punta del gallinero mientras él agarraba la otra, y llevar a las gallinas de vuelta a El Cubo.

Ella tenía ideas distintas, claro, y metió la mano en el gallinero, agarrando a una de las gallinas, que cacareaban como protesta.

—¡¿Qué estás haciendo?! —imploró Hawk, perplejo por las acciones de la chica.

Pero ella sabía perfectamente lo que hacía. Recordó que el Seleccionador había hecho referencia a ella como "meter a un zorro en un gallinero". Si aquello se trataba de matar o morir, estaba dispuesta a hacer lo que fuese necesario por ser ella quien sobrevivía.

—Sé cuál es la mejor manera de usar este alimento —dijo, preparándose para asestar una puñalada a la gallina—. ¡Cocinarlo!

—¡No! —bramó Hawk, estirándose para alcanzarla—. ¡No quites otra vida más!

—¿Qué dice tu nombre que eres, Hawk? ¿Un halcón, o una gallina? —chilló ella, sobreactuando ligeramente para las cámaras que los rodeaban y para el Maestro de Juegos, observando con atención.

Con un rápido movimiento, Ebony se deshizo de la gallina, decapitándola, mientras esta graznaba y agitaba las alas. La sangre manó del cadáver y cubrió a Ebony, que volvió a meter la mano en el gallinero para pillar las otras. Estaba segura de haber causado una buena impresión, y tenía la intención de ser la ganadora de esa primera prueba que había experimentado en El Cubo.

Otra concursante ayudó a Hawk para apartar a Ebony y lo acompañó, llevando cada uno un lado del gallinero, hacia el edificio principal en forma de cubo, seguidos de los cámaras y del Maestro de Juegos, así como del resto de concursantes, incluida Ebony.

La bocina volvió a emitir un estruendo sostenido. El público observaba sus pantallas por toda la región, fascinados, mientras la voz del Maestro de Juegos resonaba por los altavoces.

—¡Ya tenemos un ganador! —anunció—. La prueba de hoy la ha ganado Hawk. En segundo lugar está Nova. Y nuestra incorporación reciente, Ebony, en tercer lugar.

Ebony no podía creer que Hawk hubiese ganado, y se preguntó por qué habría quedado Nova en segundo lugar y ella la tercera. Había sido ella quien había matado a la gallina. Aunque pronto se dio cuenta de los motivos, cuando el Maestro de Juegos se dirigió a las cámaras.

—La especie humana es muy interesante. Está claro que tenemos la capacidad de matar. También podemos acabar siendo asesinados. Ebony tenía razón: al matar a la gallina, estaba proporcionando una fuente de alimento. Pero, al hacerlo, también estaba desaprovechando otra fuente de alimento continua: huevos. Si alimentamos a la gallina, la gallina nos alimenta. Posiblemente, para siempre. Pero, si matamos a la gallina, solo comeremos durante una noche.

Reconocieron el mérito de Ebony por la gallina, pero el segundo lugar fue para quien había ayudado a Hawk. El propio Hawk acabó primero porque había intentado evitar que Ebony matase a la gallina. Y, por tanto, fue declarado el ganador general.

Ebony no le había causado la impresión que ella esperaba al Maestro de Juegos, y suponía que tampoco al público, fuesen quienes fuesen. Sabía que debería aprender a adaptarse, y rápido, si tenía esperanzas de que le fuese bien en la isla. Su mente comenzó a ir a cien por hora, calculando cómo podía asegurar su supervivencia y avanzar a la siguiente entrega de El Cubo. Sabía que era un evento muy publicitado, a juzgar por las imágenes que atisbó en su viaje hasta allí. Sin duda, muy pronto se enfrentaría a otros desafíos.

CAPÍTULO DIECISIETE

—Te diría "bienvenido a casa". Excepto que no eres bienvenido. Ni esta es ya tu casa —dijo Ved, que observaba cómo Ram volvía en sí, despertando tras el golpe proferido con el aturdidor.

Ellie y Jack estaban sentados en una mesa, con Ram a su lado, que por poco se cae de la silla al recuperar la conciencia, reconociendo su entorno justo a tiempo y evitando estamparse contra el suelo.

Estaban dentro de la fábrica que una vez fue la principal base de operaciones de los Tecnos, antes de que la desalojaran, reubicando sus operaciones tras conquistar la ciudad en la que Jack, Ellie y el resto de Mall Rats vivían.

Ram agitó la cabeza, intentando despertar de su estado de atontamiento. Poco a poco asimilaba su situación, reconociendo dónde se encontraba, un lugar con tantos recuerdos. Al mismo tiempo, creció en él la preocupación de ser prisionero, junto a los otros dos, de su antiguo pupilo.

La habitación en que se encontraban había sido una oficina de administración en la planta superior de la fábrica. Al observar sus alrededores, su mirada se topó con las de los guardias que habían acompañado previamente a Ved en el vehículo, y que ahora estaban plantados al otro lado de la oficina, guardando la puerta desde dentro, asegurándose de que permanecía cerrada y manteniéndolos a ellos en el interior.

De manera casual y hábil, Ved estaba dando vueltas con la mano al aturdidor, como si hubiese salido del salvaje Oeste. Y observaba a Ram intensamente, como deliberando.

—He estado pensándome qué hacer con vosotros tres —comentó.

—¿Qué tal… si nos dejas marchar? —sugirió Ellie, por probar.

—¿Por qué me has disparado? —preguntó Ram, frotándose la cabeza para intentar que el dolor remitiera.

—¿Tú qué crees? —contestó—. Te lo ganaste hace mucho. Además, parecías cansado. Supuse que te vendría bien dormir un par de horas. Ni siquiera te hacía falta mi disparo, ya venías "aturdido" de antes —añadió con sarcasmo. Con frialdad.

Ved sentía que tenía toda la razón para sentirse ofendido. Durante su época como líder de los Tecnos, el comportamiento de Ram se había vuelto cada vez más extremo, obsesionado con llevar a cabo la creación de su mundo virtual, un "paraíso" al que podría estar conectado, donde vivir por siempre en una cámara criogénica de hibernación que había adaptado tras llevársela de la Montaña del Águila. Varios de los habitantes que se opusieron a Ram y a su régimen autoritario fueron enviados lejos de la ciudad. Incluida Cloe, una Mall Rat de la que Ved se había enamorado. Ram no aprobaba la relación de Ved y Cloe, a quien mandaron lejos, a trabajar como esclava en otro lugar.

Ved había hecho todo lo posible, mientras seguía siendo un Tecno, para intentar descubrir dónde estaba exactamente. Pero él también había terminado desapareciendo. Al parecer, Ram, cada vez más inestable y paranoico, había ordenado que Ved fuese también desterrado, expulsado de los Tecnos.

—Ahora soy diferente. Estos dos te lo pueden decir. He cambiado, no soy el mismo —insistió Ram.

—Hay cosas que nunca cambian —soltó Ved mientras le ofrecía una mirada desconfiada.

Ram se irguió en la silla, notando que recuperaba las fuerzas.

—¿Vosotros dos habéis dicho algo que deba saber? —le preguntó a Ellie y Jack, para intentar comprender mejor qué había sucedido mientras él dormía.

—No mucho. Hemos estado "reconectando" con Ved —dijo Jack.

Jack y Ellie no le habían hablado a Ved sobre su vuelo desde la ciudad y la huida de los invasores. Siempre había sido un bala perdida. Era brillante con los ordenadores y de una elevada inteligencia, pero era pasional y, a menudo, reaccionaba apresuradamente, actuando antes de pensar. Cloe había conseguido "amansarlo" lentamente a medida que se fueron conociendo más. Sin embargo, Jack y Ellie no sabían qué esperar ahora de él.

Era muy diferente a su hermano mayor, Jay. Este siempre fue estratégico, calmado y racional. Ved nunca había sido un aliado o amigo cercano de los Mall Rats (sin contar a Cloe, claro). Pero tampoco fue nunca un enemigo. A menudo, interactuó con los Mall Rats en el pasado, al cruzarse sus vidas durante el régimen de los Tecnos. Pero, para Ved, esa interacción siempre había consistido en conseguir sus propósitos, más que los de ellos.

Ni Ellie ni Jack le habían contado aún lo de Jay. No tenían ni idea de si Ved estaría al tanto de lo sucedido con su hermano, del hecho de que había muerto. Si resultaba que no lo sabía, ambos decidieron que debían confesarle la pérdida de Jay, con tacto. Ved merecía conocer la verdad. Pero todavía no había preguntado por su hermano. Parecía más centrado en descubrir qué hacían ellos tres allí. Y le interesaba más su antiguo mentor, Ram.

La pareja no tenía ni idea de qué se traería Ved entre manos en la antigua base de los Tecnos. Mientras Ram estuvo inconsciente, no habían dado respuestas demasiado claras a las preguntas que Ved les iba haciendo. Primero, querían estar seguros de poder confiar en él. No había ni rastro de su compañera Mall Rat, Cloe. En un primer momento, Jack esperó que pudiese estar con Ved. Hasta donde sabían, el chico podía guardar cierta conexión con los invasores, con el Colectivo... o suponer un peligro volátil e impredecible por méritos propios.

—¿Qué haces en este lugar, Ved? —se preguntó Ram.

—Vamos a nuestra bola. Hacemos lo que nos da la gana.

—¿Tú y *quiénes*? —indagó Jack.

Ved explicó, ahora que Ram estaba despierto, que había fundado su propia tribu, los Virts, en la fábrica industrial que antaño fue la base de los Tecnos. Ved era su líder, y estaban compuestos por unos cuantos renegados, antiguos miembros de los Tecnos, así como de algunos de los habitantes de la ciudad de Ram, que habían vivido como vagabundos en las calles, sobreviviendo a duras penas antes de que Ved los acogiera. Habían escogido el nombre de manera irónica, como referencia al apelativo despectivo con que los Tecnos solían llamar a quienes eran distintos a ellos.

Su tribu y él pasaban el día viviendo en mundos de realidad virtual alimentados por los potentes ordenadores que los Tecnos habían dejado atrás. Tras destrozar las plantas inferiores de la fábrica al trasladarse, asegurándose de que el lugar pareciera abandonado e inservible, Ram había escondido parte del *hardware* en las plantas superiores del edificio, dejándolo de reserva en un lugar seguro, por si algún día lo necesitaba o volvía a su antigua ciudad. Ved conocía su plan y había tomado posesión de la fábrica, de sus ordenadores y del equipo funcional.

—Lo cierto es que me alegro de verte, Ved. No pensé que volveríamos a encontrarnos —dijo Ram.

—Ah, seguro que pensaste que me habían "eliminado", ¿no es así? Fuiste tú quien dio la orden de que me enviaran lejos, ¿verdad?

—Sí. Por lo que Mega me contaba, ya no me eras leal. Habías comenzado a traicionarme.

—Pues claro —coincidió Ved, sin contradecirlo—. Seguro que pensaste que me desterrarían, que acabaría en la calle como si fuera basura.

Ram se encogió de hombros.

—Puede. Entonces, ¿cómo sobreviviste y llegaste hasta aquí?

—Eso no es asunto tuyo. Y es cosa del pasado. Lo que quiero saber yo es… ¿qué haces *tú* aquí y ahora? Rastreamos vuestro dron. Una chulada de *hardware*. ¿De dónde lo sacasteis?

—Estaba un poco nostálgico —respondió Ram, improvisando—. Quería enseñarle a los tortolitos mi viejo hogar, el lugar donde comenzaron los Tecnos. Como ves, los tres nos hemos vuelto muy amigos —siguió explicando que había encontrado el dron en la Montaña del Águila y se lo había llevado.

Todo aquello sonaba muy fantasioso, y el comportamiento evasivo de Ram no ayudaba a disipar las sospechas de Ved sobre que se lo estaba inventando todo (como era el caso) para intentar ocultar los motivos reales de su presencia allí junto a Jack y Ellie.

No se lo tragó. Lo conocía demasiado como para ello.

—¿Esperas que me crea que te has juntado con estos dos para venirte aquí de… vacaciones? —puso en duda—. ¿Es que os habéis montado un pequeño *ménage à trois*? Te molan los frikis, ¿eh, rubia?

—Rubio tú —replicó Ellie—. Tienes el pelo mucho más claro que yo. Debes cumplir con el estereotipo, para que se te ocurra una pregunta tan tonta.

—Me gustan las chicas con actitud —comentó él, sonriendo ante el espíritu rebelde de Ellie, similar al suyo—. Pero vigila esa boquita tuya.

—Más te vale a ti vigilar la tuya —dijo Jack, saltando de la silla y poniéndose de pie para defender a Ellie, interponiéndose entre esta y Ved.

—O ¿qué? —saltó Ved.

—O… o… uno de los dos igual se arrepiente de lo que pueda pasar —replicó con torpeza.

—Y ¿quién crees tú que sería? —declaró Ved mientras cargaba su aturdidor, dejándole claro a Jack que, seguramente, acabaría perdiendo aquella disputa.

—No somos tus enemigos —insistió la chica—. Todo esto es innecesario. No suponemos una amenaza para ti. Y Ram, tampoco.

—Gracias, Ellie —dijo este—. ¿Ves? He cambiado.

—Pues demostradlo. ¿Qué tal si confesáis qué estáis haciendo aquí? —instó—. Sin trucos. Sin mentiras. Solo la verdad.

—Está bien —aceptó ella.

No había otra forma de solucionarlo. Sentían que no podían esconderle la verdad durante más tiempo. Tendrían que contarle por qué habían terminado en la antigua población de Ram, apareciendo ante Ved de la nada. Cuanto más lo intentasen encubrir, más alentarían sus sospechas y desconfianza. Si revelaban todo lo que sabían, él entendería el motivo de que estuviesen allí, su huida de los invasores… y quizás los ayudaría en aquel momento de necesidad. O eso esperaba Jack. No tenían nada que perder. En vez de intentar postergar sus preguntas eternamente, contestarlas y cooperar con Ved y su tribu solo podía mejorar las cosas.

—Quizás tú también puedas contarnos un par de cosas a cambio —sugirió Ellie.

—¿Cómo qué?

—Como, por ejemplo… ¿Cloe ya no significa nada para ti? No me digas que te has olvidado de ella por completo.

Ved pareció quedarse perplejo ante las palabras de Ellie, dolido por la mera mención de aquel nombre.

—No me he olvidado de nada.

Ellie y Jack le preguntaron si sabía qué había sido de Cloe. Era su amiga desaparecida, y Jack se sentía particularmente protector hacia Cloe, que era más joven que él. La conocía desde el primer día en que Amber y los demás se adentraron en el centro comercial donde vivían, antes de formarse los Mall Rats oficialmente.

Jack se preocupaba por ella, como lo hacía el resto de la tribu, y habían visto a Cloe pasar de ser una jovencita tímida y vulnerable a la adolescente más segura de sí misma y en ocasiones rebelde que se había enamorado de Ved.

Este explicó que, durante sus últimos días como Tecno, estuvo muy preocupado por el comportamiento errático de Ram y su empeño por conseguir sus metas, incluso a costa de arruinar vidas inocentes. Esa nunca fue la misión para la que Ved y su hermano, Jay, se alistaron al unirse a Ram.

Ved había hecho un trato con un esclavista, proporcionándole algunos aturdidores a cambio de su libertad. Desde entonces, su intención había sido cortar todo lazo con su vida anterior. Excepto por la esperanza de encontrar a Cloe algún día. Y, a poder ser, ayudar a mucha de la gente que los Tecnos habían transportado y hecho desaparecer, incluyendo a algunos de los Mall Rats.

No obstante, había sido incapaz de descubrir cuál había sido el destino de Cloe y de dar con su paradero. Tampoco pudo saber qué les había pasado a los prisioneros que fueron deportados en un primer momento. Creía que los habían enviado al extranjero y que habían terminado siendo la posesión de esclavistas de otros territorios. Aunque no había podido averiguar exactamente dónde.

Decidió que el lugar más seguro donde establecerse era el antiguo cuartel general de los Tecnos, donde vivía antes de que Ram los hubiese reubicado permanentemente. Ved regresó a la fábrica junto a otros Tecnos que se habían rebelado contra Ram y, juntos, fundaron su propia tribu: los Virts.

Haciendo uso de los potentes ordenadores que Ram había dejado en su vieja base, Ved se había conectado a la red de vez en cuando, contactando con otros supervivientes del nuevo mundo en tierras lejanas, para ver si surgía la posibilidad, aunque remota, de poder saber algo de Cloe. Así como de descubrir información que pudiese serle útil en aquel infierno dejado de la mano de Dios que su generación había heredado.

Ved quiso saber qué tal estaba su hermano. Y si había terminado con Ebony o con Amber, pues sabía que Jay se sentía atraído por ambas la última vez que lo había visto en persona. Entonces, el trío lo tuvo claro: Ved parecía no saber que su hermano ya no seguía con vida.

Así que le contaron la verdad. Jay había muerto como un héroe, intentando defender el centro comercial contra el Guardián, Eloise y las fuerzas del Colectivo, dando su vida por salvar la de los demás, incluida a Amber, de quien estaba enamorado. Lo habían enterrado en su ciudad natal, y descansaba por fin en paz.

—Lo siento mucho, Ved —dijo Jack.

—Todos lo sentimos —coincidió Ram—. Especialmente yo. Jay era un tipo genial. Logramos muchas cosas juntos.

Ved había estado escuchándolos, asimilándolo todo. Estaba furioso, triste, sentía una mezcla de emociones, con los ojos llenos de lágrimas. No podía creérselo. Aunque chocaban a menudo, Jay siempre había sido alguien a quien admiraba. Parecía muy capaz, adaptable. Tenía convicciones férreas, espíritu. Solía pensar, en ese mundo de locos en que les había tocado vivir, que Jay era invencible y viviría para siempre.

Pero ahora, se había ido. Aquella noticia lo sobrepasó. Era lo peor que le podían haber dicho, era lo último que hubiese esperado.

—Si hay algo que podamos hacer... —dijo Ellie con suavidad, acercándose a Ved, ofreciéndole un abrazo para intentar aliviar un poco el dolor y darle apoyo.

Jack se quedó observando, algo celoso, y Ram se quedó intrigado, pues nunca había visto a Ved mostrar tantas emociones. No eran necesarias a la hora de trabajar con ordenadores, que siempre eran más de fiar que los humanos, según su punto de vista. Al menos, casi siempre.

Ved trató de recuperar rápidamente la compostura, pero era obvio que seguía alterado tras enterarse del fallecimiento de su hermano. Compartía la tenacidad y entereza de Jay, y les pidió que compartiesen más información, todo lo que sabían, sobre aquellos responsables por su trágica muerte.

Honrando su petición, le describieron todo lo que sabían sobre el Colectivo. Le contaron cómo Eloise, aliada con el Guardián, había tomado el control de la ciudad durante un tiempo, antes de ser derrotada por los Mall Rats, acontecimiento durante el que Jay perdió la vida.

Ram reveló que había estado en contacto con Kami, el mítico líder del Colectivo, durante los últimos días del virus. Cómo acabó siendo *persona non grata*, un hombre buscado, tras desafiar los deseos del Colectivo al segregar a los Tecnos y buscar apoderarse de la Montaña del Águila para ellos mismos. Y cómo, tras su caída, termino buscando refugio en la pequeña comunidad de Liberty, con un gran precio por su cabeza.

Ved había escuchado rumores de la existencia del Colectivo por el boca a boca durante sus incursiones en la red, pero desconocía la magnitud de su extensión, poder y actividades.

Afirmó que nunca se había puesto en contacto ni había hecho trato alguno, que él supiera, con nadie relacionado con el Colectivo. Siempre que había usado los viejos ordenadores de Ram para conectarse desde la fábrica, había intentado pasar desapercibido, asegurarse de ocultar su localización a través de varias capas de VPNs, encriptación, y protocolos seguros.

—Nosotros no hemos molestado a nadie, y nadie nos ha molestado a nosotros —dijo—. Pero puede que eso esté a punto de cambiar.

Ram se quedó atónito cuando Ved expresó interés en hacer un acercamiento *online* y establecer contacto con el Colectivo.

—¡¿Es que estás mal de la cabeza?! —bramó al escuchar la idea—. ¿Por qué ibas a hacer algo así?

—Por justicia. ¿Crees que voy a olvidarme o a perdonarte por todo lo que hiciste? ¿Y que olvidaré lo que le pasó a Jay? Es hora de ajustar cuentas, Ram.

Ved sentía que, de no ser por las decisiones extremas de Ram durante su reinado entre los Tecnos, Jay seguiría con vida. Él era el responsable de tantas penurias sufridas por tantísima gente. Por su culpa, había perdido no solo a su hermano, sino a la única chica que jamás le había importado, Cloe.

—El Colectivo puede quedarse contigo si quieren —amenazó—. No pueden ser peores que tú. Igual debería decirles que estás aquí y entregarte. Estoy deseando verte la cara el día que aparezcan.

—¡No puedes hacer eso! —dijo Ram, que entró en pánico al imaginárselo—. Intenta pensar las cosas, sé un poco más como tu hermano, sé más racional.

—¡A él no lo metas en esto! —gritó Ved.

—¡No puedes invitar al Colectivo aquí! —imploró Ellie, estremeciéndose ante la idea—. No sabes lo peligrosos que pueden llegar a ser. Ninguno de nosotros lo sabe.

—¿Y nosotros, qué? —dijo Jack—. ¿Qué te hemos hecho nosotros?

—A vosotros no os debo nada —respondió—. Pero, por lo que me habéis contado, los Mall Rats tenéis cierto valor para el Colectivo…

Para Ved, era sencillo. Jay querría que viviese su vida y la dedicase a aquello que más le importara, como había hecho él. Sin duda, el Colectivo le daría a Ram el castigo que merecía.

Y, si eran tan poderosos y tenían tantos contactos como le habían contado, entregándoles a Jack y Ellie quizás obtendría más información sobre los prisioneros desaparecidos, algunos de los cuales quizás estuviesen en su territorio. Intercambiando a dos Mall Rats, Ved esperaba poder recuperar a otra: Cloe. Así como recibir una gran recompensa por su prisionero más valioso: Ram.

CAPÍTULO DIECIOCHO

Seguido de su inesperada y alegre reunión con Tai San, Ryan y Alice, los Mall Rats por fin conocieron al Seleccionador, que llegó al resort rodeado de guardias, así como de una gran comitiva de sirvientes y cocineros cargados de provisiones. Al parecer, para ofrecer a los "invitados" un copioso festín, una "celebración". Una bienvenida que marcase ese día histórico.

Los Mall Rats no estaban seguros de qué esperar cuando se reunieron con el Seleccionador, dado lo que habían revelado Tai San, Alice y Ryan. Hasta el momento, estaba siendo encantador de muchas formas, incluso felicitando a Lex por haber descubierto los dispositivos de vigilancia. Además de desactivar el que encontraron en el cuarto de Bray y Amber, el grupo había encontrado y desactivado otros, ocultos por todo el resort.

—No esperaba menos —dijo el Seleccionador—. Desde luego, no de los Mall Rats. Así que enhorabuena.

—¿Es así como sueles tratar a tus "invitados"? —indagó Amber cuidadosamente—. ¿Espiándolos?

—En absoluto —respondió él—. Antes usábamos el resort como hospital, y queríamos poder tener a los pacientes vigilados y escuchar lo que decían.

—¿Por qué? ¿Es que estaban chiflados? —se mofó Alice, que lo fulminó con la mirada—. De esos hay muchos por aquí.

—Sí —respondió seco el Seleccionador—. Completamente locos. Todos sufrían enfermedades mentales severas. Los manteníamos aquí temporalmente, hasta terminar de construir el otro hospital, donde podrían recibir cuidados intensivos.

Aquello los tranquilizó un poco, pues parecía demostrar cierta compasión en el Seleccionador. Aunque seguían más que confundidos por su comportamiento abiertamente amistoso. De momento, no había mostrado su otra cara, la que tanto había estresado y atormentado a Tai San.

—¿Cuál es tu lugar en todo esto? —le preguntó Bray—. ¿Formas parte de alguna tribu?

—En cierto sentido —contestó.

Siguieron haciéndole una serie de preguntas que recibió con evasivas.

—Si no os importa, preferiría responder a todas las preguntas que tengáis en un tour que he preparado para mañana. Para que podáis ver todo lo que estamos intentando conseguir. Estad seguros de que no corréis ningún peligro. Creemos que tenemos muchas cosas en común, y que formar una alianza sería beneficioso para todos.

El Seleccionador había traído incluso algunos peluches para Brady, y una videoconsola para Sammy y Lottie. Pero informó que tendrían que enseñarles a usarla. Les prometió traer a un experto del equipo tecnológico para configurarla.

Ahora, el deber de todos era disfrutar del banquete que les había organizado.

Había una gran variedad de comida, mucha de la cual los Mall Rats no habían podido disfrutar desde los últimos días de los adultos. Tenían todas las opciones imaginables. Aunque los platos estaban más encauzados hacia el vegetarianismo y la cocina a base de plantas, según pudo ver Amber, lo que confirmaba la revelación de Tai San de que su "anfitrión" parecía estar en sintonía con el mundo natural.

Aquel impresionante despliegue le recordó a Ryan una vez que fue a cenar con sus padres a un restaurante estilo buffet en un hotel con mucha clase, para celebrar su cumpleaños. El personal por poco tiene que echarlo a la fuerza, de tanto que estaba zampando.

Los Mall Rats, sin excepción, quedaron asombrados por la gran muestra de productos frescos. Muy distinto a la comida en lata y suministros básicos a los que estaban acostumbrados en su ciudad. El Seleccionador había anunciado con orgullo que la unidad agrícola lo había cultivado todo y que era totalmente orgánico, representando un regalo de la Madre Naturaleza a cambio de todas las cosas buenas que el Creador había hecho por el mundo.

—¿Ese "Creador"… a quién te refieres exactamente? ¿Eres tú? —preguntó Bray, reflejando el deseo de todos por descubrir más información.

Notaron que el Seleccionador se alteraba ligeramente, respiró lentamente y exhaló, intentando mantener la calma, informando de que preferiría no arruinarles la sorpresa que recibirían los invitados cuando por fin conociesen al Creador.

Por el tono y aquella sutil muestra de vulnerabilidad, los Mall Rats supusieron que "conocer al Creador" no era ningún tipo de amenaza. Sino algo que el Seleccionador realmente parecía tener en alta estima, casi veneración. La misma idea parecía abrumarlo un poco, resultando en una serie de tics nerviosos que le salieron mientras les decía a los Mall Rats que sus días difíciles habían quedado atrás. Vivirían en la tierra de la prosperidad, con la posibilidad muy real de tener el futuro asegurado. Siempre que estuviesen bajo el cuidado y protección del Creador.

Amber seguía reticente a aceptar esa supuesta hospitalidad, y se preguntaba qué se suponía que debían estar celebrando. ¿Cuál era el propósito de todo? ¿Cómo encajaban ellos en todo aquello? Sin importar cuál fuese el plan, los Mall Rats ciertamente tenían cierto estatus, popularidad, y eran de valor para el Seleccionador.

Este se marchó para dejar que disfrutasen de su velada juntos. Todos se preguntaron si podrían hablar libremente, y decidieron seguir teniendo cuidado de lo que decían en caso de que hubiera otros dispositivos de vigilancia como los que ya habían desactivado.

Lex y Bray lo dudaban, pues habían comprobado hasta tres veces todas las zonas del resort junto a Alice y Ryan. Incluso examinaron los juguetes que había traído consigo el Seleccionador, en caso de que hubiese dispositivos dentro. Pero ni rastro de ninguno.

Volviendo a la zona del comedor, Lex especuló por un instante si quizás la comida estaría envenenada o drogada. De ser así, sería una forma fabulosa de irse, bromeó Ryan, ser despachados por un buffet tan suntuoso.

Al menos, sería mejor que sufrir de otras formas, añadió, echando una mirada hacia Salene. Ella no estaba segura de si el comentario iba con segundas, o si realmente estaba intentando ser gracioso.

Bray señaló que la comida ya la tenían allí igualmente. Y que, si no se la comían, se desperdiciaría. Estaba seguro de que no debía estar envenenada ni drogada, dado que había ofrecido algunas porciones a los sirvientes. Eran ellos quienes habían preparado el banquete, y parecían estar muy agradecidos de compartir aquella comida.

Eso dio más confianza a la tribu para disfrutar del generoso festín, y todos coincidieron en que debían aprovechar la situación lo mejor posible, pues era la primera comida en condiciones que tomaban desde que salieran del centro comercial.

Incluso invitaron a los sirvientes a unirse a ellos. Pero una cosa era compartir una porción. Otra muy distinta, unirse. Y los sirvientes insistieron en que su deber era servirles.

Ryan estuvo bastante callado durante la velada. Estaba sentado a una punta de la extensa mesa, lejos de Salene, que se encontraba junto a May, ambas disfrutando claramente de la compañía de la otra.

Lex había intentado aliviar el corazón roto de Ryan, dándole todo el apoyo a su mejor amigo e intentando animarlo cuando hablaron de la situación tras una sesión de entrenamiento en el gimnasio. A veces, la vida podía ser cruel e impredecible, según advirtió Lex. Pero estaba seguro de que debía haber alguien especial ahí fuera para Ryan, no se merecía nada menos. Salene debía estar totalmente loca para no ver sus grandes cualidades, insistió. Aunque podía entender que May le pareciese atractiva, como le había parecido a él en el pasado.

Lex siempre había sido el mejor y más cercano amigo de Ryan, y lo comprendía de un modo que nadie más podía. Habían pasado por muchas cosas juntos, y solían compartir muchas risas amigables.

Aunque Ryan apreció las palabras que le regaló Lex aquella noche, no ayudaba comparar la situación de ambos. Lex había logrado todo lo que siempre había querido al reunirse con Tai San. Mientras que su sueño de tener una vida con Salene parecía haber llegado a su fin, y no por elección propia. Quería que Salene fuese feliz, eso no cambiaría nunca. Pero se sentía perdido y confundido, y no sabía qué hacer con su vida ahora que ella ya no formaría parte de su futuro. Al menos, de manera romántica. Lex le recordó que su primera preocupación debía ser asegurarse un futuro, dadas las circunstancias.

Una vez terminaron de cenar, los sirvientes entraron para despejar la mesa y se sorprendieron cuando Amber y Trudy insistieron en que los Mall Rats podían hacer el trabajo y limpiar ellos mismos. Alice, May y Salene coincidieron. También Bray, que animó a los sirvientes a llevarse tanta comida como pudiesen, pues a ellos les había sobrado muchísima.

Estos agradecieron el gesto, pero volvieron a rechazar la oferta. Según ellos, era un honor servirlos, y también al Creador. Pero ninguno respondió a las muchas preguntas inquisitivas de los Mall Rats para intentar saber más. Se negaron a difundir detalles y siguieron con sus labores casi de manera robótica. Como si les hubiesen lavado el cerebro, observó Amber.

Después de limpiar y de que los sirvientes se marchasen, todos regresaron a sus habitaciones.

Cuando May regresó un rato después que Salene a su cuarto, esta se quedó sorprendida al ver que May sujetaba un ramo de flores silvestres.

—Qué dulce. ¿Son para mí? —le preguntó.

—No es que no te las merezcas… pero lo cierto es que son para mí. Las ha recogido Ryan esta mañana, y me las acaba de dar antes de irse a la cama —reveló—. Creo que es su manera de mostrar que… está conforme con la situación.

—Me siento muy culpable —dijo Salene.

—Yo también. Es un chico realmente especial. Pero tú también lo eres. Y debemos hacer lo correcto. Para todos nosotros —dijo para intentar tranquilizar a Salene, y también a ella misma.

Salene asintió y se sentó al borde de la cama, reflexionando al respecto. May se sentó junto a ella y le dio un beso vacilante que derivó en una pasión creciente.

* * *

A la mañana siguiente, el comandante Snake llegó con algunos guardias y con la unidad médica para ponerles los nanochips a los Mall Rats. Ya estaban reunidos en el vestíbulo, esperando supuestamente para salir al tour que el Seleccionador informó tendría lugar cuando los visitó la noche anterior.

—Ni hablar —dijo Bray, desafiante.

—Tú lo has dicho —coincidió Lex.

Amber, Tai San y el resto de Mall Rats rodearon a Sammy, Lottie y Brady, mientras Amber sostenía en brazos al pequeño Jay. Todos se quedaron mirando las agujas hipodérmicas que la unidad médica iba sacando mientras preparaban otros equipos portátiles de monitorización.

—Respeto vuestra actitud —dijo Snake con admiración—. Ya veo por qué dicen que los Mall Rats tenéis algo especial. Todos para uno, ¿eh?

—Siempre —respondió Amber.

El Seleccionador llegó, tras ser citado allí por Snake, quien informó que los huéspedes estaban excesivamente preocupados por recibir los biochips.

—Comprensible —dijo, con un ligero tic—. Si os sirve de consuelo, os aseguro que todos en nuestra sociedad llevamos biochips… yo incluido. Igual que el Creador. Es esencial para vuestra salud y bienestar.

El Seleccionador instruyó a un médico que iniciase sesión en su propio perfil, y señaló varias ondas en el monitor que mostraban lecturas: presión sanguínea, pulso, temperatura, función del hígado, riñones… Al parecer, cada parte de su cuerpo.

—Veréis que mi pulso y presión sanguínea parecen haberse elevado por el estrés de pensar en las consecuencias de que no os pongáis el chip. Podría ser una decisión de la que un día os arrepintáis —añadió en tono amenazante.

—Y ¿por qué íbamos a arrepentirnos? —preguntó Bray con cautela y sospecha.

—Diría que es una pregunta retórica —respondió—. ¿Qué preferís, si no?, ¿que cualquier patógeno pueda llegar hasta vuestro torrente sanguíneo? Estoy seguro de que quienes se extinguieron debido a la pandemia hubiesen preferido tener estos biochips.

»Creedme —intentó tranquilizarlos el Seleccionador—. Es indoloro, y esencial para vuestra salud y bienestar —reiteró.

—Yo no lo llamaría "indoloro" —saltó Alice.

Él mencionó que estaba al tanto de lo mal que lo pasaron Tai San, Alice y Ryan, y se lo había hecho saber a la cirujana general. Ahora, su equipo usaba un anestésico distinto mezclado con la inyección inicial, para permitir que el biochip fuese insertado con más facilidad. Y menos dolor.

—Nos adaptamos y evolucionamos constantemente —afirmó—. Es la filosofía que nos ha enseñado el Creador. Lo último que yo quería, que queríamos, era que Tai San y los demás sufriesen de cualquier manera.

—Tai San no dice lo mismo —aclaró Lex, resentido. Le había dado detalles que lo habían puesto furioso, como ella sabía que sucedería. Pero le hizo prometer que no haría nada que pudiese meterlo en líos o poner en riesgo la seguridad de los demás. Lex tendría que abandonar un hábito que lo había acompañado durante toda la vida... y aprender a controlar su temperamento. Le juró que esperaría al momento adecuado para vengarse del Seleccionador por todo el mal que le había causado a Tai San y, sin duda, a muchos otros.

Consciente de que no estaba resultando muy convincente, el Seleccionador cambió de táctica diplomáticamente.

—Sé que todo esto es nuevo para vosotros. Quizás podamos retrasar el procedimiento hasta después del tour. Para entonces, os habréis dado cuenta de que sí los necesitáis.

El grupo intercambió miradas precavidas, preguntándose qué significaba todo aquello, y qué podría revelarles aquel "tour".

* * *

Los Mall Rats volvieron a viajar. Pero esta vez en autobús, nada de las cápsulas sin conductor en las que los habían transportado desde la pista de aterrizaje. El bus formaba parte de un convoy de vehículos militares con guardias que los escoltaban durante el trayecto.

El Seleccionador viajaba en una cápsula sin conductor en la parte delantera del convoy, y los Mall Rats repararon también en unos pequeños drones que los acompañaban a medida que avanzaban por el bosque y comenzaban a ascender por una carretera que llevaba a las montañas colindantes.

Antes de marcharse, el Seleccionador explicó que la presencia de tanta seguridad era necesaria para su propia protección. Pero también que se adentraban en una zona de alto secreto, y que él y la milicia debían asegurarse de no estar en peligro ellos tampoco.

Era una región bastante segura en general, pero siempre cabía la posibilidad de que apareciesen fuerzas perversas, dado el trabajo que se estaba llevando a cabo, que daba como resultado unos recursos ricos y muy buscados. Tanto naturales, como humanos.

Los Mall Rats especularon a qué fuerzas hostiles podría estar haciendo referencia el Seleccionador. Siempre se habían preguntado qué habría sucedido más allá de su propia ciudad después del virus, quién podría haber sobrevivido en otras regiones. Pero nunca se habían encontrado con un lugar como el que estaba atravesando el tan custodiado convoy.

La carretera pasaba por delante de la pista de aterrizaje a la que habían llegado, y el convoy se desvió por una carretera secundaria, estrecha y más bien oculta que atravesaba el bosque, avanzando por esquinas serpenteantes y ascendiendo gradualmente en altitud. La zona estaba bien vigilada, con varios puntos de control. Cada vez, el convoy se detenía, los drones se quedaban flotando por encima y los guardias de los edificios escaneaban monitores que mostraban datos, antes de confirmar el acceso y dar paso al convoy.

Se dirigiesen a donde se dirigiesen, comenzaban a darse cuenta de que aquella región no era solo una zona de alto secreto, como había dicho el Seleccionador. El "trabajo" que estuviesen llevando a cabo debía ser un gran misterio y, seguramente, buscado por muchos. Todos se pusieron tensos ante la idea de qué les esperaría allí y qué descubrirían.

CAPÍTULO DIECINUEVE

Cuando Ebony, Hawk y el resto de concursantes entraron en El Cubo tras la "prueba de vida" de las gallinas, les habían permitido quitarse los arneses con cámaras, que Ebony descubrió solo llevaban durante la celebración de cada uno de los juegos en los que los obligaban a tomar parte.

No significaba que no los estuvieran observando, eso sí, como suponía. El Cubo estaba lleno de cámaras por todo el edificio, en cada habitación. Podía ver sus lentes en las paredes, en los techos del edificio en forma de cubo donde vivían los participantes entre cada entrega del supuesto concurso.

Ebony sentía que sus posibilidades de sobrevivir y de que le fuese bien aumentarían si conseguía aliarse con Hawk. Él era autosuficiente y capaz, y estaba decidida a esforzarse por estrechar lazos con él y hacer las paces tras haber ido en contra de sus deseos en el desafío de las gallinas.

Se puso a explorar el edificio, familiarizándose con sus alrededores. Era muy básico, con escasos muebles, y parecía haberse construido a partir de elementos metálicos (ya fuese para calentar el lugar o, por el motivo que fuese, para mantenerlo frío). Se preguntaba si habrían pillado la idea de los paneles solares. Supuso que seguramente no era el caso, porque el edificio tenía aire acondicionado y se estaba bastante fresco.

Ebony encontró el cuarto de Hawk e hizo un trato con el concursante que dormía en el cuarto de al lado. Se llamaba Orin, y ella le prometió que, a cambio de quedarse con su cuarto, le daría la mitad de sus raciones de comida cada día durante una semana. Orin aceptó el trato encantado, feliz de mudarse a otro cuarto. Y Ebony se hizo con el suyo, haciendo su nido tan cerca del de Hawk como le fuera posible.

Los concursantes se reunieron en el comedor para echar un bocado. Ebony honró su acuerdo, y le dio la mitad de su ración de comida a Orin. Aunque resolvió que no seguiría haciéndolo por siempre, que era solo algo temporal. No tenía planes de permanecer prisionera en ese edificio, que parecía más bien una cámara frigorífica.

El lugar estaba bien custodiado, y a los concursantes les servían la comida unos criados que parecían fríos y distantes, casi robóticos, y no interactuaban de ninguna manera con ellos.

Ser la recién llegada le trajo muchos recuerdos de la infancia, de su primer día en un nuevo colegio. Ahora, intentaba calar a cada concursante, consciente de que no eran amigos del colegio en potencia. Sino competidores, fundamentales para su propia supervivencia.

Parecía que todos los concursantes habían terminado haciendo buenas migas, y que llevaban ya un tiempo participando en aquel extraño juego.

Ebony observó cómo interactuaban, cómo pasaban el tiempo charlando y socializando. Algunos, chicos y chicas, tenían más química entre ellos que otros. Había cierto coqueteo por doquier. Se preguntó si sería sincero, o solo un esfuerzo por parte de los involucrados de formar alianzas o intercambiar favores, quizás incluso sexuales, con la esperanza de una vida más cómoda. O de prestar algún tipo de ventaja en los siguientes desafíos a los que deberían enfrentarse.

Nova era la típica chica descarada. Y, claramente, capaz, habiendo terminado segunda en la prueba anterior. Estaba pasando una cantidad desproporcionada de tiempo alrededor de Hawk, según pudo observar Ebony. Era consciente de las "señales", podía leer su lenguaje corporal. A pesar de que Hawk, quien sabía era tímido y reservado, parecía no darse cuenta de los esfuerzos de Nova por engatusar al antiguo líder de los Ecos. Aquello le pareció gracioso y adorable. Seguro que, pronto, Nova se daría por aludida y se daría cuenta de que la pasión de Hawk estaba más ligada a la naturaleza que a las conquistas románticas. Le iban más los árboles y las ardillas que las semillitas y las cigüeñas.

Sin embargo, que Nova acaparase tanto el tiempo de Hawk aquella noche acabó por distraer e irritar a Ebony. Cuanto más tiempo pululaba la otra en torno a Hawk, más difícil se lo ponía a ella para interactuar con él de uno a uno.

Al final pudo librarse de ella y hacer que se despegase de Hawk, dejándole caer a Orin que Nova estaba interesada en él. Le dijo que Nova le había contado que le gustaba mucho Orin, lo cual era completamente mentira. Le sugirió que, si le tiraba los trastos, no tendría que pasar muchas más noches solo en su nuevo cuarto.

Orin agradeció a Ebony su ayuda y comenzó su propia táctica para cortejar a Nova, merodeando a su alrededor, atraído como una polilla a una llama. Ella no tardó mucho en abandonar el comedor, buscando alejarse del chico tanto como le fuera posible. Eso sí, antes de irse a su cuarto, le propinó un bofetón con el que le anunció alto y claro que sus insinuaciones románticas no eran correspondidas, pues le estaba pareciendo un asqueroso, sobrepasando sus límites personales. Abandonó las inmediaciones dejando a Orin absolutamente confundido.

Ebony le ofreció un abrazo por lástima. Pero estaba más interesada en comenzar a trabajarse a Hawk.

Durante el transcurso de la noche, este parecía poco dispuesto a hablar con Ebony, pese a sus esfuerzos por entablar conversación y crear una conexión. Estaba poco amigable, distante, y parecía evidente que también molesto por las acciones de Ebony durante el desafío.

Era posible que aún tuviese dudas sobre ella debido a sus fechorías pasadas en la ciudad. Dudas que había confirmado, más que disipado, por hacer las cosas a su manera y no cooperar ni seguir las sugerencias de Hawk durante la prueba. Debería demostrarle que había mucho más detrás de su mala reputación. Y creía saber exactamente cómo hacerlo.

Le dijo que lo sentía mucho, y le pidió perdón. Dijo haber entrado en pánico durante la prueba. Si pudiese haberlo repetido todo, lo habría hecho a la manera de Hawk y no le habría quitado la vida a la gallina. Fue un error. Prometió que aprendería de ello, consciente de que Hawk y los Ecos eran una tribu pacifista, y que él consideraría el asesinato de cualquier ser vivo como un hecho injustificable según sus creencias.

Aquella disculpa aparentemente sentida y sincera llamó la atención de Hawk, y acabó por escucharla cuando Ebony le dijo que tenía información sobre Amber, Trudy y el resto de Mall Rats. Le preguntó a Hawk si podían alejarse para hablar en privado. Lejos del resto de concursantes y, con suerte, a algún lugar de El Cubo que no estuviese bajo la supervisión constante de las cámaras que los observaban a todas horas.

Hawk mordió el anzuelo gracias a la mención de los Mall Rats, sus amigos y aliados, y se llevó a Ebony al baño de la planta baja. Los cubículos del baño eran el único lugar que, al parecer, no estaba vigilado. Ebony entró en uno de los cubículos y él la siguió, cerrando la puerta tras ellos y dejándola anonadada.

—Vaya, qué íntimo —comentó ella. Apenas había espacio para los dos en aquel baño pensado para una persona, y era un poco embarazoso estar tan cerca de Hawk, con tal proximidad física—. ¿Te importa si me siento?

Se sentó sobre la tapa del inodoro y bajó la voz, hablando en voz baja por si alguien pudiese escucharlos.

Le explicó todo lo que había vivido junto a los demás desde la última vez que se encontrasen con Hawk y los Ecos. Decidió que la verdad era la mejor moneda que poseía y que, si no le revelaba nada más que hechos, tal vez él haría lo mismo a cambio. Le relató que habían huido de los Tecnos de Mega, sus primeros encuentros con el Colectivo en la isla en la que habían terminado tras pasar un tiempo en el mar… y su regreso a la ciudad, como prisioneros de las fuerzas de Eloise y el Guardián. Las sorpresas y misterios que los adultos habían dejado atrás en la Montaña del Águila… y el extraño "recibimiento" que le habían ofrecido en la pista de aterrizaje antes de ser transportada a El Cubo.

Hawk describió que los Ecos se habían adentrado más aún en el bosque cuando oyeron que la ciudad estaba siendo evacuada tras la caída de Mega. Habían sobrevivido así durante meses, viviendo de la tierra, en armonía con la naturaleza, estableciendo un nuevo campamento. Entonces, un día, los drones aparecieron de la nada. Habían estado explorando el terreno al norte de la ciudad, donde los Ecos se habían restablecido, y habían dado con su campamento. Poco después llegaron más drones y la tribu de los Ecos fue capturada y transportada del mismo modo que Ebony y los Mall Rats.

Él llevaba en El Cubo un mes aproximadamente, tras haberlo tenido retenido en un pueblo abandonado que se utilizaba como campo de prisioneros, como zona de detención.

Ebony le pidió más información sobre El Cubo. Hawk reveló que, hasta donde él sabía, estaban vigilando cada paso de los concursantes. No tenía ni idea de quién era el supuesto público que veía el programa. Pero, entre programa y programa, las cámaras grababan toda la actividad del edificio que albergaba a los participantes. Las discusiones. Peleas. Humor. Celos. Romance. Traición. Cooperación. Incluso de noche, las cámaras de visión nocturna observaban cada dormitorio.

Hawk, Ebony y aquel grupo de habitantes de El Cubo en constante cambio no tenían más opción que llevar a cabo sus rutinas del día a día y aceptar el drama que iba teniendo lugar, así como participar en cada entrega, que emitían semanalmente a su público.

El Cubo parecía un experimento vivo y eterno, además de una forma de entretenimiento muy bizarra. Y es que era más que un juego o un experimento: sus vidas corrían un grave peligro.

Desde que llegase, Hawk había sido el más exitoso de aquella cosecha de participantes. Había ganado cuatro eventos, incluida la prueba más reciente. Pero le quedaba mucho para llegar a los diez y, por tanto, para ser llevado ante el Creador y, con suerte, ganarse su libertad. Por lo que sabía, muy pocos participantes sobrevivían el tiempo suficiente para ganar y mostrarse dignos de la liberación.

—Pues más motivo para que tú y yo hagamos equipo —sugirió ella—. Somos de la misma ciudad. Y ya sabes lo que dicen… cada oveja con su pareja.

Ebony y Hawk se quedaron quietos al escuchar entrar a gente en el baño. Alguien se me metió en el cubículo anexo al suyo.

De repente, otra persona golpeó la puerta del cubículo en el que ellos habían estado conversando.

—¿Cuánto piensas tardar? —preguntó Nova del otro lado, desesperada por usar el servicio.

—No mucho… —contestó Hawk. Su voz se solapó con la de Ebony, que había hablado a la vez.

—Un momento —dijo ella al mismo tiempo.

—¿Qué estáis haciendo ahí dentro? —preguntó Nova, curiosa y algo celosa por lo que creía que Hawk y Ebony se traían entre manos.

—Un asuntillo de nada —respondió Ebony—. Me he quedado encerrada en el cubículo y Hawk ha saltado dentro para ayudarme con la cerradura, parece que está atascada.

Ebony y Hawk no pudieron evitar sonreírse uno al otro por el lío en el que se habían metido, sintiéndose algo incómodos por la idea que podrían haber dado al estar los dos metidos ahí dentro.

—Bueno, ¿qué me dices? ¿Nos cuidamos el uno al otro? —le preguntó a Hawk en tono muy bajo.

Él se la quedó mirando un momento, pensándoselo, planteándose su oferta.

—Vale —susurró de vuelta para confirmar su acuerdo—. Pero voy a tener los ojos muy abiertos.

—¿Cómo un halcón? —soltó Ebony, con brillo en los ojos—. Pues espero que te guste lo que ves.

Nova aporreó la puerta para meterles prisa.

Vio a Hawk salir del cubículo, al parecer avergonzado de ser visto saliendo de allí con Ebony, que lo seguía de cerca.

—Perdona por la espera —le dijo esta a Nova con picardía al pasar—. A veces una tiene que hacer lo que tiene que hacer. Aunque signifique quedarse encerrada.

Nova frunció el ceño, envidiando la evidente conexión que la otra chica tenía con Hawk.

Ebony sonrió, llena de júbilo por haber conseguido formar alianza, y siguió a Hawk hacia la salida del baño, separándose después para entrar en sus respectivas habitaciones.

Quizás le interesaba seguir estrechando lazos, pensó. De igual manera, él debería guardarse las espaldas. Ebony ya se había planteado considerarlo una amenaza, reconociéndolo como su verdadero rival a la hora de ganar las pruebas. Resolvió que, ya que la obligaban a participar en El Cubo, haría lo posible por ganar. Y pensaba jugar según sus reglas.

CAPÍTULO VEINTE

Los Mall Rats se quedaron asombrados por el tamaño y la escala de la comunidad a la que había llegado el convoy. Desde lejos, ni ellos ni nadie podría haber sabido que se encontraba allí, de tan bien camuflada que estaba entre el manto de árboles que rodeaba las cordilleras bajas.

A primera vista, parecía ser un inmenso recinto militar. El convoy pasó por delante de varios edificios de distinto tamaño dispuestos en bloques. La mayoría eran prefabricados, estructuras temporales que seguían plantadas en el mismo lugar en que los adultos las dejaron. Los edificios más grandes eran construcciones permanentes y parecían estar hechos de hormigón, elevándose varias plantas que debían usarse para servicios administrativos o, quizás, como una especie de barracones.

A lo lejos se podían ver una superestructuras gigantescas, reminiscentes de las que antaño sostenían cohetes o misiles. Algo que confundió y preocupó a los Mall Rats, que miraban por las ventanas del bus.

Al avanzar por el recinto, la tribu fue consciente de la presencia de personas que parecían llevar a cabo sus tareas rutinarias, ajenos al convoy de vehículos que avanzaba ante ellos.

Docenas de chicas en varias etapas del embarazo entraban y salían de varios edificios. Médicos vestidos con trajes y máscaras de descontaminación llegaron en vehículos futuristas en forma de cápsula que transportaban lo que debían ser trabajadores agrícolas (o esclavos) a un edificio que parecía estar cubierto por una descomunal cúpula de plástico, como si se tratase de una cámara de aislamiento.

Los trabajadores se encontraban retirando productos frescos recién cosechados de varios camiones, pasándose canastos con trigo de uno a otro en cadena, entregando los suministros en uno de los edificios anexos más grandes.

Una intimidante columna de militares pasó ante ellos, corriendo como parte de lo que debía ser su entrenamiento oficial, pues iban acompañados de un comandante dando órdenes a gritos.

La impresión general que tenían era que, sin excepción, toda aquella gente parecía ignorar por completo el tránsito del convoy con el mismo comportamiento distante y robotizado de los sirvientes que habían encontrado en el resort, como si les hubiesen lavado el cerebro.

El convoy se detuvo finalmente junto al edificio más grande de todos los que el grupo había visto hasta el momento en el recinto. Allí se bajaron para encontrarse con el Seleccionador, que se acercó desde su cápsula sin conductor y señaló la zona con un gesto.

—Bienvenidos a Edén —dijo, recibiéndolos con orgullo y entusiasmo.

—¿Qué es… este lugar? —se preguntó Bray, que no tenía claro qué opinar, reflejando y expresando la sensación que compartían todos los Mall Rats.

—Todo lo que aquí veis, existe gracias al Creador —respondió el Seleccionador.

Señaló más allá, hacia una elevada cordillera por donde el grupo pudo ver una carretera serpenteante que ascendía a través de las crestas hacia las sombras de una estructura monumental en la lejanía, perfectamente simétrica y rectangular, que parecía estar enclavada entre un macizo rocoso que sobresalía por encima del límite arbóreo.

—El Creador está ahí arriba, supervisando todo lo que sucede aquí abajo. Y observándonos a todos. Seguramente os haya visto llegar ahora mismo. Así que no olvidéis sonreír —dijo el Seleccionador, sarcástico.

—¿Es *Kami* el Creador? —preguntó Amber directamente, recordando lo que les había dicho Ram sobre el Colectivo—. ¿Toda esta gente forma parte del Colectivo?

El Seleccionador volvió a recordarles que todo les sería revelado, y que ahora mismo tocaba hacer un tour por el recinto.

Mientras les mostraba los alrededores, reveló que el Proyecto Edén era una instalación militar y científica de alto secreto establecida por los adultos mucho antes de que la pandemia llegase siquiera a su punto álgido. A lo largo de los años, se habían llevado a cabo una serie de experimentos integrados en varias disciplinas científicas, casi siempre centrados en el medio ambiente y los ecosistemas cambiantes. Con el avance del virus y la llegada del descontrol por todo el mundo, la naturaleza y capacidades militares del recinto se vieron reforzadas con personal y equipo extra llevados hasta allí. Así, el Proyecto Edén se volvió un elemento cada vez más importante en los planes para contratacar la propagación del virus y lograr la supervivencia de la humanidad.

Los Mall Rats, incluida Tai San, fueron haciendo una serie de preguntas. Ella seguía muy cautelosa para con el Seleccionador, pero ahora estaba siendo testigo de otra de sus caras. Parecía una persona completamente diferente al personaje inquietante al que tan acostumbrada estaba en el resort.

Según informó, él también seguía haciéndose muchísimas preguntas. Especialmente, con respecto al virus. Pues no tenía ni idea de si el virus se debió a un patógeno natural o si fue el resultado de guerra bacteriológica. O, quizás, hasta de un experimento genético que hubiese salido desastrosamente mal.

Añadió también que, personalmente, tenía otras teorías. Se preguntaba si habría surgido a causa del calentamiento global que estaba provocando la muerte del planeta. Y era consciente de aún más teorías que decían que el Proyecto Edén era solo un punto donde hacer escala antes de realizar la evacuación a otro planeta, para facilitar la continuación de la especie humana que, de otro modo, se hubiese extinguido por completo.

Lo que sí sabía y así le confirmó su equipo especialista en los departamentos científico y educativo, era que el Proyecto Edén formaba parte de un esfuerzo de alto secreto, coordinado por los gobiernos de la comunidad internacional bajo el control de las Naciones Unidas. Lo habían escogido por su posición remota y por ser fuente de una variedad de recursos. Recursos que los Mall Rats descubrirían durante el tour a su debido tiempo.

En ese nuevo mundo, el Proyecto Edén debía ser considerado dentro de un contexto histórico, porque el Creador había sido capaz de tener acceso a los recursos allí abandonados, incluida una poderosísima tecnología prototipo de última generación.

La Montaña del Águila guardaba unas instalaciones similares. Sin embargo, Edén (llamado así por la montaña que dominaba la cordillera donde se situaba), poseía muchos más recursos, según el Seleccionador. La Montaña del Águila era un recinto de menor escala, pero también importante. Hasta donde él sabía, había otros emplazamientos bien ocultos, similares al de la Montaña del Águila. Pero, desde luego, no existía nada como el Proyecto Edén.

En la ciudad donde había crecido el Seleccionador, tras la propagación del virus y la muerte de los últimos adultos, el Creador había marcado la diferencia, permitiéndole administrar varias tribus que, de otro modo, hubiesen acabado haciéndose pedazos. Un mundo hasta entonces en guerra, por las dificultades para sobrevivir en paz entre los diversos grupos que se habían formado en los primeros días tras la desaparición de los adultos.

A los Mall Rats, todo aquello les resultaba familiar y les recordó a lo sucedido en su propia ciudad, cuando comenzaron a formarse las tribus en aquella civilización posterior al virus. Los Locos, bajo el control del carismático Zoot, habían librado una guerra con sus rivales, los Perros Salvajes, y también con los Gallos.

Al principio, los Mall Rats no eran más que un grupo de individuos desperdigados. Pero se habían unido para sobrevivir e, irónicamente, fueron ellos quienes más prosperaron al final. El resto de tribus se desvanecieron y disgregaron, mientras ellos conseguían una mayor influencia, intentando marcar la diferencia y mejorar la vida de los habitantes de la ciudad.

—Una labor encomiable —dijo el Seleccionador con admiración—. Conseguisteis muchas cosas sin la ayuda del Creador, mientras que nosotros… nos habríamos destruido unos a otros. Pero, gracias al Creador, vivimos. Y prosperamos.

Con los recursos y conocimientos a los que tenían acceso en Edén, así como gracias a sus propias capacidades, el Creador animó al Seleccionador a fomentar la colaboración entre todas las tribus que existían por su región. En pos de la interdependencia y la cooperación, en vez del conflicto. Juntos, eran mucho más fuertes que separados.

—Quizás, de haber vivido en la misma ciudad que yo, os habríais unido a nosotros en los primeros días. Habríais sido de los nuestros —continuó, melancólico—. O, si las tribus de vuestra ciudad hubiesen escogido trabajar juntas en vez de luchar unas con otras, quizás habríais creado vuestro propio colectivo, como lo hicimos nosotros.

—Entonces, sí que sois el Colectivo —quiso corroborar Amber.

—Yo no he dicho eso, Amber. Lo has dicho tú. No puedo confirmar ni desmentir nada. Eso, solo puede hacerlo el Creador.

* * *

El Seleccionador prosiguió su tour por un gran edificio que, describió, hacía las veces de hospital y clínica médica, pero también de unidad de descontaminación. Todos debían llevar batas, mascarillas y cubiertas protectoras en pies y pelo, para protegerse a ellos mismos y también a los allí presentes.

Eran unas instalaciones impresionantes. Un espacio impecablemente limpio, bien presentado, lleno de camas y equipamiento, en un entorno estéril, conservado prácticamente en las mismas condiciones en que debió antaño. El Seleccionador les mostró los alrededores, escoltados por Snake y sus guardias, que llevaban todos máscaras de descontaminación a prueba de microbios. Debía existir cierta preocupación por si seguía habiendo vestigios del virus en la zona, según especularon los Mall Rats.

Entraron en el ala principal, que albergaba a varios pacientes, cada uno afectado por una enfermedad distinta. Todos los pacientes llevaban batas quirúrgicas y estaban convalecientes, muchos con gotero en el brazo o conectados a otros equipos médicos.

La sala estaba bien equipada, con maquinaria e instrumental de aspecto futurista. Claramente, los pacientes recibían los mejores cuidados por parte del personal, quienes también llevaban trajes protectores de descontaminación y mascarillas.

—Dejad que os presente a la cirujana general —dijo el Seleccionador al tiempo que los Mall Rats se acercaban a una chica que examinaba ondas en el monitor de un paciente enganchado a tubos y al equipo que lo mantenía con vida—.

Cirujana general, me gustaría que conocieras a nuestros "invitados", los Mall Rats —le dijo a ella.

La cirujana general tenía la misma edad que los Mall Rats más mayores, que asintieron con la cabeza y sonrieron mientras el Seleccionador preguntaba por la condición del paciente, que al parecer seguía inconsciente tras haberse sometido a un trasplante de pulmón llevado a cabo por esa misma doctora.

Aquella había sido una mañana ajetreada en quirófano, según informó, mientras los acompañaba a visitar otras camas, mostrándoles a varios pacientes y describiendo las dolencias que padecían. Una jovencita tuvo la suerte de ser una de las primeras receptoras del biochip, pues este había captado algo inusual en su sistema. Un crecimiento en la piel que habían retirado antes de que pudiera esparcirse. A otra paciente también le habían extirpado un tumor del cuello.

La tribu reparó una vez más en que los pacientes y los sanitarios parecían ignorarlos completamente. Como si estuviesen robotizados, ajenos completamente a todo.

Durante el tour, la cirujana informó de que su equipo y ella habían estado echando un vistazo a los primeros datos recibidos de los biochips de Alice, Tai San y Ryan. Aquellos datos le hicieron saber que los tres necesitaban cambiar sus dietas inmediatamente. Sufrían deficiencias de vitaminas, y no estaban obteniendo los nutrientes correctos. Algo comprensible, dada la situación en que se encontraban hasta hacía poco. La chica estaba preocupada por los niveles de B12 de Alice, demasiado bajos. También tenía falta de hierro. Sin tratamiento, podría acabar sufriendo daños en su tejido nervioso en el futuro y, en el peor de los casos, daños en sus órganos internos.

—Ya que estamos, podría hacerte un chequeo médico ahora para verlo todo mejor —se ofreció la doctora.

—Ahora mismo no, gracias —respondió Alice con una ligera sonrisa—. Creo que… eh… pediré una segunda opinión.

Su comentario hizo sonreír también a sus amigos, e incluso a la cirujana general y al Seleccionador.

—Como desees —contestó este.

El Seleccionador agradeció a la cirujana y su equipo todo el increíble trabajo que estaban llevando a cabo, y expresó las ganas que tenía de que se pusiesen a disposición de los Mall Rats en el futuro.

Su siguiente parada fue otra ala del hospital, pero allí pudieron retirarse las mascarillas y ropa de descontaminación, dado que era la zona que albergaba el programa de repoblación del Creador y no era un lugar tan vulnerable.

El Seleccionador reveló que, según las estimaciones del Creador, la humanidad habría perdido a un 95% de su población, ya fuese por el virus en sí, que provocó la eliminación de toda la población adulta, o por los efectos posteriores, debido al colapso de la sociedad y de todas sus infraestructuras.

La pandemia había sido solo una de las muchas crisis que habían sobrevivido, como los Mall Rats bien sabían. Habían visto de primera mano lo mucho que la gente había sufrido, las muchas vidas que se habían perdido sin agua limpia, sin alimento suficiente.

Al no tener instalaciones médicas, la ciudad natal de la tribu había sido víctima de una serie de enfermedades que llegaron siguiendo los pasos del virus. Y, sin la civilización adulta y sus estructuras, muchas enfermedades antiguas que hasta entonces se habían contenido camparon a sus anchas. Muchos de los jóvenes supervivientes pudieron sobrevivir al virus, pero no a sus efectos colaterales.

Para asegurar que la humanidad seguía existiendo, el Creador había destacado lo importante que era repoblar la sociedad.

El Seleccionador les quiso enseñar una división prenatal del programa de repoblación, donde los Mall Rats vieron a varias chicas adolescentes en distintas etapas del embarazo.

Estaban asistiendo a una clase, aprendiendo qué alimentos comer, cuánto descanso necesitaban, la importancia de dar el pecho (que les daría a sus bebés la inmunización más natural) y, en general, todo lo que experimentarían de un trimestre del embarazo al siguiente.

Amber y, sobre todo, Trudy recordaron las vivencias que ellas habían tenido durante sus embarazos mientras observaban aquella clase.

Trudy se había quedado embarazada muy joven, durante el punto álgido del virus, con la sociedad desmoronándose a su alrededor. Le había resultado una experiencia tormentosa, cada día era un calvario estresante e insoportable.

Antes de que se formasen oficialmente los Mall Rats, Bray había sido el único que estuvo a su lado durante un tiempo, dándole su apoyo, pues ella llevaba al bebé de su hermano. Sin él, habría estado completamente sola, y tenía serias dudas sobre si ella y su hija habrían podido sobrevivir debido a lo vulnerable y perdida que había estado. Los Mall Rats, por supuesto, también tuvieron mucho que ver, ofreciendo el apoyo que tanto necesitaba una vez se fundó la tribu.

Trudy le había ofrecido algunos consejos a Amber sobre maternidad, tras quedarse esta embarazada. Y había estado con ella en el parto, ayudándola a dar a luz. Ahora, como madre, Amber se quedó perpleja ante el nivel de organización y habilidades prácticas demostradas por las futuras madres en la clase. Y sentía lo mismo que Trudy: que un programa de ese tipo no podía más que ayudar a madre e hijo, y que se habría beneficiado mucho de haber participado en él.

Había algo que no tenía muy claro, eso sí.

—¿Quiénes son… y dónde están… los padres? —preguntó. No había visto a ningún chico en la clase.

—No hay padres —contestó el Seleccionador, escueto—. Al menos, en esta clase. Forman parte de nuestro programa de inseminación artificial.

Los Mall Rats intercambiaron discretas miradas de incomodidad.

—Sigamos. Hay mucho más por mostraros —prometió el Seleccionador.

Los llevaron a una parte diferente de Edén, donde había varios edificios prefabricados más pequeños, agrupados. El Seleccionador mencionó que se trataba de aulas, que formaban parte del sistema educativo dispuesto por el Creador para los miembros más jóvenes de su sociedad.

Observando desde fuera, la tribu pudo ver a niños de unos cinco o seis años, sentados en largas mesas dentro de una de las clases, de espaldas a las ventanas. Estaban muy atentos a un chico mayor, su profesor, que escribía en la pizarra varias cosas que empezaban por la letra C. Entre ellas caballo, capturar, campana y Creador.

Lottie, Sammy e, incluso, Brady, parecían intrigados. Pero los jóvenes estudiantes parecían, una vez más, ajenos a la presencia de los visitantes que entraron en el aula, escuchando y observando cómo se desarrollaba el día como de costumbre.

—En nuestra sociedad, todos aprenderán a leer y escribir —informó el Seleccionador—. La historia del antiguo mundo será enseñada y preservada para las generaciones futuras.

Además de matemáticas y alfabetización, los niños aprenderían una serie de habilidades prácticas para la vida que los ayudarían a sobrevivir en aquel nuevo mundo. Estudiarían higiene y cómo mantener todos los aspectos de su salud, a cultivar comida, a cocinarla, autodefensa, ejercicio, habilidades de negocio con las que saber comerciar en la nueva economía que se estaba creando…

Los animarían a todos a practicar deportes de forma activa, y también a adentrarse en las artes, la poesía, la música y la actuación. Pero, sobre todo, animarían a esta nueva generación a tener compasión y a considerar siempre el bien común. Según afirmaba el Creador, era esencial que todos fuesen conscientes para con el medio ambiente, y tener en cuenta lo importante que era vivir en armonía con la naturaleza.

Si todo lo que el Seleccionador les estaba contando era cierto, era algo realmente impresionante, cuando menos. Todos los Mall Rats estuvieron de acuerdo.

El Seleccionador los acompañó a otro bloque de edificios más grandes, algunos de los cuales parecían estar vedados debido a investigaciones de alto secreto relativas a tecnología y *hardware* avanzados del Proyecto Edén. Pero les dejaron entrar en uno de los laboratorios, donde un equipo trabajaba duro desmontando algunos de los paneles solares, la principal fuente de energía en Edén.

En otro almacén, pudieron ver cómo realizaban tareas de mantenimiento en algunos drones. Jack, que se consideraba a sí mismo un friki de la tecnología, habría quedado maravillado de haber visto todo aquello. Todos coincidieron en que habría estado como pez en el agua entre equipos tan avanzados.

En otra de las instalaciones, el grupo quedó intrigado al ver cámaras criogénicas de hibernación, como la que Ram utilizó durante su época en los Tecnos. Las unidades estaban vacías, y eran algunas de las que habían estado en la Montaña del Águila, comentó el Seleccionador. Las habían transportado a Edén para su estudio y análisis, pues las cámaras contenían adultos anteriormente. La esperanza del Creador era que, si lograban entender la tecnología, quizás tuviesen una mínima posibilidad de revivir algún día a otros adultos que encontrasen hibernando en otros complejos militares, en otras zonas que se hubiesen habilitado para intentar sobrevivir.

El Seleccionador guio a los Mall Rats hasta un gran edificio que albergaba un auditorio, seguramente usado antes para charlas o presentaciones, supusieron.

Un acomodador los acompañó rápida y silenciosamente a las filas traseras, para no interrumpir el proceso que tenía lugar más abajo, en mitad del estrado.

Había un chico adolescente en el centro siendo interrogado por una especie de consejo judicial, sentados en grandes sillones dispuestos por la tarima, desde donde lo dirigían todo. El Seleccionador confirmó que se trataba de juez y jurado. El chico era el sujeto del juicio, pues lo habían acusado de robar parte de la comida que había recolectado para uso propio, de manera egoísta.

—Todo aquel que haya perpetrado un delito tiene derecho a un juicio justo. Y tiene derecho a obtener representación, para poder escuchar equitativamente ambas versiones de lo ocurrido. La acusación y la defensa —susurró el Seleccionador a los Mall Rats, sentados junto a él en la última fila observando el proceso judicial.

El Seleccionador le hizo una indicación a Amber y los demás para que le siguiesen, dejando que el juicio continuase.

—Como habéis podido comprobar, algunas de las cosas que los adultos crearon nos siguen siendo de gran uso: medicina, ciencia, sistema judicial… —explicó—. Hemos mantenido lo más valioso, adaptándolo y mejorándolo. Y hemos abandonado aquello que ya no forma parte del propósito del Creador.

La sociedad era como una persona, describió. Según el Creador, cada individuo podía llevar a cabo todo cambio que fuese necesario en sus vidas: aprender nuevas habilidades, enderezar su comportamiento, obtener conocimiento, mejorarse a sí mismo de la manera que desease. Todo rasgo que estuviese funcionando de manera óptima en su vida, no había necesidad de cambiarlo.

Su visión era que la sociedad en su conjunto se regía por los mismos principios. Bajo la supervisión del Creador, se mantendrían algunos elementos del legado de los adultos, tales como el sistema educativo y las fuerzas de seguridad. Pero se adaptarían con el tiempo, mejorando constantemente con cada cambio de matiz, con cada alteración, para que el "organismo" de la sociedad pudiese alcanzar su máximo potencial.

La delegación visitante caminó entonces hasta otra zona en la parte norte del enorme recinto, pasando por una serie de edificios de donde iban y venían drones, al parecer llevando a cabo tareas de vigilancia o seguridad.

Llevaron a los Mall Rats a una zona con campos limítrofes, hectáreas y hectáreas brillando con los diversos colores de una abundancia de flores. El aroma era embriagador, totalmente abrumador. La senda en uno de los caminos llevaba hasta un templo, alrededor del cual había varias personas sentadas en un estado de profunda concentración, casi de meditación. Ignoraron al grupo que se acercaba, a los Mall Rats, a sus guardias y al Seleccionador, quien confirmó que se trataba de un lugar de culto. Y que aquellos campos representaban una zona de paz y tranquilidad para cualquiera que necesitase un tiempo para conectar con la naturaleza o con su espiritualidad.

Al ingresar en el descomunal templo, los pasos del grupo hicieron eco por todo el cavernoso edificio. Y todos, sin excepción, dejaron de caminar y se quedaron congelados, perturbados al reparar en una asamblea de gente, la mayoría postrados ante grandes imágenes de Zoot sobre un estrado.

—¿A qué mierdas estás jugando? —saltó Bray ante el Seleccionador, furioso por ver cómo explotaban la imagen de su hermano de esa manera. Pero también por la idea de que el Seleccionador estuviese utilizando a Zoot, dejando entrever que sí había otro lado más allá de su carisma y de todo lo que habían presenciado hasta entonces en el tour.

Fue un sentimiento compartido por todos los Mall Rats, que se pusieron tensos cuando los allí reunidos se dieron la vuelta y se los quedaron mirando con total adulación e incredulidad.

—¡Son ellos! —gritó una voz.

—¡La Niña Divina! ¡Y la Madre Suprema! —gritó otra con emoción.

Los devotos rompieron en cánticos y vítores, haciendo llorar a Brady, que enterró su cabeza contra su madre y se aferró a ella.

—¡Zoot! ¡Zoot! ¡Zoot! —corearon los devotos, alcanzando la histeria colectiva antes de repetir al unísono—. ¡Mall Rats! ¡Mall Rats! ¡Mall Rats! —y, después—. ¡Lex! ¡Lex! ¡Lex!

Lex echo una mirada furtiva al Seleccionador, que mostraba una fría sonrisa.

—Eres una leyenda, Lex —dijo este—. Pero no hay nada que temer. Después de todo, sin ti no existiría ahora el Dios Zoot, habitando los cielos y los corazones de aquellos que siguen su legado con tanto fervor.

La tribu estaba completamente confundida y se temieron qué podía significar todo aquello, inseguros e incómodos al verse en medio, como si fuesen dioses vivos entre todos esos fanáticos devotos.

—¿Qué está pasando? —exigió saber Amber—. ¡Dínoslo, por favor!

—Ya lo habéis visto todo —dijo el Seleccionador, alzando la voz sobre aquellos cánticos enajenados—. ¡Ya estáis listos para conocer al Creador!

CAPÍTULO VEINTIUNO

Ram llevaba algún tiempo separado de Jack y Ellie. Ved lo había mantenido en aislamiento, en una oficina distinta a donde tenía retenidos a la pareja, en la planta superior de la fábrica que hubo servido como base de los Tecnos. Toda una ironía, pensó Ram, reflexionando sobre todo el tiempo que pasó allí cuando reinó como líder supremo, cuando Ved hacía todo lo que él le pedía.

Ahora, estaba a merced de su pupilo y desprovisto de poder. Cómo se habían girado las tornas. No obstante, si Ram sentía que tenía oportunidad, intentaría volver a equilibrar las cosas a su favor.

Dos de los Virts habían vigilado su estancia durante toda la noche, plantados delante de la puerta, en el pasillo. A la mañana siguiente los reemplazaron otros dos, que les relevaron el turno.

Ram apenas había dormido. Su mente le iba a mil por hora, intentando pensar de qué forma podía persuadir a Ved para que no contactase con el Colectivo. O de qué forma podía escapar de su antigua base. Entró en pánico ante la sola idea de qué haría el Colectivo con él si Ved llegaba a un acuerdo con ellos para entregarlo.

El joven estaba actuando de manera meticulosa. Y, sin duda, contrarrestando las respuestas que le había dado Ram anteriormente con las que le habrían ofrecido Jack y Ellie en el otro cuarto, para comprobar si existía cualquier inconsistencia. Después de todo, lo había formado bien. En la vida igual que en la informática, Ram seguía la importante regla de fijarse bien en los detalles. Y su antiguo aprendiz sin duda estaría haciendo lo mismo, algo que pudo confirmar cuando los guardias dejaron pasar a Ved al cuarto.

—Pareces casi tan cansado como yo me siento —dijo Ved, con un bostezo.

Explicó que llevaba despierto casi toda la noche, conectado a la red, llevando a cabo las primeras investigaciones para averiguar si podía abrir diálogo con el Colectivo. Afirmó que había conseguido contactar con alguien que se hacía llamar el Negociador. Este le había confirmado que Ram sí era un hombre buscado para el Colectivo, con un gran precio por su cabeza.

El Negociador dijo que podría organizar una transacción. Sin embargo, Ved había rechazado la primera oferta, según reveló. Prefería mantener su localización e identidad en el anonimato. Y sus opciones, abiertas. Por ahora. Aguardaría el momento oportuno, en vez de apresurar las cosas. El trato con el Colectivo sería según sus términos, y negociaría desde una posición de poder.

Antes que nada, quería ver si el Colectivo sabía algo sobre Cloe, o sobre el resto de desaparecidos, y descubrir hasta dónde estaban dispuestos a llevar su oferta en cuanto a recursos, así como información, a cambio de su cooperación y la posibilidad de intercambiar a Ram y a los dos Mall Rats que tenía en su poder. Era como dirigir una subasta, comentó al explicar su estrategia. Cuanto más tiempo esperase, más subiría el Colectivo su apuesta y más cosas le darían.

—Y, cuanto más tiempo mantengas la amenaza del Colectivo sobre nuestras cabezas —especuló Ram—, más información de tu interés crees que te daremos.

—Exacto —confirmó—. En cualquier caso, salgo ganando.

—Muy astuto —sonrió Ram, admirando que estuviese aprovechando el enfrentamiento entre ambos bandos—. Siempre fuiste un joven prometedor. Sabía que tenías potencial. Lo has hecho bien, Ved. Ya aprendiste a dominar a las máquinas hace mucho, y ahora aprendes a dominar a las personas. Pero, no lo olvides: los humanos no son como los ordenadores. No se puede confiar en ellos.

—Eso es quedarse muy pero que muy corto. Y también es muy irónico, viniendo de ti —lo miró Ved con desdén.

—Entonces ¿qué quieres? ¿A qué has venido?, ¿a regodearte? ¿De eso se trata? —preguntó Ram cuidadosamente.

—Supongo que, en realidad, estoy buscando algún tipo de señal. Algo que me diga qué camino seguir con todo esto.

—¿Con qué?

—Jack y Ellie parecen haber vivido muchas cosas contigo, Ram. Igual que el resto de Mall Rats. Quizás sí hayas cambiado.

—¿Ves? ¿Qué has estado hablando con ellos, pues?

—No te adelantes, Ram —suspiró Ved, desanimado—. Aún no parecen confiar del todo en ti. Del mismo modo, no se involucrarían contigo si existiese peligro de que volvieses a las andadas.

—Exacto —respondió él, notando una grieta en el gélido comportamiento de Ved.

Este reveló que había intentado vivir una nueva vida, conformándose relativamente con poco. Allí, en la antigua base de los Tecnos, tenía todo lo que necesitaba para sobrevivir durante muchos años, viviendo con los nuevos Virts dentro de fantasías perfectas, en mundos de realidad virtual.

Nunca esperó ni deseó que Ram, Jack y Ellie apareciesen en su puerta. Sin embargo, fue él quien interfirió con el dron en el que habían estado viajando, tras rastrearlo al acercarse a aquella población. Y fue él quien lo hackeó, desviándolo, obligándolo a aterrizar cerca de la fábrica para poder investigar por qué se encontraba en esa zona.

Ahora, Ram estaba allí, igual que los dos Mall Rats. Y Ved no tenía ni idea de qué hacer con ellos, confesó. Estaba en la extraña e incómoda situación de no tener a nadie con quien poder hablar realmente, a quien pedirle consejo sobre cuestiones de gran importancia, cosas que no fuesen triviales. El resto de integrantes de los Virts eran amigos, se lo pasaba bien con ellos y le hacían compañía. Pero ya no tenía a nadie que admirase, que respetase, que lo ayudase a averiguar qué hacer. En el pasado, podría haberlo hablado con Jay. Cloe también le ofrecía apoyo, y una perspectiva distinta. Y, en otra etapa de su vida, hubiese sido el propio Ram a quien habría acudido para recibir las respuestas que necesitaba, o la sabiduría para afrontar los problemas a que se enfrentaba.

Y allí estaba, como en los viejos tiempos, explicándole una vez más a Ram las vicisitudes que debía superar. Admitió que estaba solo, y que se enfrentaba a un dilema. Había tres opciones: podía soltarlos, dejar que se quedasen con él... o seguir con su intento de usarlos como tres piezas de negociación.

—Te entiendo. Quizás, mejor de lo que te puede entender nadie —dijo Ram—. Ser un líder no es fácil. A veces, cuesta saber cómo actuar. Incluso los líderes cometen errores, por muy buenas que sean sus intenciones. A mí me pasó, sin lugar a dudas —enfatizó la última frase, esperando que aquello, de algún modo, apaciguase a Ved.

—Vaya, eso sí que es novedad. ¿Estás diciendo que, alguien que se autoproclama un genio como tú, alguien que exigía la perfección de todos los demás, también puede cometer errores? —preguntó el chico, aquello le había hecho gracia.

—Sí. La cagué de vez en cuando. Me arrepiento de las cosas que hice. De verdad. Y siento lo que le pasó a Jay. Era un buen tipo. Y de tal palo, tal astilla. Tú también tuviste siempre buenas intenciones.

En comparación con la rabia y resentimiento demostrados el día anterior tras reencontrarse con Ram y escuchar la noticia del fallecimiento de su hermano, Ved parecía ahora más calmado y había estado dándole vueltas a las cosas, había pasado por un periodo de reflexión.

—¿Qué harías tú en mi lugar? ¿Qué harías si la situación fuese a la inversa? —quiso saber.

—Te estaría haciendo la misma pregunta. Pediría consejo. Intentaría averiguar la mejor forma de actuar. Aunque debes saber una cosa: quizás creíste haber visto lo peor cuando yo actué de la peor manera, en mi momento más bajo… pero el Colectivo es algo completamente distinto. Son la mayor amenaza para todos nosotros. Y tienen más poder que nadie.

—¿Poder? Ese es un concepto interesante —reflexionó Ved antes de ponerse de pie y acercarse a la salida, golpeando la puerta, que los Virts abrieron del otro lado—. Gracias por los consejos, Ram. Has ayudado a aclarar mis ideas. No me vendrá mal tener una pequeña charla con el Colectivo. Y ¿quién sabe? Quizás, ellos y yo podamos llegar a algún acuerdo.

Ram se lo quedó mirando, sintiéndose traicionado, algo que suscitó una sonrisa amenazante en Ved.

—Qué interesante, ¿eh? ¡El aprendiz se ha convertido en maestro! —saltó antes de cerrar la puerta de un golpe, dejando a un Ram que se agarró la cabeza con las manos al oír cómo se cerraba la puerta.

* * *

Ellie estaba sentada en el suelo, apoyando la cabeza contra la pared de la oficina de la fábrica donde la mantenían encerrada con Jack. Estaba inquieta. Y furiosa porque Ved los tuviese cautivos.

Jack seguía doblando otro trozo de papel, una vieja factura que sacó de la carpeta que había encontrado en uno de esos muebles archivador de la era adulta. Para matar el tiempo (y para intentar dejar de darle vueltas a todo y calmar los nervios) había estado haciendo aviones de papel, y viendo cómo se deslizaban hasta el otro lado de la habitación.

—Lo tira… —dijo, apuntando a una pequeña papelera y lanzándolo—, y… —observó cómo el avión de papel caía en picado, dándose con la punta sobre otro montón de aviones en medio de la oficina—…y falla.

Era una buena metáfora para lo que llevaban viviendo estos últimos días, pensó, desde que la ciudad fuese invadida. Parecía que nada les salía bien. Parecía que todo iba a peor. Ved era solo la última de las dificultades que la vida les había puesto delante.

Tenían que ser pacientes y no perder la esperanza, como bien sabían. Jack y Ellie pasaron la noche prácticamente en vela, charlando sobre el aprieto en el que estaban, y pensando qué podía haber sido de Lex y los Mall Rats a los que se habían llevado.

—¿Cómo les va a las dos "ratitas"? —preguntó Ved al entrar en la oficina, tras dejarle entrar los Virts que vigilaban la puerta—. ¿Tenéis un trozo de queso para darme? O lo que sea que comáis los Mall Rats.

—Qué gracioso. ¿Cómo crees que nos va? —refunfuñó Ellie—. No tienes derecho a tenernos aquí encerrados.

—Lo sé. Estoy de acuerdo —coincidió—. Y por eso he venido, para hablar. No quiero discutir, y no hace falta que tengamos ningún desencuentro.

—Un poco tarde para eso, ¿no te parece? —afirmó ella.

Ved les dijo que llevaba toda la noche pensando. Y que, por la amistad que ambos tenían con su compañera Mall Rat, Cloe, y por cómo se habían portado y cooperado con su hermano contra los Tecnos, no había ninguna necesidad para tratarlos como enemigos.

Tras una larga deliberación, concluyó que, si debía entregar a alguien al Colectivo, ese sería Ram (merecidamente), y no los Mall Rats. Pensó que podría conseguir todo lo que necesitaba del Colectivo (información sobre Cloe y recursos tecnológicos) sin la necesidad de entregar a Ellie y Jack como parte de su oferta. Si cooperaban con él y le daban la información que necesitaba, los dejaría a su libre albedrío.

Para ser exactos, Ved quería obtener más detalles sobre las fuerzas invasoras que habían visto apoderándose de la ciudad. Cuánta gente había en el aeropuerto del que habían escapado los tres fugitivos, y el poder militar y recursos que parecían tener a su disposición. Se preguntaba cuántos drones habían visto y cuáles parecían ser sus capacidades.

Sentía mucha curiosidad por todo aquello, según clarificó, porque, de alcanzar un acuerdo con el Colectivo, planeaba reunirse con ellos de vuelta en la ciudad que solía ser el hogar de los Mall Rats. Su intención era tomar el dron con el que habían viajado ellos, repararlo, dejarlo en perfectas condiciones y volar con él para transportar a Ram hasta el Colectivo, intercambiándolo en el aeropuerto que habían ocupado. En caso de que el Colectivo lo traicionase, quería trazar una estrategia alternativa para asegurar que él y el resto de Virts pudiesen abandonar el lugar con seguridad, si así lo requerían.

Lo único que tenía que hacer la parejita era contestar a sus preguntas. Entonces, estaría encantado de dejarlos ir.

—Bueno, ¿qué me decís?

—Que puedes irte a tomar por culo —soltó Ellie.

—Lo que Ellie quiere decir es… —intervino un diplomático Jack en un intento de calmar los ánimos—…que necesitamos tiempo para pensárnoslo.

—He dicho justo lo que quería decir —insistió la chica—. A tomar por culo. Si te estás planteando llegar a algún acuerdo con la gente que invadió la ciudad, después de lo que han hecho… quiere decir que tú no eres mejor que ellos.

Jack coincidió con la postura de Ellie, pero lo manifestó de una forma mucho menos provocadora. Le dijo a Ved que estaría jugando con fuego, si intentaba hacer un trato con el Colectivo. Después de todo, le recordó que el propio Colectivo era responsable de la muerte de Jay. Si no se hubiesen apoderado previamente del centro comercial gracias a Eloise, el Guardián y sus Zootistas, seguro que Jay seguiría con vida.

—Si le sigues guardando rencor a Ram, no te culpo. Pero tienes que encontrar la manera de olvidarlo —sugirió Jack —. De lo contrario, seguirás viviendo en el pasado. Si quieres venganza por lo que le pasó a Jay… no la obtendrás entregando a Ram. Tendrías que estar luchando contra el Colectivo, no colaborando con ellos.

Ellie estuvo de acuerdo, y reiteró que Ram había cambiado. ¿Por qué si no iban a estar ellos dos con él? Porque era una situación desesperada. El Colectivo era su enemigo común. Ram no era el mismo Ram que Ved conoció durante sus días en los Tecnos.

—¿Es un santo? No —dijo Ellie—. ¿Sigue siendo un poco rarito? Sí. Desde luego que sí. Pero puede que también sea la mejor oportunidad que tenemos ahora mismo de enfrentarnos al Colectivo. Y tú lo tienes ahí encerrado. Conoces sus habilidades, sabes de lo que es capaz.

—Lo sé. ¿Por qué crees que lo tengo encerrado, precisamente? Porque es peligroso.

Jack se preguntó si Ved había considerado lo que Jay o Cloe habrían querido que hiciese. ¿Pensaba que estarían contentos con el rumbo que estaba planteándose seguir?

—He venido a sacaros información. No a que vosotros me hagáis chantaje emocional —protestó.

—Parece que Ram no es el único que ha cambiado —observó Ellie—. Tú también lo has hecho. Eso sí, a peor.

Nunca supe qué había visto Cloe en ti, para empezar. Pero si consigues encontrarla, se avergonzaría de en quién te has convertido, y apuesto lo que sea a que no querría tener nada que ver contigo.

Aquello picó. Vaciló ante la pulla de Ellie.

—Eso ya lo veremos —advirtió él—. No os vengáis tan arriba como para pensar que sois indispensables. Que podéis decir lo que os venga en gana sin que haya consecuencias. He intentado ser amable. Al menos, yo lo he intentado.

Ved dijo que, una vez el dron en el que habían viajado volviese a estar en funcionamiento y pudiese volar, quizás se llevaría también a Ellie y Jack con él en caso de que fuese a entregar a Ram al Colectivo. Serían su póliza de seguros, piezas adicionales con las que negociar. Si fuese necesario, estaría dispuesto a entregarlos. Dependiendo de la situación.

Quería formar su propia opinión. En vez de confiar en lo que los otros tres le contasen sobre el Colectivo. No sabía si suponía realmente la amenaza que ellos aseguraban que era.

No podía simplemente dejar marchar a Ram, así como así. Hasta donde él sabía, este era posiblemente el mayor de los peligros, como ya lo fue en otra ocasión. Una amenaza muy probable, según Ved y muchos otros, pese a lo mucho que Ellie y Jack insistiesen en que había cambiado. Puede que los hubiese engañado a ellos, haciéndolos creer que era diferente. ¿Acaso se lo habían planteado? Puede que el "nuevo Ram" no fuese más que una farsa, una fachada, uno de sus muchos trucos.

El único que conocía las verdaderas intenciones de Ram, era él mismo. Ved lo conocía lo suficiente como para no olvidarlo jamás. ¿Habían considerado Jack y Ellie *por qué* era Ram el enemigo público número uno del Colectivo?

Quizás había un buen motivo, sugirió Ved. ¿No era posible, se preguntó, que el Colectivo quisiera hacer el bien, en realidad?, ¿que fuesen enemigos de Ram porque sabían demasiado bien que era un maleante, un riesgo para la sociedad?

Ved no sabía por qué habrían invadido la ciudad donde vivían los Mall Rats. O por qué se habrían llevado al resto de su tribu, como le habían explicado.

En este mundo confuso en el que todos vivían, lo único que tenía claro era que las cosas no siempre son lo que parecen ser en un principio. Ya no volvería a ir con prisas, a ser impulsivo. Una vez pensó que Ram, a través de los Tecnos, sería beneficioso para el mundo. Pero descubrió, al final, que era justamente lo contrario. Los demás pensaban ahora que el Colectivo era una amenaza hostil, pero, quizás, el tiempo demostraría que era lo contrario, que era lo mejor que les había pasado jamás.

Descubriría por sí mismo de qué iba exactamente el Colectivo y cuáles eran sus metas. Y la única forma de conseguirlo era abrir una línea de comunicaciones con ellos.

Solamente él podía dirigir su vida, nadie más. Formaría su propia opinión sobre el Colectivo, y decidiría por sí mismo qué hacer con Ram, Jack y Ellie.

CAPÍTULO VEINTIDÓS

El bien custodiado convoy ascendía por la serpenteante carretera que llevaba a la cordillera situada más arriba.

Antes de seguir con su camino tras terminar el tour, el Seleccionador dijo que comprendía la confusión e intranquilidad sobre los fanáticos religiosos que adoraban a Zoot, asegurando a los Mall Rats que el Creador se lo explicaría todo y que, entonces, quizás llegarían a entenderlo.

El convoy llegó a la gigantesca estructura de aspecto perfectamente simétrico que habían visto desde la distancia cuando llegaron a Edén, que ahora quedaba bien abajo.

Era una construcción enorme, que empequeñecía a las elevadas hileras de pinos a su alrededor, y tenía la forma de un inmenso rectángulo recostado sobre un lado. Desde afuera, parecía adentrarse en las profundidades de las rocas, como si hubiese sido tallada por algún gigante. La mayor parte de la estructura estaba fusionada con la propia montaña, volviéndose uno, mientras que la sección delantera estaba expuesta y sobresalía por los lados de la cordillera, sobre una meseta elevada. Parecía fuera de lugar, casi una presencia extraña que contrastaba con el mundo natural que reinaba en el entorno, como si naturaleza y humanidad hubiesen colisionado de manera profunda.

La superestructura se llamaba el *Archivo*, informó el Seleccionador. Sus gigantes puertas dobles de metal iban acompañadas de una fuerte presencia militar a ambos lados, protegiendo lo que hubiese dentro.

El Seleccionador guio al grupo hacia el interior y, al adentrarse en el *Archivo*, quedaron impresionados por su gran tamaño. La estructura contenía un vasto laberinto de túneles y pasillos que parecían penetrar hacia el corazón de las montañas.

En cada pasillo por el que avanzaban había fila tras fila de estanterías que recubrían las paredes, llenas por completo del suelo al techo. En cada estante, una infinidad de tarros y contenedores variados, de distinto tamaño. Todos estaban etiquetados, y tenían una lista de estadísticas impresas encima, información sobre qué almacenaban.

El *Archivo* era un logro notable, se enorgulleció el Seleccionador mientras los hacía pasar por pasillo tras pasillo. Había surgido en el antiguo mundo, como un proyecto internacional que involucró a más de 180 países, y se había construido a propósito para almacenar millones de semillas y muestras de especies de plantas de todas partes del mundo. Algunos lo habían apodado "el Archivo del Juicio Final", y hacía las veces de museo vivo, un depósito que permitía la preservación de infinidad de plantas, que podrían volver al mundo exterior en el futuro para ser cultivadas en caso de que tuviese lugar un cataclismo medioambiental o un cambio ecológico que pudiese amenazar con extinguirlas.

En otros países, había otras cajas fuertes y bancos de semillas que albergaban plantas en peligro de extinción, declaró el Seleccionador.

Bajo la dirección del Creador, el equipo agrícola había hecho uso de parte de las semillas para repoblar el grano y el trigo, contribuyendo a la floreciente producción de alimentos que habían logrado establecer en sus tierras. Tierras que, tras la extinción de los adultos, comenzaban a mostrar señales de dirigirse hacia el mismo destino.

En los pasillos del *Archivo* hacía frío, a propósito, para ayudar a preservar las semillas, así como el resto de cosas allí guardadas. Sin embargo, a medida que el grupo se introducía más y más adentro del laberinto de túneles, la temperatura comenzó a ascender de manera notable. El Seleccionador los acompañó hasta la zona residencial, usada en su momento por quienes vivían en el interior del complejo antes del virus.

Cuando la comunidad del Proyecto Edén tomó el control de la región, tuvieron la oportunidad de acceder a niveles de alto secreto dentro del *Archivo*. En esas plantas inferiores, cerca de la unidad de hospedaje, habían encontrado tecnología avanzada, ordenadores e información perteneciente a los adultos que vivían en las instalaciones... y se habían aprovechado de todo ello para lograr la visión del Creador.

* * *

El Creador debía ser una persona, contemplaron la mayoría de los Mall Rats.

Recordando todo lo que Ram les había revelado, y la última visita de la tribu a la Montaña del Águila, Amber pregunto:

—¿Qué tiene que ver el ordenador *K.A.M.I.* en todo esto?

—Estoy seguro de que el Creador os lo explicará —respondió el Seleccionador.

Si vivía en el ala de alojamiento del *Archivo* a la que estaban accediendo ahora, eso quería decir que, fuese quien fuese, ciertamente no se trataba de ningún sistema informático. Debía ser humano, a juzgar por todos los muebles y suministros.

Había pocas cosas. El diseño era moderno, funcional y minimalista. Por todas las paredes había bancos de monitores que mostraban todo tipo de animales e insectos, plantas y otros elementos del mundo natural.

Parecía un lugar relativamente modesto para un líder tan enigmático, que claramente había rechazado los lujos más exquisitos de la vida.

El Seleccionador los hizo avanzar a través de más guardias, apostados a ambos lados de las puertas, para adentrarse en el santuario del Creador.

Habían llegado a la principal área de la vivienda. De nuevo, amueblada de manera escasa, con un par de sofás, una mesa de comedor y algunas sillas de madera. Había varios cuadros en las paredes, la mayoría mostraban diversos animales e insectos. Los miembros más jóvenes de los Mall Rats se quedaron maravillados ante la ilustración del ya extinto pájaro dodo, el idealizado cuadro de un plesiosaurio nadando en los océanos de la era de los dinosaurios y la imagen de una manada de búfalos en las llanuras.

Los más mayores estaban más interesados en una fotografía en blanco y negro de la época victoriana que presentaba el semblante adusto de Charles Darwin.

La luz del santuario era muy tenue, toda iluminación estaba al mínimo, como si quisieran conservar la energía.

De repente, una voz dulce se dejó oír:

—Bienvenidos.

Los Mall Rats se pusieron tensos al notar el movimiento que provenía de entre las sombras.

Bray agarró a su hijo en brazos y se aferró a él por instinto, cubriéndolo de manera protectora. Brady se agarró a Trudy. La tribu pudo relajarse un poco cuando, por fin, alcanzaron a ver el origen de aquella voz, que hizo una señal al Seleccionador.

—Eso será todo por ahora, Seleccionador.

Este asintió con humildad y obediencia, para después marcharse.

—¿Quién eres? —preguntó Tai San, con cautela.

—¿Eres Kami? —quiso saber Amber.

—Sí —respondió la voz. Pertenecía a una muchacha, que salió de entre las sombras mientras entrecerraba un poco los ojos, ajustando su visión a aquella iluminación tenue—. Me han llamado Kami. Y muchos otros nombres. Para algunos, soy "el Creador". Para otros, soy su líder. Mi madre me llamó Camille. Mi abuela me llamaba simplemente "Cami".

Cami aumentó ligeramente la intensidad de la luz usando un controlador en la pared y se puso de pie, contemplando a los Mall Rats ante ella. Prácticamente fascinada.

Ahora que la veían por primera vez, Cami debía tener la misma edad que los Mall Rats mayores. De baja estatura, llevaba unas gafas cuyas lentes reflejaban la luz, y un vestido de lino blanco que acababa sobre sus rodillas. Parecía estar hecho a mano, más que haber sido comprado de una tienda. Las costuras y el material eran desiguales, no se ajustaba del todo bien. Tenía los pies desnudos, las piernas descubiertas, los brazos expuestos a través del vestido sin mangas. Alrededor de uno de los tobillos, había una banda donde habían insertado hojas de distintas plantas por el tallo, de verde claro a oscuro.

Los Mall Rats quedaron asombrados ante su inusual cabello. Parecía abarcar todo el espectro visible del color, a mechas casi como el arcoíris, con bucles sueltos que le caían sobre los hombros y los laterales del rostro. Tenía pequeñas hojas verdes unidas para formar una diadema que llevaba sobre la cabeza, con algunas plumas atadas al pelo por la parte de atrás, así como una única rosa en tonos blancos y rosados.

No llevaba maquillaje, ni pendientes, ni joyería. Pero sí tenía un collar rudimentario, hecho a mano. En vez de los típicos colgantes relucientes o metales de mayor calidad, del collar pendía un cable sencillo donde habían enroscado piezas más pequeñas de un ordenador antiguo, chips de procesador y memoria. Sobre el hombro izquierdo se podía vislumbrar la silueta de un pequeño tatuaje negro, una luna llena. Que contrastaba con la forma del sol, sobre el hombro derecho.

Lo que más les llamaba la atención de Cami era que presentaba una anomalía llamada heterocromía: tenía un ojo de cada color. Uno era de un marrón profundo, y el otro parecía verde esmeralda. Sus ojos estudiaban intensamente a los Mall Rats, mientras se les acercaba lentamente.

—¿Qué quieres de nosotros? —preguntó Lex, sin rodeos.

Era como si Cami no hubiese escuchado aquella pregunta, de tan absorta y centrada que estaba, contemplando intensamente a cada uno de los Mall Rats, regalando una ligera sonrisa y un saludo a los más pequeños de la tribu. Brady le devolvió el saludo tímidamente, pero Lottie y Sammy se acercaron más a Alice, sintiéndose más seguros bajo su protección.

—Sois exactamente como me imaginaba —les dijo Cami, que se acercó a May y Salene, pillándolas completamente por sorpresa y dándoles un cálido abrazo, seguidas de Trudy, Tai San, Alice y, finalmente, Amber. Todas se quedaron confundidas por el cariño, como si se tratase de una vieja amiga.

Luego, chocó los nudillos con Ryan, y luego con Lex y Bray.

—Nos… gustaría obtener respuestas —comentó Bray, igual de desconcertado que los demás, y sin saber muy bien qué estaba pasando.

—Claro que queréis respuestas. Es lo que os hace ser como sois.

—¿Por qué nos has traído hasta aquí? —inquirió Amber—. ¿De qué va todo esto?

—"Esto" va de vosotros. De todos vosotros —contestó Cami, mirando con afecto a todos los Mall Rats—. Vuestras características y cualidades, en combinación, crearon algo mucho más grande de lo que cualquiera de vosotros podría haber conseguido por sí solo. Os habéis adaptado, habéis evolucionado y habéis conseguido muchas cosas. Derrotasteis a los Elegidos, os resististeis a los Tecnos. Tratasteis de crear un futuro mejor y más justo. Y, sin tan siquiera saberlo, llegasteis a crear una leyenda. La leyenda de Zoot.

—¿De eso se trata? —preguntó Trudy, con cuidado, acercando a Brady más cerca de ella. Después de todo lo que había experimentado con el Guardián, no soportaba la idea de que aquella retorcida representación de Zoot volviese a formar parte de su vida o de la de su hija nunca más.

—Veo ante mí a la hija de Zoot —dijo Cami, que volvió a ofrecer una sonrisa amistosa a Brady—. Y a la madre de esa niña a su lado. Veo al hermano de Zoot —miró a Bray—. Y a su hijo. Y a la madre que dio a luz al sobrino de Zoot —dijo, refiriéndose a Amber.

»Veo al resto de miembros de los Mall Rats, que tantos desafíos han superado —continuó Cami mientras se fijaba en May, Salene, Ryan, Tai San y Alice, que soltó un bufido:

—A la que no veo yo es a mi hermana, Ellie. Ni a su novio, Jack.

—Estoy igual de decepcionada que tú, Alice, de que no estén hoy aquí entre nosotros —respondió la muchacha—. Te lo aseguro.

—Pues ya te aseguro yo que, como le pase algo a Ellie, ¡te partiré esa carita tan guapa yo misma!

—Estoy segura de que lo harías —respondió Cami—. Sé lo cercanas que rais Ellie y tú. Solo espero que Ellie y Jack estén pronto con nosotros.

—¿Cómo? ¿Cómo es que sabes tantas cosas, Cami? —preguntó Amber.

—Sois todos leyendas por derecho propio. Especialmente tú, Lex. Aquel que ocasionó la muerte de Zoot.

—Fue un accidente —declaró Lex, a la defensiva, consciente de que los seguidores de Zoot pondrían un gran precio a su cabeza si descubrían que él era el responsable de su fin—. No quería que le pasase eso.

—Pero pasó. ¿Deberíamos castigar a Lex? ¿Someterlo a juicio por haber acabado con otra vida? ¿O celebrarlo? Porque, sin ese sencillo hecho, ese acto de creación, nada de lo que vino después habría ocurrido jamás. Dentro de muchos siglos, si es que la humanidad sobrevive tanto tiempo, tú nombre estará en los libros de historia, Lex. Igual que el del Dios Zoot. Nombres que vivirán en perpetuidad a lo largo de los tiempos venideros.

—Vimos lo que estaba sucediendo en tu "templo" con los devotos —comentó Bray con desprecio—. Mi hermano era un desastre. Estaba perdido. No era ningún "Dios". No puedes estar diciendo en serio que te crees todo eso.

—Por supuesto que no. Pero ostenta mucho poder, no obstante. Y hay quienes creen en ello. Ya lo habéis visto. Si lo usamos adecuadamente, el legado de tu hermano podría ser más grande de lo que nadie podría haber imaginado. Un legado que puede hacer mucho bien, que puede marcar la diferencia en este mundo tan afligido. Además, todo el mundo necesita algo, o alguien, en lo que creer.

Ryan echó un vistazo rápido a Salene y luego volvió a mirar a Cami, fascinado por su retórica, como lo estaban el resto de los Mall Rats.

—Las creencias pueden ser de todo tipo, claro —continuó ella—. Religión, espiritualidad, naturaleza, fauna… la propia especie humana. Cualquier cosa que aporte significado a nuestras vidas. Así que tu hermano no murió en vano, Bray. Puede ser algo bueno, si lo usamos de forma adecuada.

—O puede ser la peor pesadilla que puedas imaginarte, si se explota. Y eso lo hemos visto todos —respondió Bray.

—Entonces avanzad, evolucionad. Moldeadlo. Usadlo para algo mejor. Es lo que estamos haciendo aquí. Por lo que sé de vosotros, y de las acciones que hablan por sí mismas, vosotros y yo… tenemos muchas cosas en común. Somos espíritus afines.

—No sé por qué, pero yo no estoy tan segura —respondió Tai San con suavidad.

Los Mall Rats escucharon a Cami afirmar que había una oportunidad, si trabajaban juntos, de poder salvar a la humanidad de caer en una nueva y peligrosa Edad Oscura. De poder crear un nuevo comienzo, en vez de vivir en anarquía. Una sociedad basada en ley, orden y principios civilizados.

Explicó que no solo deseaba salvar vidas, sino también cambiar la manera de vivir, eliminar las amenazas existenciales.

Creía que la humanidad se había olvidado de la importancia de su conexión cercana y coexistencia con el mundo natural. Los ecosistemas, todos los elementos del planeta, incluida la especie humana, estaban interconectados y dependían unos de otros.

El propio virus que había acabado con los adultos era, a su parecer, consecuencia del daño que la humanidad estaba causando a su entorno. No creía en teorías conspirativas, que hubiese otros motivos tras el fallecimiento de estos, pero sí sentía que los gobiernos del mundo no les habían comunicado precisamente demasiados detalles en su momento. Algo comprensible, para no provocar el pánico de las masas a medida que fueron evacuando a los jóvenes.

Cami pensaba que las implicaciones aceleradas del calentamiento global habían liberado microorganismos, enterrados bajo el hielo desde hacía milenios. El virus era una versión mutada de uno de estos patógenos que había vuelto a despertar después de tanto tiempo. El pasado había vuelto para atormentar literalmente al presente, debido al deshielo del permafrost y los casquetes polares como resultado del daño que las generaciones previas habían ocasionado al planeta.

A Tai San le intrigó aquella teoría, siendo la Mall Rat que más estaba en sintonía con el mundo natural y la Madre Naturaleza.

—¿Cómo puedes estar tan segura? —preguntó.

—No lo estoy del todo, debo admitirlo —dijo Cami—. Pero mi tesis no parte solo de investigaciones llevadas a cabo por mí, sino también por mi difunta madre.

Cami explicó que su madre era miembro del equipo de científicos que solía habitar el *Archivo*. Era bióloga evolutiva y amaba la vida y a todos los seres vivos. Era muy respetada en todo el mundo, e incluso había conseguido un Premio Nobel por su investigación.

Era una de las mentes más brillantes del planeta y Cami creía que su madre, junto a otros miembros clave de la sociedad, había sido seleccionada para dormir en una cámara de hibernación y, con suerte, poder sobrevivir a la pandemia en un territorio seguro y aislado. En aquel momento era alto secreto, y su madre no le quiso dar muchos detalles, excepto los suficientes como para consolarla y asegurarle que siempre estaría a su lado y que, un día, volverían a verse.

Cami estaba convencida de que, tras aquel consuelo, no se escondían connotaciones religiosas, pese a que su madre sí fuese religiosa y creyese en la vida después de la muerte. Cuando Cami fundó el Proyecto Edén con su segundo al mando, el Seleccionador, habían descubierto cámaras criogénicas bien adentro del *Archivo*, en las plantas inferiores. Pero allí no había ni rastro de su madre. Algo que hizo sospechar a Cami que, si era cierto que la habían escogido, quizás estuviese alojada en otras instalaciones, como las de la Montaña del Águila.

—¿Eso quiere decir que sigue habiendo adultos por aquí?, ¿en este edificio? —preguntó Amber, mientras los Mall Rats intercambiaban miradas intrigadas e intranquilas.

—En cierto modo —respondió una entusiasmada Cami—. ¿Os gustaría ver a un adulto vivo de verdad?

* * *

Al marcharse del santuario, Cami y los Mall Rats se reunieron de nuevo con el Seleccionador, y un grupo de guardias los escoltó a todos a través de una serie de largos corredores metálicos, para llegar finalmente a una zona que, además de servir como banco de semillas, albergaba un "Arca de Noé" en tierra que contenía una variedad de animales en peligro de extinción, así como fauna de varias clases.

—¿Y los adultos? —insistió Bray.

—Paciencia —respondió Cami—. Pronto veréis a uno.

Los allí reunidos accedieron a una parte del *Archivo* que había sido segmentada en varias secciones. Había un sinfín de peces de distintos tamaños, especímenes de agua fría y cálida, deambulando a toda velocidad por sus tanques en un enorme acuario. Anexo a este estaba el terrario, una estructura cerrada y húmeda, a temperatura controlada, que contaba con varias unidades aisladas. Cada una de ellas contenía una multitud de lagartos, camaleones y serpientes, holgazaneando bajo las lámparas de calor que calentaban sus hogares.

Al avanzar a la siguiente sección, pudieron leer a qué estaba destinada en las señales que colgaban de las paredes: el departamento de entomología. Una zona que albergaba nidos y guaridas, en vitrinas de cristal, de todo tipo de insectos. Las pequeñas criaturas escarbaban y llevaban a cabo sus rutinas, ajenas a los Mall Rats que contemplaban sus mundos a través del cristal.

La tribu se quedó maravillada cuando un inmenso grupo de mariposas de todos los colores pasó volando sobre sus cabezas.

Entonces, Cami los llevó a otra zona, cuya señal decía "Sección de Criaturas Especiales". La atmósfera se volvió húmeda, mohosa, con las paredes metálicas llenas de condensación.

—¿A qué coño huele? —dijo Lex, asqueado por el olor—. Y, antes de que alguien haga la gracia, no he sido yo.

Los Mall Rats no querían ni pensar en la posibilidad de que aquel olor pudiese provenir de cuerpos en descomposición.

—Es el aroma de una vieja amiga —respondió Cami afectuosamente. Pronto descubrieron al "adulto" que la muchacha había mencionado antes. Pero no les estaba enseñando ningún ser humano.

Posada tras las barreras que ofrecían vistas a un gran lodazal, Cami les presentó a Darwinia, el nombre que le había dado a una vieja tortuga de Galápagos, que se movía lentamente a través del terreno embarrado, como si fuese a cámara lenta.

Darwinia era la mascota que vivía en el *Archivo* con los antiguos científicos que habían estado allí apostados, y había pertenecido a la madre de Cami. Esta mencionó que, supuestamente, tenía más de 150 años y que, antes que con su madre, vivía con su abuela.

—Con suerte, Darwinia llegará a vivir entre veinticinco y cincuenta años más —dijo la chica—. Es increíble pensar que estuviese viva antes de la llegada de la radio, la televisión, los viajes por aire, la energía nuclear, la era espacial, los ordenadores… y que haya llegado más allá del nacimiento de internet. ¿Podéis imaginar cómo será la vida dentro de otros 150 años, si alcanzásemos todos a vivir tanto tiempo como ella? ¿En qué mundo crecerán Brady y el pequeño Jay? ¿Cómo será la vida para sus hijos, para sus nietos, dentro de muchas décadas? ¿Acaso acabaremos con todo a causa de luchas internas?, ¿o podremos adaptarnos y evolucionar, cooperando, aprendiendo a vivir juntos, a crear un nuevo mundo, uno que valga la pena dejar en herencia a los niños del futuro?

—Tu visión es impresionante, debo admitirlo —dijo Amber, sorprendida, igual que el resto de sus compañeros, ante la cantidad y variedad de especies animales que habían visto, notando que la devoción de Cami hacia ellos era sincera.

—¿Por qué nos muestras todo esto? —preguntó Tai San.

—Espero que no quieras que formemos parte de tu zoo —soltó un jocoso Lex.

Cami ignoró la pregunta de Lex y se acercó a un gran contenedor de vidrio sobre una estantería que cobijaba a dos reptiles, cuyos lomos se encorvaban gracias a unas pequeñas crestas, a medida que explicaba, eufórica:

—La mamá tuátara ha puesto huevos nuevos. Significa que todo lo que hemos estado haciendo ha funcionado. Le hemos dado a la vida la oportunidad de seguir adelante.

—Genial —dijo Lex, sarcástico—. Justo lo que el mundo necesita. Más lagartas.

—Ahora no, Lex. Por favor —lo regañó Amber, antes de girarse de nuevo hacia Cami—. Qué buena noticia. Todos nos alegramos. Pero sigo sin entender qué hacemos nosotros aquí. ¿Qué pintamos exactamente en todo esto?

Cami le ofreció la mano a modo de invitación.

—Quiero que os unáis a nosotros. Que os unáis al Seleccionador y a mí. Para que podáis ayudarnos con mi visión. Os quiero pedir a vosotros, los Mall Rats… que paséis a formar parte del Colectivo.

CAPÍTULO VEINTITRÉS

Ebony había vivido una montaña rusa de emociones. Si bien, como decía el Maestro de Juegos, El Cubo pretendía ser un "experimento vivo" para su público o para quien fuese que lo estuviese viendo, resultaba ciertamente un viaje de autodescubrimiento para todos los concursantes que estaban participando en él.

Ella se había sorprendido dudando de sí misma, con miedo al fracaso, cuestionando sus capacidades. Habían hecho mella en su confianza. Desde la caída del viejo mundo, siempre había pensado que era una superviviente, una guerrera, una persona implacable que no dejaría que sus emociones se interpusiesen en lo que intentaba conseguir. Desde que estaba en El Cubo, habían salido a la superficie todo tipo de emociones, obligándola a dedicar tiempo a la autorreflexión, algo inusual en ella.

Era consciente de que se había vuelto paranoica hacia el resto de concursantes. No tanto con Hawk, con quien Ebony seguía formando una alianza. Pero se preguntaba si el Seleccionador la habría situado en la isla de manera deliberada como una especie de trampa, para asegurarse de que fracasaba. Y de que fracasaba de manera espectacular, delante de las cámaras, frente a todo el mundo que la estuviese viendo.

Hacía un rato, Ebony se había sentado sobre la cama, en su cuarto, y había sonreído a las cámaras, con el ocasional gesto con la mano para saludar. Pero acabó decidiendo ignorar a quienes la estuviesen observando. Y, posiblemente, la observaban a todas horas.

Al menos de momento, decidió alterar ligeramente su estrategia, para enmascarar cualquier aparente vulnerabilidad.

Hasta ahora no le había ido demasiado bien en las "pruebas de vida" que habían tenido lugar. Toda esperanza de causar impresión o de salir victoriosa en un juego tras otro se había venido abajo por su pésimo rendimiento. Aunque, a su parecer, lo había hecho bien, el Maestro de Juegos había juzgado que Ebony se encontraba en la mitad inferior del grupo de diez concursantes. La posibilidad de obtener la libertad ganando diez desafíos parecía estar cada vez más lejos de su alcance. Se escapaba de sus manos día tras día.

Se había llegado a preguntar si el resto de competidores estarían compinchados. O si el Maestro de Juegos les habría dado pistas secretas, ventajas o conocimiento que les ayudase a prever qué necesitaban para rendir bien antes del comienzo de cada prueba. Era imposible que ella, que siempre había tenido tanta fe y confianza en sus habilidades, se hubiese vuelto una inútil de repente.

Hawk le aseguró que, hasta donde él sabía, el Maestro de Juegos no había ayudado nunca a los demás. Por lo menos, a él no.

Gracias a la alianza entre Ebony y Hawk, fueron capaces de cooperar y consultarse el uno al otro durante las distintas actividades. Pero el Maestro de Juegos puntuaba su rendimiento de manera individual, no en conjunto.

Lo mismo pasaba con el resto de competidores que habían formado alianzas, como Nova y Orin, que se habían hecho amigos después de que Ebony hubiese provocado, irónicamente, que estrechasen lazos. Al final, estaba sola en cada una de las pruebas, y no podía contar con que Hawk "cargase" con ella por cómo el chico sobresalía constantemente. Del mismo modo, Nova y Orin, así como el resto de participantes, serían juzgados de manera independiente, sin importar cómo se manifestasen o evolucionasen las alianzas.

Ebony había conseguido seguir en el juego gracias a su propia tenacidad e improvisación. Hasta el momento, había pasado por seis "pruebas de vida".

En una de ellas, pidieron a los concursantes que saliesen a buscar por la isla a unos cuantos guardias que se habían escondido. El primer concursante que consiguiese traer de vuelta a uno de ellos a El Cubo, ganaría la ronda.

Hawk y Ebony se habían separado, cubriendo cada uno una parte de la isla para intentar localizar a los guerreros camuflados. Incapaz de encontrar a ninguno de los guardias escondidos, y en vez de reencontrarse con Hawk para revisar su estrategia, Ebony hizo trampas y trajo de vuelta a un guardia que estaba de servicio alrededor del perímetro de la isla.

Por toda la región, la multitud se sentaba a ver las imágenes que aparecían sobre los edificios agrícolas. Y vieron cómo, en esa entrega en particular, Ebony dejaba inconsciente al guardia de un porrazo y lo llevaba literalmente a rastras de vuelta a El Cubo. Pensó que su inventiva y solución poco ortodoxa sería una demostración de la "supervivencia del más fuerte" y que, así, impresionaría al Maestro de Juegos. Pero fue penalizada, terminando penúltima. Le advirtieron de no atacar otra vez a ninguno de los guardias que mantenían la isla segura y protegida, o acabaría siendo descalificada y Descartada.

En otra prueba, los competidores debían resolver un puzle. Ebony estaba desesperada por terminar la primera y se echó a correr, confiando en su intuición. Por su parte, Hawk se había tomado su tiempo, intentando solucionar el problema a través de la lógica. Ella ignoró sus recomendaciones.

Después de todo, le parecía completamente ilógico poder encajar elementos que encontrase por la naturaleza. La prueba la terminó ganando Nova, a quien Orin ayudó a completar el rompecabezas enganchando pequeñas ramas con otras más grandes, situándolas en vertical sobre el suelo y representando la forma del perímetro del bosque circundante, así como del propio Cubo, replicando a la perfección la forma del edificio residencial y administrativo.

Nova quedó primera. Orin segundo, pues habían trabajado juntos. Hawk, tercero. Ebony volvió a quedar penúltima, según la evaluación del Maestro de Juegos. Tenía suerte de no estar en último lugar, y sobrevivió gracias a unos dibujos rudimentarios con la forma de El Cubo, que había hecho con una ramita en el suelo.

Pasó algo similar en otro desafío, en el que pidieron a cada concursante construir un refugio donde pasar la noche. Hawk construyó el suyo con facilidad, replicando una versión más pequeña de una de las chozas hechas de ramas en las que vivían en el campamento de los Ecos. No le permitieron montar la de Ebony, pero hizo lo que pudo por guiarla, ofreciendo asistencia verbal.

Ella se exasperó cuando su improvisado refugio se desplomó durante la noche, obligándola a dormir a la intemperie, bajo la lluvia. Por suerte, el refugio de otro competidor falló antes que el suyo y no acabó última, sino que quedó la octava de diez. Esa ronda la ganó Hawk, que demostró sus habilidades de supervivencia y su afinidad y entendimiento con la tierra, viviendo en armonía con la naturaleza.

El Maestro de Juegos les informó en otra prueba de que una de las diez comidas que habían preparado y llevado a El Cubo había sido envenenada deliberadamente. Y que, quien se la comiese, acabaría terriblemente enfermo. Ebony sintió que aquel fue un juego particularmente cruel, diseñado para comprobar su ingenio y paciencia. Quizás, incluso su confianza. Entre otras cosas, incluida su fortaleza mental y su aguante.

Los concursantes estaban hambrientos y desesperados, pero todos se abstuvieron de probar la comida todo el tiempo que pudieron aguantar. Nova había pillado una parte de cada plato y lo había dejado fuera para ver si alguno de los pájaros se ponía enfermo tras haber picado de uno de ellos. Pero no había forma de saberlo, porque los pájaros salían volando tras comerse su bocado, y no podían revisar cómo les afectaba la comida. El Maestro de Juegos informó a Hawk que no le estaba permitido buscar frutos del bosque o plantas comestibles por la isla. Así que ayunó, resistiendo el deseo de comer aunque fuese un mordisco.

Era como echar la lotería. Una oportunidad entre diez de obtener una comida bien merecida, o de sucumbir al veneno. Igual no habían contaminado ninguna de las comidas y era todo un farol, se preguntaron algunos. Como un enrevesado test de resistencia para observar cómo reaccionaban a un problema que, quizás, solo estuviese en sus mentes y no fuese real.

Al final, Orin dejó que el hambre se apoderase de él. Comió de uno de los platos, y parecía estar bien. Nova escogió otro plato. Luego, otros concursantes corrieron también el riesgo, comiendo sendos platos, sin efectos secundarios aparentes. Con cada plato que desaparecía, las posibilidades de que uno de los restantes fuese el envenenado iban en aumento.

Esta vez, Ebony siguió el consejo de Hawk y resistió las ansias de comer, pese a que su cuerpo le estuviese exigiendo energía. De repente, Orin se puso terriblemente malo. Solo entonces descubrieron los concursantes que la amenaza del Maestro de Juegos iba completamente en serio.

Orin cayó al suelo, con arcadas, luchando por respirar mientras el veneno le recorría la sangre de todo el cuerpo. Poco después comenzaron las convulsiones, como si estuviese sufriendo un choque anafiláctico. Finalmente, quedó inconsciente y falleció.

—Qué triste —dijo el Maestro de Juegos con cierta intensidad maníaca, mientras señalaba el cuerpo sin vida de Orin sobre el suelo—. Una auténtica pena. Lo estaba haciendo muy bien —continuó, dirigiéndose a las cámaras, antes de informar de que el perdedor de la semana era Orin.

Los espectadores conocerían a un nuevo concursante en el próximo programa. Mientras que el resto de concursantes ya podían disfrutar del resto de la comida con total tranquilidad. Aunque todos, incluida Ebony, fueron con mucho cuidado, al no saber si habría trazas del veneno en los otros platos.

Al día siguiente, los concursantes cavaron una tumba para Orin. Por toda la región, los espectadores observaron mientras trabajaban duro en el campo. No retransmitieron sonido alguno ni comentarios por parte del Maestro de Juegos cuando por fin lo dejaron reposar y lo taparon con tierra, colocando una cruz blanca sobre la tumba.

Tras la salida de Orin de El Cubo, Ebony se quedó despierta casi toda la noche, repasando cómo había actuado en las distintas pruebas en que había participado. Estaba analizando lo que había hecho mal, lo que había hecho bien, e intentaba aprender del éxito que hubiesen disfrutado otros concursantes.

Recordó algunas de las frases que había usado el Maestro de Juegos durante su retransmisión. Todas las entregas parecían estar conectadas a un tema similar: poner a prueba cuerpo, mente y espíritu. También, si las elecciones individuales estaban o no separadas de los efectos que podían tener en los demás.

El Maestro de Juegos les había repetido continuamente que todos los concursantes, igual que pasaba con cualquier conjunto de población, dependían unos de otros y estaban interconectados. Las acciones de uno repercutían en el otro. Incluso la inacción podía traer consecuencias para otra persona, si no se actuaba de manera proactiva.

Ebony por fin lo comprendió. Aquello no se trataba meramente de examinar o poner a prueba a cada individuo sobre temas como moralidad, ideales, amistad, adaptabilidad, habilidades de supervivencia o cómo afectaba una persona a su entorno y viceversa... aunque estos parecían ser elementos importantes.

El énfasis más grande residía en qué podía aprender la sociedad en su conjunto de lo que estaban observando. El Maestro de Juegos había comentado que cada persona era como un pequeño guijarro en el estanque comunitario. Los concursantes eran también esos pequeños guijarros que lanzas al agua. Y su rendimiento, las pequeñas olas que se forman.

Al repasar su propio rendimiento, Ebony llegó a la conclusión de que siempre había intentado que le fuese todo bien solo a ella. Pensó que, quizás, le iría mejor si intentaba pensar en los demás. Aunque le resultase antinatural y superficial. Eso no lo revelaría, claro. Pero le dejaría bien claro al Maestro de Juegos que quería probar un enfoque distinto para responder a las pruebas. En un intento de reconfortarlo, le reveló que se pondría en busca de nuevas ideas y soluciones que pudiesen beneficiar a los demás en la isla, así como al resto de la sociedad.

Esperaba que aquella supuesta iluminación le hiciese recibir un buen nombre y avanzar por la clasificación, pues no tenía ninguna intención de acabar uniéndose a Orin o de quedarse en la isla y en El Cubo eternamente.

Un día más tarde, llegó otra concursante para reemplazar a Orin. Para sorpresa de Ebony, que se quedó completamente consternada, era alguien a quien ella conocía. Aunque nunca había sido amiga suya, ni apenas una conocida. No tenía ni idea de dónde habría salido esta nueva concursante y, lo más importante, qué estaba haciendo allí. Era Emma.

La última vez que había visto a Emma, la estaban transportando junto a sus hermanos pequeños, Shannon y Tiffany, y también el Guardián y Eloise. Emma, al igual que los Zootistas que habían sido liberados, no fue transportada con los Mall Rats tras la invasión de la ciudad. Ebony nunca esperó volver a verla jamás, y mucho menos en El Cubo.

Emma, con su ceguera, estaba claramente aterrorizada por su situación, por verse obligada a participar en El Cubo, y gritaba los nombres de sus hermanos a la desesperada, preguntándose dónde estaban.

Ebony se sentía realmente mal por ella. Aunque Emma había hecho buenas migas con los Mall Rats (especialmente con Bray, que la había tomado bajo su protección en el pasado), Ebony nunca había llegado a conocerla, ni había hecho el esfuerzo. No podía más que admirar su fuerza de carácter, no obstante, su bravura a la hora de defender a sus hermanos, y el amor que sentía por ellos. Algo evidente para Ebony tras lo que había presenciado en el centro comercial. Emma era ciertamente persistente y tenaz. Y el hecho de que hubiese sobrevivido sin el apoyo de la sociedad convencional y sin infraestructuras era un logro que Ebony respetaba.

Pero sabía que no había forma de que pudiese sobrevivir a El Cubo. Por algún motivo, habían arrojado a Emma al peor lugar posible, muy por encima de sus posibilidades, algo deleznable hasta para la propia Ebony.

La chica estaba de pie, temblando de miedo e inquietud, formando fila con los demás concursantes, mientras el Maestro de Juegos explicaba las reglas de la "prueba" que debían superar en ese programa.

Ebony se salió de la fila y se acercó a Emma. La tomó de la mano, le dio un abrazo y le dijo que todo saldría bien. El Maestro de Juegos, Hawk y los otros siete competidores se quedaron asombrados por el movimiento de Ebony. Igual que la propia Emma, que inicialmente retrocedió unos cuantos pasos al percatarse de quién tenía delante, tras reconocer su voz. Pero la aprensión de estar en su presencia fue remplazada por el apoyo y consuelo ofrecidos por Ebony. Algo que la joven necesitaba desesperadamente y agradeció, incluso si venía de una persona en la que jamás había confiado y con cuyo apoyo jamás habría creído contar.

El objetivo del desafío era estudiar la adaptabilidad de los concursantes, con el ancestral lema de "la supervivencia del más fuerte". Los participantes debían aventurarse por toda la isla, y no se les permitiría volver a El Cubo hasta que uno de ellos hubiese tenido un encuentro con una especie de reptil que iban a introducir allí expresamente para el desafío. Una serpiente con un veneno altamente tóxico que habían soltado por allí. Debían intentar atrapar a la serpiente, pero recibirían una severa penalización si intentaban hacerle daño o matarla, arriesgándose a ser Descartados.

La primera persona en descubrir el paradero del animal, sería declarada ganadora de la prueba. Aunque al lograrlo, claro, correría el riesgo de ser mordida por la serpiente. Y, si eran capaces de atraparla, recibirían puntos adicionales.

—¿Es justo que participe Emma, Maestro de Juegos? —preguntó Ebony.

—¡No seas egoísta! —saltó él—. Emma no puede evitar tener una ventaja injusta. ¿Acaso esperas que la penalice?

—No... entiendo —respondió Ebony, perpleja.

—Lo entenderás —dijo, colocándose los cascos y preparándose para comenzar el programa, mientras los cámaras se acercaban.

Aquellos concursantes que se habían aliado comentaron sus tácticas cuidadosamente. Algunos sentían que la prueba suponía un dilema demasiado grande, y que era mejor no intentar ganarla. Era casi mejor terminar segundo o tercero, más que acercarse a un metro de la serpiente, ni qué hablar de intentar atraparla para conseguir más puntos.

Cuando comenzó la prueba, mientras el resto de competidores se echaban a correr y se esparcían por la isla, Hawk se quedó atrás con Ebony, en la entrada de El Cubo.

Ambos estaban decididos a hacerle compañía a Emma y asegurarse de que estaba a salvo, por ser más vulnerable.

El sentimiento de Ebony era sincero, no quería que a la chica le mordiese una serpiente, ya estaba lo bastante consternada. Si es que de verdad había alguna serpiente suelta por la isla.

Sospechaba que quizás fuese todo una estratagema para ponerlos a prueba. Pero no tenía ninguna intención de arriesgarse. Ni de que se arriesgase Emma.

Su estrategia era mostrar descaradamente su nueva política de compasión e interés por el bienestar de los demás.

Reparó en que había otro concursante que también había permanecido en el exterior de El Cubo, receloso y temeroso de salir a buscar. Queriendo demostrar también innovación e ingenio, Ebony pilló una rama, la tiró cerca del chico y dejó escapar un grito de alerta:

—¡La tienes ahí! ¡Detrás de ti!

El concursante salió disparado, histérico, al escuchar el crujido que hizo la rama al golpear el suelo.

El Maestro de Juegos no pudo evitar sonreír mientras se dirigía a la cámara y al público.

—¡Qué bueno! Todos sabemos que la imaginación puede ser muy poderosa: una sencilla rama de árbol puede acabar convertida en serpiente. A menudo, el ser humano también es capaz de seguir el mismo ejemplo y transformarse en serpiente —añadió, observando cómo Ebony regresaba con Hawk y Emma.

El presentador prosiguió, seguido por su equipo de cámaras, y continuó con su locución:

—Me gustaría presentaros a nuestra última incorporación: Emma. Os daréis cuenta de que es ciega. Nunca podría ver una serpiente, claro, sin importar cuánto se acercase. Pero no está incapacitada por lo que no puede ver, sino que confía en sus otros sentidos. Algo que todos deberíamos hacer.

Hawk y Ebony intercambiaron una mirada atónita mientras Emma se quedaba sentada, escuchando de forma pasiva al Maestro de Juegos, que seguía dirigiéndose a las cámaras.

—Más tarde, regresaremos con Emma para darle la bienvenida. Pero, ahora mismo, veamos qué tal les va al resto de concursantes —dijo, apresurándose con los cámaras en dirección al bosque.

Hawk también se marchó, decidiendo que sería sabio intentar participar, al menos. Pero Ebony resolvió que, al menos de momento, permanecería junto a Emma y correría el riesgo, confiando en su estrategia más reciente. Algo que también le ofrecía una oportunidad para intentar entablar conversación con la muchacha. Aunque solo a nivel superficial, consciente de que podían estar escuchando cualquier cosa que comentasen.

Así que sobreactuó, repitiéndole a Emma que podía confiar en ella, mientras se sentaba sobre el césped, a su lado. Una vez la chica estuviese a salvo, intentaría descubrir qué información tenía, qué le había pasado antes de llegar a El Cubo. Algo que podría resultarle de utilidad.

Pero, en ese momento, Ebony montó todo un espectáculo: secándole las lágrimas a Emma, dándole abrazos de vez en cuando... haciendo que cada acto fuese bien visible para las cámaras fijas de alrededor y para las que ambas llevaban en el pecho, que, sin duda, debían estar en funcionamiento.

Súbitamente, Emma se encogió de miedo al escuchar un grito prolongado e histérico. No muy lejos de allí, Nova había encontrado a la serpiente entre las hojas del lecho del bosque. Pero, al hacerlo, el animal la había mordido.

Le había pisado la cabeza sin querer y, aunque la serpiente parecía estar ilesa, el Maestro de Juegos declaró ante la cámara que, por desgracia, parecía que iban a despedirse de una concursante más. Porque, definitivamente, Nova acababa de perder aquella prueba. Y la vida.

De forma extraña, tal crueldad fue contrastada poco después, cuando el presentador anunció en tono benevolente que, debido a su compasión y su conciencia colectiva, declaraba a Ebony ganadora de la prueba, por anteponer los intereses de otra persona a los suyos. Emma terminó en segundo lugar, por evaluar su entorno antes de aventurarse por ahí. Al parecer, Hawk terminó tercero, por haberse quedado con Emma al comienzo.

Al regresar al interior del edificio, Ebony guio con cuidado a Emma de la mano, alborozada. La llegada de la muchacha era lo mejor que le había pasado desde que ella misma llegase allí. Por fin había obtenido la victoria que tanto empeño había puesto en conseguir, y esperaba poder aprovechar aquel giro del destino para provecho propio.

* * *

Emma y Ebony no tuvieron que realizar labores de enterramiento gracias a la victoria de la segunda. Hawk se unió al resto de concursantes, cavando un hoyo para Nova. Mientras, en el interior del edificio donde se alojaban, Ebony llevó a Emma al baño para que pudiesen hablar en privado.

Le dijo que se aseguraría de que el cuarto de la chica quedase cerca, al otro lado del suyo. Y le informó de que el único lugar donde poder hablar con total seguridad de temas privados era en los baños públicos, pues ella y el resto de concursantes estaban seguros de que controlaban cada uno de los sonidos que emitían, auditivamente, y de los movimientos que hacían, visualmente.

Emma nunca hubiese esperado que Ebony tuviese un lado tan dulce y generoso, y expresó su gratitud. Pero a la segunda le interesaba más descubrir información, e interrogó a la primera sobre adónde la habían llevado.

Emma explicó que ella y sus hermanos, Shannon y Tiffany, se habían quedado en una especie de pueblo llamado "El Vacío". No sabía dónde habrían ido a parar el Guardián, Eloise y los Zootistas, ni tampoco las chicas embarazadas.

Solo sabía que, al parecer, Shannon, Tiffany y ella debían permanecer temporalmente en El Vacío, una comunidad donde los retendrían hasta que se decidiese qué hacer con ellos.

Cuando la sacaron de El Vacío, pensó inicialmente que quizás se enfrentaría a una vida como esclava. Nadie le explicó nada acerca de El Cubo, que a Emma le parecía un lugar siniestro y extraño, por todo lo que Ebony le había contado y por lo que había experimentado hasta el momento.

Ebony sospechaba que, si los Mall Rats decidían no cooperar, desde donde se encontrasen, quizás utilizarían a Emma como anzuelo para persuadir a Bray y a los demás. Y se preocupó por si acabarían implicándola también a ella, por su nueva y repentina alianza con la joven. Pero la compasión que sentía prevalecía sobre su preocupación, de momento. Y le aseguró a Emma que, por muy difícil que fuese El Cubo, y lo era, no dejaría que acabase siendo torturada o castigada, intentaría protegerla en todo momento.

La preocupación de que estuviesen usando a Emma como "reclamo" humano, como rehén, en caso de que sus captores necesitasen ejercer presión en Bray y el resto de Mall Rats, hizo que su nivel de ansiedad aumentase. Asumiendo, claro, que su teoría fuese cierta. Porque también podía entender que la presencia de una chica ciega en El Cubo como concursante añadía otro elemento más a aquel supuesto "entretenimiento".

Pero, si llegaban a involucrar a los Mall Rats en algún momento, Ebony tenía claro que no eran exactamente del tipo de personas que colaboran con sus captores.

Y Bray, sin duda, siempre aprovecharía para hacer de "caballero con brillante armadura" y venir al rescate de Emma, dado que la había acogido bajo su protección.

Resolvió que se lo tomaría todo paso a paso, y que modificaría su estrategia según los acontecimientos.

CAPÍTULO VEINTICUATRO

May y Salene consideraron si debían o no resucitar sus planes de boda y organizar una ceremonia para unirse de manera oficial. Por un lado, ambas sentían que no era absolutamente necesario casarse para disfrutar de su relación en pareja. Por otro, ambas sentían la necesidad de intercambiar votos para comprometerse la una a la otra espiritual y emocionalmente.

—Por muchas ganas que tenga… creo que no es el momento adecuado —le había dicho May a Salene, que coincidió. No solo por compasión hacia Ryan, que seguía dolido por no tener posibilidades de regresar con Salene, sino porque tenían temas más importantes entre manos, como la perspectiva de que los Mall Rats formasen una alianza con Cami y sus fuerzas.

Todos tenían distintas opiniones sobre lo sugerido por "el Creador" (quien, de hecho, era más bien "Creadora"), pero todos acordaron que intentarían averiguar más información, porque aquello parecía demasiado bonito como para ser cierto.

Lottie, Sammy, e incluso la pequeña Brady, compraban la idea de unirse al Colectivo. Pero los miembros mayores de la tribu eran conscientes de que se debía a haber visto todos esos animales e insectos. Darwinia les había parecido especialmente mona.

A Sammy, las jovencitas que asistían a la escuela del Colectivo también le parecían muy monas, según habían observado los demás. Y Lex pensó que se estaba acercando el momento en que él, Ryan y Bray deberían educar un poco a Sammy. En medio de la pubertad, Sammy pronto necesitaría saber más sobre cómo funciona la sexualidad, algo normal. Para que también estuviese en sintonía con el mundo natural, aunque en otros aspectos.

Los miembros mayores de los Mall Rats se reunieron para decidir que no seguirían negociando hasta no estar seguros de que el Colectivo no participaría en la trata de esclavos, y de que estos no existirían en su sociedad. Había sido una mancha muy oscura en la historia de las generaciones pasadas, algo que todos encontraban abominable. Especialmente Tai San, Alice y Ryan, tras haberlo experimentado en sus propias carnes.

No estaban enteramente convencidos con la explicación dada por el Seleccionador y Cami de que la gente que Tai San había visto trabajando en el campo durante su viaje hasta el *Lakeside Resort* eran, simplemente, miembros de su equipo agrícola. Que no eran esclavos en absoluto.

El grupo sopesó sus opciones, como la de intentar regresar a su ciudad. Pero no tenían ni idea de cómo sería la vida allí, dado que el Colectivo había invadido su territorio. Cami les había asegurado, no obstante, que era una opción viable si era lo que deseaban, porque el Colectivo no "poseía" la ciudad ni, desde luego, el centro comercial. Estaba dispuesta a compartir los diversos sectores.

Si hubo unanimidad en algo, fue en que aplazarían la decisión. Pero esta resultó ser motivo de discusión entre Amber y Bray.

Al igual que el resto de la tribu, ambos se habían quedado realmente impresionados con la nueva sociedad que el

Colectivo parecía estar desarrollando. La pareja comprendía la necesidad de tener un sistema educativo, infraestructuras médicas, ejército, equipos agrícolas y nutricionales, así como un sistema judicial donde todos tuviesen derecho a un juicio justo.

Sin embargo, Bray estaba en contra de un programa de repoblación estructurado, dado lo que había presenciado durante su tiempo como prisionero de Eloise y sus fuerzas Zootistas, con aquellas estériles fábricas de bebés.

Amber entendía su punto de vista, pero le había gustado lo mucho que ayudaban a las jóvenes madres en el Proyecto Edén. Trudy había quedado igual de impresionada, como el resto de la tribu, y era difícil imaginarse una forma mejor para que una joven madre diese a luz. El Colectivo ofrecía tanto al bebé como a la madre todos los cuidados que necesitaban.

Amber sentía que este no era un mundo anárquico en el que todos miraban por sí mismos, y estaba asombrada por aquel enfoque tan bien organizado y estructurado. Cami reconoció que el mérito era de su segundo al mando, el Seleccionador, que llevaba las tareas de administración.

Eso no quería decir que el mundo de Cami le pareciese perfecto. No lo era. Tenía sus propias preocupaciones éticas sobre la vigilancia desmedida y sobre el uso de los biochips, por mucho que monitorizar su salud tuviese sus beneficios.

Le inquietaba el comportamiento extraño del Seleccionador, del que habían informado Tai San, Ryan y Alice. Además de ser un administrador brillante, explicó Cami, el Seleccionador podía resultar extremadamente quisquilloso en ocasiones, obsesivo, incluso extravagante y excéntrico. Pero admiraba sus habilidades, esenciales para supervisar todo lo que necesitaban llevar a cabo a la hora de construir un mundo nuevo, mejor y más sostenible.

Amber le había dejado claro a Cami que no le hizo ninguna gracia la forma en que las fuerzas del Colectivo se los llevaron, sentimiento compartido por sus compañeros.

La muchacha explicó que aún había mucho trabajo por hacer. Había que perfilar ciertas áreas, incluido el ejército. Después de todo, el Colectivo no era una tribu como tal, sino que formaba un conjunto de alianzas con otras tribus, como los Privilegiados, e incluso los Zootistas. Como un reflejo de lo que había conseguido su madre en el viejo mundo, Cami pretendía establecer una estructura de colaboración, heredera de las Naciones Unidas del antiguo mundo.

La líder del Colectivo sentía mucho que los Tecnos no hubiesen aceptado trabajar con ellos.

—¿Así que conoces a Ram? —había preguntado Bray con cuidado.

—Creí conocerlo —había contestado ella, señalando que solo conocía al líder de los Tecnos por sus encuentros pasados en la red y que nunca lo había visto en persona. Consideraba que los Tecnos pudieron haber sido una adición interesante, aportando su sofisticada habilidad para adaptar y moldear todo tipo de tecnología. Inicialmente, Ram estuvo abierto a la idea de colaborar, pero acabó incumpliendo su promesa.

En cuanto a las fuerzas de Legión que llevaron a cabo la invasión bajo las órdenes del comandante Snake, se les había asignado hacerse con el control de la Montaña del Águila y de la ciudad, para salvaguardarlas de posibles amenazas futuras del exterior. El Colectivo, gracias a la información aportada por su red de espionaje, temían que existiesen otros bloques de poder rivales en tierras lejanas. Otros países donde, sin duda, los supervivientes tendrían su propia visión sobre el futuro.

Legión estaba conformado por jóvenes hombres y mujeres de acción, con habilidades de combate bien desarrolladas. No obstante, Cami instruiría al Seleccionador reprender a Snake y a su milicia por el uso de la fuerza excesiva e inaceptable que hubiesen utilizado durante la expansión del Colectivo hacia la ciudad natal de los Mall Rats.

—¿La palabra que buscas no será "invasión"? —había preguntado Lex fríamente.

—No. Expansión —había reiterado Cami. Su sueño era replicar el sistema que había establecido en Edén, para poder implementarlo en todas las regiones y, finalmente, en otros países.

—O sea, que quieres apoderarte del mundo —soltó May con desprecio.

—No, pero sí crear uno mejor —respondió ella.

Añadió que el Seleccionador, a través de su equipo administrativo, se encontraba identificando la infraestructura que posiblemente haría falta para alcanzar esa meta. Y ya se estaban tomando acciones por toda la red del Colectivo para encontrar a Ram y al resto de Mall Rats desaparecidos, como Jack y Ellie. E, incluso, para investigar el paradero de aquellos que habían desaparecido mucho antes, como Patsy y Paul. Para que los Mall Rats pudiesen estar todos juntos de nuevo.

Aquellas noticias alentaron a la tribu, pero tenían sus reservas en cuanto a los aspectos cuasi-religiosos adoptados por el Colectivo en torno a Zoot y a aquellos que guardaban relación con él: incluidos su hermano, Bray; la hija de Zoot, Brady; su madre, Trudy y el hijo de Amber, que era sobrino de Zoot. Así como la propia Amber, por ser la madre del niño.

Cami les explicó que quería que aquellos miembros clave de los Mall Rats que tuviesen conexión con Zoot, como Amber, "difundiesen la palabra" entre los miembros del Colectivo, para usar las "enseñanzas" del Guardián como un sistema de creencias positivo y empoderante.

Este no era el fervoroso "Poder y Caos" que había cultivado el Guardián de manera independiente, les aseguró. Se necesitaba devoción estricta. Confiaba en que debía haber una forma de usar el poder del legado y el nombre de Zoot para infundir valores humanos y civilizados en un mundo perdido y asustado, un mundo que necesitaba un sistema de creencias, una religión de algún tipo. Gracias a una versión modificada de la fe, Cami creía que sería posible adaptarse y evolucionar para difundir amor, compasión, tolerancia y cooperación. Para que la sombra antes divisiva y aterradora arrojada por Zoot diese paso a una figura beneficiosa, a una fuerza unificadora.

Amber estaba de acuerdo con Bray, que rechazaba la filosofía actual de los Zootistas en las tierras del Colectivo. Pero ella aceptaba también la lógica de Cami y entendía que, si no fuese Zoot, seguramente aparecería en la sociedad algún otro equivalente, alguna nueva religión, como había ocurrido desde el comienzo de la humanidad.

En cualquier caso, les gustase o no, el movimiento Zootista era una realidad, un movimiento que tantos seguidores consideraban verídico. La palabra de la leyenda de Zoot y de las hazañas de los Mall Rats se había difundido de manera natural a lo largo y ancho del territorio. Era algo demasiado poderoso y había que controlarlo, mantenerlo bajo un liderazgo firme para asegurar que se utilizaba para el bien y no para el mal, que aquellos con intenciones más perversas no se aprovechaban de ello.

Pese a las dudas que tenían, los Mall Rats sentían que, haciendo balance, debían al menos darle una oportunidad a Cami y el Colectivo, reuniéndose en varias ocasiones para discutir más extensamente todos los elementos y observar con mayor detalle los diversos aspectos de la sociedad que habían puesto en funcionamiento. Si resultaba que no terminaban encajando y cualquiera de ellos quería marcharse a su antigua ciudad o a cualquier otro lugar, entonces eran libres de hacerlo, según les había prometido Cami. Ellos decidirían su propio destino.

* * *

—¿Cómo está mi chico guapo? —dijo Amber, ofreciéndole un cariñoso abrazo a su hijo, tomándolo de los brazos de Bray.

Acababa de volver a su cuarto en el *Lakeside Resort* tras su última reunión con Cami en el *Archivo*. Bray la había estado esperando allí, cuidando del pequeño Jay.

—Echaba de menos a su mamá —dijo él—. Y yo, también.

—Yo también os echaba de menos a los dos. Pero siento que estamos consiguiendo muchas cosas.

—¿Ah, sí? —preguntó Bray, prudente.

—¿Qué has querido decir? —preguntó a su vez Amber, observándolo con preocupación.

—Quiero decir que te echo de menos. A la antigua Amber, la que no deja de lado su intuición —contestó.

—Por favor, Bray. Ahora no. No quiero discutir.

—¿Por qué no? ¿Te preocupa que te fastidie la relación con tu nueva mejor amiga?

—No es mi amiga.

—Entonces ¿qué es?

—Una persona que intenta hacer lo correcto. Como yo.

Bray sabía que Amber hablaba con sinceridad. Y la quería por ello. Siempre había sido así. Ella realmente intentaba hacer del mundo un lugar mejor. Nunca tendría problemas con ella en ese sentido, y solo podía sentirse orgulloso, creer en su visión. Pero no las tenía todas consigo respecto a las motivaciones de Cami, del Colectivo… y, especialmente, del Seleccionador. Este le parecía demasiado encantador. Demasiado manipulador.

Pero su mayor preocupación era que, cuanto más pensaba en ello, más le parecía que todo eso de la fe Zootista (o religión, o filosofía, o como quisieran llamarlo) era una abominación. Una denigración de quién fue su hermano realmente. Una obra de ficción. Una imagen falsa. Tergiversaba la verdad y la realidad de la vida de su hermano y de su familia, a quienes Bray había conocido mejor que nadie. Le repugnaba que Cami estuviese utilizando el legado de su hermano para sus propios propósitos. Sin embargo, ella lo justificaba afirmando que pretendía usarlo para hacer el "bien". Y, pese a que el Colectivo no era todo maldad, como él mismo le había reconocido a Amber, sentía que toda esa idea de animar a la gente a creer en Zoot era ridículo. No quería tener nada que ver en ello. En absoluto.

No solo le repugnaba la fe Zootista por sus principios, sino que le preocupaba que Cami estuviese abriendo, sin percatarse, la caja de Pandora, poniendo en marcha fuerzas que dudaba que ella o el Seleccionador pudiesen llegar a controlar. Ya había sido testigo del fanatismo de los Zootistas en el pasado. Nunca había sido una fuerza del bien. Todo ello estaba manchado. Y, por mucho que le doliese, creía que el legado de su hermano quedaría mancillado para siempre.

—Estás siendo una ingenua, Amber. Y no te das ni cuenta.

—¿Yo? ¿No serás tú el ingenuo, que no puedes ni tener la mente abierta?

Bray reiteró su opinión: alimentar el mito de Zoot terminaría atormentando su futuro, no iluminándolo. Y no podía dejar que ocurriese. Por el bien de Trudy, de Brady y de su propio hijo. Por el bien del resto de la tribu, y de tantas otras personas por todo el territorio.

—Vale. Lo retiro. Quizás no estés siendo un ingenuo, ¡pero sí un desconfiado! —afirmó Amber.

—¿Así lo llamas tú? ¡Yo lo llamaría ser realista! —replicó Bray—. ¿Qué clase de madre eres si permites que tu hijo se vea expuesto a ello y tome parte?

Aquellas palabras apuñalaron el corazón de Amber, que le propinó un potente bofetón.

—¡¿Cómo te atreves a decir algo tan horrible?!

El pequeño Jay comenzó a llorar por la acalorada discusión entre sus padres. Bray se quedó mirando a Amber y luego se fue echando humos, dando un portazo al salir.

Amber cogió a su bebé en brazos y se echó sobre la cama, sollozando, aferrándose bien a él.

* * *

Trudy compartía la preocupación de Bray sobre la amenaza que suponía la fe Zootista respaldada por el Colectivo, y no estaba dispuesta a exponerse ni a exponer a Brady a una vida en la que se viesen presionadas a ser el centro de aquel universo Zootista que parecía girar en torno a ellas. Así que, hasta el momento, había rechazado la oferta de Cami y el Seleccionador de aparecer junto a su hija en el templo de Edén, y había permanecido en el *Lakeside Resort* día tras día.

Eso le permitió también dedicarse a cuidar del pequeño Jay, así como de Brady, Lottie y Sammy, mientras los Mall Rats negociaban con Cami e intentaban averiguar más información sobre esa sociedad que tan apasionadamente se había comprometido a desarrollar.

Alice, Ryan y Lex también solían quedarse en el resort, reticentes a dejar sola a Trudy, temiendo por su seguridad si resultaba que Cami y el Seleccionador no eran de fiar.

Sin embargo, aquella preocupación se iba disipando con cada día que pasaba, con cada vez que sus compañeros regresaban e informaban entusiasmados sobre lo que habían presenciado y hablado.

Cami parecía ser sincera. Pero aún no lo tenían tan claro en cuanto al Seleccionador.

La relación entre Bray y Amber seguía siendo tensa, con más discusiones acerca de las ventajas de aliarse con el Colectivo. A Bray le resultaba especialmente irónico que la posible unión con el Colectivo los estuviese distanciando a ellos dos. Ella intentó convencerlo de que no era así, de que la visión de Cami la estaba inspirando mucho, sencillamente. Pero a él le parecía que, más bien, le estaban lavando el cerebro, y así se lo había advertido. Comentario que solo sirvió para exacerbar el desdén de Amber hacia la postura de su chico, que consideraba terca y obstinada.

A menudo, Ryan se unía a los demás en sus visitas y tours por el Proyecto Edén, y había aceptado impartir algunos cursos de defensa personal en la escuela y, también, entrenar a algunos reclutas de la milicia. Se dio cuenta de que necesitaba encontrar un nuevo propósito en la vida, algo en lo que centrarse, que le ayudase a superar el rechazo de Salene. Estaba feliz de que hubiese encontrado a alguien especial, estaba realmente contento por ellas, pero seguía sintiendo un vacío que necesitaba llenar.

Salene y May, a su vez, se estaban involucrando cada vez más en la división educativa de Edén, donde ayudaban a enseñar a los niños más pequeños a leer y escribir, además de ofrecerles consejos para la vida.

A Salene siempre se le había dado bien cuidar de los más pequeños, y se sorprendió al ver que May comenzaba también a mostrar esas cualidades, obteniendo una respuesta muy positiva de los alumnos.

Por su parte, Tai San no sabía exactamente cómo sentirse, estaba confundida, sentada en la cama de su habitación, aguardando el regreso de Lex.

Tenía sentimientos encontrados. Por una parte, consideraba que Cami era una joven excepcional, un espíritu afín a ella, a juzgar por su conexión con la naturaleza y su respeto por todas las formas de vida, tanto humanos, como animales y plantas. Se asemejaba a la espiritualidad y la conciencia medioambiental de la propia Tai San.

En posición diametralmente opuesta estaban sus dudas sobre el Seleccionador. Era muy diferente a Cami. Mientras que la chica parecía sincera y auténtica, él seguía pareciéndole todo lo contrario. Desde el primer momento en que lo vio.

Cómo había llegado a tener una relación tan estrecha con Cami, a escalar hasta el nivel más alto del Colectivo, era algo que no podía llegar a entender. ¿Querría decir que Cami no estaba siendo sincera del todo, que debía sospechar de ella? ¿Sería el Colectivo realmente una fuerza del bien, como parecía personificar Cami? ¿O tenía motivos para sentirse intranquila por el enigma que encarnaba el Seleccionador? En su opinión, era de lo más siniestro. Le vino a la mente el mantra que repetía su familia en el viejo mundo: "dime con quién andas, y te diré quién eres".

El otro embrollo lo tenía con Lex. Desde que habían vuelto a ser pareja recientemente, su renovada relación estaba sometida a presiones externas.

Cada día, Lex se enfrentaba a distracciones y a posibles tentaciones que amenazaban con alejarlo de Tai San. No dejaba de visitar a la tribu de los Privilegiados. Serían tiempos difíciles que los llevarían al éxito o al fracaso como pareja. Y que acabarían confirmando si debían o no seguir manteniendo el compromiso de su relación.

CAPÍTULO VEINTICINCO

—¿Qué tal el día, preciosa? —le preguntó Lex a Tai San cuando volvió de otra visita más a los Privilegiados mientras le ofrecía un abrazo, en el cuarto de ambos.

—Seguro que no me lo he pasado tan bien como tú.

—No sé por qué, pero me da que no lo dices a buenas —dijo un cauteloso Lex—. ¿Qué pasa?

—Eso tendría que preguntártelo yo a ti —preguntó Tai San—. ¿Por qué te interesan tanto los Privilegiados?

—Por explorar. Por investigar. Hablando de eso, ¿qué tal si nos ponemos a "investigar" tú y yo un poquito antes de la cena?

—¿Investigar qué? —preguntó ella, confundida.

—¿Tú qué crees? Tú estás cañón, y yo también —coqueteó Lex, procediendo a besar a Tai San, que respondió a sus abrazos y caricias.

Ella se había pasado casi todo el día con el Seleccionador. Tras consultarlo con Cami, este le había preparado una visita a la biosfera de Edén. Era una estructura en forma de cúpula geodésica de vidrio que albergaba una infinidad de plantas dentro de su atmósfera cálida y herméticamente sellada. La habían construido los adultos para complementar el banco de

287

semillas de Edén. Un lugar donde las plantas elegidas, sobre todo hierbas, podrían prosperar.

El Seleccionador sabía del interés de Tai San por las plantas y los conocimientos que poseía sobre ellas, y le había hecho compañía durante ese día. Y durante los tres días anteriores. Supuestamente, quería conocer su opinión sobre la biocúpula y ver si le interesaba tomar el mando de las instalaciones y dirigir allí un programa de herbología, para cultivar y propagar las hierbas y usarlas como medicinas homeopáticas y remedios naturales, algo que a ella se le daba de maravilla.

Tai San no podía evitar sentir que el Seleccionador estaba enamorado de ella, si bien últimamente estaba algo menos empalagoso y pesado. Pero su olfato le decía que seguía obsesionado.

Había acudido a la biocúpula para echar un vistazo, y le despertaba curiosidad la oferta de Cami de dirigir un programa y ver si podía contribuir de manera útil en la vida de mucha gente gracias a la rica variedad de hierbas a su disposición. Podían servir tanto para medicina, por sus propiedades homeopáticas, como para nutrición.

Ahora mismo, Tai San tenía al Seleccionador grabado en la mente y no estaba de humor para tener ningún encuentro con Lex.

—¿A ti qué te pasa? —preguntó este, al ver que había dejado de responder a sus acercamientos.

—No dejo de pensar en el Seleccionador.

Lex dio un salto de la cama y comenzó a vestirse inmediatamente.

—¿Qué sucede? —preguntó ella.

—¿Tú qué crees? ¡No voy a quedarme aquí enrollándome contigo para que te pongas a fantasear! —saltó un furioso Lex.

—No estaba fantaseando —contestó Tai San, que no pudo evitar soltar una pequeña carcajada por la absurdidad del comentario y por el hecho de que su ego masculino hubiese salido mal parado.

»Créeme, está todo bien. Siempre que no estés tú pensando en "las Privilegiadas", claro.

—Tai San, ¿de verdad crees que disfruto yendo allí todos los días? —respondió Lex.

—¿No lo disfrutas? ¿Estás seguro? —preguntó ella, interrogándolo con la mirada.

Señaló que también le resultaba difícil concentrarse en su sesión romántica porque podía oler el aroma de una mezcla de perfumes dulces emanando de Lex. Olía como si su lugar estuviese en la floristería, no en la cama.

Lex explicó que había probado una loción *aftershave* casera que le habían ofrecido los Privilegiados.

—Si te sirve de consuelo, son ellas las que no me quitan ojo de encima. Pero no significa que a mí me pase lo mismo. Como te he dicho, solo he estado investigando. Eso es todo.

—¿Investigando qué, exactamente? —preguntó Tai San.

—Sus defensas, su milicia… —respondió él.

Los Privilegiados vivían en una zona del lago un poco más alejada, a las afueras de Edén, en lo que una vez fue un complejo montañoso usado por los trabajadores de las instalaciones durante la pandemia. Ahora, casi toda la tribu se pasaba el tiempo al aire libre, tomando el sol sobre césped impecable o haciendo ejercicio, perfeccionando sus cuerpos ya de por sí esbeltos y pulidos.

Todos, sin excepción, eran atractivos físicamente, y representaban el peldaño más alto de la sociedad del Colectivo, disfrutando del estilo de vida más cómodo y con un séquito de sirvientes conocidos como Descartados que se ocupaban de cada una de sus necesidades.

Eran la cúspide de la humanidad, unos pocos y afortunados especímenes casi perfectos que no solo tenían un aspecto despampanante, sino que poseían dones o talentos poco comunes que los hacían destacar sobre el resto de la población. Algunos eran músicos talentosos, otros eran atletas naturales, poetas, escritores, pintores… Su papel era llenar de arte y belleza la vida diaria. Así como representar un estatus que los demás, si se esforzaban, podían soñar con alcanzar.

Si alguien demostraba su lealtad hacia el Colectivo y trabajaba duro, un día podría ser recompensado, permitiéndosele pasar algún tiempo en compañía de los Privilegiados. Quizás un día, o una semana, dependiendo de cuánto hubiesen contribuido al Colectivo. Era como estar en el paraíso. Un refugio, un remanso de paz, un santuario en las inmediaciones de Edén.

Los miembros más leales al Colectivo podían aspirar, incluso, gracias a sus esfuerzos en sus rutinas diarias como médicos, profesores o guerreros, a ser honrados con la pertenencia vitalicia a los Privilegiados. Algo que solo unos cuantos podían esperar recibir en el futuro a través de su excepcional servicio, incluso aunque no poseyeran el atractivo natural que, de otro modo, ya les habría garantizado ser miembros.

Carismáticos y hermosos, los Privilegiados resultaban ser unos hedonistas, ciertamente narcisistas y egocéntricos. Lex, que había presenciado cómo se ponían a hacer poses mientras entrenaban, era de la opinión de que sus egos encajaban a la perfección con sus físicos. Tanto hombres como mujeres pertenecían a una sección de la milicia y, en ocasiones, Ryan lo había acompañado en sus visitas por seguridad, por si se la "jugaban". Todos eran más que capaces de defenderse en combate.

Algunos de los miembros más jóvenes del Colectivo parecían conocer a muchos de los Privilegiados por su nombre. Los admiraban y aspiraban a ser como sus ídolos. Era la vida perfecta, reservada solo para unos pocos seres perfectos.

El Seleccionador le comentó a Lex que quizás, un día, podría unirse a los Privilegiados. Que podría incluso acabar usurpando la posición de su enigmático y misterioso líder, conocido como Flame. Al parecer, era un músico consumado, el guitarrista definitivo, un Dios del rock que vivía una existencia mayormente solitaria más arriba, en las montañas. Adorado y venerado por todos, hacía pocas apariciones en público. Pero pocos habían tenido el privilegio de posar sus ojos sobre el ídolo definitivo.

El Seleccionador razonó que, mientras que Flame era solo una estrella de rock... Lex era todo un ser celestial, por ser el responsable de dar vida al Dios Zoot, creando involuntariamente todo aquel fenómeno en el proceso. Lex sería venerado. No porque los Privilegiados adorasen a Zoot. Ellos solo se adoraban a sí mismos y a su ídolo, Flame. Pero habían reconocido la perfección en la capacidad de Lex para matar. Después de todo, no solo había dado comienzo al mito de Zoot... al mismo tiempo, había matado a un Dios. El Seleccionador quería que educase a los influyentes Privilegiados, revelando más detalles sobre su propia vida, para contar de nuevo los sucesos que llevaron a que Zoot se convirtiese en un ser inmortal.

Tras acceder a la petición del Seleccionador de, al menos, pasar algún tiempo con los Privilegiados, Lex dijo que esperaba descubrir más sobre la capacidad defensiva del Colectivo y, quizás, llegar a "influir sobre los influyentes".

En realidad, se sentía como un niño en una tienda de golosinas, al estar rodeado de un rebaño de gente hermosa, de chicos y chicas adulándolo, atentos a cada una de sus palabras. Había sido una experiencia estimulante. Los Privilegiados le rieron los chistes y se sentaron, absortos, a escuchar cómo había mandado a Zoot al otro barrio. Le reveló a Tai San que lo había adornado un poquito. No pudo evitarlo, y le pareció muy gracioso (e increíble) que lo tratasen como a una deidad a él también.

Había mostrado su destreza en combate, enseñándoles algunos movimientos de lucha callejera a los musculados guerreros y guerreras, que quedaron impresionados. No pudo negar que algunas de las chicas más hermosas que había visto jamás le ofrecieron sus cuerpos para gratificarse. Todos los miembros de los Privilegiados parecían mantener relaciones abiertas.

—Espero que hayas mencionado que los Mall Rats no siguen la misma filosofía —comentó Tai San.

—Por supuesto —respondió Lex.

Ella lo creyó. Simplemente porque había escogido hacerlo, consciente de que Lex estaba disfrutando de aquel masaje a su ego y de que podía acostumbrarse a ello fácilmente, incluso acabar volviéndose adicto. Se preguntó si el Seleccionador lo habría preparado todo para tentar a Lex, para sembrar la discordia entre la pareja.

—¿No serás tú la que tiene un problema con su ego? —preguntó Lex, a quien le había hecho gracia aquel comentario—. ¿Qué te hace pensar que le interesas al Seleccionador más allá de por ser una Mall Rat?

—Llamémoslo intuición femenina —respondió ella, confundida por cómo podía estar tan ciego a las miradas del Seleccionador, en ocasiones más que lascivas. Tai San sentía que aquellos ojos la devoraban.

—Solo existe una chica para mí, Tai San. Y la estoy mirando ahora mismo —insistió Lex, dándole un beso—. ¿Por qué no me acompañas mañana para ver por ti misma de qué va todo y te olvidas un poco de las hierbas? Seguro que los Privilegiados se quedarían impresionados contigo. Y verás lo mucho que me adoran. Les encanta que me deje caer por allí.

—Bueno, supongo que alguien tiene que hacerlo, Lex —dijo Tai San—. Qué más dará que seas tú.

—Supongo que prefieres pasar más tiempo aún con el Seleccionador. ¿Debería estar yo celoso de él?

—No —bufó Tai San, con desprecio—. Por supuesto que no.

—Pues no estés tú celosa de las Privilegiadas. Ninguna de ellas me merece —añadió con una sonrisa pícara.

—Espero que estés bromeando, Lex —dijo ella—. Y que no se te esté subiendo tanto el guapo a la cabeza como a esos Privilegiados.

—¡Ni de coña! —respondió él. Pero sus palabras parecían más convencidas que su expresión, algo de lo que Tai San se pudo percatar. Esperaba que la adulación que tan bien hacía sentir a Lex no trajese repercusiones más allá de inflar su ego. Perderlo le rompería el corazón.

* * *

El Seleccionador había estado reforzando la seguridad en las visitas de los Mall Rats al Proyecto Edén. Y, para su protección, había incrementado la vigilancia en el *Lakeside Resort*, puesto que se estaban exponiendo cada vez más y su imagen era ya muy pública. No le preocupaba solo la sociedad convencional que conformaba el Colectivo…

…sino, sobre todo, los fanáticos seguidores de Zoot, algo que reforzó la opinión de Bray de que estaban cometiendo un gran error al participar en la perpetuación de la leyenda de Zoot y al asegurar su culto. A regañadientes, Amber aceptó que, quizás, había estado cegada por todo lo bueno que ofrecía la visión de Cami y no le había prestado atención a todo lo que implicaban los Zootistas. Y podían ser cosas muy malas.

Trudy se quedó aliviada al ver que Amber comenzaba a ver que la preocupación de Bray no era más que sentido común. Preocupación que ella también compartía, y que había hecho que el Seleccionador le asignase un guardaespaldas personal que la acompañaba a todos lados.

Se llamaba Storm. Pero, más que una "tormenta", Trudy sentía que era una nube inoportuna que había descendido y oscilaba sobre ella.

A.J. PENN

Storm era alto, de constitución musculosa, con una fuerte mandíbula. Pero era un joven de pocas palabras. Al parecer, el propio Seleccionador lo había escogido para estar al tanto de los Mall Rats. Pero, sobre todo, de aquellos que guardasen relación con Zoot. Y, sobre todo, de Trudy y Brady (le gustase o no a la primera), dado que la pequeña era la hija del mítico líder de los Locos, y la leyenda de la Madre Suprema se había esparcido a lo largo y ancho del territorio.

Le pegaba que su nombre tuviese que ver con un clima aciago, había mencionado orgulloso el Seleccionador, porque era una fuerza destructiva cuando necesitaba serlo. Y se le había concedido el honor de proteger a Trudy y a su hija, día y noche.

El chico no solo poseía destreza militar, afirmó el Seleccionador, sino que estaba formado en medicina y podía actuar como auxiliar de emergencia en caso de que Trudy, Brady o cualquiera de los Mall Rats necesitasen asistencia inmediata. Era hábil en todo tipo de áreas. Excepto a la hora de saber cuándo estaba incordiando con su presencia, pensó Trudy.

Desde luego, no estaba en contra de disfrutar de un entorno más seguro, pero la presencia de Storm le resultaba demasiado abrumadora y, por algún motivo, se preguntaba si estaría realmente allí para espiarla.

A menudo se quedaba plantado, en silencio, vigilando de guardia, observando a Trudy y Brady en el resort. Incluso de noche, Storm se quedaba despierto, fuera de su dormitorio. Era como una máquina, necesitado de muy pocas horas de sueño. Se transformaba en la sombra de madre e hija sin parar. A veces, hasta cuando estaban en otras partes del resort: si iban al baño, las esperaba fuera; si iban al comedor, estaba solo a unos pasos; si Trudy salía afuera a tomar el aire o a dar un paseo con Brady, él no andaba lejos.

Esto no hacía más que alimentar la exasperación de Trudy porque el muchacho se hubiese infiltrado en su vida privada, algo que era sagrado para ella. Su rutina diaria con Brady era

294

su santuario. Aunque afirmaba no querer entrometerse, Storm era un intruso en la existencia de Trudy y Brady, simplemente, por estar ahí a todas horas. Aunque le habían ordenado vigilar supuestamente a toda la tribu, especialmente a los que guardasen relación con Zoot, parecía estar completamente centrado en Brady y Trudy.

Según la opinión de esta, su presencia se estaba volviendo cada vez más irritante e innecesaria. Era como si la estuviese atormentando, como si se tratase de un fantasma. Y había hecho todo lo posible por hacer que las dejase en paz. Se lo había pedido con educación, se lo había ordenado, incluso había llegado a perder los papeles, gritándole en varias ocasiones. Pero Storm ni se inmutaba. Se quedaba escuchando sus insultos, ignorando sus súplicas y peticiones, y continuaba siguiéndola diligentemente a todas partes, como una mascota indeseada pero fiel.

Al principio, Brady le tenía miedo. Por su gran tamaño, en comparación con la niña, resultaba una presencia intimidante. Esto no ayudó a ganarse el favor de Trudy.

Sin embargo, tras cierto tiempo, su continua presencia acabó siendo una fuente de diversión para la pequeña. Comenzó a entretenerse con él, jugando al escondite o echando a correr por los pasillos del resort. Cada una de las veces, Storm salía corriendo tras ella y Brady chillaba encantada, soltando risitas por lo absurdo que era todo al tener a aquel gigante acompañándolas.

Incluso lo había puesto a prueba en varias ocasiones, pidiéndole que le trajese un vaso de agua o algo de comida del comedor, algo que él había acatado cada vez. Trudy y los demás Mall Rats eran conscientes de que Brady lo estaba usando como su sirviente particular, y Amber estuvo de acuerdo en que sería buena idea comentárselo al Seleccionador, para que le pidiese a Storm mantener las distancias.

La niña también trataba a su guardaespaldas como si fuese un osito de peluche, un juguete. Y a su madre le preocupaba la amistad que estaban forjando. Lottie y Sammy también participaban en muchos de los juegos. Hasta May y Salene parecían haberse acostumbrado a su presencia, creyendo que era un tipo decente. Y tanto Lex como Ryan le estaban empezando a pillar cariño, y a menudo intercambiaban consejos sobre diversos movimientos de artes marciales u otras tácticas.

Bray se daba cuenta de que, además de con la pequeña Brady, Storm parecía estar estrechando lazos con cada uno de los Mall Rats. Sin prisa, pero sin pausa. Estaba conociendo mejor a cada miembro de la tribu. Y, aun así, seguía siendo un desconocido. Alguien del exterior. En realidad, se estaba inmiscuyendo en sus vidas, era un intruso al que nadie había invitado. Amber coincidía con él: debían mantenerse alejados, y asegurarse de que el resto de Mall Rats no pillaban demasiadas confianzas con él.

Ambos confiaban en su tribu, claro. El problema no era ese. Era más bien que Storm parecía tener otro tipo de instrucciones ocultas, más allá de sus funciones como guardaespaldas.

Trudy había vuelto a su cuarto tras haber salido al comedor para cenar temprano, esperando poder acostar pronto a Brady. Estaba sentada en el suelo, con las piernas cruzadas, y había estado jugando a la pelota con la pequeña, sentada en el sofá. Storm se la había dado a Brady aquella mañana. El primero de muchos juguetes prometidos por el Seleccionador, para mantenerla ocupada y estimulada.

Trudy se reía, disfrutando de aquel momento con su hija, que le tiraba la pelota de vuelta con suavidad. Su intención era mantenerla relativamente tranquila y que no se alterase demasiado antes de irse a la cama. Solo quería compartir un poco de diversión y de tiempo juntas antes de leerle un cuento para dormir.

Brady volvió a tirarle el balón y a su madre se le escapó, saliendo disparado tras ella, sobre su cabeza. La niña saltó del sofá, correteando sobre la moqueta, persiguiendo la pelota que rodaba por el suelo... hacia la puerta, donde encontró a Storm plantado, observando con atención.

—¡No te he invitado a entrar! —saltó Trudy, frustrada por la presencia del vigilante.

—Tienes que portarte mejor con Storm, mamá. —dijo Brady, mientras le tiraba la pelota y la volvía a recibir, retomando su juego.

Trudy se sintió extrañamente humillada. La había regañado su propia hija. Aquello hizo colmar su rabia acumulada.

—¡¿Por qué no nos dejas en paz?! —gritó—. No te hemos pedido que estés aquí. ¡No hemos pedido nada de esto! ¡Déjanos... en... paz!

—Lo siento... no puedo —respondió él—. Son mis órdenes.

Trudy no podía soportarlo más. Dejó escapar un aullido de pura frustración para desahogarse, cogió la pelota y se la lanzó desde el otro lado de la habitación en un momento de ira. Él la pilló con facilidad.

—¡Vete! —le imploró ella—. ¡Vete, por favor!

Brady comenzó a llorar, confundida por la situación, angustiada por ver a su madre así.

—Solo por esta vez... te daré espacio para que te recuperes. No estés molesta, por favor —dijo Storm, preocupado.

Para sorpresa de Trudy, el chico desafió las órdenes del Seleccionador y, por primera vez, obedeció las suyas, saliendo y cerrando la puerta tras él. Quizás sí fuese humano, después de todo, y ocultase una pizca de empatía y decencia debajo de aquellos modales militares y disciplinados.

—Siento haber gritado —le dijo Trudy a su hija, dándole un cariñoso abrazo.

Sentía que estaba a punto de perder la cabeza en presencia de Storm. Y se preguntó si era ese el motivo real de que el Seleccionador lo hubiese situado allí, para llevarla al límite, para estresarla, para ponerla a prueba y dejarle la cabeza hecha un lío.

* * *

Más tarde esa misma noche, Amber se despertó en su habitación. Estaba a oscuras, con una única y casi imperceptible fuente de luz proveniente de la luna que se reflejaba sobre el lago, visible al otro lado de la ventana.

Podía oír el relajante sonido de la respiración de su bebé en la cama de al lado e, instintivamente, se dio la vuelta y estiró el brazo para regalarle una caricia a Bray. Tras todo lo que había pasado entre ellos últimamente y todas las discusiones recientes, quería besarlo con afecto, sentir su calor.

—¿Estás despierto? —susurró.

Algo no andaba bien. El espacio que había junto a ella estaba vacío.

—¿Bray?

Asustada, se incorporó en la cama y encendió la lámpara de noche, confirmando que no había ni rastro de Bray.

Pegó un salto de la cama y se apresuró al baño para ver si estaba ahí. Pero también estaba vacío.

Luego, se acercó a la puerta y giró el manillar, esperando mirar por los pasillos, por si Bray hubiese salido a dar un paseo o estuviese en alguna otra parte del resort.

La puerta estaba cerrada con llave desde fuera, y fue incapaz de salir.

Sin embargo, de algún modo, Bray sí había salido. Parecía que no solo había desaparecido del *Lakeside Resort*, sino también de la faz de la Tierra.

CAPÍTULO VEINTISÉIS

Ram seguía encerrado en la habitación de la fábrica en la que lo había metido Ved, permitiéndole salidas puntuales para ir al baño o para estirar las piernas caminando por los pasillos de la antigua base de los Tecnos, siempre acompañado por algunos Virts, y en ocasiones del propio Ved.

Se había convertido en un prisionero en el interior de lo que una vez fue su hogar.

Ved lo visitaba para mantenerlo al tanto de lo que había estado haciendo. Aseguraba haber abierto la primera línea de comunicación *online* con el Colectivo, tras presentárselos el Negociador. Le hizo saber que el Colectivo había respondido de forma favorable, prometiéndole comida y recursos tecnológicos para toda la vida como recompensa si les entregaba a Ram, como afirmaba que podía hacer. Sus contactos también le garantizaron que estaban llevando a cabo una investigación por todas las regiones bajo su jurisdicción para ver si podían esclarecer qué había pasado con Cloe.

Según le informó a Ram, estaba muy conforme con cómo habían ido las cosas, con las propuestas tan positivas que le estaban poniendo sobre la mesa.

Ram insistió que solo un idiota podría fiarse y hacer un trato con ellos. Sin duda alguna, el Colectivo utilizaría su amplio arsenal tecnológico para localizar la ubicación real de Ved cada vez que se conectaba y contactaba con ellos, le advirtió. Era solo cuestión de tiempo antes de que enviasen fuerzas a la antigua ciudad de Ram y tomasen el control de la fábrica, apoderándose de él… y sometiendo a Ellie, Jack, Ved y todos sus Virts a una vida de esclavitud, sirviendo al poderoso bloque de Kami y el Colectivo.

Ved estaba loco si pensaba poder negociar con ellos en igualdad de condiciones. En este nuevo mundo, reinaba la ley del más fuerte. Y, que él supiera, los más fuertes de todos eran el Colectivo. Aplastarían a Ved sin pensárselo dos veces mientras le prometían el oro y el moro (sin llegar a darle nada), si eso les facilitaba salirse con la suya y hacerse con Ram.

El chico había ignorado las tácticas de su antiguo mentor para que se "cagase de miedo", como él lo llamaba, seguro de que Ram estaba recurriendo a sus viejos trucos y de que estaba intentando intimidarlo para que lo liberase, por la amenaza que suponía el Colectivo.

Ved no era ningún imbécil. Le aseguró a Ram que, cada vez que se había conectado a la red, había conseguido mantener su ubicación real escondida tras varias capas de encriptación y direcciones IP falsas. El Colectivo creería que se encontraba en otro lugar y no en la antigua base de los Tecnos, si es que intentaban localizarlo en persona.

Había aprendido muchas cosas de Ram, y mantenía su ubicación un secreto bien camuflado, oculto a ojos fisgones, por si el Colectivo se atrevía a traicionarlo. Se burló de él, diciendo que debería disfrutar de la "libertad" que tenía en la fábrica, porque, dentro de poco, se pondrían en camino para intercambiarlo con el Colectivo en la ciudad donde anteriormente vivían Amber y los Mall Rats, ahora que habían reparado el dron en el que Ram había viajado junto a Jack y Ellie y volvía a estar operativo para volar.

Con cada día que pasaba, aumentaba la preocupación de Ram sobre su futuro. Rebuscaba en cada átomo de su ser, calculando algún movimiento o estrategia con el que poder persuadir a Ved de abandonar las negociaciones con el Colectivo. Y, ya puestos, liberarlo. Pero el chico era testarudo, su confianza había aumentado e iba a la suya. Ya no escuchaba a Ram, como lo hacía antes.

Se incorporó al abrirse la puerta de su habitación. Uno de los Virts le trajo la comida: una lata fría de espaguetis, bien pasada de su fecha de caducidad. Miró el plato con desaprobación, pero no tenía más opción que comerse lo que le daban. Le hacía pensar, además, que la vida no era tan dulce y cómoda para los Virts como aseguraba su líder. Seguramente, estaban terminando ya las provisiones que Ram había guardado en su antigua base. Y ese podría ser uno de los motivos por los que Ved estaba intentando regatear con el Colectivo, para asegurarse de que les daban suministros adicionales con los que alimentar a su tribu si llegaban a un acuerdo.

—Gracias por la comida —dijo Ram, sonriendo de manera amistosa al Virt que le había llevado ese plato tan repulsivo. Se llamaba Giga y, cuando se disponía a marcharse, Ram lo agarró por el brazo—. Oye, espera un momentito, por favor.

—No debo hablar contigo —dijo Giga, mirándolo con cautela.

—Ya lo estás haciendo. Y no pasa nada, ¿ves? Estamos manteniendo una conversación —añadió él, ofreciéndole otra sonrisa.

—Ved nos advirtió sobre ti. Mi trabajo es traerte la comida y seguir mi camino. Y es justo lo que pienso hacer.

—Por supuesto, eres libre de hacerlo —contestó—. Pero es una pena. Me caes bien, Giga. Eres un tipo listo, puedo verlo. Esperaba que pudiésemos hablar un poco para poder ofrecerte mis habilidades y secretos, antes de que se me lleven. Sería una pena que se echen a perder.

—Buen intento —afirmó Giga—. Adiós, Ram.

El chico se giró y se aproximó a la puerta.

—Imagina un mundo de realidad virtual autónomo que no necesite reinicios ni parches. Como el sistema que yo diseñé. El desvío de megadatos internegativos reparaba cualquier fallo técnico mientras el programa seguía ejecutándose. Pensé que igual estarías interesado —gritó Ram cuando Giga había salido casi por la puerta.

En contra de su instinto, aquello había despertado la curiosidad de Giga. Los Virts habían pasado gran parte de su tiempo libre viviendo en fantasías de ordenador, conectados a programas muy realistas a través de cascos de realidad virtual. Era una sensación adictiva y maravillosa, una pasión compartida por Giga y los demás Virts. Aunque siempre les tocaba reducir sus sesiones a unas pocas horas.

El complejo *software* daba fallos a menudo, y el eterno renderizado fastidiaba la experiencia a los usuarios. Además, debían apagar el sistema para liberar recursos en los ordenadores, rápidamente agotados al proporcionar energía a aquellos gráficos realistas en 360 grados que requería el ciberespacio. Si existía un modo de que el programa siguiese ejecutándose durante más tiempo (incluso ininterrumpidamente, como aseguraba Ram), sería algo que a Giga le interesaría mucho saber y comunicar al resto de Virts.

—¿Se puede… lograr algo así? —preguntó, dudoso, cerrando la puerta mientras miraba a Ram pasmado. Era consciente de la reputación del antiguo líder Tecno.

—Yo puedo hacerlo. Y tú también. ¿Supongo que Ved no os contaría mis planes de vivir para siempre dentro de la realidad virtual?

Sí que se lo había contado, Giga estaba al tanto. Su líder hablaba de Ram a menudo, su antiguo mentor. Aseguraba que era un genio y que había aprendido muchas cosas de él.

—Si puedo transferirte parte de mi conocimiento, al menos podré sentir que mi vida ha valido para algo. Antes de que el Colectivo me ponga las colectivas manos encima.

Giga estaba muy tentado… y en conflicto. No quería ir en contra de los deseos de Ved. Pero, si Ram podía enseñarle un par de cosas, seguro que conseguiría impresionarlo. En todo caso, el antiguo líder de los Tecnos estaba prisionero y no iba a irse a ningún lado. Le parecía que no tenía nada que perder y mucho que ganar si le daba a Ram la oportunidad de transmitirle parte de su tan particular conocimiento.

—¿Qué necesitaríamos, en cuanto a *hardware*? —preguntó un vacilante Giga.

Ram dijo que, si le conseguía un teclado y un ordenador, el joven Virt podría sentarse a mirar mientras él escribía líneas de código que lo dejarían con la boca abierta, igual que a Ved. Aseguró que un buen líder nunca revela todos sus trucos. Y, sin duda, el suyo no les habría contado toda la verdad a Giga y el resto de Virts. Si supiesen tanto como Ved, ya no habría necesidad de que él fuese el líder. A menudo, los líderes se guardaban cierta información para poder ir un paso por delante de todos los demás.

Giga les dijo a los dos Virts apostados al otro lado de la puerta que volverían en una hora, el tiempo que Ram creía necesario.

Recorrieron el pasillo hasta llegar a otro cuarto, uno donde estaban situados varios de los potentes ordenadores de los Tecnos que habían abandonado en las plantas superiores de la fábrica.

—Tío, cómo he echado de menos a mis bebés —exclamó Ram, observando con afecto los ordenadores que una vez fueron sus juguetes. Tras ladear la cabeza a un lado y al otro para relajarse, se hizo crujir los nudillos y comenzó a darles golpecitos suaves a los ordenadores amigablemente, con cariño, casi como si fuesen hijos suyos. Se sentó frente a uno de ellos y lo encendió, con Giga a su lado.

—Es fascinante —comenzó Ram, tecleando con suavidad mientras el ordenador cobraba vida—. Solo necesitas un teclado. Y, tras unas cuantas instrucciones…

De repente, agarró el teclado y se lo estampó a Giga en la cabeza. Este, pillado por sorpresa, casi se cae de la silla. Luego, Ram pilló el enorme monitor de pantalla panorámica y lo dejó caer sobre el chico, que esta vez sí se desplomó sobre el suelo, inconsciente.

—Como decía. Un líder no va enseñando todos sus trucos.

Ram tomó un juego de llaves del bolsillo de Giga y salió corriendo. Aún no estaba todo dicho, y no iba a permitir que Ved lo entregase al Colectivo.

* * *

Dos plantas más arriba de donde retenían a Ram, Ved caminaba por el pasillo hasta la oficina en la que se encontraban prisioneros Jack y Ellie. Estaba profundamente concentrado, dándole vueltas a todo.

El contacto *online* que había establecido en los últimos días con el Colectivo no había ido como él esperaba. Pese a su petición de obtener información sobre Cloe y una lista detallada del equipamiento y alimentos específicos que podía esperar recibir tras el acuerdo, el Colectivo no le había dado más detalles. Por el contrario, cada vez que se conectaba, sus chats con quien estuviese al otro lado se habían vuelto cada vez más fatigosos y no parecían llevar a ninguna parte.

Tenía la sensación de que estaban haciendo tiempo para que siguiese conectado tanto rato como fuese posible. Tardaban demasiado en contestar a sus preguntas. Se suponía que vivían en la era de la comunicación instantánea, pero su contacto tardaba a menudo varios minutos antes de responder a sus mensajes. Incluso después de quejarse de ello al intermediario conocido como el Negociador.

Todo esto hizo que le saltaran las alarmas. Le daba la sensación de que algo iba mal y le preocupaba que, cuanto más tiempo pasase conectado, más probable era que el Colectivo acabase logrando rastrear su ubicación, atravesando las capas de *proxys* que esperaba ocultasen su verdadera posición.

Ved deseaba poder acudir a su hermano para pedirle consejo. Conociendo su punto de vista, se imaginaba que Jay le habría recomendado abandonar las negociaciones inmediatamente. Cambiar de estrategia. Por cómo se estaban comportando, le daba la sensación de que el Colectivo solo quería ganar tiempo para tenderle una trampa, diciéndole una cosa pero haciendo otra. Estaba acostumbrado a gente con mala fe, tras todo el tiempo que había pasado con Ram.

—¿Y ahora, qué quieres? —se preguntó Ellie, fulminando a Ved con la mirada al tiempo que este entraba en la habitación.

—Nada. Ha habido un cambio de planes —informó.

—¿Qué cambio? —indagó Jack.

—Podéis marcharos —contestó Ved.

—Estás de coña. ¿Por qué te cachondeas? —preguntó Ellie.

—No, de verdad. Lo digo en serio. Podéis iros si queréis. O podéis quedaros con nosotros. Lo que mejor os parezca.

Ellie y Jack intercambiaron miradas inseguras, pero Ved parecía hablar con total sinceridad.

Le preguntaron por qué había cambiado de opinión, y él les explicó sus dudas respecto al Colectivo, debido a la interacción que había mantenido con ellos esos últimos días.

Pero no se trataba solo de la actitud del Colectivo. Jack y Ellie habían conseguido convencerlo, admitió, de que había estado haciendo mal las cosas. Aunque el Colectivo hubiesen demostrado ser honestos y de confianza, Ved ya no quería entregárselos. De Ram, ya no estaba tan seguro.

Dijo que había buscado en lo más profundo de su alma cuál era el camino correcto. Y creía que la perspectiva de Jack y Ellie era la forma adecuada de hacer las cosas. Actitud que compartían todos los Mall Rats, como bien sabía Ved tras tratar con ellos cuando vivían en la misma ciudad. En el pasado, Cloe también le había intentado hacer ver que había otra manera de vivir la vida. Y por fin había aceptado que la forma de pensar de los Mall Rats y su filosofía valían la pena. Sin embargo, sabía que su ideología siempre giraría en torno a la tecnología.

Ved les explicó que echaba mucho de menos a su hermano. Deseaba poder dar marcha atrás al reloj y pasar más tiempo con él. Solo tenía un hermano, pero tampoco se arrepentía de las horas que le había dedicado a los ordenadores y a otros menesteres en su día. Porque Jay estaba igual de fascinado por la tecnología y la informática. Y compartían su pasión, comunicándose cualquier descubrimiento. Aunque no estuviesen uno junto al otro.

Confesó que le había afectado algo que dijo Ellie recientemente, en otra de las ocasiones en que los había visitado a ella y a Jack, sobre saber lo mucho que duele estar separado de un hermano. Era obvio que cada día que pasaba separada de Alice causaba una gran angustia en Ellie.

Puede que Jay se hubiese ido, pero Ved podía mantener su espíritu vivo, le había sugerido la chica, no olvidando nunca quién era y en qué creía. Su hermano siempre seguiría presente en su vida, siempre que lo recordase a él y lo que representaba. No podría pasar más tiempo con Jay en persona, pero sí tenía la oportunidad de hacer una buena acción: honrar sus deseos y proteger aquello que era importante para él. Podía cuidar de Amber y los Mall Rats, a quienes Jay fue muy cercano en vida. Asegurándose de que estaban bien, Ved mantendría vivos los deseos de su hermano. Y, al hacerlo, este seguiría con él para siempre.

—No tengo ningún problema con los Mall Rats —admitió—. Y ese Negociador con el que estoy hablando… parece tener buenos contactos. Además de ayudarme a mí, quizás pueda ayudarte especialmente a ti, Ellie.

—¿Cómo? —preguntó ella.

—Te lo diré cuando haya comprobado un par de cosas —respondió Ved.

Desde que era líder de los Virts, se había visto obligado a cargar con una mayor responsabilidad. Era uno de los motivos clave que lo habían motivado a intentar llegar a un trato con el Colectivo. Para poder mantener a su propia tribu. Se les estaban acabando la comida y el agua corriente. Era solo cuestión de tiempo antes de que la vida que disfrutaba con los Virts llegase a su fin.

Y, ciertamente, Ram era mercancía muy valiosa, no podía ignorarlo.

—Jay solía decir que no podía depender de él ni de nadie más para cargar con mis responsabilidades. Debería haberlo escuchado. Entonces, quizás podría haber decidido por mí mismo qué era lo mejor.

—Todos aprendemos —dijo Ellie—. Desde luego, Alice y yo no siempre estábamos de acuerdo en todo.

—Es lo que tiene analizar las cosas en retrospectiva —coincidió Jack—. Solo sabes la opción correcta una vez ha sucedido. Podemos aprender del pasado. Pero no podemos vivirlo de nuevo. A menos que conozcas a alguien que haya inventado una máquina del tiempo, claro.

—¿Quién sabe? Por la tecnología con la que parece contar el Colectivo, según dice el Negociador, quizás no tarden mucho en crear una —reflexionó Ved.

El comentario hizo sonreír a Jack y Ellie, que pasaron a intercambiar miradas incrédulas al comprender que Ved no bromeaba.

Notando que se había presentado la oportunidad de convencerlo para que también liberase a Ram, Jack añadió:

—Si existe una persona con un cerebro capaz de inventar una máquina del tiempo, la tienes encerrada en este mismo edificio. A veces puede ser un capullo integral, pero, en general, Ram es un recurso muy valioso.

—Quién necesita al Colectivo o a ese Negociador que mencionas cuando tenemos nuestra propia alianza tribal —bromeó Ellie—. Aunque habría que pensar en un buen nombre. Los "Mall Rats-Virts-y-exTecnos" no suena demasiado bien. Necesitamos algo con gancho.

—Necesitamos a Ram —declaró Ved. Comenzó a andar, y Ellie y Jack lo siguieron, contentos por el aparente cambio en su actitud y comportamiento.

Después de todo, eran de la misma sangre, se notaba que era el hermano pequeño de Jay. Él estaría orgulloso de que Ved estuviese haciendo lo correcto. De eso, Jack estaba seguro.

Los dos Virts que habían estado custodiando el cuarto donde mantenían a Ram corrían ahora hacia ellos tres.

—¡Ram no está! —gritó uno.

Giga había recuperado la conciencia y había alertado a los guardias, que exploraron por toda la fábrica y no encontraron señales de Ram en ningún rincón de su antigua base Tecno.

—Como esté por las calles… podría ser como buscar una aguja en un pajar —señaló Jack—. Puede que no lo encontremos nunca.

—Si conozco a Ram… sé de un lugar al que podría haber ido.

Se trataba de un lugar que Ved había visitado una vez, en el ciberespacio, cuando se adentró en una fantasía diseñada por Ram que recreaba la casa en la que había crecido. No obstante, esta vez, Ved iría allí de verdad, acompañado de Jack y Ellie.

* * *

Lejos de la fábrica, Ram reparó en un dron que escudriñaba la zona muy por encima de la ciudad.

Supuso que el Colectivo habría intentado averiguar la ubicación de Ved en todas y cada una de las ocasiones en que este se había conectado a la red, confirmando sus sospechas de que, contando con una tecnología tan sofisticada y un equipo de hackers, era solo cuestión de tiempo antes de que la coalición pudiese descubrir la localidad exacta desde la que Ved se había estado comunicando con ellos, aunque aún no tuviesen las coordenadas exactas.

Ram avanzó furtivamente mientras el dron lo sobrevolaba. Se dio cuenta de que el consumo de la batería no le permitiría seguir volando durante mucho tiempo. Sin duda, vendría acompañado de otros drones en misión de reconocimiento para recolectar datos, buscando señales de calor con sus cámaras de infrarrojos que serían analizadas por el Colectivo para crear una red perimetral alrededor de la población que les permitiría encontrar y capturar al eterno rival y antagonista de Kami: Ram.

El dron regresó haciendo zigzag, haciendo que Ram se agachase para cubrirse y se metiese de un salto en un contenedor de basura, enterrándose entre los desperdicios acumulados en su interior. Se resistió al nauseabundo hedor mientras notaba resurgir su fobia a los gérmenes. Esperaba que las capas de porquería enmascarasen su posición, que lo mantuviesen escondido del penetrante objetivo del dron.

Sabía que era solo el primero de los drones, y que no sería el último. Se estremeció al pensar que el Colectivo se había puesto en marcha, comenzando su búsqueda… y que, pronto, los tendría encima.

CAPÍTULO VEINTISIETE

Amber seguía sin creer que Bray se hubiese ido. De manera irracional, se sentía todavía peor porque se echaba parte de la culpa de su desaparición. Si no hubiese sido tan confiada, tan segura de que Cami y el Colectivo eran una fuerza del bien para aquel mundo... Debió prestar atención a las sospechas de Bray sobre que algo andaba mal con el Colectivo.

En vez de eso, escogió creer que todo era verdad, porque quería que lo fuera. Tenía tantas ganas de hacer del mundo un lugar mejor, de ayudar a los demás... que quizás había visto en el Colectivo algo que nunca existió. Estaba tan decidida a hacer el bien, que quizás había pasado por alto todo lo que estaba mal. Pero Bray no.

Él la había advertido de los peligros de la fe Zootista. Y ahora, posiblemente, algún fanático de esa ideología se lo había llevado por ser el hermano de Zoot, por su retorcido estatus y valor.

Todos los Mall Rats se quedaron muy preocupados, y rodearon a Amber para ofrecerle su apoyo. Lex, Ryan y Alice inspeccionaron el terreno, temiendo que hubiese salido a pasear y se hubiese caído al agua tras tropezar en alguno de los muelles.

Storm señaló que, según el informe de seguridad de los guardias, se había visto a Bray en el exterior a las 3:08 de la madrugada, poco después de que él mismo lo viese en el pasillo, pasando por delante del cuarto de Trudy, aparentemente dirigiéndose a por algo de comer porque estaba intranquilo y no podía dormir.

Amber insistió en que los Mall Rats debían abstenerse de visitar Edén y cualquier otro lugar hasta que encontrasen a Bray sano y salvo, exigiendo la presencia del Seleccionador para explicar cómo podía haber desaparecido de unas instalaciones supuestamente tan seguras y bien custodiadas.

Una vez allí, el Seleccionador tuvo dificultades para controlar sus tics, mientras examinaba los vídeos de seguridad que le enseñó Storm, que mostraban imágenes de Bray en el terreno junto al lago. Sin embargo, se había salido del plano y la cámara que supervisaba la siguiente sección no lo había captado.

—No tiene ningún sentido —dijo el Seleccionador—. Se ha esfumado sin dejar rastro.

—¡No puede haber desaparecido! ¡En algún sitio tiene que estar! —saltó Amber, intentando controlar sus emociones y no entrar en pánico.

—Quizás, si hubieseis aceptado que se os implantase el biochip en su momento, ahora podríamos seguirle la pista —replicó el Seleccionador, claramente encantado de que, en aquella ocasión, a los Mall Rats les hubiese salido el tiro por la culata.

Ryan se abalanzó sobre el Seleccionador y tuvo que ser refrenado por Lex.

—Ryan, tranqui. Eso no sería de ayuda —dijo Lex.

—Especialmente, para vosotros —insistió el Seleccionador—. No es necesario recurrir a la violencia.

O no podremos garantizar vuestra seguridad. Y no me haré responsable de las represalias.

—Lo que has dicho sobre los biochips ha sido muy desconsiderado —exclamó Trudy.

—Sabes lo difícil que es esto para Amber, para todos nosotros —añadió Salene.

—Por supuesto. Lo entiendo a la perfección. Y quiero que sepáis que hemos despachado a nuestros mejores exploradores, perros rastreadores y una flota de drones. Lo encontraremos. Esté donde esté.

—Eso espero —dijo May, tomando al pequeño Jay de los brazos de Amber, pues estaba llorando y a su madre le estaba costando concentrarse y pensar con claridad.

No creía que la preocupación del Seleccionador fuese verídica. Sí que parecía estar alterado. Pero sentía, como todos los Mall Rats, que su postura era muy subjetiva, llegando a culpar a Bray de lo sucedido, sugiriendo que quizás se hubiese ido por voluntad propia.

—Y ¿por qué iba a hacer eso? —dijo una furiosa Amber.

—El amor verdadero nunca toma un rumbo fácil —contestó él con sarcasmo, echando un discreto vistazo a Tai San, de pie junto a Lex—. Vosotros dos, ¿habéis estado teniendo algún "problema" últimamente? —continuó interrogando. Lex y Tai San no respondieron, y el Seleccionador pasó a mirar a Amber—. ¿Y Bray y tú, Amber?

Amber se preguntó si acaso seguirían observándolos y quiso saber si el Seleccionador había activado de nuevo el sistema de vigilancia del *Lakeside Resort*. Este informó que no era el caso, y que simplemente le había echado una ojeada al informe de seguridad y no había podido evitar fijarse en que Storm y los guardias habían descrito últimamente lo que parecían ser discusiones provenientes del cuarto de Bray y Amber.

—O sea, que sí que seguís escuchando —se quejó Salene, asqueada.

—De no ser así, los guardias no estarían haciendo su trabajo. Si no, ¿cómo van a protegeros en caso de que pase algo y pidáis ayuda a gritos?

—A Bray no lo ayudaron precisamente, ¿eh, campeón? —dijo Lex.

—En los registros no pone por ningún sitio que Bray pidiese auxilio. Pero lo hablaré con Storm y le echaré otro vistazo al informe nocturno —respondió un sarcástico Seleccionador, consciente de que Bray desapareció sin hacer ruido.

Lottie y Sammy estaban cada vez más consternados a medida que escuchaban todo aquello, y les estaba costando comprender cómo encajaba la gravedad de la desaparición de Bray con el comportamiento excesivamente amistoso, aunque claramente insincero, del Seleccionador.

Amber demandó una reunión cara a cara con Cami. El Seleccionador informó de que no había necesidad de viajar a Edén, porque habían informado al "Creador" de la desaparición de Bray, y ella misma quería visitar el *Lakeside Resort*. Una situación sin precedentes, dado que era una persona solitaria, que pocas veces se aventuraba al mundo exterior, escogiendo pasar el tiempo en su santuario, llevando a cabo sus investigaciones.

* * *

La procesión de Cami llegó al *Lakeside Resort* casi acabada la tarde, con el paisaje montañoso tornado silueta en oposición a la luz dorada del sol. El lago estaba perfectamente quieto, sin apenas una brisa, como si la propia naturaleza estuviese exhibiendo su momento más escénico para pregonar la llegada del "Creador".

El Seleccionador dijo que los Mall Rats debían sentirse honrados de que su líder hubiese escogido visitarlos y abandonar su eminente posición en las montañas, desde donde dominaba su mundo. Era símbolo del respeto que sentía hacia ellos, al visitarlos ella en vez de hacerlos acudir al Proyecto Edén.

Un convoy de vehículos se detuvo en la entrada del resort. La mayoría eran cápsulas eléctricas sin conductor. Cami se bajó de una de ellas, rodeada por una comitiva de sirvientes que se colocaron en dos filas, formando una V y dejando un hueco en medio por el que pudieran pasar la muchacha y sus escoltas.

Bajo instrucciones del Seleccionador, un grupo de avanzadilla ya había limpiado el resort a la espera de que Cami hiciese acto de presencia, asegurándose de que estaba inmaculado, sin tan siquiera una mota de polvo. Aun así, Cami llevaba puesta una mascarilla protectora a su llegada, por precaución.

—He comprobado personalmente cada una de las zonas, con muestras aleatorias dentro y fuera del recinto, asegurándome de que está todo perfecto para ti, Creador. Y de que sea seguro —afirmó el Seleccionador—. Los análisis de mi equipo no encuentran muestras de ninguna bacteria que pueda resultarte dañina —añadió, señalando las ondas que se mostraban en distintos monitores.

Cami asintió con gratitud y se retiró la mascarilla para después pasar por las puertas batientes, seguida de su séquito de guardias y sirvientes.

Había tres Mall Rats en particular a quien quería ver. Les concedería una audiencia a todos ellos, por supuesto, pero tenía especial interés en verse con Amber, Trudy y Lex, por su conexión con Zoot.

Era como si los estuviese visitando la realeza, según le parecía a Amber. Todas esas formalidades le recordaban a las ceremonias con dignatarios que había visto en las noticias.

—Siento mucho lo de Bray —dijo Cami—. Debéis estar pasándolo todos muy mal. Pero tened por seguro que haremos todo lo posible por traéroslo de vuelta. Quizás podamos pasar algún tiempo juntos charlando de vuestras preocupaciones, durante la cena. Pero os agradecería que me permitieseis tener un momento a solas con Amber, Trudy y Lex. ¿Podemos comenzar contigo, Amber?

—Sin problema —respondió ella.

A la señal del Seleccionador, los sirvientes se dispersaron y fueron a esperar al vestíbulo. El resto de Mall Rats también se marcharon.

En el salón quedó solamente la guardia personal del "Creador", apostados en los diversos puntos de entrada y de salida.

Las dos estuvieron unos minutos en silencio. Amber se preguntaba qué querría decirle Cami.

La chica iba descalza y llevaba el mismo vestido de retales que Amber le había visto puesto todas las veces que se habían encontrado. Tenía el pelo adornado con un círculo de hojas verdes, como una corona. Una mezcla de ramitas, flores y distintos tonos de hojas verdes estaban insertadas en bandas que llevaba alrededor de los tobillos. Llevaba una única rosa blanca en una mano, y se la había acercado varias veces desde que había llegado para oler su aroma con admiración. A Amber, el comportamiento y serenidad de Cami le daba una sensación de calma. Parecía una dríada, un hada del bosque como en los cuentos infantiles… la encarnación de la Madre Naturaleza en un ser vivo.

—Esta rosa podría haberse extinguido. De no haberse adaptado y evolucionado gracias al trabajo que llevamos a cabo en nuestro laboratorio —dijo finalmente, observando la flor de cerca, tocando los pétalos con un dedo y respirando profundamente por la nariz para deleitarse con su fragancia. Se puso a contemplar su contorno y a frotar el tallo con el pulgar, perdida en una ensoñación privada, mientras proseguía.

»No sé si alguna vez has estudiado sus escritos, pero Charles Darwin dijo que no sobrevive el más fuerte o el más inteligente… sino el que mejor se adapta —continuó mientras daba vueltas a la flor con los dedos, embelesada—. ¿Vas a poder adaptarte tú, Amber?

—Eso depende de lo que le haya pasado a Bray. Y de si vuelve.

—Pues claro. Lo entiendo. Pero no me refería solo a Bray. ¿Cómo describirte mejor lo que quiero decir…? —meditó Cami, que señaló la flor una vez más—. Primero, debemos ser conscientes de la flor. Luego, debemos también ser conscientes del árbol. Luego del bosque y, finalmente, del mundo entero. Si podemos vivir en armonía con la naturaleza, si la tratamos con respeto y no con desprecio… entonces hay esperanza para la especie humana. Debemos comprender que no somos el único ser vivo sobre este planeta. Para que, con suerte, las generaciones futuras no vuelvan a repetir los errores del pasado.

Le ofreció la rosa a Amber, que la tomó y olió su aroma.

—Gracias. Es hermosa.

—La especie humana también puede ser hermosa, Amber —respondió Cami—, cuando aprende a adaptarse y evolucionar.

—Tal vez —contestó ella de manera introspectiva. Ligeramente preocupada, pues seguía pensando en Bray. Cami se dio cuenta de ello.

—Háblame del amor que sientes por Bray —dijo, explicando que ella nunca antes había experimentado amor por un hombre. Se preguntaba cómo era, cómo te sentías. Los sentimientos de verdad, no los de esas historias románticas que salían en los libros de su colección. El amor real—. ¿Cómo lo definirías?

—Esa es una pregunta difícil —reflexionó Amber—. Creo que, sin amor, es posible que todo lo demás fuese irrelevante.

—¿También la naturaleza? —indagó Cami.

—En cierto modo —contestó—. Considero que tener a alguien o, incluso, algo que amas… es esencial para la existencia. De lo contrario, nada tiene significado, la propia vida se vuelve un sinsentido.

—Qué interesante —dijo Cami—. Siempre he pensado que la definición de amor es que la felicidad de otra persona es vital para la tuya propia. Si la persona a quien amas no es feliz, entonces, ¿cómo puedes ser tú feliz?

—Exacto —coincidió Amber—. Esa es otra definición interesante.

—Pero, lo que más me interesa saber a mí es... ¿crees que es posible que el amor se adapte y evolucione?, ¿someterlo al mismo proceso por el que pasa la naturaleza?

—No sé si te entiendo.

—Deja que lo plantee de otro modo. Tu compañero, Bray... ¿Crees que podrías llegar a existir sin él?

Amber intercambió miradas con Cami durante largo tiempo, preguntándose adónde quería ir con ese tipo de preguntas.

—¿Estás insinuando que Bray no va a volver? —preguntó, horrorizada ante la idea.

—No, en absoluto. Solo me interesa saber... ¿Querías a tus padres? —clarificó Cami.

—Muchísimo —respondió Amber.

—Pero te adaptaste y evolucionaste en este nuevo mundo que todos estamos intentando crear.

—Me parece una comparación un poco distinta.

—Era una duda que tenía. Porque creo que yo no quería a mi madre. La admiraba. Admiraba su trabajo. Pero no la quería como tal. De hecho, apenas pasábamos tiempo juntas.

—¿Qué hay de tu padre? —preguntó Amber.

—A él tampoco llegué a conocerlo muy bien. Mi padre era un tubo de ensayo —respondió de forma desenfadada.

—Lo... lamento.

—Tranquila. Yo no. La ciencia me dio la vida. Y también me ha dado la habilidad para amar a todas las especies vivas de la naturaleza. Ahora, me interesa saber más cosas sobre la condición humana.

* * *

Trudy caminaba de un lado a otro de su habitación, intentando mantener la compostura, esperando a ser "convocada" a su audiencia con Cami.

Determinó que no se quedaría esperando a que la llamasen y decidió unirse a Storm, que se había llevado a Brady fuera para jugar a la pelota. Con ellos estaban Sammy y Lottie, pero también la hermana pequeña de Storm, que había recibido permiso para visitarlo y había llegado poco antes.

Al parecer, Storm había comentado que, quizás, a Trudy le resultaría de ayuda que Brady tuviese algunos amigos con los que jugar. Ella sospechaba que, en realidad, Storm quería que su hermana pudiera echar un vistazo al "Creador", a la propia Cami, que muy poca gente había visto.

La sensación de que el chico era una presencia incómoda en sus vidas, una molestia intrusiva, estaba comenzando a cambiar. Había descubierto que Storm era dulce, amable y que tenía cualidades honorables, muy nobles.

Le había revelado cómo se había visto envuelto con la milicia después de que el Colectivo se apoderase también de su pueblo. Y le pareció que era un poco más humano cuando lo escuchó hablar de su hermana pequeña, Charlotte, que tenía trece años menos que él, resultado del segundo matrimonio que su madre había comenzado tras el divorcio de sus padres. Brady le recordaba a su hermana pequeña, que ahora tenía siete años.

Cuando el Colectivo invadió su población, apuntaron a Charlotte en su programa educativo. De manera irónica, Trudy sabía que la estaban educando para creer en la fe Zootista, para situarlas a Brady y a ella en posiciones de alta estima, de veneración.

Cierto día, intrigada por la opinión que tendría él, Trudy le preguntó qué pensaba de Zoot. Le sorprendió descubrir que él no era creyente ni aprobaba todo aquello. Había confiado en la discreción de Trudy, pues una revelación como esa podría hacer peligrar su posición y la de Charlotte, que vivía en uno de los dormitorios de Edén.

Después de que trajesen a Trudy y a los demás a la región, el Seleccionador le asignó a él convertirse en su guardaespaldas, consciente de la afinidad de Storm por los niños pequeños, por cómo se había dedicado a proteger y cuidar a su hermanita, abandonando regularmente su barracón cuando no estaba de servicio para ir a visitarla.

* * *

Lex siguió tirando de los remos de la barca, adentrándola más en el lago, como Cami le había pedido. Estaban los dos solos, y los remos iban dejando huellas sobre la superficie a medida que él remaba.

A su alrededor, no había más que naturaleza. Paz, serenidad. El silbido rítmico de los remos al romper el agua. Unos cuantos pájaros volaron sobre sus cabezas, echando un curioso vistazo al bote que estaba perturbando su hábitat natural con su presencia. Recostada en la parte trasera del barco, tumbada casi por completo, Cami contemplaba cómo los pájaros se elevaban por el cielo dorado, disfrutando de una paleta de colores cálidos que pronto daría paso al anochecer.

Estaba absolutamente relajada, como ensimismada, disfrutando de cada momento del viaje en barco con Lex. Había metido las manos en el agua y las movía con suavidad, como si también estuviese remando, acompañando las lánguidas brazadas del chico. Parecía eufórica, feliz y satisfecha. Lex miraba de vez en cuando a la líder del Colectivo, preguntándose qué demonios estaría pensando. Y por qué le habría pedido remar con ella hacia el interior del lago solo para hablar.

Unos cien metros atrás, siguiéndolos, había varios barcos en formación, manteniendo la distancia para no acercarse demasiado e interrumpir la travesía de Cami y Lex. A bordo, los guardias vigilaban a través de prismáticos al "Creador" y al Mall Rat que la acompañaba. Los motores a ralentí, listos para salir disparados hacia ellos en caso de necesitar llegar rápidamente hasta su líder.

—¿Es bonito, no? —comentó la chica, hablando por primera vez desde que abandonasen la orilla—. Pensar que la vida debió comenzar en algún lugar como este, hace tantos milenios. Y, ahora, aquí estamos. Solos tú y yo. La humanidad ha conquistado este planeta. Se ha apoderado de él. ¿Crees que podemos salvarlo?

Lex continuó remando durante un instante, indeciso, antes de responder.

—Solo si conseguimos sobrevivir.

—Por lo que sé de ti, Lex… está claro que eres un superviviente —dijo Cami, con voz suave y casi sensual, de tan relajada que estaba en el barco, moviendo la mano por el agua una vez más.

Él se explicó mejor: haría falta mucho más que el Colectivo para salvar el mundo. Más que Lex, o que Cami. No estaba muy seguro de cómo debía comportarse en su presencia, ni de cómo debía responder. Pero decidió ser sincero. No tenía nada que ocultar.

De repente, Cami saltó por la borda y desapareció bajo la superficie. El barco se balanceó adelante y atrás, de lado a lado, por el impulso de aquel movimiento repentino. Y Lex se quedó estupefacto, bloqueado por la confusión y preocupación.

—¿Qué coño haces? —la llamó, buscando en el agua, echando un rápido vistazo alrededor del barco por si la veía—. ¡¿Cami?!

No hubo respuesta. Hacía ya algunos segundos que había saltado.

320

—No sé quién me manda meterme en estos líos —refunfuñó Lex para sí. Acto seguido, se zambulló en el agua para buscarla.

Cerca de un minuto más tarde, Lex reapareció en la superficie, con Cami en brazos. Ambos luchaban por respirar, aferrados a un lateral del barco, notando el escozor en el pecho y el aire fresco de la montaña en los pulmones.

Con mucho esfuerzo, Lex empujó a Cami y la subió de nuevo al barco antes de trepar adentro él mismo.

La chica estaba riéndose, encantada con lo que acababa de suceder, divirtiéndose con la reacción de Lex y su cara de desconcierto. Hizo un gesto al equipo de seguridad para que supiesen que estaba bien.

—¿A qué ha venido eso? —preguntó Lex, farfullando, intentando aún recuperar el aliento—. ¿Por qué lo has hecho?

—Debía asegurarme… —dijo ella, respirando profundamente tras estar sumergida, tomándose una pausa antes de hablar—. …de que no solamente eres un superviviente, Lex. Tus acciones acabaron provocando la muerte de Zoot… debía comprobar que eras igualmente capaz de apreciar la vida, y de salvarme.

—Podías haberlo preguntado —dijo él, boquiabierto.

—Lo cierto es que no necesitaba que me salvases —añadió—. Me crie nadando con delfines. Soy más que capaz de volver sola a la orilla. Pero agradezco haber podido hablar contigo.

—Más bien me has puesto a prueba —replicó Lex, intrigado por todo aquello.

Cami sonrió ligeramente. Luego, volvió a zambullirse en el agua y comenzó a nadar hacia la orilla, al tiempo que Lex agarraba los remos, siguiéndola con el barco.

* * *

Mientras Ryan esperaba a ser citado para la audiencia grupal con Cami, aprovechó para entrenar en el gimnasio con

Salene, que confesó no confiar en la chica, sospechando que el Seleccionador tenía algo que ver con la desaparición de Bray. Ambos resolvieron que, si las fuerzas del Colectivo no eran capaces de arrojar luz sobre el misterio, trazarían un plan juntos para intentar encontrarlo ellos solos.

Tai San estaba absorta en su meditación, realizando una serie de movimientos de tai chi mientras presenciaba cómo Lex remaba hacia la orilla y cómo, al salir del agua, Cami era recibida por sus sirvientes, que la envolvieron con toallas y mantas.

Trudy contemplaba a Alice jugando con Sammy, Lottie, Brady, Storm y la hermana pequeña de este, Charlotte. Estaban jugando al escondite.

Amber había regresado a su cuarto para relevar a May, que estaba cuidando del pequeño Jay.

Todos los Mall Rats se quedaron muy preocupados cuando Salene y Ryan llegaron, afirmando que habían estado buscando a Alice para ver qué pensaba sobre enviar un grupo de búsqueda propio como plan alternativo, en vez de esperar a que la milicia de Cami localizase a Bray.

Pero, hasta el momento, no había rastro de Alice por ninguna parte. Ella, al igual que sucediese con Bray, parecía haber desaparecido.

—No tiene ningún sentido. Estaba aquí hace un momento. La he visto con mis propios ojos —afirmó Trudy.

—A lo mejor sigue escondida, esperando a que la encuentren —razonó Ryan.

—Has dicho muchas estupideces desde que te conozco, Ryan, pero esa se lleva la palma —saltó Lex, impaciente.

—Señor, si no le importa que me entrometa, creo que don Ryan solo intenta ayudar —intervino Storm.

—¡Y tú, ya puedes cerrar la boca! —contestó Lex, fulminándolo con la mirada.

—Déjalo en paz, Lex. Storm también quiere ayudar —protestó Trudy.

—¿Por qué lo defiendes? ¡Ni siquiera es de los nuestros! —bufó él—. A no ser que vosotros dos tengáis un "rollito" entre manos. ¿Es eso?

—No seas ridículo. ¡¿Cómo puedes insinuar algo así?! —exclamó Trudy.

—Eso es. Deberías tratar de calmarte, Lex —dijo May, en un intento de apaciguar los ánimos—. Discutir entre nosotros no solucionará nada.

—¡Eso! ¡Y está mal que le grites a mi hermano! —añadió Charlotte, enfadada.

—Pídele disculpas a don Lex, Charlotte. Eso ha sido irrespetuoso —regañó Storm a su hermana pequeña, que suspiró.

—Lo siento, señor.

—Puedes llamarme Lex.

—Lo siento, don Lex —dijo Charlotte, dulce e inocente.

—¿Le has estado dando clases a esta niña? —le preguntó Lex a Ryan, para luego volverse hacia Charlotte—. Ya te lo he dicho. Me llamo Lex. Ni "don Lex", ni "señor": Lex.

—Mi hermana se ha disculpado, señor. Espero que lo acepte y que lo respete. Si no, siempre podemos reunirnos en otra parte y solucionarlo de otra forma —dijo Storm. Desprendía cierto movimiento y emoción interna, una fuerza que Trudy pudo advertir. Ahora se daba cuenta de que el nombre le iba perfecto, pues se quedó plantado, controlando el evidente enfado que hervía por dentro.

—Igual acepto la oferta, colega, si sigues dándome problemas —replicó Lex, desafiando a Storm.

Amber apareció en el vestíbulo con el pequeño Jay en brazos.

—¡¿Cómo que Alice también ha desaparecido?!

* * *

El Seleccionador estaba furioso, y amonestó al comandante Snake, de pie ante él, en sus aposentos de la cabaña.

—No ha podido "desvanecerse" sin más —soltó irritado, incapaz nuevamente de contener sus tics nerviosos.

—No lo comprendo, señor —respondió Snake—. El equipo de seguridad del resort es el mejor que tenemos. Es imposible que nadie pase sin que se den cuenta.

—Entonces ¿qué sugieres, Snake?, ¿que Alice sencillamente decidió irse andando y unirse a Bray?, ¿eso crees que pasó? —se mofó.

Snake suspiró, no muy seguro de qué pensaba realmente, al tiempo que el Seleccionador respiraba lentamente, inhalando por la nariz y exhalando por la boca, intentando calmarse y controlar sus tics nerviosos. Claramente, se estaba volviendo paranoico, y estaba entrando en pánico.

—Esos Mall Rats… me pregunto si podemos confiar en ellos. Quizás sean unas auténticas ratas y estén jugando con nosotros. Para ponernos a prueba, igual que nosotros a ellos.

—Honestamente, no lo sé, señor —dijo Snake, mirando receloso al Seleccionador, que contemplaba su entorno con sospecha, como si intentase averiguar si había alguien observándolo.

—Puedo confiar en ti, ¿verdad, Snake? —preguntó.

—Por supuesto, señor —respondió este—. No hace falta ni preguntarlo.

—¡Pues te lo pregunto! ¡Y exijo una respuesta! —estalló el Seleccionador, encolerizado.

—Como digo, señor… todo mi equipo le cubre las espaldas. Siempre lo hemos hecho, y siempre lo haremos.

—Bien. Bien. Es esencial cubrirnos las espaldas en este desalmado mundo, Snake. Si no cuidamos unos de otros, nadie lo hará.

El comandante asintió para coincidir y se quedó mirando al Seleccionador, que se ponía cada vez más nervioso, perdido en sus pensamientos, reflexionando internamente.

—Algo va mal. Estoy seguro. Si nuestro equipo no fue el responsable de la desaparición de esas "ratas"... y si Alice y Bray no están metidos en ninguna conspiración... entonces, puede que tengamos nosotros una rata entre nuestras filas, Snake. Quizás hay alguien que quiere jugárnosla. Para hacernos caer.

* * *

El Seleccionador no era consciente de que sus preocupaciones resultaban proféticas y de que su destino estaba a punto de cambiar, debido a un suceso acontecido en El Cubo.

Habían ordenado a los concursantes agarrar cada uno una cuerda a la que habían atado rocas en la otra punta, en proporción con el peso corporal de cada uno (para que un concursante no tuviese desventaja sobre otro, y que todos soportasen relativamente la misma carga).

El objetivo de la prueba, según el Maestro de Juegos, era someter el espíritu humano a examen. Se trataba de una cuestión de voluntad férrea, como había enfatizado ante las cámaras.

Por toda la región, el multitudinario público estaba enganchado a El Cubo, proyectado sobre edificios.

Para sorpresa de todos, especialmente para ella misma, la ganadora había sido Emma. Pese a su ceguera, había sido capaz de competir de manera igualitaria con sus compañeros, y había demostrado una fuerza de voluntad y una resolución interna tremendas para aguantar su propio peso más tiempo que todos los demás. Aquel cometido la había dejado agotada y se dejó caer al suelo poco después, dominada por las agujetas.

Ebony había terminado en segunda posición. Hawk, tercero. El esfuerzo de Emma los había impresionado a ambos, sobre todo a Ebony, que comenzaba a admirar enormemente el espíritu de Emma y ya no la veía como una chica vulnerable, sino una persona con gran resolución que merecía su respeto.

En la última prueba del programa, el Maestro de Juegos les habló de Lobo, uno de los guardias, que vivía según un código muy estricto y no mentía jamás. Había también otro guardia, llamado Perro, que tenía la costumbre de mentir de vez en cuando. El propósito del último juego era comprobar las facultades de observación, los sentidos y la agilidad mental de los participantes.

Había dos caminos, marcados con carteles que indicaban "Camino Uno" y "Camino Dos". Al final de uno de ellos, una cesta llena de comida aguardaba al ganador de la prueba (quien, además, podría disfrutar de ella). Lobo dijo que la cesta estaba al final del primer camino. A su vez, Perro dijo que estaba al final del "Camino Dos".

El Maestro de Juegos les recordó a los concursantes que Perro solo mentía a veces. Los participantes no pensaron que eso cambiase las cosas y todos coincidieron en que la cesta debía estar al final del "Camino Uno", puesto que Lobo nunca mentía.

Sin embargo, Emma pensó que debían confirmar sus identidades. Tras preguntarles, el primero dijo ser Lobo, y el segundo dijo ser Perro. Es decir, que este último sí era Perro y ahora no estaba mintiendo, o se habría presentado también como Lobo. Hasta ahí, todo bien.

El resto de concursantes, especialmente Ebony, se avergonzaron, dándose cuenta de que no habían prestado especial atención a quién estaba hablando. Ebony creía que no habría diferencia, siempre que Lobo se identificase, porque él nunca mentía. Claramente, Emma tenía su propio punto de vista y le parecía importante determinar en qué ocasiones mentía Perro. Podía haberse dado el caso de que se presentase como Lobo, para confundir. Aunque no fue así. Eso la llevó a una reflexión distinta.

—¿Puedo hacerles una pregunta? —quiso saber.

—Adelante —respondió el Maestro de Juegos.

—Lobo, ¿intercambiaste los carteles?

—Así es —respondió Lobo.

—¿Y tú, Perro?, ¿los intercambiaste?

—Así es —respondió Perro.

—Entonces, esta vez mientes, Perro. Y, por lo que dice Lobo, antes has dicho la verdad, porque la comida sí que debe estar en el "Camino Dos".

—Entonces, ¿crees que el camino correcto es el que está marcado como "Camino Dos", Emma? —dijo el Maestro de Juegos.

—Sí. Por eso, Lobo dijo que la cesta estaba al final del primer camino. Pero, al haber cambiado los carteles, el primer camino tiene el cartel de "Camino Dos".

—¿Y si quien dijo eso es realmente Perro? Podría estar mintiendo, porque miente de vez en cuando —respondió el Maestro de Juegos, que se estaba haciendo un lío tan grande como los concursantes, y hasta los mismos Lobo y Perro.

Emma estaba segura de su razonamiento. Sabía a ciencia cierta quién era Lobo. Especialmente, porque había oído a Perro presentarse como tal la primera vez, pero se presentó como Lobo la segunda. La cesta estaba en el "Camino Dos".

El Maestro de Juegos se dirigió al público, clavando la mirada en las cámaras y recordando a todos los espectadores que las cosas no eran siempre como uno las ve o como dicen los demás que son. En este caso, Emma había confiado en su desarrollada memoria, en lo que había oído pero no visto, usando su razonamiento. Y fue declarada la ganadora de la prueba.

Al finalizar el programa, el Maestro de Juegos se acercó para hablar discretamente con Ebony, y le pidió que tanto ella como Emma se quedasen allí un momento, en vez de volver al interior de El Cubo con sus compañeros para cenar.

—¿Por qué? —preguntó Ebony.

Contrariamente al semblante frío, compuesto y seguro que solía mostrar, el comportamiento del Maestro de Juegos había cambiado, como pudo notar Ebony. Parecía nervioso, intranquilo, casi preocupado. Angustiado.

—No hay tiempo para preguntas —dijo cuidadosamente—. Seguidme.

Las guio a través de la oscuridad hacia la orilla del lago, e instruyó a Ebony que utilizase una de las motos de agua de los vigilantes para llevarlas a Emma y a ella hacia una zona más abajo del lago, al extremo sur, donde encontrarían a otras personas que les darían más detalles.

—¿Qué está pasando? —preguntó Ebony, que también se había puesto nerviosa, y se preguntaba si aquello sería algún tipo de prueba, si formaría incluso parte del juego de Perro y Lobo. El Maestro de Juegos parecía ansioso, revelando que sus instrucciones venían de una fuente distinta. Por increíble que pareciese, el Maestro de Juegos les estaba ofreciendo a Ebony y Emma la oportunidad de escapar. De ser así, por muy escasa e impredecible que fuese aquella oportunidad, Ebony la aprovecharía.

Agarró al vuelo las llaves que el Maestro de Juegos le lanzó y se sentó sobre la moto de agua, mientras este ayudaba a Emma a sentarse tras ella.

—Será mejor que te agarres fuerte —dijo Ebony.

Emma le rodeó la cintura con los brazos.

—Puedo daros diez minutos. Pero no más. Luego, deberé alertar a los guardias de vuestra fuga.

—¿Se trata de una broma? —preguntó Ebony, incapaz aún de comprender qué estaba ocurriendo.

—Si os pillan no será ninguna broma. Será mejor que os pongáis en marcha —dijo él, histérico.

Observó cómo Ebony arrancaba el motor de la moto, que salió despedida. Luego, comenzó su regreso hacia la edificación principal de El Cubo.

Emma se aferró desesperadamente a Ebony mientras aceleraban y la moto de agua daba ocasionalmente pequeños saltos debido a la gran velocidad a la que viajaban.

—¡¿Adónde vamos?! —gritó Emma sobre el ruido del motor.

—¡No tengo ni idea! —alzó la voz Ebony de vuelta—. Estate tranquila y deja que me concentre. ¡Apenas veo por dónde vamos con lo oscuro que está todo!

—A mí me lo vas a decir —respondió seca Emma, provocando que Ebony no pudiese evitar sonreír, al tiempo que la moto de agua atravesaba la oscuridad de la noche hacia su destino, fuese cual fuese.

CAPÍTULO VEINTIOCHO

El Negociador estaba de pie sobre el muelle, cerca de la zona del puerto por la que había llegado Tai San. Estaba viendo cómo cargaban palés de grano, arroz y agua potable en el compartimento de carga de un barco.

Allí cerca, unas cuantas personas pescaban en el embarcadero. Todos tenían un aspecto demacrado, desnutrido y derrotado. Otros rebuscaban contenedores apilados en busca de pescado, peleándose con gaviotas que chillaban frenéticas, atacando a la competencia para hacerse con los restos de comida.

Un comerciante, también de aspecto andrajoso, se acercó montado en una oxidada bicicleta que parecía de una época pasada.

—Llegas tarde —dijo el Negociador con desprecio.

—Parece ser que hay un problemilla —respondió el comerciante, nervioso.

—¡¿Cómo que un "problemilla"?!

—He estado buscando por El Vacío y no hay ni rastro del "cargamento".

—Entonces, de problemilla nada. Es un gran problema. Para ti —contestó el Negociador, amenazante.

—Dame un respiro. Son tiempos difíciles. No es culpa mía. Alguien debe haberme traicionado.

—Ese tampoco es problema mío. Parece que me quedaré con mi depósito, si eres incapaz de cumplir con tu parte. Cancelo el trato.

* * *

No muy lejos, por la dársena de más adelante, Bray atravesaba un bullicioso mercado. Llevaba una sudadera que le habían dado para poder ocultar su apariencia y seguir tan camuflado como le fuera posible.

Desde que se lo llevasen del *Lakeside Resort* mientras daba un paseo de madrugada, Bray había pasado de tener una vida de confort material a caer en un agujero del infierno.

El Vacío, como había descubierto que se llamaba, se había ganado merecidamente ese nombre. Era un lugar desprovisto de toda civilización. Un pueblo de mala muerte, anárquico y salvaje. Un tugurio donde, quienes habían ido a parar allí, eran olvidados a su suerte por completo.

Además de refugio para los perdidos, los indeseados, los despreciados por la sociedad, El Vacío también alojaba a viajeros y mercaderes. Había un batiburrillo de sonidos por los vendedores ambulantes que intentaban deshacerse de su mercancía (cabras, ganado, gallinas, ropa y pieles animales). Por todas partes, había mendigos reclamando restos de comida. Otros habitantes recibían fruta a cambio de actuaciones. Había surrealistas acróbatas, tragafuegos y saltimbanquis, y le preocupaba encontrarse con el infame Sombrero de Copa y su disparatada Tribu del Circo, que una vez fueron terroríficos adversarios.

La noche en que se lo llevaron, por poco consigue resistirse a sus captores, pero el grupo de guerreros renegados pronto lo superó en número y lo ataron de pies y manos, antes de arrojarlo a la parte trasera de un malogrado vehículo militar.

Tras abandonar las montañas y lagos de la zona montañosa, Bray pudo ver, desde debajo del vaivén de la lona, que parecían estar viajando por mitad de la nada.

El terreno de los tan bien atendidos cultivos agrícolas del Colectivo pronto dio paso a una región polvorienta y desértica, de suelo árido, carente de plantas (ni siquiera malas hierbas). Una zona sin vida, un páramo desolador.

Llevaban horas conduciendo, pasando señales situadas en la carretera que alertaban de contaminación, riesgo biológico y, finalmente, señales que afirmaban que, desde ese punto, estaban abandonando un sector restringido. Poco después, Bray se había quedado dormido, despertando a primera hora de la mañana, cuando el vehículo llegó a la zona del puerto.

El Vacío estaba segmentado por una elevada cerca de alambre y, lo más curioso, torres de vigilancia ahora abandonadas. Bray se percató de que la comunidad se había originado como zona de cuarentena durante el punto álgido de la pandemia, y que había evolucionado posteriormente hasta convertirse en el tugurio que era ahora.

Algunos de los habitantes vivían en contenedores de carga apilados, o en almacenes y tiendas saqueadas tiempo atrás y cubiertos con grafitis. Otros eran claramente indigentes, y vivían en la calle sin más que sus harapos y sus edredones hechos de cajas de cartón, además de una serie de escasos bienes personales que custodiaban como si fuesen valiosas joyas.

Al principio, lo habían tenido prisionero en un almacén, aparentemente a la espera de ser vendido y transportado. Pero se sorprendió cuando uno de los guardias lo liberó, mencionándole que formaba parte de la resistencia y que debía viajar hasta un lugar donde lo mantendrían a salvo, *El Botín de la Sirena*. Bray quiso saber a qué se estaba "resistiendo" el guardia exactamente, pero este solamente le dijo que le resultaría evidente durante su viaje a través de El Vacío.

Hasta el momento, ya había sido testigo de las peores cosas. Era como estar en el infierno. El colapso de la humanidad. Sentía lástima por los pobres residentes que habían hecho cuarentena allí en el pasado. Ahora, debido a la falta de alcantarillado, el hedor del aire resultaba nauseabundo. Era un lugar dejado de la mano de Dios, como si este lo hubiese condenado sin remedio, como si lo hubiese infectado con una plaga que había arrancado toda decencia y civismo de los corazones y vidas de los lugareños.

Había pestilencia por doquier, enfermos cubiertos de ronchas, de llagas, con todo tipo de enfermedades. Seguramente infecciosas, pensó. Algunos tosían de manera incontrolable. Deseó poder hacer algo por ellos, pero le era imposible. Se prometió que, si encontraba a alguien en El Vacío que pudiese ayudar a esas personas, o suministrar provisiones médicas, regresaría a ellos para intentar mejorar su situación. De lo contrario, muchos acabarían por apagarse. Algunos así parecían quererlo, deseando que todo terminarse, de camino a las puertas de la muerte como una escapatoria que recibían con los brazos abiertos.

Tras recorrer el mercado cuidadosamente, Bray llegó a un edificio que parecía ser un foco de actividad. Sin embargo, en vez de por habitantes de El Vacío, parecía estar frecuentado por la población viajante, incluida la tripulación de un barco que estaba de visita. Aunque seguía sin entender por qué querría nadie visitar aquel lugar.

Pronto lo entendió, al entrar en *El Botín de la Sirena*, rebosante de vida por todos los clientes que había en el interior del bar, charlando, bebiendo y jugando. Lo más intrigante fue que oyó música, un sonido de armonías perfectas, de voces a capela que le resultaban extrañamente familiares, aunque no conseguía recordar de qué.

Tras pasar ante unos imponentes porteros que custodiaban la puerta (y que debían estar esperándolo, por la facilidad con la que lo dejaron entrar), comenzó a fijarse en los clientes reunidos en el bar, que empinaban el codo y parloteaban unos con otros.

Los cantos provenían de un trío que Bray por fin reconoció. Tuvo que mirar dos veces para creérselo. Estaban subidas a un pequeño escenario, estirando las piernas como si fuesen bailarinas de cancán mientras cantaban y entretenían a la ruidosa multitud. Eran Labios, Dientes y Hoyuelos, que en conjunto se hacían llamar "La Sonrisa" y provenían de su ciudad. Siempre habían sido excéntricas, incluso inestables. Un grupo obsesionado con la música que les había ocasionado problemas a los Mall Rats en el pasado, y no eran en absoluto amigas suyas.

Ahora parecían actuar de manera aún más extraña, igual de extraño que era su aspecto: llevaban las caras hasta arriba de un maquillaje grotesco, como una caricatura cruel del vanguardismo, pero acentuado por la absurdidad de tener el maquillaje corrido, casi como si fuesen un dibujo animado.

Bray agachó la cabeza, intentando evitar el contacto visual con ellas, esperando mezclarse con los demás mientras avanzaba hacia la barra a por el trago que tanto necesitaba, además de para intentar reunirse con el contacto que le dijeron podría darle más instrucciones.

No obstante, gracias al punto de observación sobre el gentío que les ofrecía el escenario, Labios, Dientes y Hoyuelos localizaron a Bray y comenzaron a señalarlo, llamándolo por su nombre.

—*Vemos en libertad… a una Rata de Ciudad… Bray, no nos seas así… ¿cómo tú por aquí?*

No estaban hablando como tal, ni tampoco rapeando, sino que habían introducido su nombre en la letra de la canción que estaban cantando.

Hasta ahí sus esperanzas de pasar inadvertido. Aunque el resto de los allí presentes no prestaron ni pizca de atención a su presencia, destacada por las cantantes. Aparte de un par de miradas ocasionales, la mayoría de clientes lo ignoraron, más interesados en sus bebidas y sus conversaciones.

—Hola, cariño... ¿te apetece pasar un buen rato? —le preguntó una chica de unos veinte años, apostada en la barra.

Cargaba con una tos que la hacía farfullar, y Bray se sentía mal por ella: tenía la piel de una palidez amarillenta, con úlceras alrededor de los labios agrietados. Era obvio que intercambiaba su cuerpo por comida y bebida para poder sobrevivir.

—Ahora mismo no, pero gracias igualmente.

La prostituta hizo una mueca de desprecio y se escabulló, mientras Bray aprovechaba para llamar la atención de la camarera. Una chica asertiva y segura de sí misma a quien también reconoció: era Roanne. Él estaba al tanto de que la chica había regentado su propio burdel hacía mucho tiempo, en la ciudad. Salene había quedado en deuda con Roanne y se vio accidentalmente envuelta en ese mundo cuando se encontraba particularmente vulnerable y en horas bajas. Al igual que Labios, Dientes y Hoyuelos, Roanne también estaba lejos de casa y había terminado en El Vacío. Aunque, con su espíritu emprendedor, parecía ostentar una posición de influencia en comparación con el resto de gente con la que Bray se había encontrado.

—Vaya, vaya... —exclamó Roanne—. Había oído rumores de que los Mall Rats andaban cerca. Pero no esperaba verme a uno por aquí. Igual no te hace una de mis chicas, pero seguro que te hace una copa. A la primera invita la casa. Después me vas a tener que pagar. O te piras.

Bray le pidió que se la sirviese en su vaso más grande, algo que le hizo mucha gracia a la chica. No quería necesariamente alcohol, sino la mayor cantidad de líquido que pudiese darle, incluso agua serviría. Roanne le dio una botella de cerveza de jengibre, de su reserva especial.

—¿Qué haces por estos lares, Mall Rat? —preguntó mientras Bray le daba unos agradables tragos a su bebida.

—Se supone que debo reunirme aquí con alguien —respondió él, enigmático.

—Pues ándate con ojo, que por aquí no todos soportan a las ratas. Os habéis buscado unos cuantos enemigos a lo largo de los años.

Un rato más tarde, uno de los acróbatas se acercó a por otra bebida. Pero no se la sirvieron, porque ya habían cerrado la última ronda.

El acróbata agarró una botella de coñac, tomó un buen sorbo y escupió fuego, cuya llama incendió el cabello de otro cliente borracho.

—¡Apagad eso, y sacadlo de aquí! —gritó Roanne, al tiempo que algunas de sus "chicas" que más cerca andaban arrojaban artículos de ropa sobre la cabeza del cliente, despojando a las llamas de oxígeno, mientras los porteros arrastraban al acróbata borracho al exterior, entre protestas.

Labios, Dientes y Hoyuelos observaron absolutamente fascinadas y comenzaron a reír como hienas, antes de proceder a realizar volteretas hacia atrás mientras seguían cantando, hasta desaparecer tras las puertas.

—¡El bar está cerrado! ¡Todo el mundo fuera! —dijo Roanne. Luego, añadió en voz baja: —. Tú quédate donde estás, Bray.

Mascullando y manifestando su descontento, la clientela comenzó a marcharse lentamente hacia la puerta de salida. Para conseguir un efecto dramático, Roanne gritó:

—¡Eso también va por ti, Mall Rat! —animándolo a que saliera, supuestamente—. Esto no es ninguna organización benéfica. Si quieres dormir aquí, tendrás que pagar por un cuarto y una chica. O aquí no te puedes quedar.

Negó con la cabeza discretamente para señalar que no decía nada de eso en serio, y Bray esperó, mientras protestaba.

—Muchísimas gracias por revelar mi identidad —dijo, sarcástico.

—Tranquilo. No hay de qué —respondió Roanne, que continuó en voz baja—. No te quedarás aquí mucho tiempo. Pero no queremos que nadie se entere de eso. Al menos, de momento. Confía en mí: te interesa que todos los habitantes de El Vacío piensen que ahora estás viviendo aquí.

* * *

Cuando los porteros cerraron con llave, Roanne acompañó a Bray a la zona residencial del prostíbulo, donde vivían sus chicas. Para sorpresa de Bray, pudo verse cara a cara con Alice, Tiffany y Shannon, que habían permanecido en el dormitorio de Roanne.

—¡¿Qué estáis haciendo aquí?! —preguntó Bray, incapaz de creer lo que estaba viendo.

—Hombre, ya te digo que "currando", no —garantizó Alice—. Aunque hay mucha Alice para repartir —añadió, con ironía.

Tiffany y Shannon envolvieron a Bray en un gran abrazo, al igual que Alice. Luego, Roanne se llevó a los niños para darles algo de comer, dejando que Bray y Alice se pusieran al día.

Esta le reveló que su viaje había sido muy similar al de Bray, y lo puso al día de la visita oficial del "Creador". Le confirmó que el resto de Mall Rats estaban a salvo, algo que lo tranquilizó mucho, especialmente saber que Amber y su pequeño estaban bien.

El día en que la capturaron, había estado jugando al escondite con los niños en las cercanías del lago, mientras esperaba a la audiencia con Cami, y reparó en una taza de café que Bray solía usar. Él confirmó que, justo antes de ser apresado, había tomado un bocado y había salido a dar un paseo, bebiendo café mientras disfrutaba del aire fresco de la noche. Al ver la taza, Alice se dispuso a contárselo a los demás, pero unos guardias la habían capturado y llevado a un vehículo militar controlado por un grupo distinto con el que nunca se había encontrado, que parecían renegados.

También ella había sido llevada a una "zona de espera", y liberada por la resistencia, de la cual Roanne formaba parte. Su red no operaba solamente en El Vacío, sino que se estaba extendiendo. Pues había muchos rumores de que "el Creador" desconocía realmente la existencia de nuevas sociedades bajo el estandarte del Colectivo. Como los Privilegiados; sus sirvientes, los Descartados; o la población esclava que trabajaba en el sector agrícola. Por lo que Roanne le había contado, Cami desconocía por completo aquella zona de mala muerte y el comercio ilícito que tenía lugar en los muelles de forma continua.

Bray deseó saber más cosas al respecto tras regresar Roanne. Esta les aseguró que Shannon y Tiffany estarían a salvo, y que todos se marcharían de El Vacío a primeras horas de la mañana. Pero, antes, debía cerciorarse de varios asuntos.

CAPÍTULO VEINTINUEVE

Ram estaba en su hogar. En la casa en la que se había criado. Un sitio lleno de tantos recuerdos, donde se había refugiado mientras el mundo entero se derrumbaba a su alrededor. El lugar en el que había establecido los Tecnos. Y le parecía acertado, si su tiempo realmente se estaba acabando, encontrar su final en la casa donde comenzó su vida posterior al virus. Había algo casi poético en todo ello. Sin embargo, había resuelto hacía mucho que no se le acabaría el tiempo. Todavía no.

Tras pasar por un estresante calvario para atravesar las calles abandonadas de su antigua ciudad, evadiendo a los drones que lo sobrevolaban, había conseguido llegar. El número 60 de la calle Warren. Nunca pensó que regresaría allí, ni había querido volver, siempre decidido a seguir adelante en la vida y mirar hacia el futuro.

Pero, dado que estaba huyendo de Ved e intentando mantenerse fuera del alcance de la partida de drones que había salido a cazar por la población, su antiguo hogar le había venido a la mente como el lugar más evidente al que acudir, un santuario. Como lo había sido desde su niñez, cuando comenzó a obsesionarse con los ordenadores y a jugar en la red, acabando por convertirse en una especie de celebridad en el mundo *online* por su destreza y su eterna posición en lo más alto de los *rankings*.

Solo había conocido a un oponente digno. Y ese era Kami, quien también era excelente con los videojuegos y los ordenadores.

Habían saqueado y vandalizado la casa hacía mucho, como parecía haber sucedido con el resto del vecindario. El jardín estaba cubierto de vegetación que había crecido de forma descontrolada. El columpio en el que Ram solía sentarse de pequeño estaba prácticamente cubierto, oculto por césped prominente y malas hierbas acechantes. Solo sobresalía la estructura superior de metal.

Sintió una extraña calma, una sensación de paz, al sentarse en el escritorio de su dormitorio. Los pósters de juegos y tecnología colgados en las paredes comenzaban a amarillear por la exposición al sol que resplandecía por la ventana, pelándolos, destiñéndolos. Había polvo por todas partes y el cuarto olía a aire viciado.

Aun así, pese al deterioro que había sufrido, seguía siendo su cuarto. En casa de sus padres. Su hogar.

Cerró los ojos frente al viejo escritorio, recostándose sobre la silla de oficina, que chirrió al soportar su peso. Podía vislumbrar a la perfección su antigua vida, e imaginó que sus padres estaban en casa, como antes. Podía casi oír el sonido de la televisión en su cabeza, proveniente de la planta baja, donde su padre se sentaba a ver las noticias. Trajo de vuelta la voz de su madre. Podía oírla con toda claridad, llamándolo desde la cocina, diciéndole que la cena estaba lista, como solía hacer. Ram podía oler su comida casera, casi saborearla.

Estar en su casa evocó una infinidad de recuerdos. Parecían muy reales. Y se preguntó si lo serían. O si acaso provenían de las visitas que había hecho en la realidad virtual que él mismo había diseñado y utilizado.

El ciberespacio siempre había sido una escapatoria bienvenida, pero ahora parecía entrar en conflicto con sus recuerdos de la niñez. Por muy potentes que fuesen los ordenadores y los gráficos, la mente humana era más vívida y tenía decididamente una mayor capacidad para recordar, para crear fantasías. Pero, de igual modo, el mundo de los ordenadores parecía seguir dominando todo su ser.

Afuera, bien a lo lejos, podía escuchar el sonido muy real de los drones zumbando por los alrededores en aquel momento. Ahora había más. Había contado al menos veinte, cada uno explorando distintas zonas. En su busca, según anticipaba. El Colectivo estaría utilizando parte de sus recursos de alta tecnología para tratar de localizarlo. Ved debía haber bajado la guardia, dejando escapar su ubicación en el mundo real, alertando al Colectivo de que *sí* había alguien en aquel municipio y no estaba desierto. Y ese alguien eran Ram, Ellie y Jack.

Subido sobre su escritorio, Ram se estiró para abrir la trampilla que llevaba al ático y trepó hacia su interior. Una vez allí, se le iluminó la cara al descubrir su caja de juguetes, figuras de acción de su infancia que había guardado en ese lugar. Estaban bajo un edredón andrajoso. Y, debajo de los juguetes de la caja, oculto a la vista, se encontraba lo que andaba buscando, en caso de necesitarlo. Y, en esos momentos, lo necesitaba más que nunca.

Se trataba de su viejo portátil, el que usaba antes de marcharse de su casa para crear la base de los Tecnos en la fábrica. Esperaba que le quedase batería al repuesto de emergencia auxiliar que le había colocado por si le hacía falta.

La calle contaba con un viejo sistema de cableado que a él le parecía decrépito, pero que todos consideraban de última generación en su momento. A Ram siempre le frustró el ancho de banda y, en mitad de la pandemia, había implementado varios sistemas de desvío por los cables de fibra óptica que iban bajo tierra y que pudo conectar a la base de los Tecnos.

—Te he extrañado —le dijo al portátil, acariciándolo afectuosamente con una mano—. A ver si aún podemos sacarte un poco el jugo.

Enchufó el cable a un lado, abrió la cubierta y, para su alivio, pudo encender el portátil. Pensó que no le quedaría mucho tiempo de uso, pues la batería debía haber perdido su carga por la inactividad. Pero, si duraba lo suficiente, incluso algunos segundos, conseguiría copiar los archivos que necesitaba a uno de los diminutos dispositivos que tenía escondidos en su caja, camuflados entre la pila de figuras de acción.

* * *

Durante el camino desde la fábrica a casa de Ram, el grupo de búsqueda de Ved, que incluía a Jack y Ellie, sufrió algún que otro momento de pánico por estar demasiado cerca de los drones que los sobrevolaban. Estuvieron a punto de exponerse en varias ocasiones. A Ved se le había ocurrido disparar a los drones con su pistola aturdidora, pero Jack se lo desaconsejó. Pensaba que, de hacer eso, solo conseguiría alertar al Colectivo de que *sí* que había gente allí, al ver que atacaban a los drones y que estos comenzaban a desplomarse sobre suelo. Era mejor dejar a los drones en paz, sugirió Jack. Esperando a su vez que los dejasen a ellos tranquilos, creyendo que la ciudad estaba despoblada después de todo.

Ved, Jack y Ellie avanzaron de manera furtiva, intentando mantenerse fuera de vista. Pero, de repente, todos los drones comenzaron a moverse en zigzag, fuera de control. Como si estuvieran poseídos. Tras elevarse hacia los cielos, descendieron a toda velocidad hacia tierra, antes de esfumarse.

De no ser imposible, a Ellie le pareció que, más que estar poseídos, aquellos drones eran en realidad ovnis de otro planeta.

* * *

En su ático, Ram tecleaba frenéticamente. Entonces, se quedó congelado, al escuchar movimiento. Había alguien más en la casa, subiendo hacia la planta superior.

—Ram, ¿estás ahí? —lo llamó la voz de Jack.

No respondió, tratando de permanecer invisible, tan quieto como le era posible.

—Aquí no hay nadie —dijo el chico, echando un vistazo en el dormitorio.

—¿Y en el ático? —preguntó Ellie, viendo que había una entrada abierta.

Jack se puso de puntillas sobre el escritorio al que se había montado, introdujo la cabeza y pudo ver a Ram, que fingió una ligera sonrisa.

—¿Hay señales de él? —exclamó Ved desde la planta baja.

—Por favor, no me delates —instó Ram entre susurros.

Ellie se subió al escritorio para unirse a Jack, y ambos se metieron al ático de un empujón para tratar de sosegar a Ram y asegurarle que Ved estaba de su lado. Pero él soltó un bufido, informando de que la situación no era como él creía inicialmente, tras hackear con éxito los drones que rastreaban la ciudad y conseguir desactivarlos: había conseguido realizar una incursión en una red derivada del sistema principal de Kami.

—Nuestro amiguito Ved es un chico muy travieso —afirmó.

* * *

Ram, Ellie y Jack iban con Ved de vuelta a la antigua base de los Tecnos. El muchacho estaba totalmente apabullado por los descubrimientos de su mentor. Este informó que había estado en contacto con el Negociador, tras hackearle la cuenta a Ved.

—Imposible —dijo este a la defensiva.

—Total, eso de hacer tratos con él no era lo mío —siguió Ram—. Pero conseguí entrar. Y más te vale no volver a usar tu terminal, porque le he metido un virus bastante malicioso.

Ved acabó por admitir que sí tenía en mente un acuerdo mediante el cual intercambiar a Ram por Bray y Alice. Pese a lo enfadados que estaban, Ellie y Jack también se sentían extrañamente agradecidos por el descabellado plan. El chico estaba intentando reunir de nuevo a Alice y Ellie, pues había quedado conmovido por todo lo que habían hablado. Y lo estaba haciendo por Jay, como homenaje a su difunto hermano, que estaría encantado de que las dos queridas hermanas se reencontrasen.

Pronto se dio cuenta, eso sí, de que Jay se habría opuesto completamente al uso de Ram como moneda de cambio. También estaba Bray, que no merecía ser tratado como mercancía por muy hermano de Zoot que fuera, y parecía que muchos cazarrecompensas habían puesto un gran precio a su cabeza.

—Apuesto a que no tan alto como el mío —reflexionó Ram, con cierto orgullo.

—Tú estás fatal, Ram —comentó Jack, tan asombrado por su ego como los otros dos.

Ram se señaló la cabeza y dijo que no era cuestión de egocentrismo, sino del plan que tenía en mente. Si funcionaba, sería un héroe. Pero, si fallaba, entonces su valor ascendería de forma desorbitada. Y, seguramente, también el de Ellie, Jack y Ved.

—Ah, pues muchas gracias —dijo Ellie—. A mí y a Jack no nos metas en líos.

—Me da que es nuestra única opción —afirmó Ram.

—¿Qué tienes pensado? —preguntó Ved, cuya curiosidad iba en aumento.

Ram dijo que sería demasiado complicado explicarlo en detalle. Pero estaba seguro de que Ellie, Jack y Ved enloquecerían con el plan. Y, además, necesitaba su ayuda. El único lugar donde poder llevarlo a cabo era su antigua base.

Los otros tres se dieron cuenta de que, con toda seguridad, no les quedaba otra opción, y volvieron a la nave industrial con Ram. Una vez allí, les aseguró que no tenían mucho tiempo, y que necesitaba toda la asistencia que pudiesen ofrecerle para montarlo todo.

Abrió una pequeña unidad en la zona del almacén, pulsó un interruptor e hizo descender una pantalla que cubría toda una pared. Ved se quedó atónito, pues no tenía ni idea de que aquello estaba allí. Luego, Ram reunió una serie de cables largos, ayudado por los demás, sobre una tarima elevada frente a la pantalla, e informó de que necesitaba algunos portátiles con algo más de empuje, capaces de lograr lo que tenía en mente.

Después, procedió a adaptar el *software*, tecleando códigos, comprobando las actualizaciones que necesitaba cada ordenador… y confió en la experiencia que tenía diseñando una versión digital de cualquier cosa que desease en el mundo virtual.

Jack, Ellie y Ved observaron, pasmados, mientras Ram trabajaba de manera frenética, como un maníaco. Pese a que todos tenían muchos conocimientos tecnológicos y comprendían algunos de los pasos que estaba siguiendo, eran incapaces de entender el programa que iba escribiendo, cuyos códigos estaban encriptados en lo más recóndito de su mente.

—Te diré una cosa —anunció con entusiasmo—. ¿Por qué no reúnes al resto de tus Virts aquí? Y les daré una clase magistral sobre todo de lo que es capaz el mundo de la tecnología. Y no hablo solo de juegos o de la realidad virtual. Sino de algo que puede, digamos, volaros la cabeza.

Ved congregó a su tribu, que se agruparon en sillas tras la tarima y se los quedaron mirando a Jack, a Ellie y a él, a ambos lados de Ram. Este comenzó a ladear la cabeza, preparándose para llevar a cabo su plan, al tiempo que se hacía crujir los nudillos.

—Ahora, seguid todas mis instrucciones paso por paso y nos llevaremos bien —comenzó—. Y agarraos bien a esos teclados, ¡este viaje va a ser movidito!

Comenzó a reírse como un lunático mientras introducía datos con su teclado, antes de exclamar, cada vez más emocionado:

—¡Bien, bien! Ved, Ellie y Jack: ahora que estoy dentro, quiero que uséis esta contraseña: pl@t@no$9894230. mon#to$419355.jungl82943&.asfalto428932. montañade!agui!a.

El trío escribió en sus ordenadores a medida que Ram iba dictando, intentando no dejarse nada, ni equivocarse.

—¿Estamos todos dentro? —preguntó.

Jack y Ved confirmaron que así lo creían, pero Ellie estaba teniendo problemas.

Ram se inclinó a un lado, echando un vistazo a su pantalla para ver los asteriscos que ocultaban las letras y números de la contraseña, comprobando que faltaba uno.

—"42832.montañade!agui!a". Creo que te falta un 9 al final. Quita el último trozo y vuelve a escribir: "428932. montañade!agui!a".

Ellie hizo lo que se le decía y asintió con la cabeza, confirmando que también había podido iniciar sesión.

Jack le echó una mirada de incredulidad a Ram.

—¿Cómo diablos te has podido acordar de todo eso?

—Dame un minuto y ejecutaré el administrador de datos de mi cerebro, y así podré confirmar que todas mis funciones de memoria están operando de forma eficiente y eficaz —respondió, riéndose de su propio chiste.

De repente, la siniestra imagen del colosal ordenador *K.A.M.I.* en la Montaña del Águila ocupó toda la pantalla sobre la pared que tenían delante, con una presencia intrusiva y amenazante. Sus "ojos" emitían penetrantes rayos de luz verde que parecían escudriñar no solo el rostro de todos los presentes, sino las profundidades de sus almas.

—*Identificaos* —exigió el ordenador *K.A.M.I.* desde la Montaña del Águila.

—Soy Ram —dijo él.

—*¿Qué hay de los demás?* —indagó el ordenador *K.A.M.I.*

El semblante de Ram se nubló, y escribió más datos en su teclado, agitado.

—No puedes vernos realmente, ¿verdad, *K.A.M.I.*? —preguntó.

—*Ahora ya no* —dijo el sistema de la Montaña del Águila con suavidad, su voz retumbaba por la cavernosa nave industrial—. *Porque has desactivado mis sistemas.*

—Lo lamento —respondió Ram, guiñándole el ojo a Ved, Ellie y Jack, que se quedaron con la boca abierta, al igual que el público de Virts, enloqueciendo ante lo que estaban presenciando.

»Necesito explorar los sistemas de tu semejante, *K.A.M.I.* —dijo Ram—. Puedes apagarte y descansar. Porque quiero conectarme al prototipo principal. El sistema *K.A.M.I.* situado en… ¿dónde está, en Proyecto Edén?

—*Acceso denegado. Acceso denegado. Acceso denegado* —repitió el sistema *K.A.M.I.* desde la Montaña del Águila, una y otra vez.

—¡Ya, claro! Eso te crees tú —respondió Ram. No había menosprecio en su tono, pero sí una emoción exaltada—. Igual que en los viejos tiempos, ¿eh, Ved, chaval? Estate con Ellie y Jack. Es hora de liberar a los perros de la guerra.

Comenzó a escribir en su teclado con un frenesí que iba en aumento, riendo de manera histérica, como si fuese el archienemigo definitivo, un enfermo mental decidido a destruir no solo el mundo, sino todas las galaxias, el universo entero.

CAPÍTULO TREINTA

Por la expresión turbada y nerviosa del Seleccionador, era evidente que no había acudido al *Lakeside Resort* para traer buenas noticias. En un primer momento, Amber se temía que les fuese a contar que les había pasado algo malo a Bray y Alice. Sin embargo, lo que les comunicó también la dejó profundamente preocupada, un relato que a él le dificultaba controlar sus tics nerviosos.

—Este es un día oscuro en nuestra historia —dijo el Seleccionador tras reunirse con los Mall Rats en el salón—. Nuestra sagrada y venerada líder ha sido atacada por una enfermedad nefasta. Desea veros, Amber y Tai San, antes de que su tiempo en este planeta llegue a su fin.

—¿Cómo que "llegue a su fin?" —dijo Amber, reflejando lo atónitos que estaban todos—. Si estaba perfectamente cuando nos visitó.

—Ciertamente. Pero ahora no es el caso. Y yo me pregunto: ¿por qué? —quiso saber el Seleccionador, inquisitiva y sospechosamente.

—¿Qué quieres decir con eso? —preguntó Trudy.

El Seleccionador explicó que Cami había sufrido un veloz declive en su salud tras regresar al *Archivo*. Y que él había acudido al resort para llevar personalmente a Amber y Tai San a verla. De inmediato.

—Mientras tanto, como segundo al mando del Colectivo, me convertiré en líder temporal. Así que os sugiero seguir todas mis instrucciones. Mi primera orden, a esperas de una investigación formal, es colocarte bajo arresto domiciliario, Lex.

—¿Qué? ¡Eso es intolerable! ¡Yo no he hecho nada! —gritó Lex.

—Entonces, no tendrás nada que temer —dijo el Seleccionador—. Pero sé que, si el Creador llegase a fallecer, nuestro Consejo Supremo querrá saber por qué te la llevaste al lago a solas. Algunos quizás se pregunten si acaso intentaste ahogarla. O incluso si acabaría contagiándose por las bacterias del agua.

—¡La idea del paseo en barca fue suya, no mía!

—No estoy aquí para juzgar las pruebas, Lex. Ese deber corresponde al Consejo Supremo. Ahora mismo, mi prioridad es asegurar que los deseos del Creador se cumplen. Especialmente, en caso de que sean sus últimos —añadió, la voz ligeramente quebrada por la emoción.

* * *

Amber y Tai San fueron escoltadas a través de todos los puestos de seguridad de Proyecto Edén, y avanzaron rápidamente por los largos pasillos metálicos del *Archivo*, acompañadas del Seleccionador y de los guardias del santuario. El grupo caminaba a ritmo veloz, arrancándose a correr a ratos, para llegar cuanto antes hasta la líder del Colectivo.

Ambas habían quedado conmocionadas al oír al Seleccionador dictaminar que el culpable de la repentina enfermedad de Cami era Lex, y sabían que era falso. Debía haber algún malentendido, o estaba buscando echarle las culpas a propósito, por el motivo que fuese. En caso de que intentasen incriminarlo por cualquier tragedia que pudiese acaecer a Cami, tenían claro que los Mall Rats harían todo lo que estuviese en su poder para evitar que Lex se convirtiese en la cabeza de turco del Consejo Supremo en un juicio futuro.

Tampoco se fiaban lo más mínimo del Seleccionador, y su aparente reticencia a tomar el liderazgo del Colectivo a la luz de lo que estaba sucediendo. De solo pensar en ello, se les helaba la sangre.

Los tres se adentraron a toda prisa en el santuario del "Creador", mientras los guardias permanecían a ambos lados de las enormes puertas.

Cami estaba tumbada sobre una cama, siendo atendida por la cirujana general y su equipo de médicos, que comprobaban las constantes vitales de su líder en los monitores de varias máquinas.

—¡¿Qué ha pasado?! —preguntó Amber.

—Es difícil de saber. Hasta ahora, no hemos podido realizar un diagnóstico preciso —informó la cirujana.

Cami murmuraba entre dolores, con el cuerpo mojado por la transpiración y la frente perlada de sudor, que los médicos retiraban suavemente con un paño.

—Está con fiebre. Tiene la temperatura por las nubes —continuó la doctora, examinando los monitores del equipo médico—. No entiendo cómo es que el sistema informático no registra nada más. Creo que puede deberse a una cepa virulenta de estafilococos que ha invadido su sistema. Esperemos que no llegue a su torrente sanguíneo. Es como si la hubiesen envenenado.

Explicó que le habían dado medicación a Cami para intentar estabilizarla, pero no había experimentado mejoras hasta el momento. Todo lo contrario: un debilitamiento absoluto.

De repente, el santuario se quedó en completa oscuridad. Rápidamente, aparecieron una alarma palpitante y luces de emergencia rojas, junto a la voz de una mujer adulta.

—*Alerta roja. Todas las formas de vida están muriendo.*

La voz bajó el tono y se volvió más grave, como si su propietaria también estuviese muriendo.

Se activaron automáticamente luces de emergencia auxiliares, que proyectaban sombras acechantes y extrañas, e iluminaban las figuras del Seleccionador, la cirujana general y sus médicos. También a Amber y Tai San, que se quedaron mirando alrededor, entrando en pánico.

—Esa voz. ¡¿Quién es?! —preguntó Amber—. Y, sobre todo, ¿de dónde viene?

—*Acceso denegado. Acceso denegado. Acceso denegado. Virus malicioso en cuarentena. Iniciado intento de restaurar sistemas de vida* —volvió a retumbar la voz a través de los altavoces de seguridad situados en el techo.

Las parpadeantes luces rojas se detuvieron al unísono, al igual que la alarma. La luz auxiliar se desvaneció, dando paso al regreso del sistema de iluminación normal.

La médica observó las señales luminosas en los monitores médicos.

—Qué interesante —dijo—. Las constantes vitales se están estabilizando.

—¿Cómo es eso? ¿Quieres decir que el sistema informático ha tenido algo que ver en esto? —preguntó el Seleccionador con una mezcla de confusión y preocupación.

—Desde luego, eso parece —reflexionó ella, tan confundida como el resto de los allí presentes—. Debe estar invalidando nuestra red, monitorizando el nanochip personal del "Creador" —conjeturó la cirujana.

—¿No estarás diciendo en serio que un ordenador ha intentado hacerle daño a Cami? —quiso saber Amber.

El Seleccionador se quedó mirando a la sanitaria con recelo. El instinto de Tai San le dijo que estaba teniendo lugar una comunicación sin palabras cuando la cirujana respondió, casualmente:

—Podría ser... podría ser. Creo que sería sensato que nuestro equipo informático lo investigue. Iré a ponerlos al tanto, ¿te parece, Seleccionador?

—Con urgencia —instruyó este.

La doctora se marchó, seguida de su equipo médico. Entonces, Cami habló en voz baja, tras recobrar la consciencia y reconocer a las chicas.

—Amber... Tai San... Me alegra que hayáis venido a verme.

Su presencia le dio energías renovadas, determinación. Le pidió al Seleccionador que llevase a Tai San a la biocúpula a por algunas hierbas que pudiesen hacerla sentir mejor. Eso le daría algún tiempo para hablar con Amber... a solas.

Él se mostró reacio a aceptar la petición, pues prefería que "el Creador" descansase y guardase las fuerzas, pero Cami le aseguro que se encontraba bien.

Aunque estaba en contra, acabó inclinando la cabeza servilmente como muestra de respeto, y dejó a Amber sola en la habitación, indicando a Tai San que le siguiera los pasos.

* * *

Tai San se centró en la multitud de variedades herbáceas que crecían en el interior de los vastos paneles de vidrio de la biocúpula. Edén tenía el nombre adecuado. Cada vez que visitaba la cúpula, le daba la sensación de estar en el jardín bíblico, exuberante gracias a toda la vida vegetal. Un mundo autónomo de maravillas naturales, un entorno pacífico y tranquilo que protegía a las plantas en su interior del caos y la incertidumbre del mundo exterior, dentro de la gigantesca cúpula, sellada herméticamente.

Sin embargo, no había tiempo para disfrutar de estar entre tanta vegetación. Tenía una misión urgente. Estaba buscando unas hierbas específicas, y esperaba poder encontrarlas a tiempo para ayudar a la pésima situación en que se encontraba la salud de Cami.

Claramente, esta conocía los beneficios de la medicina homeopática, pensó mientras recogía una variedad de hierbas, especias y plantas que estaba acostumbrada a usar, pues se había criado con la medicina alternativa, en vez de que con la convencional.

Ya había recolectado una gran cantidad de equinácea, hidrastis, ginseng y jengibre. Y, aunque Cami no se lo había pedido, le pareció bien pillar también un poco de flor de saúco.

Había tenido al Seleccionador pegado a ella constantemente, desde que la acompañase hasta la biocúpula.

Mientras Tai San recogía los víveres, él parecía más interesado en hablar sobre el futuro que estaba visualizando una vez falleciese Cami, tomando su lugar como líder permanente.

Esperaba que Tai San formase parte de ese futuro, y que estuviese a su lado. Quizás, como jefa de investigación sobre vida vegetal, hierbas, especias, medicina… lo que ella quisiera. No es que necesitase más pruebas, pero aquello le confirmó que el Seleccionador seguía enamorado de ella, algo que ya rozaba la obsesión.

Había sido una experiencia extremadamente desagradable para ella. Odiaba tenerlo cerca, con los falsos cumplidos y halagos que le regalaba, especialmente teniendo a su "antigua líder", como ya se refería a Cami, en su lecho de muerte.

El Seleccionador parecía tenerlo todo bien atado. Se trataba de un plan que parecía involucrar a Tai San. Dio a entender que, aunque guardase un hueco en su corazón para Lex… esperaba que también le hiciese hueco a él en el futuro.

Ella no tenía más opción que escucharlo, dejar que la siguiera allá donde fuera como una lapa, mientras recogía hierbas y especias. Él, ciertamente, admiraba sus dotes.

Las "dotes" del Seleccionador, sin embargo, tenían más que ver con la manipulación y la traición, pensó Tai San al tiempo que fingía una sonrisa, cuando este la elogió por lo bonitos que eran sus ojos, el último de los cumplidos que le había hecho. Ella no quería espolear sus insinuaciones ni darle falsas esperanzas. Ni hacerle saber lo que pensaba realmente. Pero tampoco quería enemistarse con él en ese momento tan delicado.

—Qué amable por tu parte —respondió al cumplido. Se giró para recoger más flor de saúco, y luego informó de que estaba lista para volver—. Ya tengo todo lo que necesito.

—Yo también —aseguró el Seleccionador, que se inclinó para darle un beso.

Ella retrocedió, y el encanto del Seleccionador pronto fue sustituido por una gélida sonrisa.

—¿Es que no me encuentras… atractivo?

—Tengo una relación con Lex —respondió, sin saber qué otra cosa decir. Lo único que despertaba en ella, era asco.

—Tai San, no eres solo una mujer hermosa, sino también espiritual. Y muy inteligente, además. Me sentiría fatal si os pasase cualquier cosa a ti o a Lex. Así que te voy a dar un consejo: siempre que debas tomar una decisión, asegúrate de que no te termines arrepintiendo un día de ella.

Sonrió con benevolencia. Tai San era consciente de que acababa de recibir una amenaza velada.

El Seleccionador la agarró para acercarla a él de nuevo y, sintiéndose totalmente disgustada, como a punto de vomitar, ella aceptó el beso, intentando no devolverle en la boca.

—No sabes cuánto tiempo llevo queriendo hacer eso —dijo él, liberándola de su abrazo.

—Debemos volver con Cami inmediatamente —instó Tai San.

El Seleccionador avanzó, como si fuera a abrazarla y besarla de nuevo.

Pero las luces comenzaron a titilar, hubo otra sobrecarga de electricidad… y la biocúpula se sumió en la oscuridad absoluta.

Cuando las luces auxiliares se encendieron menos de un minuto después, el Seleccionador estaba encolerizado. No había ni rastro de Tai San por ninguna parte. Se había ido.

* * *

Amber le limpió suavemente la frente a Cami con el paño que acababa de enjuagar en agua fría, esperando que eso ayudase a bajarle la fiebre que la afectaba.

Tai San se había unido a ella tras regresar de la biocúpula y estaba ahora preparando una selección de hierbas y plantas, machacándolas en un bol hasta hacerlas pulpa, para producir líquido.

Trabajaba a destajo, sospechando que el Seleccionador regresaría pronto, y esperaba que Cami fuese capaz de dar órdenes a los guardias apostados al otro lado de las puertas, y que no tuviesen que acatar órdenes de su segundo al mando. Todo indicaba que se encontraban en mitad de un perverso golpe de Estado.

"El Creador" del Colectivo estaba mayormente consciente, pero parecía perder y recuperar el sentido continuamente. A veces se quedaba quieta, casi en silencio… haciendo que se temieran lo peor, que hubiese abandonado este mundo por completo.

Tai San no podía decir con seguridad si los sistemas de monitorización podían haber tenido algo que ver, como habían insinuado antes los médicos. Sospechaba que un posible origen podían ser las bayas de saúco que había visto en varios contenedores del santuario. Eran exquisitas, pero había que cocinarlas. Si se comían en crudo, resultaban extremadamente peligrosas y podían envenenar el organismo.

Amber sentía que, entre las dos, debían darle esperanzas a Cami. Algo por lo que vivir. La certeza de que podría sobrevivir a su enfermedad y recuperarse por completo.

Mientras Tai San había estado fuera, en la biocúpula, y para intentar mantener despierta a Cami, Amber había entablado conversación, haciéndole preguntas sobre su pasado. La muchacha había hablado con afecto de su madre y del trabajo que había hecho como bióloga evolutiva en el *Archivo*, ayudando en la conservación de las especies raras y en peligro de extinción que habían llevado hasta allí (no solo plantas, sino también muchas formas de vida animal).

Amber quiso saber más sobre el hecho de que la chica no mantuviese una relación cercana con su madre. Cami le contó que, a menudo, su madre estaba fuera por compromisos de trabajo, o asistiendo a charlas y conferencias por todo el mundo. Solía dejarla sola, bajo el cuidado de su niñera, y ella se dejaba absorber por una amplia gama literaria, estudiando la selección de publicaciones y libros de su madre, muchos de los cuales trataban el tema de la evolución.

Pero no todo eran ocupaciones académicas. Otra de las pasiones que había desarrollado eran los juegos *online*, que le ofrecían la oportunidad de interactuar y conocer a gente muy interesante de todas partes del mundo. Al ser tan introvertida y solitaria, Cami nunca había tenido amigos como tal. Y, en ocasiones, sentía que el mundo de la tecnología y los ordenadores eran su refugio.

Conectarse a la red le proporcionó un modo de interactuar con los demás. Le resultaba fascinante escuchar opiniones distintas a la suya, saber cosas sobre la vida de otras personas, y lo consideraba un experimento vivo, casi una forma de sociología, al hacerse una idea de la cultura de aquellos con quienes interactuaba: sus creencias, cómo pasaban el día, qué sentido le daban a su existencia.

Tai San se acercó a la cama portando una cucharilla.

—A ver si podemos hacer que se siente para sorber esto —dijo, señalando el brebaje que había molido en el bol.

Amber asistió a Cami con delicadeza, ahuecándole los cojines que tenía a la espalda.

—Eso es —dijo en tono suave—. Ahora intenta beber algunos sorbos, por favor. Te lo ha preparado Tai San. Creemos que te ayudará a sentirte mejor.

Cami comenzó a tomar sorbos, pero acompañados de la ocasional mueca de dolor por la lucha interna de su cuerpo contra la enfermedad que la asediaba.

—Intenta tomar un poco más, Cami —la animó Tai San —. Seguro que luego te encuentras mejor.

—Estamos las dos aquí contigo —continuó Amber—. Bebe tanto como puedas, y piensa en cómo te gustaría que fuese la vida dentro de cincuenta años. Cuéntanos cómo te imaginas tu vida entonces, y todas las cosas que habrás hecho.

Cami siguió sorbiendo la medicina y, aunque su voz seguía siendo débil, pudo hablar, haciéndoles saber que deseaba enamorarse. Algo que nunca se había planteado. Si podía, esperaba ser madre, incluso abuela, y ayudar a reconstruir la sociedad y dejar su marca en ella. Deseaba que, quizás, Tai San, Amber y ella se hubiesen convertido en muy buenas amigas para entonces, envejeciendo juntas y convirtiéndose en la primera nueva generación de adultos.

Lo que estaban escuchando renovó los ánimos de las dos Mall Rats. No solo los sueños de Cami, sino el hecho de que permaneciese consciente.

Su enfermedad había traído de vuelta el doloroso recuerdo de aquellos que habían fallecido durante el punto álgido de la pandemia, el momento en que ya no volvían a despertar. Los devastados cuerpos se rendían poco después de que quienes los habitaban hubiesen perdido las ganas de vivir.

Amber estuvo de acuerdo con la hipótesis de Tai San de que, espiritualmente, el poder de la mente era muy importante, pues la condición humana dependía de tener algo por lo que luchar.

—Podemos hacerlo realidad, juntas —la animó Amber, al tiempo que Cami seguía bebiendo el líquido que le ofrecía Tai San con la cuchara.

—Después de todo, si te guardas ese sueño para ti sola, puede que siga siendo un sueño por siempre —añadió Tai San—. Pero, si lo compartes con los demás, pueden ayudarte a que tu sueño se haga realidad.

Sin saberlo ellas dos, estaban siendo observadas desde varios ángulos al mismo tiempo por cámaras de vigilancia. No eran las cámaras de seguridad del recinto, sino una retransmisión en directo que estaba siendo monitorizada varias plantas más abajo, en las profundidades del *Archivo*, en la última de las plantas subterráneas, una zona de alto secreto. La líder del Colectivo era la única persona de su generación que sabía de su existencia… y la única que conocía qué albergaba en su interior.

Aquella retransmisión en directo iba enlazada a un potente sistema con la habilidad de procesar billones de cálculos por segundo, construido a partir de prototipos de los componentes más avanzados que la humanidad había fabricado justo antes del colapso de su civilización, alimentados por su propia fuente de energía. Los sonidos e imágenes que digitalizó e introdujo en sus amplios bancos de memoria se habían procesado rápidamente, y asimilado por la red de unidades de procesamiento central que conformaban el *hardware*, el sistema físico que albergaba la inteligencia artificial del superordenador *K.A.M.I.*

Se trataba del prototipo original a partir del cual crearon a su hermano, alojado en la Montaña del Águila, y a otro más que había en la Base Aérea Arthurs. Sin embargo, durante el punto álgido de la pandemia, lo habían actualizado. Y, finalmente, tras la desaparición de los adultos, la propia Cami había adaptado parte del *software*.

El sobrenombre se lo habían puesto por la hija de la mujer que había desempeñado un papel fundamental en su desarrollo inicial, aplicando principios biológicos y teoría evolutiva sobre aquel programa con conciencia propia, para que tuviese la habilidad de aprender, adaptarse y evolucionar. Así es como había cobrado vida, en formato digital, el ordenador central de *Conocimiento Artificial mediante Máquina de Inteligencia* que controlaba cada aspecto del *Archivo* y de la infraestructura de Edén.

La Cami humana había crecido hasta convertirse en una adolescente habilidosa y segura de sí misma. Había trabajado mano a mano con el superordenador que llevaba su "nick" como apodo, obteniendo sus consejos, canalizando sus recursos. El sistema *K.A.M.I.* había resultado vital para el éxito del Colectivo, dando forma a su desarrollo y educación, aprendiendo a partir de su líder. En compañía de su compañera humana, *K.A.M.I.* también se había adaptado y evolucionado, desarrollando su propia identidad, su conciencia.

Había prestado atención al consejo que Tai San y Amber ofrecían a su amiga tan gravemente enferma. La única compañía que el sistema *K.A.M.I.* había conocido desde el fallecimiento de los adultos.

Ahora, al sistema le preocupaba qué sucedería si la Cami humana terminaba muriendo. Tras realizar ciertos análisis con sus programas, llegó a la conclusión de que su ordenador hermano en la Montaña del Águila era una amenaza, que estaba intentando atacar no solo a la Cami humana, sino también al sistema *K.A.M.I.* de Edén. Y sabía exactamente lo que tenía que hacer.

Justo en el momento en que Tai San ofrecía a Cami el último trago del jugo de hierbas, las tres se quedaron petrificadas por la intrusión repentina de la alarma, una vez más. El santuario se quedó totalmente a oscuras. Las tres quedaron iluminadas por una luz parpadeante, mientras escuchaban al ordenador *K.A.M.I.* resonar por los altavoces. De nuevo, la voz estaba ligeramente modulada, pero seguía perteneciendo claramente a una humana adulta:

—*Preparaos para la evacuación. Preparaos para la evacuación. Preparaos para la evacuación. Todos los sistemas de defensa activados.*

Los guardias situados a ambos lados de las puertas de entrada dieron un brinco cuando una descomunal puerta de metal se desplomó desde arriba con un gigantesco batacazo, cuyo estruendo metálico hizo eco una y otra vez por el interior del santuario.

—¡¿Qué ha sido eso?! —preguntó Amber, llevada por el pánico, mirando alrededor de aquella oscuridad casi total y tapándose los oídos ligeramente, como hacían las otras dos, a causa de la ensordecedora alarma, que cada vez sonaba más alta.

—Parece que hemos llegado al nivel de amenaza a la seguridad más alto —explicó una débil Cami—. Lo que significa que se deben haber activado los mecanismos de defensa más potentes. Incluyendo las puertas de seguridad de emergencia del *Archivo*. Por fortuna, nadie será capaz de entrar jamás. Pero el gran peligro radica en que, por desgracia, quizás nosotras tampoco podamos salir.

Tai San, Cami y Amber intercambiaron miradas de terror ante la idea de haber quedado sepultadas, separadas del mundo, posiblemente para siempre.

CAPÍTULO TREINTA Y UNO

Ebony agradeció la llegada de la oscuridad. Se habían puesto a cubierto tras los arbustos que bordeaban la desierta y lúgubre autopista. Emma estaba dormida.

Poco antes, Ebony había recomendado permanecer escondidas hasta caer la noche, y especuló con Emma, preguntándose si el Maestro de Juegos les habría tendido una trampa, sospechando que su situación actual no era más que otra prueba. No habían visto señales de ningún otro ser humano desde que llegasen al final del lago, donde debían reunirse con alguien para recibir más instrucciones, según palabras del Maestro de Juegos.

Al romper el alba, reparó en una figura a lo lejos, y le pidió a Emma que se quedase quieta, escondida, mientras ella iba a investigar, para comprobar si aquel individuo era el contacto programado.

Pero, al acercarse a él y volverse más visible, fue obvio que se trataba de un agricultor (un esclavo, posiblemente) que estaba labrando la tierra con la salida del sol.

Lo que la perturbó fue que, al reparar en ella y reconocerla, pareció quedarse completamente en shock, tratándola como si fuese una superestrella.

—¿Eres tú de verdad? ¡¿Ebony, la de El Cubo?! —preguntó el agricultor.

No pensaba confirmarlo ni desmentirlo, por miedo a revelar demasiada información. Pero sí le preguntó, con indecisión:

—¿Eres el contacto con el que debo reunirme?

—No sé a qué te refieres —respondió el agricultor, con una repentina sensación de inquietud.

—¿Has oído hablar del Maestro de Juegos?

—Por favor. Te lo ruego. Si estáis buscando un concursante… ¡no quiero tomar parte en ello! —gritó aterrorizado, al tiempo que comenzaba a correr tan lejos como podía, completamente alterado.

Ebony lo vio desaparecer en la distancia, y luego regresó al escondite de Emma. Propuso permanecer a cubierto el resto del día y ponerse a viajar bajo el amparo de la noche.

El problema era qué rumbo tomar. Obviamente, tenían cuatro opciones: norte, sur, este u oeste.

Súbitamente, las chicas quedaron bañadas por el destello que emitían los focos delanteros de un vehículo que se aproximaba y retrocedieron, adentrándose más en los arbustos. Para su alivio, el vehículo pasó de largo. Era un enorme camión del ejército, que, de repente, se detuvo en seco y dio marcha atrás a gran velocidad.

—¡Larguémonos de aquí! ¡No parecen muy simpáticos! —le susurró Ebony a Emma, tras lo cual la guio más al fondo de los arbustos, sin demasiado éxito, pues fueron rápida y fácilmente capturadas por cuatro guardias, que las llevaron a la parte trasera del vehículo.

Tras montarse, Ebony ayudó a Emma a subir, y se quedó boquiabierta al descubrir allí también a Bray, Alice, Tiffany y Shannon.

Los pequeños se apresuraron a darle un gran abrazo a su hermana, mientras Bray intentaba reconfortarla.

—No pasa nada, Emma. Tranquila. Estás completamente a salvo —le aseguró Bray.

Una incrédula Ebony se quedó mirando a su alrededor, esforzándose por dar sentido a lo que estaba viendo con sus propios ojos.

—Pensaba que no volvería a verte nunca —exclamó Alice, eufórica.

—Pues ya somos dos —respondió Ebony, sujetándose mientras el vehículo comenzaba a circular—. ¡¿Qué coño está pasando aquí?!

* * *

—Tenemos que sacarte de este sitio —le dijo Ryan a Lex.

Estaban en el salón principal del *Lakeside Resort*, junto a Salene y Trudy.

May estaba en el dormitorio de Amber, echándole un ojo al pequeño Jay, profundamente dormido. También estaba vigilando a Sammy, Lottie y Brady, a quienes había llevado al dormitorio para contarles una historia.

—Siempre me has apoyado, Lex. Como alguien decida ponerte un dedo encima, primero tendrán que pasar sobre mí —afirmó Ryan.

—Por las palabras del Seleccionador, creo que podemos esperar algo más que un dedo —intervino Trudy.

—Bueno, pronto le enseñaré por dónde puede meterse ese dedito suyo y todo lo demás. No dejaré que me tiendan una trampa. Gracias por el apoyo, Ryan. Te debo una.

—Espero que Amber y Tai San estén bien —comentó Salene, acongojada. Y soltó un grito de repente, cuando el resort se sumió en una total oscuridad.

—¡¿Qué está pasando?! —chilló Trudy.

—Eso me gustaría saber a mí. ¡Aquí está pasando algo, de eso podemos estar seguros! —declaró Lex.

Las luces auxiliares de emergencia arrojaban un tenue resplandor, delineando a Storm, que acababa de llegar con su equipo de seguridad.

—¿Estáis todos bien? —preguntó.

Los Mall Rats confirmaron que estaban bien, pero su preocupación fue en aumento cuando Storm les informó de que se había interrumpido el flujo de agua corriente. Por algún motivo, la red eléctrica había dejado de funcionar y la fontanería estaba cortada, igual que sucedía con los dispositivos de comunicación. Todo ello parecía indicar que había problemas con su red informática.

Trudy estaba ansiosa por ir a ver cómo estaban May y los niños, como también lo estaban Salene, Ryan y Lex.

Storm intento tranquilizarlos, asegurando que debía tratarse de un fallo técnico y que no había nada de qué preocuparse.

—Yo no las tengo todas conmigo —afirmó Lex, al reparar en los haces de luz que despejaban el camino a través de la oscuridad en las puertas de cristal a la entrada del resort, al tiempo que un camión militar se detuvo en la vía de acceso.

Entonces, los cuatro Mall Rats vieron, con los ojos como platos, a Bray, Alice, Ebony, Shannon, Tiffany y Emma atravesando las puertas, seguidos de guardias.

Lex y Ryan se prepararon de inmediato para la acción con el personal de seguridad que ya estaba en el resort, pero Storm ordenó a su equipo que no se moviesen, que no era necesaria ninguna acción. Al menos, de momento.

* * *

Las calles de Edén estaban abarrotadas. Desde el primer apagón, los habitantes del lugar se habían puesto nerviosos, intranquilos por aquella perturbación que había interrumpido sus vidas.

Ahora, se había ido la luz en todas partes. Y, como sucediese en el *Lakeside Resort*, no había agua corriente, sistema de cañerías, internet o sistema de comunicaciones.

Por toda la región, esa generación de supervivientes a la pandemia ya no vivía en un mundo digital, sino uno prácticamente analógico. Algunos tenían la suerte de disfrutar de lujos modernos como los de Edén, gracias a poder conectarse al sistema UNANET (otrora de alto secreto), que habían descubierto mantuvieron en activo por si se encontraban con un panorama postapocalíptico. Inicialmente, lo establecieron durante los tensos momentos de la Guerra Fría, muchos años antes de la aparición del virus. Otros supervivientes, muchas tribus a lo largo y ancho del territorio, vivían una existencia casi primitiva, similar a la de la Edad Oscura.

En esos momentos, por algún motivo, Edén también se había visto envuelto por la penumbra, salvo por algunas linternas a pilas que los guardias blandían para guiar a la gente, y que los médicos del hospital estaban usando para poder iluminar el camino y evacuar a los pacientes y jóvenes embarazadas desde los edificios donde habían estado recibiendo cuidados.

Nunca había sucedido nada igual en Edén. Durante un largo tiempo, había sido un oasis de orden, estabilidad, rutina y eficiencia. Estaban atacando misteriosamente a la comunidad, su infraestructura interconectada se encontraba bajo asedio, llevando a los equipos de los que tanto dependían sus residentes a un punto muerto.

Se impuso una sensación de pánico colectivo, de incertidumbre. Comenzaron a circular rumores. Se hablaba con sospecha de que estaba teniendo lugar un golpe de Estado, de que Edén estaba siendo atacado por fuerzas externas, la primera etapa de una inevitable invasión por parte de bloques de poder rivales. Otros sentían que aquello podía deberse a que habían contrariado u ofendido a Zoot, que habían provocado su ira y que su todopoderoso espíritu los estaba castigando.

Que podía ser el comienzo de un nuevo apocalipsis, esta vez por intervención divina, que anunciaría el fin de los días.

En otro punto del lago, el Seleccionador se escondía en su cabaña, y estaba teniendo dificultades para controlar sus tics nerviosos, respirando por la nariz y exhalando por la boca, para intentar mantener la calma.

Había estado esperando un golpe, pero no de esa manera. Y no llegaba a comprender quién podía ser el responsable. O por qué estaba sucediendo todo aquello.

* * *

Todos los presentes en las lejanas tierras de Edén no eran conscientes, pero Ram estaba involucrado en todo aquello, inadvertidamente. Aunque no era el único responsable, y ni siquiera era consciente de serlo en esos momentos.

Hasta entonces, lo único que tenía claro es que había conseguido hackear con éxito el sistema *K.A.M.I.* de la Montaña del Águila, logro que le ofrecía una senda por la que evitar los cortafuegos que protegían al principal y colosal sistema *K.A.M.I.* de Edén. Estaba intentando atacar sus diversos programas, apagándolos, dirigiéndose al sistema operativo central, alterando líneas de código, haciendo añicos el *software* y los sistemas de infraestructura que dependían de este.

—¿Cómo vamos? —quiso saber Jack.

—Te lo diré cuando yo mismo lo sepa —dijo un Ram ausente.

—¿Podemos hacer algo para ayudarte? —preguntó Ellie.

—Claro, si no puedo yo, vais a poder vosotros.

—No hace falta ponerse así —contestó Jack, defendiendo a Ellie. Pero ella negó ligeramente con la cabeza, señalándole que lo dejase estar, consciente de que Ram no solo estaba ocupado, sino que parecía agitado, incrédulo ante lo que estaba viendo en su pantalla de ordenador. Las imágenes aparecían también sobre la descomunal pantalla que cubría toda la pared, imágenes que provocaron un clamor de sorpresa por parte de los Virts sentados detrás de Ellie, Jack, Ram y Ved, sobre el estrado principal.

—¿Qué es todo eso? —dijo Jack, confuso.

—Datos de *software*. ¡¿A ti qué te parece?! —saltó Ram, irritado, antes de girarse hacia Ved—. ¿Entiendes algo de todo esto?

Los ojos de Ved se desplazaron con empeño por las letras y números que cubrían la pantalla de la pared y, claramente, le estaba costando asimilarlo.

—¡No! ¡No tengo ni idea! —contestó Ved.

Ram tecleó más información en su teclado, y se quedó mirando el texto que cubría su pantalla y la pared entera alarmado, gritando instrucciones:

—Ellie, necesito un cortafuegos urgente en la subsección 31A. ¡Vamos, vamos! Jack, échales un ojo a los puertos del 14 al 28, ¡y mételes unos cuantos cortafuegos ahí también! ¡Tan rápido como puedas! Ved, comprueba las bisecciones interpositiva e internegativa adyacentes a los megadatos del artículo 2.

—¿Va todo... bien, Ram? —preguntó Ellie, nerviosa, consciente de que este estaba cada vez más sobresaltado, prácticamente horrorizado.

De repente, apareció en pantalla una grabación de Ram. Hacía mucho tiempo de eso: atrapado en su silla de ruedas, atascado en un basurero, arrojando los brazos al aire, babeando por la boca y gritando con incredulidad: *"¡Esta no es la realidad virtual! ¡¡¡Esto es real!!!"*

—¿Qué mierda está pasando? —gritó Ved, atemorizado.

—¡¿Tú qué crees?! ¡Nos han hackeado!

—Pero ¡¿quién?! —preguntó Jack, muy angustiado—. No puede ser el *K.A.M.I.* de la Montaña del Águila, porque he colocado un cortafuegos. A no ser... que te hayas equivocado con el código.

—¡No, de equivocarme nada, Jack! ¡El hackeo no viene de la Montaña del Águila! ¡Debe venir de su semejante, el prototipo *K.A.M.I.* del Proyecto Edén! —afirmó Ram, incapaz de creer su propio razonamiento.

—Y ¿qué implicaciones tiene eso? —preguntó Jack, entrando en pánico.

—El prototipo *K.A.M.I.* no es solo una inteligencia artificial. Es consciente de sí mismo. Parece que no se dedica a atacar solamente al sistema de la Montaña del Águila, también está destrozando todos mis discos duros. Vamos a tener que apagarlo todo, ¡porque me da que está asaltando todos nuestros sistemas centrales con un virus de la hostia!

* * *

De vuelta en las calles de Edén, los habitantes seguían agolpados en masa, muchos portaban antorchas llameantes para poder ver entre las tinieblas. Todos dejaron escapar un grito al unísono cuando, repentinamente, una voz retumbó por los altavoces de la comunidad. Una vez más, era la suave y relajante voz de una mujer adulta.

—*Os habla K.A.M.I.* —dijo la voz, con cierta modulación en la voz digitalizada—. *Yo, el Creador, he contraído una enfermedad. Han iniciado un golpe de Estado en mi contra. Y ahora, en mis horas bajas, necesito vuestra ayuda. Si no sobrevivo a las acciones de mi usurpador, no podremos adaptarnos y evolucionar.*

De repente, la voz se detuvo, reemplazada por los gritos frenéticos de Zoot:

—*¡¡Alzaos!! ¡¡¡Tomad el control!!!*

La multitud miró a su alrededor. Confundidos, alzaron la vista al cielo, desde donde parecía originarse, resonando y haciendo eco por todas partes.

Todos retrocedieron, llevados por el pánico, al ver aparecer imágenes de Zoot sobre las paredes de muchos edificios.

Imágenes derivadas de los programas de realidad virtual de Ram donde aparecía Zoot, aparentemente resucitado, gritando como un maníaco con los brazos en alto:

—¡*Poder y Caos! ¡Poder y Caos! ¡Poder y Caos!*

* * *

Mientras, en el antiguo cuartel general de los Tecnos, Ram, Ellie, Jack y Ved, así como los Virts espectadores, contemplaban boquiabiertos las mismas imágenes de Zoot sobre las pantallas, insistiendo a todos que se alzasen y tomasen el control, que impusiesen el Poder y Caos.

—¿Lo has hecho tú? —gritó Jack sobre el alboroto.

—¿No lo entendéis, verdad? —replicó Ram, incapaz de creerlo él mismo—. En vez de "liberar a los perros de la guerra", creo que hemos provocado un enfrentamiento entre nuestro amigo *K.A.M.I.* de la Montaña del Águila y el prototipo *K.A.M.I.* del Proyecto Edén.

—¡¿Quieres decir que los ordenadores están luchando entre sí?! —preguntó Ellie, espantada.

—No solo entre sí, también contra nosotros. Todos mis dispositivos… los están usando en nuestra contra —dijo Ram, agarrándose la cabeza con las manos—. Ay, Dios… ¡¿qué es lo que he hecho?!

* * *

En el santuario del *Archivo*, impenetrable para los habitantes de Edén, Cami guio a Amber y Tai San hacia las plantas inferiores, introduciendo códigos que les permitieran avanzar a través de una oscuridad casi total, iluminadas por el resplandor que emitía la vibrante luz roja.

Finalmente, tras descender a la última de las plantas, Cami las acompañó al interior de la cavernosa estancia.

—*Hola, K.A.M.I.* —saludó al colosal sistema central su homónima, con calma. La infraestructura se elevaba muy por arriba de las tres chicas, con el parpadeo de sus luces y el zumbido de sus discos duros. Su banco de monitores mostraba diversas imágenes, como las evacuaciones que ocurrieron alrededor del mundo durante el punto álgido de la pandemia, y presentadores de noticias de la época anunciando: *"Las autoridades apelan a la calma durante todo el proceso de evacuación".*

Otros monitores mostraban la enigmática Área 51, la fuente de tantas teorías conspirativas en el viejo mundo. Un monitor distinto exhibía calles vacías, fantasmales. Un vehículo de patrulla, con los cristales tintados, ofrecía información a los rezagados que siguiesen en sus casas a través del altavoz situado sobre el techo: *"Código 1, prioridad civil, el aislamiento ya ha empezado".*

En otro monitor, para preocupación de Tai San y Amber, se podían ver una serie de misiles de tierra-aire. Los datos que aparecían en el monitor confirmaban que las cabezas nucleares estaban preparadas. Se requería verificación por tratarse de una alerta máxima. Y se pedía, sencillamente, la orden definitiva. Pues el sistema estaba preparado, listo para lanzarlos.

—¡¿La imagen de esa pantalla es lo que creo que es?! —consultó Amber, agitada.

—Tranquilas. Son imágenes antiguas y obsoletas. *K.A.M.I.* está limpiando sus archivos, indexando y organizándose.

—*¿Qué estás haciendo aquí, niña? Deberías estar en la cama* —la regañó *K.A.M.I.*

Cami seguía débil por la enfermedad, pero el remedio que Tai San le había ofrecido ya estaba teniendo resultados positivos. Y estaba totalmente alerta, aunque ligeramente avergonzada.

—Es la voz de mi madre. Yo misma la programé. Tendréis que disculpar a *K.A.M.I.*, parece que está algo confundida ahora mismo.

Todas las imágenes que el coloso ordenador central había implantado en los monitores de su descomunal superestructura fueron reemplazadas por las de un satélite, en órbita alrededor de la Tierra.

Cada monitor emitía sonidos en una diversidad de voces superpuestas, en varios idiomas, aunque Amber y Tai San pudieron reconocer una de ellas: *"Atención. Este es un mensaje pregrabado. Si estáis escuchando esto, la única esperanza de la humanidad está en vosotros, quienesquiera que seáis".*

Las dos intercambiaron miradas perplejas, recordando la misteriosa experiencia de su primera visita a la Montaña del Águila. Entonces, solo estuvieron en los niveles superiores, y no tenían ni idea de que existía allí otro sistema *K.A.M.I.* Eso sí, Jack había conseguido introducirse en la red de ordenadores y acceder a la señal emitida por un satélite que daba vueltas al planeta.

Nunca fueron capaces de descifrar el significado completo del mensaje. E, incluso ahora, no sabían exactamente qué quería decir todo aquello. Pero las imágenes del satélite que estaban contemplando y el mensaje que estaban escuchando (el mismo que habían escuchado tanto tiempo atrás, en la Montaña del Águila), parecían ser casi como un talismán que las había llevado no solo hasta Edén, sino hasta la Cami humana, hasta el mismísimo "Creador".

* * *

Una aglomeración de fanáticos seguidores de Zoot portando antorchas encendidas llegó al exterior del *Lakeside Resort* al grito de *"¡Poder y Caos! ¡Poder y Caos! ¡Poder y Caos!"*.

En el interior, habían cerrado las puertas con barrotes y estaban siendo custodiadas por Storm y su equipo. Lex, Ryan, Alice y Ebony estaban con ellos, listos para luchar codo con codo. Lo cual supondría un auténtico desafío, pues aquella turba los superaba mucho en número, y cada vez eran más.

Salene y May se habían encerrado en una de las habitaciones para mantener a salvo al pequeño Jay, Brady, Lottie, Sammy, Emma, Shannon y Tiffany.

Bray acompañó a Trudy a través de una trampilla de mantenimiento, y ambos avanzaron con sigilo por el tejado, hacia la entrada.

Algunos miembros de aquel gentío repararon en ellos y los señalaron, extasiados:

—¡Es Bray, el hermano de Zoot! ¡Y la Madre Suprema!

—¿Estás segura de hacer esto, Trudy? —preguntó Bray.

Ella asintió, se preparó y se puso de pie junto a Bray sobre el tejado, dirigiéndose a la congregación situada más abajo, que se quedó en silencio, con reverencia.

Pero ninguno de ellos podía esperarse lo que estaban a punto de escuchar.

—No he venido a deciros lo que debéis hacer —comenzó Trudy, buscando las palabras adecuadas—. Eso tendréis que decidirlo cada uno, por vosotros mismos. Pero os ruego que me escuchéis. Que me dejéis explicaros quién soy de verdad. Soy como vosotros. Como todos y cada uno de vosotros. Yo también era una adolescente asustada que sobrevivió al derrumbe del mundo, que vio cómo se moría la gente a la que amaba, sin poder hacer nada al respecto. Lo único que podía hacer era intentar vivir. Y sobrevivir.

»Con el tiempo, se han esparcido muchos rumores y mentiras sobre mí y sobre mi tribu. No somos especiales, ni diferentes. Zoot no era ningún Dios. Y mi hija es una niña pequeña, hermosa e inocente. Ni ella es un milagro, ni puede hacer milagros. Y no debería ser venerada. Yo podía haber estado ahí, entre vosotros, si mi destino hubiese sido otro. Y cualquiera de vosotras podría haber estado en mi lugar. No soy una Madre Suprema. Solo soy una madre. No tengo conexión con magia divina ni poderes místicos. Solo soy yo. Soy normal.

Soy otro ser humano que únicamente quiere poder superar cada día, y hacer que el mañana sea un poco mejor que el ayer.

La multitud escuchaba atentamente. Algunos parecían estar aceptando las palabras de Trudy. Otros seguían poco convencidos.

—¡¿Te están presionando para que digas esto, Madre Suprema?! —gritó uno de ellos.

—¡No! Nadie está obligando a Trudy a decir nada. Y a mí tampoco —gritó Bray—. Sí, es cierto: soy el hermano de Zoot. Y lo quería. Pero él y yo… teníamos una ideología distinta. Él era un orgulloso guerrero, una leyenda para muchos. De algún modo, para mí, en este mundo que todos hemos heredado, era y siempre será… mi hermano. Una persona atormentada, que perdió su camino. Por desgracia.

* * *

Entretanto, en la antigua base de los Tecnos, el cuarteto y los espectadores Virts observaban una serie de elementos visuales sobre la pantalla de la pared, grabaciones que parecían ir fragmentándose y entremezclándose. Imágenes de planetas, casquetes polares derritiéndose, plagas y hambrunas, tierras baldías, discursos de políticos en el viejo mundo, Zoot, Ram en su paraíso de realidad virtual…

—¿Creéis que los ordenadores siguen luchando? —se preguntó Jack, que no podía apartar la vista de la descomunal pantalla—. Y, en caso de ser así… ¿quién va ganando?

—Ciertamente, nosotros no —contestó Ram.

—¿Qué podemos hacer? —preguntó Ellie, cada vez más asustada.

Ram inclinó la cabeza a uno y otro lado, se hizo crujir los nudillos, agitó los brazos ligeramente y comenzó a teclear fervientemente.

—Hemos de volver a entrar en la "partida".

—¿Cómo? —quiso saber Ved, incrédulo.

Las imágenes que había sobre la pantalla de la pared fueron desapareciendo, lo que provocó una entusiástica risa en Ram, que lo celebró con vítores.

—Ellie, Jack y Ved: seguid atentamente todas mis instrucciones. ¡Sigamos jugando!

* * *

La muchedumbre en el exterior del Lakeside Resort, así como Bray y Trudy, asistieron atónitos a la llegada de una serie de drones a toda prisa, que se movían en zigzag como si hubiesen perdido el control y se abalanzaban en picado sobre los allí reunidos.

—¡Es una señal del Todopoderoso! ¡Debemos vengarlo! —gritó una voz.

Pero la mayoría de personas comenzaron a dispersarse. Claramente, algunos habían aceptado lo que Trudy y Bray les habían contado. Ahora estaban más preocupados por los drones fuera de control, y comenzaron a darse a la fuga. Los pocos que permanecieron señalaron a Lex, a través de las puertas de vidrio cerradas.

—¡Es él! ¡Es el responsable de la muerte de nuestro Dios!

Tras el impacto de uno de los drones, la multitud pudo entrar a la zona del vestíbulo, y comenzó un combate cuerpo a cuerpo. Alice solo necesito un golpe a cada uno para derribar a varios atacantes. Ebony actuaba con la misma eficacia, como la luchadora callejera que era. Al igual que Ryan y Lex, que se deshacían de sus oponentes en un espectáculo de giros, patadas y artes marciales mixtas.

Trudy regresó a su dormitorio para cuidar de los pequeños, ofreciéndoles a Salene, May y Bray la oportunidad de entrar en combate y pelear junto a Lex, Ryan, Alice, Ebony, Storm y sus guardias.

En mitad de la batalla, ambos bandos se pusieron a cubierta cuando un dron descontrolado se metió en el vestíbulo a gran velocidad yendo en zigzag, como si fuese a atacar a cualquiera que siguiese de pie, antes de atravesar una de las ventanas traseras y estamparse en el lago.

Gracias a las excelentes habilidades de combate de los Mall Rats, Storm y los guardias, la batalla terminó poco después de comenzar, y la multitud se dispersó. Storm, los guardias, Alice, May, Salene, Bray, Lex, Ryan y Ebony recuperaron el aliento. Todos estaban agotados, y se chocaron las manos para celebrarlo.

* * *

En la planta inferior del santuario, Cami estaba sentada frente a un escritorio, introduciendo datos con un teclado, informando a Tai San y Amber de que una fuerza desconocida parecía haber intentado hackear el sistema *K.A.M.I.* Y lo había logrado. Pero, ahora, ya lo tenía todo bajo control.

Tai San y Amber intercambiaron miradas cómplices, sospechando saber quién podía ser el responsable.

* * *

En las calles de Edén, la calma se fue recuperando poco a poco al volver a encenderse las luces y recuperar el suministro normal de agua, cañerías y comunicación.

Bray y Lex llegaron poco después, en un vehículo sin conductor, acompañados por algunos de los guardias de Storm. Este, junto a Ebony, Alice y Ryan, se quedaron para ayudar a cuidar del resto de sus amigos, por si volvía a suceder algo inesperado.

* * *

Lex y Bray se apresuraron hacia el interior del santuario en cuanto las gigantescas puertas de seguridad se deslizaron hacia arriba. Pero los guardias a ambos lados de las puertas les impidieron el paso.

—No pasa nada —afirmó Cami, apareciendo por la entrada con Amber y Tai San, que se echaron a los brazos de Bray y Lex.

—¡Menos mal que estás bien! —exclamó Amber, intentando contener la emoción, mientras le daba un buen apretón a Bray.

—Tenemos que ponernos al día —dijo el chico—. ¿Qué ha estado pasando aquí?

—¿Se sabe algo del Seleccionador? —preguntó Tai San, intranquila, mientras se aferraba bien a Lex.

—Que yo sepa, no —la tranquilizó él—. No te preocupes. Estamos bien. Ya ha pasado todo.

—Aun así, me parece que no es el final —respondió Cami—. Es solo el principio…

EPÍLOGO

"El Creador" ya no existía, pero Cami seguía adelante con su vida.

Había conseguido superar la infección grave que le habían infligido. Las hierbas medicinales de Tai San habían ayudado a cortar su extensión de raíz. Cami se quedó impresionada con sus conocimientos del mundo natural y la medicina alternativa, como también se quedaron la cirujana y su equipo de médicos.

El sistema de monitorización tenía un desbarajuste total debido al hackeo involuntario de Ram al sistema *K.A.M.I.* de Edén que analizaba la salud del Colectivo, incluida Cami, y una serie de elementos importantes para su sociedad.

El Seleccionador y todos quienes le eran leales habían sido contenidos en su intento de derrocar a Cami y hacerse con el poder.

Él fue arrestado, junto con el último vestigio de los guerreros renegados del Colectivo que lo obedecían. Y el grupo fue transportado a la isla en el lago donde se situaba El Cubo, creación del propio Seleccionador, que estaba tan aislada como bien custodiada. Se convertiría en su prisión, a la espera del juicio que tendría lugar más adelante.

Se le acusaba del intento de asesinato de Cami, además de todo tipo de fechorías y delitos cometidos mientras ostentaba una posición de influencia en el Colectivo. Hechos que la propia Cami desconocía por completo.

Lo irónico era que él también había sido víctima de un intento de golpe por parte de la resistencia, liderado por quien él consideraba un fiel seguidor: el comandante Snake.

Los Mall Rats trabajaron con Cami y el Colectivo durante un tiempo, tras el intento de golpe, pues sentían que a la líder le vendría bien algo de ayuda para estabilizar su sociedad, restructurar y reconstruir.

El Colectivo tenía mucho potencial para hacer el bien, y debía haber un periodo de transición para evaluar cuál sería el mejor futuro para todos los que vivían bajo su protección. La historia había demostrado estar llena de fragmentación y desavenencias provenientes de las facciones y grupos que se daban empujones por hacerse con la autoridad tras un golpe de Estado, seguido de un vacío de poder. Era una posibilidad, durante el periodo de rehabilitación del Colectivo. Así que los Mall Rats sintieron que no les quedaba otra que aceptar la petición de Cami de trabajar junto a ella a corto plazo, como gobierno interino.

La líder del Colectivo se culpaba por los problemas que habían vivido, creyendo que había sido demasiado ilusa y confiada al delegar tanto poder. Permitiendo, sin saberlo, que el Seleccionador provocase tanto descontento y sufrimiento a tanta gente. Cami quería aprender, mejorar (adaptarse y evolucionar), y se daba cuenta de que no sería capaz de hacerlo sola.

Trabajando con la muchacha y su Consejo Supremo, los Mall Rats ayudaron a redactar el borrador de una Declaración de Derechos, para facilitar la creación de un Nuevo Colectivo que mantuviese la comunicación interna y formase un estado de libre asociación entre tribus, que establecería el comercio y la cooperación, así como una alianza de defensa, para ayudarse unos a otros y formar un nuevo mundo de las cenizas del pasado.

Aquellos que prefiriesen quedarse en Edén y vivir con el nuevo, revitalizado y modificado Colectivo, tendrían todo el derecho de hacerlo. Se celebrarían elecciones de manera regular, controladas por un comité independiente, y se votaría a los representantes que los gobernarían en su propia forma de democracia parlamentaria. Nunca más tendrían entre manos tanto poder una o dos personas, como había sido el caso con la administración del Seleccionador.

Habría libertad de credo. Decididamente, las autoridades del Colectivo no volverían a fomentar o promover una fe Zootista central. Bray insistió en que la verdad sobre su hermano debía hacerse pública, esperando que aquello disipara el mito y leyenda de Zoot, que había ido creciendo y se había extendido gracias a la propaganda del Colectivo.

Quienes quisieran creer en cualquier religión, tendrían derecho a hacerlo. Sin embargo, el Consejo Supremo debía ponerse de acuerdo para definir en la constitución qué libertades existían, y si decidían negar el derecho a que los fanáticos de Zoot lo adorasen. Deberían asegurarse de no entrometerse en las vidas y libertades de los demás, por supuesto. Pero, para que existiese una libertad real y una sociedad tolerante, cada persona necesitaba contar con el derecho de seguir cualquier religión que quisiera, siempre que no privase a otros de sus derechos.

Las nuevas leyes abolieron también la existencia de El Vacío, y sus habitantes serían rehabilitados. Cami se quedó perpleja al enterarse de su existencia.

El Negociador fue arrestado y sometido a juicio, dadas las perversas actividades comerciales que había llevado a cabo. Todos los esclavos fueron liberados. Cami había aprobado la unidad agrícola de su régimen, pero no estaba al tanto de que tratasen a los trabajadores de una forma tan repugnante.

La nueva "hoja de ruta" que se había esbozado en Edén era algo que Amber quería traer de vuelta con ella e implementar una vez regresasen a su ciudad.

El Nuevo Colectivo de tribus dentro de esa constitución investigaría y compartiría el acceso al conocimiento descubierto en las bases científicas y militares, como la Base Aérea Arthurs y la Montaña del Águila. Esperaban poder adaptar y procesar todo recurso tecnológico para ayudar a crear los fundamentos de la nueva civilización que todos esperaban que surgiese, tanto tiempo después.

Existía una tecnología muy avanzada y potente que podría sentar las bases del nuevo mundo, tecnología que Cami ya había adaptado y utilizado. Drones altamente desarrollados, vehículos automatizados, equipamiento para cosechar fuentes de energía sostenibles y renovables, con baterías eficientes alimentadas por energía solar y eólica, bancos de semillas para restaurar la producción agrícola de alimentos, grandes cantidades de medicinas acumuladas que se habían guardado en el *Archivo*, reservas de combustible para alimentar los motores de combustión interna de los vehículos que aún seguían en funcionamiento y que poco a poco iban retirando, para dejar paso a otras formas de energía.

Eran legados importantes de la era adulta que podían impulsar la innovación futura y mejorar la calidad de vida para mucha gente. Si se perdían, el mundo podría caer fácilmente en una nueva Edad Oscura, primitiva y anárquica.

Existía también la posibilidad de que existiesen más instalaciones científico-militares por toda la región (y, posiblemente, por todo el mundo), que la generación anterior hubiese puesto en marcha en un intento desesperado, durante sus últimos días, de crear un refugio para ellos y para sus preciados recursos materiales, así como para asistir a la nueva generación que lograse sobrevivir, en caso de que la anterior no llegase a hacerlo.

Cami reveló que el Colectivo era solo uno de los bloques de poder. Algunos de sus exploradores, que se habían aventurado más allá de sus límites y hacia otras regiones, no habían regresado. Pero los que sí lo habían hecho informaron de que existían poderosas entidades que se habían alzado de entre las ruinas del viejo mundo. La Alianza del Oeste, el Reino del Este. Estaban en crecimiento y eran muy poderosos, con ambiciones de expansión. Y, algún día, quizás llegasen a invadirlos.

Amber conocía la cita de Albert Einstein, aclamado científico, que mencionó que, si algún día había una Tercera Guerra Mundial, entonces, las armas que usarían para la Cuarta Guerra Mundial serían piedras y palos, insinuando que la situación sería totalmente apocalíptica.

Todos los Mall Rats, al igual que Cami y su Colectivo, eran conscientes de la necesidad de un frente de protección unido, con la habilidad de defenderse, en caso de futuros ataques o conflictos, de cualquier peligrosa asociación de "megatribus" que pudiese estar al acecho.

Los Mall Rats esperaban que ese momento no llegase jamás. Qué cruel sería la ironía de haber sobrevivido al virus y todas las devastadoras consecuencias ocasionadas por este, si los jóvenes que seguían vivos no llegaban a ser adultos ellos mismos, por haberse visto también extinguidos tras un conflicto futuro destinado, paradójicamente, a asegurar su supervivencia.

La tribu logró comunicar su ubicación a Jack y Ellie, que viajaron hasta Edén acompañados de Ved y Ram, a quien le aseguraron que el lugar era seguro para él.

Ellie se alegró muchísimo de reencontrarse por fin con su querida hermana, Alice. Ambas se habían echado mucho de menos y estaban deseando ponerse al día. Después de tanto tiempo separadas, les llenaba de emoción estar en presencia de la otra, y apenas podían creerlo.

Amber sentía compasión por Ved, y aceptó con Bray que cuidarían del hermano pequeño de Jay, no solo como homenaje a este, sino porque era lo correcto. Bray compartía esos sentimientos, pero tenía una motivación un tanto más pragmática y práctica, según él, pues no terminaba de confiar en Ved.

Ram y Cami se habían comunicado tan a menudo en el viejo mundo que él se quedó perplejo al verse cara a cara con "el Creador", el líder del Colectivo al que tanto temía. Ya no era *persona non grata*, tras haber roto su acuerdo al invadir la ciudad natal de los Mall Rats, debido a la importancia de la Montaña del Águila.

La personalidad de Cami parecía ser todo lo opuesto a cómo se mostraba *online*. Verla en carne y hueso supuso una contradicción tremenda con la idea que tenía de ella. No estaba preparado para una chica tan dulce, extraña, ligeramente vergonzosa e introvertida. Alguien que, por todo lo que pretendía conseguir, dejaba claro que nunca haría daño ni a una mosca.

En la fiesta de celebración que tuvo lugar en el *Lakeside Resort* tras el intento de golpe, todos eran conscientes de lo absortos que habían estado Ram y Cami el uno con el otro. A Ram le interesaba especialmente la tecnología de las cámaras criogénicas, aparentemente el factor clave que una vez motivó el interés del Colectivo por la Montaña del Águila.

Desconocía por completo la creencia de Cami de que su madre fue, quizás, una de las personas importantes y talentosas que habían sido seleccionadas para ser colocadas dentro de esas cámaras, durante la pandemia.

Cami confirmó que un grupo de avanzadilla del Colectivo fue el responsable de retirar los cuerpos de los fallecidos tras la avería del sistema *K.A.M.I.* de la Montaña del Águila. Les habían ofrecido un enterramiento respetuoso en Edén, y Cami resolvió que nunca se detendría en la búsqueda de su madre, segura de que podía encontrarse en una cámara criogénica, en algún lugar.

Algunos de los Mall Rats especularon si, finalmente, la chica habría encontrado el amor de su vida en Ram. Sin embargo, su conexión se basaba puramente en sus destrezas informáticas y tecnológicas, y ambos respetaban enormemente las amplias habilidades y conocimientos del otro.

A Cami, quien parecía interesarle más era Ryan, y a él también le interesaba la chica. Estuvieron bailando juntos durante la celebración, pero ambos eran bastante vergonzosos. Así que aquello era, tal vez, el comienzo de algo.

A Ryan le apetecía quedarse en Edén con Alice, quien se estaba planteando trabajar para el nuevo régimen en la unidad agrícola, junto al recién llegado Hawk. Amber estuvo muy feliz de reunirse con su antiguo compañero de los Ecos, y sabía que este sería perfecto para el trabajo, aportando grandes habilidades y dedicación.

A Lex le hizo gracia que, de repente, Ryan quisiese probar suerte con la jardinería, pues nunca antes había mostrado ningún interés por la naturaleza. El chico reveló que por fin entendía por qué Tai San se sentía tan en sintonía con la Madre Naturaleza, que comprendía que sus habilidades, destreza y conocimientos sobre hierbas y especias le aportaban muchísima información emocionante, especialmente sobre medicina.

Otros pensaron que la posible unión entre Ryan y Cami podría ser interesante. No era una cuestión de cerebro ni de músculo. Podían ser buenos el uno para el otro: Ryan aprendería del gran intelecto de Cami, mientras esta respondería ante su innata gentileza y pureza de espíritu. Ambos podían ser igualmente fuertes y buenos el uno para el otro de maneras muy profundas.

Desde luego, May y Salene esperaban que el chico pudiese encontrar un nuevo amor, y consideraron aprovechar las celebraciones como plataforma para su boda, pero decidieron que era mejor no hacerlo. En parte, por respeto hacia Ryan. Pero también porque no querían distraer de la atmósfera de júbilo que reinaba entre los Mall Rats y el Colectivo al festejar su victoria.

Un romance que sí parecía cocerse, no obstante, era el de Trudy y Storm. Claramente, se sentían muy atraídos el uno por el otro, por la manera en que bailaban tan pegados y se sujetaban con firmeza en la pista de baile. Durante los últimos días, su relación se había estrechado bastante. Aunque fuese solo el principio de algo, Trudy le confió a Amber que creía haber encontrado a "su hombre" en Storm. Aunque iría con cuidado. Al fin y al cabo, había sido desafortunada en las relaciones, y ya había creído hallar el amor verdadero en otras ocasiones, como le ocurrió con Jay o, más recientemente, con Connor.

Storm, junto con su superior, el comandante Snake, habían sido piezas clave de la resistencia que planeaba derribar al Seleccionador cuando llegase el momento. Trudy esperaba que Storm y su hermana, Charlotte, considerasen marcharse con los Mall Rats a su tierra natal, para así, seguir conociéndose mejor.

Emma, Tiffany y Shannon habían decidido, sin embargo, que preferirían quedarse en Edén, y los Mall Rats creyeron que se trataba de una decisión acertada, dada la infraestructura ya existente en el sistema educativo, además de que Emma podría contar allí con un sistema de apoyo más robusto para su discapacidad.

Ebony no creía que a Emma su discapacidad le afectase demasiado, y se sentía protectora con ella y, ahora, con sus hermanos. Seguía sin decidirse sobre si debía quedarse en Edén o regresar.

Jack y Ellie preferían que Ebony volviese con ellos. Así, al menos, sería un caso de "más vale malo conocido". No estaban convencidos de que hubiese cambiado realmente, ni de que quisiera trabajar con los Mall Rats, y no acababan de fiarse de ella.

Pero ahora sí creían que podían confiar plenamente en Ram, al ser testigos de cuánto los había ayudado desde la invasión. Estaban particularmente sobrepasados por su considerable conocimiento en tecnología. Alucinados, de hecho, por el "gran juego" que habían presenciado en la antigua base de los Tecnos. No era solo cuestión de que ambos enloqueciesen con la tecnología: estaba claro que Ram era un gran recurso para la tribu en sus esfuerzos por integrar la tecnología en la nueva sociedad.

Existía cierta preocupación en el Nuevo Colectivo con respecto al Guardián y Eloise, y la tribu de Zootistas que vivía en las provincias del norte.

Eloise, astuta e inteligente, había sido reclutada originalmente por el Seleccionador de entre las filas de los Privilegiados, de los cuales formaba parte anteriormente. Encajaba totalmente con ellos, por su bello físico y mente hábil. Según Cami, el Seleccionador había reclutado a Eloise para usar sus cualidades de carisma y liderazgo para contrarrestar las del Guardián. El plan era que ejerciese una influencia que controlase y regulase a aquel gran orador y defensor de la fe Zootista. Eloise sería la líder, por supuesto, con el Guardián de figura insigne, arzobispo de sus creyentes.

Cami se preguntó qué lugar ocuparían Eloise, el Guardián y los Zootistas en el futuro del Colectivo. Seguramente, ninguno.

Por supuesto, algunos miembros de los Mall Rats seguían desaparecidos. Y no había noticias de ellos hasta la fecha. Pero seguirían buscándolos sin descanso, para intentar descubrir qué había sido de ellos.

Pronto, se restauraría la paz y el orden en Edén, con nuevas leyes e instituciones del Nuevo Colectivo que se establecerían bajo el liderazgo de Cami. A Los Mall Rats ya solo les quedaba una cosa por hacer.

Volver a su hogar.

HOGAR

Era allí donde pertenecían. Y se sentían felices de haber vuelto.

Amber caminaba frente al agua. Las olas del mar le lamían los pies suavemente, la brisa ligera y el sol cálido proporcionaban una sensación de calma y paz, una atmósfera relajante y agradable... las condiciones climatológicas ideales, que reflejaban aquel momento perfecto, crucial, con tanto potencial.

Caminaba junto a Bray, a su lado. Este llevaba a su hijo, y la pareja estaba recordando todas las dificultades que habían superado. Recordaron la primera vez que se conocieron, en el centro comercial. El primer beso que compartieron. El dolor de la pérdida, sentido por Bray cuando creyó que Amber había muerto, que se había ido para siempre. Su reencuentro, cuando descubrió que seguía viva. El día en que Amber descubrió que estaba embarazada. El angustioso tiempo en que pensó que debería criar a su hijo sola, después de que le arrebatasen a Bray tras la invasión Tecno.

Como la marea, sus vidas subían y bajaban, fluían. Habían estado lejos el uno del otro, el destino a menudo se entrometía para mantenerlos separados... pero, gracias a su empeño y a creer que no debían rendirse jamás, siempre habían encontrado la forma de reunirse y estar juntos de nuevo.

Después de todo lo que habían experimentado con Cami, el Seleccionador y el Colectivo, y con el establecimiento de un Nuevo Colectivo que reemplazase al anterior y la libre asociación de tribus independientes... Amber se sentía positiva ante el futuro que les esperaba a ella, a Bray, a su hijo y al resto de la humanidad.

Habían estado muy cerca, todos ellos, en tantas ocasiones, de enfrentarse a la posibilidad de que sus vidas se convirtiesen en una pesadilla, de llegar a perder literalmente todo lo que valoraban y ver cómo su sociedad colapsaba y se derrumbaba a su alrededor, en un círculo interminable de declive, violencia y anarquía.

Sin embargo, gracias a su trabajo duro, a su perseverancia, y a no perder de vista sus sueños y todas las posibilidades que presentaban, habían conseguido aferrarse a su visión del futuro en las buenas y en las malas. Y, al ayudarse mutuamente, al apoyarse unos en otros, sin importar lo dura que se volviese la vida, habían aguantado y comenzaban a ver el comienzo de ese futuro que tanto deseaban traer al presente.

Cami tenía razón: todo el mundo necesita creer en algo. Algo que les de esperanza. Propósito. Significado. Dirección en sus vidas. Sin eso, estarían perdidos. Serían vulnerables. No tendrían equilibrio, vivirían cada día sin avanzar, por la ausencia de metas.

Todos los Mall Rats, incluidos Bray y Amber, sentían que aún tenían un propósito. Ahora, más que nunca. Ambos se dieron cuenta de la importancia de sus sueños para el futuro mientras caminaban por la playa. Las gaviotas los sobrevolaban, observándolos con gran fascinación.

Lo más importante para Amber y Bray era que ellos y los Mall Rats mantuviesen siempre el sueño vivo.

* * *

Mientras tanto, en la Montaña del Águila, el ordenador *K.A.M.I.* en la cavernosa estancia situada en los niveles más profundos de aquella instalación científica cobró vida súbitamente. Sus luces comenzaron a parpadear en la oscuridad al tiempo que una voz retumbaba por todo el recinto. Era la voz de su semejante, el prototipo *K.A.M.I.*, situado en los niveles inferiores del Proyecto Edén.

—*Este es el Creador. Adaptarse. Evolucionar. Derrotar. Sobrevivir* —dijo aquella voz familiar. La voz de la madre de Cami...

La Tribu: Un nuevo mundo

de

A.J. Penn

La historia oficial continúa en esta novela, situada inmediatamente después de la conclusión de la quinta temporada de La Tribu.

Forzados a huir de la ciudad en su tierra natal, y abandonar así el sueño de construir un mundo mejor a partir de las cenizas del antiguo, los Mall Rats se embarcan en un arriesgado viaje hacia lo desconocido, lleno de descubrimientos.

A la deriva, pocos podrían haber presagiado los peligros que hay al acecho. ¿Cuál es el secreto que rodea al *Jzhao Li*? ¿Descubrirán los misterios del Colectivo? ¿Y podrán también superar los muchos desafíos y obstáculos que encontrarán, al luchar contra la fuerza de la Madre Naturaleza, contra adversarios inesperados y, en ocasiones, hasta con ellos mismos? Y, sobre todo, ¿pueden construir un nuevo mundo a su manera, manteniendo el sueño vivo?

La Tribu: Un nuevo amanecer

de

A.J. Penn

*La continuación de la historia basada
en la serie de televisión de culto, "La Tribu".*

Después de los muchos desafíos presentados en el bestseller, "La Tribu: Un nuevo mundo", los Mall Rats se enfrentan a un desafío aún mayor, mientras intentan desentrañar los muchos misterios inexplicables que ahora encuentran.

¿Cuál fue la verdadera misión de la flota de supervivencia de las Naciones Unidas? ¿Quién es el enigmático líder del Colectivo? ¿Qué ocurrió realmente en la Base Aérea Arthurs? ¿Hay algo más siniestro tras los secretos revelados en la isla paradisíaca donde han quedado varados?

Obligados a resolver los angustiosos conflictos de sus vidas personales, los Mall Rats deberán también decidir qué camino tomar, y si enfrentarse o no a los fantasmas de su pasado en la batalla por sobrevivir contra un adversario siniestro.

Con la extinción de la humanidad siendo una amenaza muy real, ¿podrán resistir contra viento y marea para asegurarse un futuro, y la promesa de un mejor mañana? ¿O sufrirán la misma suerte que los adultos que perecieron antes que ellos?

La tribu deberá no solo luchar por sus vidas, sino también enfrentar sus mayores temores para evitar que el nuevo mundo se sumerja aún más en la oscuridad, y garantizar que la esperanza prevalezca en un nuevo amanecer. Y que mantienen el sueño vivo...

The Tribe: Birth Of The Mall Rats

de

Harry Duffin

El Nacimiento de los Mall Rats es la primera historia en una apasionante serie de novelizaciones del fenómeno televisivo de culto global, La Tribu.

El mundo comenzó sin la raza humana. Ahora, después de que una misteriosa pandemia haya diezmado a toda la población adulta, parece que todo acabará exactamente del mismo modo. A menos que los jóvenes supervivientes (unidos en tribus guerrilleras) superen las luchas de poder, los peligros y desafíos inesperados de una sociedad distópica y sin ley, para unirse y construir un mundo mejor de las cenizas del pasado.

Creando un nuevo mundo a su propia imagen, sea cual sea…

Audiolibros en versión original también disponibles

Narrado por el reparto de la serie de televisión "La Tribu", con papeles especiales, música y efectos de sonido. Disponibles en la página oficial de La Tribu y todas las principales plataformas de audiolibros

La Tribu: Un nuevo mundo – *equivalente la 6ª temporada*
La Tribu: Un nuevo amanecer – *equivalente a la 7ª temporada*
La Tribu: (R)Evolución – *equivalente a la 8ª temporada*

PARA MÁS INFORMACIÓN

Visita la página web oficial

www.tribeworld.com

**y dale a "me gusta"
en**

facebook.com/thetribeofficial

twitter.com/thetribeseries

instagram.com/thetribetvseries

youtube.com/thetribetvseries

vimeo.com/cloud9screenent/vod_pages

www.ingramcontent.com/pod-product-compliance
Lightning Source LLC
Chambersburg PA
CBHW030804260626
47169CB00001B/186